Über das Buch:
Eric Harder und seine Frau Vera sind wieder in Deutschland. Mit ihrem Sohn Phánuël genießen sie das ruhige Leben in der Kleinstadt. Doch nicht nur die Vergangenheit holt sie ein, sondern auch die Zukunft. Zeichen der Endzeit sind nun unübersehbar. Und selbst ihr alter Freund Arthur Roth muss erkennen, dass Himmel und Hölle in Bewegung sind.

Ein Thriller, der alle Register zieht und die Protagonisten so nah begleitet wie nie zuvor.

Über den Autor:
Volker Wahl hat viele Jahre in der Werbebranche gearbeitet und malt in seiner Freizeit Aquarelle. Das Titelbild basiert auf einem seiner Werke.

Volker Wahl

Das Licht der kommenden Tage
Band 3

Reisende im Wind der Zeit

Thriller

Impressum

1. Auflage

Herstellung und Verlag:
BoD – Books on Demand, Norderstedt
ISBN: 978-3-7526-2760-2

1

Arthur Roth betrachtete seinen neuen Personalausweis. Eine französische „Carte Nationale d'Identité". Monatelang hatte er gebangt, ob dieser Tag jemals eintreffen würde. Endlich hatte er nun das verdammte Stück Plastik, mit dem er wieder zurück nach Deutschland reisen konnte.

Auf dem Ausweis befanden sich sein Foto und seine biometrischen Daten. Alles, was auf dieser Plastikkarte stand, war so in den EDV-Systemen der europäischen Behörden erfasst. Und natürlich auch in den Datenbanken des „Rates der Fürsten", was für ihn viel wichtiger war.

Mit diesem neuen Ausweis konnte er sich endlich in Europa frei bewegen, ohne dass er befürchten musste, dass die Behörden bei Kontrollen an seiner Identität zweifeln könnten. An seiner neuen Identität. An seiner Identität als Jérôme Dumont.

Nun hatte Arthur die Möglichkeit, als Jérôme Dumont ein neues Leben zu beginnen. Sein Freund Hagen hatte ihm unverhofft diese Möglichkeit verschafft. Das war mehr als ein halbes Jahr her.

Sein Freund, der ebenfalls für den Rat der Fürsten arbeitete, hatte heimlich Arthurs Identität mit der eines kürzlich verstorbenen französischen Staatsbürgers getauscht. Da das Ableben noch nicht aktenkundig war, führte Arthur nun dessen Leben weiter.

In den zwei Jahren davor hatte es Arthur vermeiden müssen, in den Scanbereich von Smartphones zu gelangen, die seine DNA heimlich erfassen konnten. Wäre er bisher auf diese Weise gescannt worden, hätte der Rat der Fürsten umgehend für seine Liquidierung gesorgt. Seit den Vorfällen um die Entführung seiner Enkeltochter Laura und die Verweigerung eines Mordauftrags an einem afrikanischen Prominenten, galt Arthur als Gefahr für die Geheimorganisation. In den abgelegenen Dörfern des Dogonvolkes in Mali konnte er ein halbwegs sicheres Leben verbringen.

Irgendwann erfasste dann doch ein Smartphone Arthurs DNA und übermittelte sie an die Datenbank des Rates. Arthurs Freund Hagen entdeckte das glücklicherweise, bevor die Daten von anderen Mitarbeitern wahrgenommen und verifiziert werden konnten. Es gelang Hagen auch, Arthur davon zu unterrichten, dass er sich nun mit seiner neuen Identität frei bewegen konnte, solange man ihn nicht nach einem Ausweis fragte. Den neuen Ausweis würde er sich erst in einer Fälscherwerkstatt an der sizilianischen Mittelmeerküste besorgen. Wie er von Mali aus dorthin gelänge, müsste Arthur selbst organisieren.

Ohne einen Ausweis konnte Arthur selbstverständlich nicht mit dem Flugzeug nach Italien reisen. Auch Fernzüge kamen nicht in Frage, da er auch da mit Ausweiskontrollen rechnen musste. Er besaß etwas Geld, was ihm ermöglichte, auf dem Landweg nach Europa zu reisen. Ohne Papiere hieß das aber, dass er sich Schleppern anvertrauen musste. Wie ein Flüchtling. Und irgendwie war er auch ein Flüchtling. Schon in den letzten zwei Jahren war er ein Flüchtling gewesen. Ein Flüchtling, der vor dem Rat der Fürsten geflohen war und bei den Dogon in Mali Zuflucht gefunden hatte. Jetzt war er ein Mann im Rentenalter, der zurück nach Europa wollte, um dort ein neues Leben zu beginnen.

Und nach über sechs Monaten hatte er es geschafft. Nun konnte er sich als Jérôme Dumont ausweisen. Innerhalb Europas war die Weiterreise von Italien nach Deutschland kein Problem. Dort würde er seine Enkeltochter Laura ausfindig machen, und nur sie könnte ihn als Arthur Roth erkennen. Für den Rest der Welt wäre er ab jetzt Jérôme Dumont.

Die letzten sechs Monate waren die Hölle gewesen. Nachdem er das Dorf Jongu, an den Felsen von Bandiagara in Mali, verlassen hatte, war er in die Stadt Gao gereist. Gao hatte sich in den letzten Jahren zu dem wichtigsten malischen Flüchtlingsdrehkreuz entwickelt. Migranten aus Mali und den angrenzenden Ländern wie Mauretanien, Senegal, Guinea, Elfenbeinküste oder Burkina Faso, sammelten sich hier, um sich von Schleppern durch die Sahara nach Norden und dann weiter nach Europa transportieren zu lassen. Viele Flüchtlinge glauben, dass sie den Sprung in ein besseres Leben gemacht hätten, wenn sie erst einmal europäischen Boden betreten haben. Dass die Wirklichkeit anders aussieht, bekommen sie von den Schleppern natürlich nicht gesagt.

In Gao hatte Arthur versucht, einen Platz auf einem der LKWs zu bekommen, die Gruppen von Flüchtlingen durch die Wüste an die Mittelmeerküste transportierten. Normalerweise nehmen die Mittelsmänner allein für die Durchquerung der Sahara umgerechnet zwischen 500 und 600 Euro. Doch von Arthur verlangten sie das Vierfache. Sie sagten, das sei wegen seines hohen Alters, da sei das Risiko zu hoch, dass er die Fahrt nicht überleben würde. Arthur wusste, dass das nur ein vorgeschobenes Argument war. Seine helle Haut verriet, dass er kein Afrikaner war. Da rechneten sich die Kontaktmänner der Schlepper aus, dass sie höhere Preise verlangen konnten.

Etwa drei Wochen hatte Arthur in Gao verbracht, um vergeblich auf einen Transport zu warten, der ihn zum üblichen Preis mitnehmen wollte. Während dieser Zeit blieb er in einem der sogenannten „Ghettos", Häusern in denen man Flüchtlinge unterbrachte, die auf eine Fahrt nach Norden warteten. Hier mussten sie vor den Behörden verborgen bleiben. Offiziell war es die Aufgabe der Polizei, die Machenschaften der Schlepper zu unterbinden. In der Realität verdienten die Polizisten aber an jedem Migranten, der einen Handel mit den Schleppern einging. Für die Unterkunft und die Verpflegung in dem Flüchtlingshaus musste Arthur natürlich extra bezahlen. Und auch daran verdienten die Polizisten. Einfach dadurch, dass sie in diesem Haus nicht nach Schleppern oder Flüchtlingen suchten.

Nach zwanzig Tagen des vergeblichen Wartens und Handelns mit den Mittelsmännern, hatte Arthur beschlossen, von Gao aus nicht nach Norden, sondern nach Osten in Richtung Agadez zu reisen. Agadez in dem Nachbarstaat Niger hat sich ebenfalls zu einem Drehkreuz des Menschenschmuggels entwickelt. Arthur hoffte, dass er hier eher einen Schlepper fand, der ihm nicht sein gesamtes Geld abnehmen wollte, bevor man ihn überhaupt aus Mali herausgebracht hatte.

Arthurs Entscheidung hatte sich als richtig erwiesen. Irgendwann war er von Agadez aus nach Libyen und dann über das Mittelmeer nach Italien gelangt. Mehr als ein halbes Jahr hatte seine Reise gedauert und mehrmals war er nur knapp dem Tod entronnen. Keiner der Menschen, die ihm am Anfang seiner Reise begegnet waren, hätten dem Senior, der auf die 70 zuging, zugetraut, dass er die Strapazen überlebte.

Dass er es bis nach Italien geschafft hatte, darauf war Arthur stolz.

Und auch darauf, dass er dabei nur neun Menschen töten musste.

2

Eric Harder hängte das neue Türblatt des Arbeitszimmers in die Scharniere. Nachdem er geprüft hatte, dass alles gut passte, trat er einige Schritte zurück und betrachtete sein Werk. Wie vieles andere in dem alten Häuschen, das sie nun bewohnten, so hatte er auch diese Tür, mitsamt Türrahmen, selbst eingebaut. Seit er und seine Frau Vera wieder in Deutschland lebten, hatte er ungeahnte handwerkliche Talente entdeckt.

In Babelsgrund, einer Kleinstadt in der Nähe von Frankfurt am Main, wo sie seit der Rückkehr aus Mali lebten, hatten sie ein kleines Haus gekauft, das Eric nun nach und nach renovierte. Das mehr als neunzig Jahre alte Gemäuer musste von Grund auf saniert werden, was sehr kostspielig war, so dass Eric versuchte, so viel wie möglich in Eigenleistung zu erledigen. Mittels Fachbüchern und Anleitungen aus dem Internet konnte er sich in den letzten Monaten ein beachtliches Wissen für die notwendigen Maßnahmen aneignen.

Noch waren nicht alle Räume im Haus bewohnbar. In manchen Zimmern hatte er die Wände aufstemmen müssen, um Wasser- und Heizungsrohre freizulegen. Auch elektrische Leitungen mussten teilweise ausgetauscht werden. Die Hälfte des Hauses war eine Baustelle. Doch täglich arbeitete er daran, dass dieser Ort wohnlicher wurde.

Er dachte daran, wie Vera und er dieses Haus ausgesucht hatten. Damals war sie schwanger mit ihrem gemeinsamen Kind. Da sich die Sicherheitslage in Mali, wo sie sich kennen und lieben gelernt hatten, nicht besserte, sahen sie sich gezwungen, nach Deutschland zurückzukehren. Ihr Kind sollte in einer sicheren Umgebung aufwachsen. So entschieden sie sich schweren Herzens für den Umzug nach Europa. Gemeinsam hatten sie viel in Mali erlebt. Deutschland war ihnen in dieser Zeit fremd geworden. Doch in den fast zwei Jahren, die sie nun hier lebten, konnten sie neue, zarte Wurzeln schlagen. Und seit mehr als einem Jahr waren sie nun auch zu dritt. Vor einem halben Jahr durften sie den ersten Geburtstag ihres gemeinsamen Kindes feiern. Sie hatten ihm den biblischen Namen Phánuël gegeben.

Ein leises Wimmern riss Eric aus seinen Gedanken. Nebenan, im Kinderzimmer, meldete sich Phánuël. Wie an fast jedem Arbeitstag der Woche war Eric mit seinem Sohn alleine im Haus. Vera hatte eine Anstellung in der Verwaltung einer Wochenzeitung mit internationalem Renommee angenommen, um den Lebensunterhalt für die kleine Familie zu verdienen. Der Name der Zeitung war „Frankfurt Global Newstime Magazine“. Mit ihrem abgeschlossenen Studium der Staats- und Verwaltungswissenschaft, fand sie in der Wirtschaft wesentlich leichter einen Job, als es Eric im Bereich der Sprachwissenschaften gelang. So entschieden sie sich, dass Eric sich um Phánuël und den Umbau des Hauses kümmerte, während Vera das Geld für den Lebensunterhalt verdiente.

Das Wimmern war inzwischen einem fröhlichen Brabbeln gewichen. Als Eric das Kinderzimmer betrat, stand der kleine Phánuël schon aufrecht im Bettchen und hielt sich am Gitter fest. Nun erkannte er seinen Vater und strahlte über das ganze Gesicht. Eric liebte diese Momente, wenn der Junge so unverfälscht seine Freude und Zuneigung zeigte. Vorsichtig, doch mit sicherem Griff, nahm er Phánuël aus dem Bett und auf den Arm und gab ihm einen flüchtigen Kuss auf die Stirn.

„Guten Morgen, Phánuël. Du bist ja wieder richtig munter.“

Phánuël sah seinem Vater interessiert in die Augen. Der kleine Mann schien alle Eindrücke seiner Umgebung förmlich aufzusaugen.

Eric ging mit Phánuël zum Wickeltisch und mit geübten Griffen wusch er den Jungen und zog ihm eine neue Windel sowie neue Kleidung an. Dann hob er ihn auf und stellte ihn vor sich auf den Wickeltisch. Der Junge konnte zwar schon frei stehen, aber Eric hielt ihn auf dem Tisch trotzdem sorgsam fest.

Immer noch hielt Phánuël festen Blickkontakt mit seinem Vater. Voller Dankbarkeit für dieses kleine Leben konnte auch Eric seinen Blick nicht von ihm lösen. Eric wusste, dass die Existenz Phánuëls einem Wunder glich. In Mali wurde Eric vor fast drei Jahren schwer verwundet und überlebte nur durch das Eingreifen eines außerirdischen Wesens auf dem Gebiet des Dogonvolkes. Von diesem Ereignis wissen nur Erics engste Vertraute. Später hatte Eric erfahren, dass bisher alle Männer, die der Außerirdische geheilt hatte, unfruchtbar wurden. Nur Eric schien von dieser Nebenwirkung nicht betroffen zu sein.

Die Fortpflanzungsfähigkeit Erics rief dann einige Monate später wieder eine dubiose Sekte auf den Plan, die sich seine genetischen Eigenschaften zur Klonung eines uralten Pharaos zunutze machen wollten.

Doch Eric überstand auch diese Gefahr. Für Veras junge Kollegin Laura Roth hatte die Verschleppung durch die Sekte tiefgreifendere Folgen. Laura wurde während der Entführung durch kriminelle Wissenschaftler der Sekte künstlich geschwängert. Das stellte sich erst einige Wochen nach dem Ende der Entführung heraus. Dass Laura das Kind trotz aller Widrigkeiten behielt und austrug, war Eric ein Rätsel. Er hoffte inständig, dass Laura ihr Kind ebenso lieben könnte, wie er und Vera Phánuël liebten.

Eric trug Phánuël in die Küche und setzte ihn dort in einer Spielecke ab. Während der Junge dort Bauklötze stapelte, bereitete Eric dessen Frühstück. In den letzten Wochen verzichtete er immer mehr auf Babynahrung. Auch heute gab es ungesüßten, lauwarmen Tee und ein weiches Dinkelbrot ohne Kruste. Darauf gab es einen winzigen Klecks Marmelade. Für sich selbst hatte Eric eine Tasse Tee, eine Flasche stilles Mineralwasser und Brötchen mit Käse bereitgestellt.

Als Eric alles auf dem Küchentisch gestellt hatte, setzte er den Jungen in dessen Kinderstuhl. Nachdem er ebenfalls Platz genommen hatte, sprach er ein kurzes Dankgebet. Phánuël hatte sich diesem Ritual schon früh angepasst. Wenn seine Eltern die Hände zum Gebet falteten, tat er es ebenfalls. Das Wort „Amen“ am Ende der Gebete war eines der ersten Worte, die der Junge gesprochen hatte.

Auch heute griff Phánuël erst nach seinem Brot, nachdem er ein kraftvolles „Amen“ verlautet hatte.

Während der Junge kleine Bröckchen aus dem Brot zupfte, sah er gebannt aus dem Fenster. Eric goss sich Wasser in ein Glas und verschüttete etwas von der Flüssigkeit, die sich auf dem Holztisch sammelte.

„Was beobachtet der Kleine da?“, fragte er sich, als er Phánuëls Blick folgte. Außer dem Baum, der vor dem Haus stand, war nichts zu sehen. Eric vermutete, dass der Junge einen Vogel gesehen haben mochte, der inzwischen weitergeflogen war. Phánuël spielte mit seinen Fingerchen mit den Wassertropfen auf dem Tisch und ließ seinen Blick zwischen dem Fenster und seinen Fingern hin und her wandern. Eric war dieses Verhalten seines Sohnes neu. Das Interesse des Jungen schien von etwas in Beschlag genommen worden zu sein, das Eric nicht erkennen konnte.

Jetzt blieb Phánuëls Blick bei der winzigen Wassermenge vor sich, in die immer noch seine Finger getaucht waren. Als er erneut auf das Fenster starrte, stand Eric auf, um nachzusehen, was sich dort besonderes befand. Doch außer der üblichen Umgebung gab es dort nichts zu sehen. Als er sich wieder setzte, hatte sich die Blickrichtung des Jungen geändert. Jetzt sah er auf die einzige Wand der Küche, an der es weder ein Fenster, noch einen Schrank gab. Dort war einfach nur eine Tapete.

„Na, was siehst du denn da?“, fragte Eric, ohne eine wirkliche Antwort von dem Einjährigen zu erwarten. Phánuël schien seinen Vater gar nicht zu hören.

Eric trat nun hinter seinen Sohn, um dessen Blickrichtung besser folgen zu können, doch da war nur die weiße Wand. Wieder bewegten Phánuëls Finger die winzige Pfütze, aber seine Augen blieben zur Wand gerichtet, als stände dort jemand, den er beobachtete. Eric verschlug es den Atem. „Mit wem kommuniziert Phánuël da?“, fragte er sich.

Nun nahm Phánuël seine Finger vom Tisch und betrachtete freudig die Wasseransammlung vor sich. Eric konnte es kaum glauben. Die Tropfen bildeten eine Form, die sich aus Wasser eigentlich gar nicht bilden lassen dürfte.

Sie hatte eindeutig die detaillierte Kontur eines Engels.

3

Seit Jahrzehnten war das Gelände am Stadtrand von Frankfurt am Main dem Verfall preisgegeben. Anfang des 20. Jahrhunderts hatte dort eine Lederfabrik gestanden. Doch als im März 1944 die Luftangriffe auf Frankfurt ihren grausamen Höhepunkt erreichten, wurde auch dieser Gebäudekomplex schwer getroffen und brannte völlig aus. Da die Besitzer dabei starben und nach Kriegsende keine Erben auszumachen waren, blieb das Gelände lange Zeit eine Ruinenlandschaft. In den Nachkriegsjahren diente der Schutt noch hin und wieder als Baumaterial für neue Gebäude in der Umgebung, doch eine neue Bestimmung fand sich nicht. Der Erdboden war durch die Lederfabrik mit Chemikalien verseucht, was eventuelle Interessenten abschreckte. Das Grundstück befand sich am Rand eines Waldes und so eroberte die Natur im Laufe der Jahre das Terrain zurück. Nach der Jahrtausendwende ragten einige imposante Bäume aus den Trümmern heraus. Büsche, Gräser und Moose breiteten sich aus und bald war nur noch zu erahnen, dass hier einmal eine Gerberei stand.

Die Gewölbekeller hatten die Bombennächte relativ gut überstanden, so dass dort auch nach Jahrzehnten noch alte Maschinen vor sich hin rosteten. Kanister mit Gerbstoffen waren irgendwann undicht geworden, so dass fast überall ein beißender Geruch in der modrigen Kellerluft lag. Manchmal hatten Schatzsucher oder neugierige Jugendliche auf dem Gelände nach wertvollen Funden gesucht, doch seit einigen Jahren hatte sich niemand mehr für das verfallene Anwesen interessiert.

Nach mehr als siebzig Jahren regte sich nun etwas in einem Raum, der hinter einem Tiefkeller verborgen und von keinem Nachlassverwalter oder Schatzsucher entdeckt worden war. Jahrzehntelang hatte hier absolute Dunkelheit geherrscht. Nun pulsierte auf dem Objekt in der Mitte des Raumes ein kaum wahrnehmbares, blaues Licht, begleitet von einem leisen, extrem tiefen Brummen. Nach wenigen Minuten war auch aus einigen Ritzen des Objektes Licht zu erkennen, das immer heller wurde. Zu dem Brummen gesellte sich ein lauter werdendes kreischendes Geräusch, das in ein Zischen mündete und mit einem Mal verstummte. Ein greller Blitz schien aus der Mitte des Objektes zu kommen, dann tauchte nur noch das schwache Licht am unteren Rand des Objektes den Raum in ein irreales Blau.

Fast unmerklich wurde das blaue Licht in den nächsten Minuten heller. Nichts bewegte sich. Mit der steigenden Helligkeit war nun auch das leise Brummen wieder zu hören. Nach etwa einer Viertelstunde hatte das blaue Licht eine Helligkeit erreicht, die es einem Menschen ermöglicht hätte, das Objekt in dem Raum gut zu erkennen. Doch noch gab es keinen Menschen in dem Raum.

Zu dem Brummen gesellte sich nun ein leises Plätschern aus dem Inneren des würfelförmigen Objektes. Die metallische Oberfläche ließ kaum ein Geräusch hindurch. Trotzdem war bald darauf ein kehliges Gurgeln zu hören und dann auch ein Klopfen. Zuerst nur ein einzelner Schlag, dann immer heftigere, fast panische Schläge. Kurz danach ging an der Oberseite des Würfels eine Luke einen kleinen Spalt weit auf.

Das Licht, das dort austrat, war nicht blau, wie das am unteren Rand, sondern weiß und grell. Nun waren auch das Plätschern und das kehlige Stöhnen deutlich zu hören. Eine Hand drückte die Luke ein weiteres Stück nach oben, aber im nächsten Augenblick schwang das schwere Metall wieder nach unten und nahm das weiße Licht mit sich. Doch die Person im Inneren wollte nicht aufgeben. Erneut öffnete sich die Luke und nun waren zwei Hände zu sehen. Sie schoben die Abdeckung so weit zurück, dass sie nun ganz geöffnet blieb. Das Stöhnen aus dem Inneren klang nun weniger panisch, eher wie ein Siegesschrei aus letzter Kraft. Das weiße Licht aus der Öffnung ließ nun Details des würfelförmigen Objektes erkennen. Es hatte eine Seitenlänge von etwa 4,5 Metern. Auch wenn die äußere Form auf den ersten Blick an einen riesigen Container erinnerte, so war dies doch etwas ganz anderes. Die Oberfläche ließ etliche Schweißnähte erkennen. Rundherum waren Lüftungsschlitze angebracht. Unzählige Klappen verbargen Anschlussmöglichkeiten für Kabel unterschiedlichster Art. Das Metall, aus dem das Objekt bestand, war schwarzgrau und matt. Roststellen gab es nicht.

Der Raum, in dem sich der Kubus befand, war fensterlos. Die Grundfläche war fast quadratisch und hatte nur eine Tür, und die war geschlossen. Rechts neben der Tür befand sich ein Schreibtisch, auf dem mehrere Stapel mit Bündeln von beschriebenem Papier lagen. Es waren Unterlagen der Forscher, die das würfelförmige Objekt entwickelt hatten. Links von der Tür und entlang der angrenzenden Wand standen Arbeitstische mit Konsolen, die über Kabel mit dem Kubus verbunden waren. An der Wand, die der Tür gegenüber lag, war eine Metalltreppe montiert, von der ein schmaler Brückengang zum oberen Teil des Würfels führte. Man hatte also für den Ein- und Ausstieg aus dem Objekt vorgesorgt.

Zu den Geräuschen von bewegtem Wasser mischten sich jetzt heftige Atemgeräusche. Die Person im Inneren des Würfels war offenbar extremen Anstrengungen ausgesetzt. Sie wollte oder musste aus dem Objekt hinaus, was die letzten Kraftreserven kostete. Die Atmung wurde nun langsamer und tiefer. Mit einem kraftvollen Stöhnen stemmte sich die Person mit dem Oberkörper durch die Öffnung nach oben und krallte sich mit den Händen an den Sprossen des Brückengangs fest. Einen Augenblick lang verharrte sie so und mobilisierte neue Kräfte, dann zog sie sich weiter hinauf, bis auch die Beine und Füße heraus waren. Auf dem kalten Metall, das den Kubus mit der Treppe verband, lag nun völlig entkräftet ein junger, fast nackter Mann.

4

Vera kam an diesem Abend spät nach Hause. Von ihrem Arbeitsplatz war sie direkt zum Gemeindehaus der Christengemeinde Babelsgrund gefahren, da sie dort noch ihre wöchentliche Bibelstunde besuchte und vorher an einer Besprechung des Organisationskomitees für eine Missionsveranstaltung teilnahm. Sie war inzwischen eines der aktivsten Mitglieder, das die Christengemeinde hatte.

Nachdem sie vor zwei Jahren nach Deutschland zurückgekehrt waren, hatte Vera sich taufen lassen. Die dramatischen Ereignisse, die sie mit Eric durchlebt hatte, hatten einen festen Glauben an einen Gott in ihr erweckt, der mit seinen Geschöpfen etwas Großes und Gutes vorhatte. In Mali hatten sie Wunder erlebt, Bewahrung erfahren und sogar Begegnungen mit einem der Jünger gehabt, die vor zweitausend Jahren Jesus von Nazareth erleben durften. Der Apostel Andreas, der offenbar bis zur Wiederkunft Jesu Christi nicht sterben sollte, hatte ihnen prophezeit, dass Gott noch viel mit ihnen vorhatte. Vera war dazu bereit. Seitdem nutzte sie all die Zeit, die sie nicht zum Broterwerb oder für ihre Familie brauchte, für die Aktivitäten ihrer Christengemeinde.

Eric hielt ihr dabei mit allen Kräften den Rücken frei. Er war begeistert, dass sie ihren Glauben mit so viel Elan lebte. Ihre Entscheidung für Jesus Christus war nicht halbherzig. Sie wusste, dass Gott sich in Jesus offenbart hatte und, dass es eine Erlösung der Welt ohne ihn nicht geben kann. Vera hatte ihm seit ihrer Bekehrung unzählige Fragen über den Glauben, die Bibel, die Kirchengeschichte und alle Aspekte des Alltags mit Gott gestellt. Eric hatte die Fragen, so gut es ging, beantwortet. Im Laufe seines Lebens und seiner Arbeit für christliche Gesellschaften hatte er eine Fülle von Erfahrungen gesammelt. Vera war dankbar für seine Begleitung auf dem Weg des Glaubens. Sie fragte aber auch den Pastor und andere Gemeindemitglieder. Sie las unzählige Bücher, sah Fernsehberichte, hörte Predigten und wollte doch immer noch mehr wissen und neue Erfahrungen mit Gott machen. Erik förderte ihren Erfahrungshunger und freute sich über ihr Wachstum im christlichen Glauben.

Dass Eric mit Vera viele Gemeindeaktivitäten nicht gemeinsam machen konnte, da er sich um Phánuël kümmern musste, war nicht immer leicht. Aber sie fanden doch stets Zeit, sich über die Ereignisse des Tages auszutauschen. Oftmals erst am späten Abend, so wie heute.

Eric zeigte Vera die Fortschritte bei der Renovierung des Hauses und Vera berichtete von ihrer Arbeit bei dem „Frankfurt Global Newstime Magazine", ihrem Arbeitgeber in Deutschland. Die Zeitung hatte Journalisten in aller Welt, die exklusive Reportagen für das Blatt lieferten. Damit unterschied sie sich von Konkurrenzprodukten, die ihre Nachrichten ausschließlich von Agenturen bezogen. Vera hatte schon in ihrer Zeit bei den Vereinten Nationen Kontakte zu den Journalisten des Blattes geknüpft. Das hatte ihr auch geholfen, als sie sich bei dem Verlag bewarb. In der Frankfurter Zentrale gehörte Vera zu den Führungskräften im Verwaltungsbereich. Zwar gab es einige Unterschiede im Vergleich zu ihrer Arbeit bei den Vereinten Nationen, aber Vera arbeitete sich mit Feuereifer in ihr neues Arbeitsgebiet ein.

Dann erzählte Eric von Phánuël. Vera bedauerte es, dass sie heute erst nach Hause kam, als der Junge schon schlief. Mit leichtem Wehmut hörte sie sich an, was Phánuël an diesem Tag alles erkundet hatte. Eric erzählte auch von dem Ereignis in der Küche.

„Es war seltsam", begann er. „Es war, als hätte Phánuël etwas Unsichtbares beobachtet. Eine Person oder ein Ding, das nur er sehen konnte."

„Vielleicht hat er ja nicht etwas angesehen, sondern auf etwas gehört, was dir aber nicht aufgefallen ist", entgegnete Vera.

Eric überlegte einen Moment, dann schüttelte er den Kopf. „Nein, sein Blick war fest und klar. Ich bin mir sicher, er hat da etwas gesehen."

„Aber da war wirklich nichts?"

„Er hat zuerst aus dem Fenster gesehen, aber da war noch nicht einmal ein Vogel. Dann hatte er seinen Blick auf die Küchenwand gerichtet, so als ob da jemand stand."

„Kinder haben ja ganz besonders viel Fantasie. Und unser Phánuël ist da scheinbar keine Ausnahme“, suchte Vera nach einer Erklärung.

„Das war aber noch nicht alles“, kündigte Eric an und holte sein Smartphone hervor. „Während Phánuël etwas gesehen hat, das scheinbar nur er wahrnehmen konnte, hat er mit seinen Fingerchen das hier aus etwas Wasser, das ich verschüttet hatte, geformt.“ Vera nahm das Handy und betrachtete es aufmerksam.

Sie war zunächst sprachlos. Dann sagte sie leise: „Das hat Phánuël gemacht? Unser Junge hat aus Wasser diese Engelsfigur gemacht? Du machst einen Scherz?“

„Nein, wirklich. Kein Scherz. Ich würde das auch nicht glauben, wenn ich es nicht selbst gesehen hätte. Ich konnte es gerade noch fotografieren, bevor die Kohäsionskraft die Figur wieder zu Wassertropfen zusammengezogen hat.“

„Dann hat Phánuël wirklich etwas gesehen“, kombinierte Vera.

„Ja. Das glaube ich auch“, bestätigte Eric. „Aber genauso rätselhaft ist es, dass er die Wassertropfen dazu gebracht hat, diese Kontur zu halten.“

„Glaubst du, dass er mit dem Wasser das gemalt hat, was er gesehen hat?“

Eric nickte lautlos.

Vera zögerte einen Moment, dann sprach sie aus, was beide meinten. Kaum hörbar sagte sie: „Phánuël hat einen Engel gesehen.“

5

Laura wohnte ebenfalls in Babelsgrund. Da sie außer ihrem Großvater Arthur keine Verwandten hatte, war sie froh, dass Eric und Vera ihr bei der Betreuung ihres Sohnes zur Seite standen. Mit der Hilfe der beiden konnte sie trotz ihres Kindes bald ein Studium in Frankfurt beginnen. Von ihrem Großvater Arthur hatte sie seit Monaten nichts mehr gehört. Beim Abschied, nach der Flucht aus dem Arnháton-Zentrum, hatte Arthur ihr schon angekündigt, dass er wenig Gelegenheit haben würde, sich bei ihr zu melden. Dass es aber kaum Lebenszeichen von ihm gab, hatte sie nun doch überrascht.

Die schlimmen Ereignisse in Mali hatte sie zunächst nur schwer verkraftet. Die ungewollte Schwangerschaft durch die Arnháton-Sekte war ein traumatisches Ereignis. Zuerst hatte sie mit dem Gedanken einer Abtreibung gespielt. Sie hatte das Kind nicht gewollt. Die Umstände der Empfängnis waren für sie rätselhaft. Alles deutete darauf hin, dass die Arnháton-Sekte während ihrer Gefangenschaft eine künstliche Befruchtung bei ihr vorgenommen hatten. Was da in ihrem Bauch heranwuchs, war ihr unheimlich. Gegenüber Eric hatte die Sekte von Experimenten gesprochen, bei denen man versuchte, einen vor mehr als dreitausend Jahren verstorbenen Pharao zu klonen. Und alles deutete darauf hin, dass sie nun Teil dieses Experimentes war. Möglicherweise war das Kind, das sie nun ausgetragen hatte, wirklich eine neue Version des Mannes, den die Welt als Pharao Echnaton kennt.

Fast alle Menschen, die sie um Rat gefragt hatte, rieten ihr damals zu einer Abtreibung. Zu grauenvoll war die Vorstellung, mit was Laura bei einem Fehlschlag des Experiments konfrontiert worden wäre. Von Totgeburt oder von schlimmen Missbildungen war die Rede. Aber auch davon, dass Laura das Kind nie wirklich lieben könne.

Laura hörte sich damals die mehr oder weniger gut gemeinten Ratschläge an und ließ sich regelmäßig von Ärzten untersuchen. Auch Eric und Vera hatte sie damals gefragt, aber sie scheuten sich davor, Ratschläge zu geben. Sie vermittelten ihr Kontakte zu Selbsthilfegruppen vergewaltigter Frauen. Jedoch stellte Laura bald fest, dass ihr Fall in vielen Bereichen nicht mit den Fällen der anderen Frauen vergleichbar war.

Entscheidend war für sie ein Erlebnis, das sie in der neunten Schwangerschaftswoche hatte. Sie lag damals in ihrem Bett und war schon lange eingeschlafen. Selten hatte sie sich an ihre Träume erinnert. Doch diesen Traum wird sie niemals vergessen. Sie träumte damals von einer Welt, die scheinbar völlig aus den Fugen geraten war. In diesem Traum befand sie sich im hessischen Frankfurt. Einige Details der Stadt erkannte sie. Manche Gebäude erschienen ihr extrem ungewöhnlich, fast futuristisch. Sie hörte Sirenen, sah Menschen in Panik flüchten und versuchte selbst auch Schutz zu suchen. Aber sie wusste nicht, wovor sie flüchten musste. In ihrer Ratlosigkeit rannte sie den anderen Menschen hinterher. Kurze Zeit später hörte sie in der Ferne Explosionen. Die Menschen um sie erstarrten vor Angst und blickten zwischen den

Häuserschluchten nach oben. Das dröhnende Geräusch der Detonationen kam immer näher. Jetzt fragte Laura in ihrem Traum die anderen Menschen, wo sie Schutz finden könnte, aber sie schienen sie nicht wahrzunehmen. Dieses gespenstische Szenario steigerte die Panik in ihr ins Unermessliche. Sie rannte zur Eingangstür des nächstliegenden Gebäudes und versuchte vergeblich die Tür zu öffnen. Wieder rief sie den anderen Menschen etwas zu, aber noch immer standen sie regungslos auf der Straße und blickten gebannt nach oben. Niemand nahm von ihr Notiz. Die Explosionen kamen immer näher. Eine Staubwolke kam meterhoch durch die Straßenschlucht auf sie zu.

Sie rannte zur nächsten Tür. Auch sie war verschlossen. Sofort eilte Laura weiter. Voller Angst blickte sie sich um und sah die Staubwolke immer näher kommen. Dahinter blitzten Detonationen auf. Der Lärm war jetzt ohrenbetäubend.

So versuchte Laura, an mehr als zwanzig Türen, in ein schützendes Haus zu kommen. Auch sonst fand sie keine Nische, die ihr Deckung versprach. Sie war völlig außer Atem. Erschöpft sank sie auf die Knie, um einen Augenblick neue Kräfte zu schöpfen.

Da hörte sie, trotz des gewaltigen Lärms, eine Stimme hinter sich. Erstaunt sah sie sich um und erkannte einen kleinen Jungen, der sie ansah und seine Worte wiederholte: „Hab keine Angst. Folge mir und dir wird nichts geschehen." In diesem Moment erschienen Laura die Worte so klar und einleuchtend, dass sie nicht im mindesten daran zweifelte, dass der Junge die Wahrheit sagte.

Die Menschen auf der Straße waren nun nicht mehr erstarrt, sondern blickten nun alle in Richtung des Jungen. Der sah noch immer Laura an und hatte den Menschen den Rücken zugewandt. Langsam hob er nun beide Arme und rief laut: „Folgt mir!" Dann nahm er Laura bei der Hand und rannte los. Viele der Menschen auf der Straße folgten ihnen. Manche blieben trotz allem stehen. Laura hatte Mühe, das Tempo des Jungen mitzuhalten, immer wieder sah sie sich um. Nun kamen die Bombeneinschläge so nah, dass die Menschen, die ihnen nicht folgten, von den Explosionen zerrissen wurden. Laura schrie auf und umklammerte die Hand des Jungen fester. Jetzt rannten sie auf ein Gebäude zu, dessen Eingangstür sich wie von Geisterhand öffnete. Kaum hatten sie die Tür passiert, war von dem Bombenlärm nichts mehr zu hören. Der

Junge eilte mit Laura bis zum Ende des großen Eingangsbereiches, dann blieben sie stehen und drehten sich um. Unzählige Menschen waren ihnen nachgekommen. Allen war die Erleichterung zu spüren, dass sie hier Schutz gefunden hatten. Einige kamen nun auf den Jungen zu und brachen in Tränen aus. Jetzt hörte Laura das Wort „Danke“ aus unzähligen Mündern. Die Menschen fielen vor dem Jungen auf die Knie und gaben lautstark ihrer Dankbarkeit Ausdruck.

Erst jetzt betrachtete Laura das Gesicht des Jungen näher. Irgendwie schien es ihr vertraut. Es war kein gewöhnliches Gesicht. Sie konnte nicht einmal sagen, ob der Junge europäische Züge trug oder die eines anderen Kontinents. Irgendwie hätten die Gesichtszüge zu jedem Ort der Welt gepasst. Eines war aber besonders auffällig. Das Gesicht des Jungen war schmal. Sehr schmal. Dafür war die Stirn ungewöhnlich hoch. Laura wusste, dass sie diese Gesichtszüge schon einmal gesehen hatte. Nicht bei einem Jungen, sondern bei einem erwachsenen Mann. Jetzt fiel es ihr ein, woher sie dieses Antlitz kannte. Auf Bildern hatte sie es gesehen. Auf Bildern, die die Darstellungen eines Pharaos zeigten. Bilder von Echnaton.

In ihrem Traum war Laura über diese Erkenntnis nicht erschrocken. Vielmehr machte sich eine allumfassende Erleichterung in ihr breit. Der Junge hielt immer noch Lauras Hand. Ihm war anzumerken, dass er die Huldigungen der Menge als unangenehm empfand.

„Nein. Dankt nicht mir“, rief er der Gruppe zu. „Ich habe nur Türen geöffnet und euch den Weg gezeigt. Den Weg zu Gott müsst ihr selbst gehen.“ Nun wurde es ruhiger und es war einigen anzumerken, dass sie ein leises Dankgebet sprachen.

Der kleine Echnaton sah nun Laura an und lächelte. „Es sind nicht viele, die gerettet werden. Aber wir können helfen, dass es täglich mehr werden.“

„Und wie können wir ihnen helfen?“, fragte Laura.

„Mit unserem Leben“, antwortete der Junge und sah Laura liebevoll in die Augen. „Einfach mit unserem Leben. Mutter.“

Seit Laura dieses Traumerlebnis hatte, war ihr klar, dass sie das Kind in ihrem Bauch austragen würde. Als sie Vera und Eric ihre Entscheidung mitgeteilt hatte, sagten sie ihr ihre volle Unterstützung und Hilfe zu.

Die Schwangerschaft war problemlos verlaufen. Trotz ihrer inneren Gewissheit, dass ihr Kind einen Auftrag Gottes erfüllen würde, ließ sie sich, so oft es ging, von Fachärzten untersuchen. Glücklicherweise entwickelte sich das Baby in ihrem Bauch prächtig. Erst kurz vor der Geburt entschieden die Ärzte sich dann doch zu einem Kaiserschnitt zu raten, da das Kind in einer ungünstigen Position lag und sich nicht drehen wollte. Laura wünschte sich, dass Vera bei der Geburt dabei wäre. Da Phánuëls Geburt inzwischen einige Wochen zurück lag, kam sie dem Wunsch gerne nach.

„Welchen Namen soll dein Sohn haben?", fragte Vera, als sie zusagte, bei der Geburt dabei zu sein.

„Thomas", entschied Laura. „Thomas bedeutet Zwilling. Und Thomas hat ja einen Zwilling, auch wenn der vor mehr als dreitausend Jahren auf dieser Erde gewandelt ist." Vera und Eric waren erstaunt darüber, dass Laura so unbefangen mit der Situation umging, dass ihr Kind das Produkt eines gewagten Klonexperiments ist.

„Thomas ist auch ein biblischer Name", fügte Eric an. „Einer von Jesu Jüngern hieß Thomas. Ich wünsche ihm, dass er ebenso ein Apostel wird, wie sein Namensvetter."

„Das wird er", bestätigte Laura. „Da bin ich mir sicher."

Der Kaiserschnitt verlief planmäßig und ersparte Laura die schlimmen Stunden der Geburtswehen. Als die junge Mutter das erste Mal ihr Kind in den Armen halten konnte, spürte sie eine unendliche Liebe für den Kleinen.

Vera war ein wenig erschrocken, als sie den neugeborenen Thomas das erste Mal sah. Die Ähnlichkeit mit den Darstellungen von Echnaton war unübersehbar. Selbst bei diesem winzigen Baby. Trotzdem gelang es ihr, sich nichts anmerken zu lassen.

Von den kriminellen Machenschaften der Arnháton-Sekte hatten Laura und Eric sowohl den malischen als auch den deutschen Behörden berichtet. Auch hatten sie sich im Laufe der letzten Monate immer wieder bei der deutschen Polizei nach den Fortschritten der Ermittlungen erkundigt. Jedoch wurde von den Beamten immer wieder darauf verwiesen, dass die Zusammenarbeit mit den malischen Behörden schwierig sei und die deutschen Ermittler am Ort der zerstörten Arnháton-Zentrale kaum Beweise sicherstellen konnten. Das, was durch den Absturz des Flugzeugs auf den Komplex und durch die nachfolgenden Explosionen nicht zerstört sei, läge nun unter Tonnen von Sand. Die Aufarbeitung des Falls könne sich noch über Jahre hinziehen. Außerdem läge der Tatort in einer Gegend Malis, die von Jahr zu Jahr unsicherer würde. Die anfangs zurückgedrängten Islamisten sorgten inzwischen wieder für Unsicherheit im Norden Malis. Staatliche Angestellte könnten sich dort ohne militärischen Geleitschutz nicht mehr bewegen. Und das Militär würde an anderen Stellen dringender gebraucht.

So blieb Eric, Vera und Laura nichts weiter übrig, als innerlich mit den Ereignissen in Mali abzuschließen und zu versuchen, den Alltag in Deutschland so normal wie möglich zu verbringen. Da in all den Monaten nichts darauf hindeutete, dass die Sekte auch in Deutschland agierte, drängte sich der Eindruck auf, dass mit der Zerstörung der Arnháton-Zentrale auch die Strukturen derart geschwächt waren, dass man mit der Auflösung der Sekte rechnen konnte. Alles sprach für die Chance, ein neues Leben zu beginnen.

Doch die Arnháton-Sekte hatte keineswegs ihre Aktivitäten eingestellt. Marera, die Priesterin der Arnháton-Gemeinschaft, hatte die Zerstörung der Zentrale überlebt. Kurz danach hatte Marera beobachten können, dass Laura ein Flugzeug nach Bamako bestieg. Und auch danach hatte sie Laura immer aus der Ferne beobachtet. Noch war die Arnháton-Gemeinschaft in einer Phase des Wiederaufbaus. Noch war man auf der Suche nach neuen Geldquellen und neuen Mitgliedern. Aber immer hatte man daran gearbeitet, den Pharao zurück in die Gemeinschaft zu holen. Zweimal hatte man es schon vergeblich versucht, das Kind heimlich zu entführen. Doch jedes Mal war die Entführung an unvorhergesehenen Ereignissen gescheitert. Laura hatte nichts davon mitbekommen. Der nächste Versuch würde gelingen, da war sich Marera ganz sicher. Dann wäre Echnaton wieder im Kreise derer, die ihn als gottgleichen Pharao verehrten.

6

Der Mann, der aus dem würfelförmigen Objekt geklettert war, hatte inzwischen soviel Kraft geschöpft, dass er es wagte, sich zu erheben. Seine Muskeln zitterten, als er seine Beine zwang, den Körper nach oben zu stemmen. Mit beiden Händen hielt er sich an der Metallbrüstung fest. Er hustete und bemerkte den Geschmack von Blut in seinem Mund. Das Gewicht seines Körpers drückte die nackten Füße schmerzhaft in die Metallgitter, die den Kubus mit der Leiter verbanden. Vorsichtig setzte er einen Fuß vor den anderen, um zur Treppe zu gelangen. Von dort stieg er die Stufen herab, bis er den kühlen Betonboden unter den Füßen spürte. Wieder überkam ihn ein Hustenanfall. Er sah sich um und entdeckte zwei graue Kittel an einem Haken an der Wand. Da es recht kühl war, fror der fast nackte Mann, der nur nasse Shorts trug, und ging jetzt recht zügig zu der Wand, um sich einen der Kittel überzuziehen. Dann sah er sich weiter um, in der Hoffnung vielleicht auch ein Paar Schuhe zu finden. Der kalte Betonboden war jetzt äußerst unangenehm, doch Schuhe fand er hier nicht. Er griff nach dem zweiten Kittel und riss die Ärmel ab, um sie sich um die Füße zu wickeln. So war das Problem der fehlenden Schuhe vorläufig gelöst.

Der Mann nannte sich Saul. Dort, wo er herkam, war es ungewöhnlich, dass ein Mensch einen traditionellen Namen hatte. Dort hatten die Menschen nur Kombinationen aus Zahlen und einzelnen Buchstaben als Namen. Das sollte vermeiden, dass jemand wegen seines Namens bevorzugt oder benachteiligt würde. So stellten es jedenfalls die Führungspersönlichkeiten dar. Namen wie im 21. Jahrhundert seien ein überholtes Relikt aus einer dunklen Vergangenheit, erzählte man den Menschen. Ebenso wie alles, was lesbar war. Es gab angeblich bessere Methoden, um Wissen zu verbreiten. Buchstaben und Namen waren gefährlich. Deshalb hatte man die Schrift größtenteils abgeschafft.

Nur Saul und einige andere hatten noch wirkliche Namen, aber nur, weil sie im Verborgenen lebten. In geheimen Siedlungen, die sogar Magog, der Kreis der Herrschenden, nicht entdeckt hatte. Viele in den Zufluchtsorten konnten sogar lesen und schreiben, aber nicht alle. Diejenigen, die sich aus den Ländern Magogs zu ihnen geflüchtet hatten, durften nie lesen lernen und würden es auch niemals können. In den

Ländern Magogs musste niemand die Fähigkeit des Lesens haben. Alle Fragen wurden von Gog beantwortet. Und Gog sagte auch Magog, wie man regieren sollte. Es war die perfekte Welt für diejenigen, die ihr Leben voll und ganz in die Hände von Gog und Magog legten.

Aber Saul wusste, dass es auch ein Leben, eine Welt, eine Zeit gab, die den Menschen die Freiheit gab, selbst zu lesen und eigene Namen zu haben. In Sauls versteckter Gemeinschaft gab es noch Papier und sogar ein paar Bücher. Das war ein Verbrechen, aus der Sicht des Magog. Aber die Gemeinschaft hatte es seit Jahrzehnten geschafft, unentdeckt zu bleiben. Und sie hatte sogar den Kubus wieder funktionsfähig gemacht. Das war ein Segen für die Gemeinschaft. Und für Gog und Magog würde es ein schwerer Schlag sein.

Schon drei Männer und drei Frauen hatten versucht, mit dem Würfel zu reisen, doch ohne den gewünschten Erfolg. Von zwei Männern hatte man nie wieder etwas gehört und die restlichen vier hatte man tot in dem Kubus aufgefunden, bevor sie die Reise hatten antreten können. Dass Saul bereit war, die Reise zu wagen, zeugte von enormem Mut und von ebenso viel Opferbereitschaft für seine Gemeinschaft.

Saul wusste, dass sein Einsatz so notwendig war wie kaum etwas in der Geschichte der Menschheit. Er wusste Dinge, die Gog und Magog den Menschen vorenthielten. Deshalb war er auch bereit, sein Leben zu riskieren, um hierher zu gelangen.

An diesen Ort.

In diese Zeit.

Mit der Zeitmaschine.

7

Am nächsten Morgen war Eric, wie an jedem Wochentag, früh aufgestanden, um Vera das Frühstück vorzubereiten. Während sie noch einige Minuten im Bett blieb, dachte er an den Tag zurück, als er Vera das erste Mal geküsst hatte.

Es war 2013, nachdem er unter Lebensgefahr geholfen hatte, verschüttete Goldsucher zu retten. Damals wurde ihnen klar, dass es kein

Zufall war, dass sie sich dort in Mali getroffen hatten. Sie waren von Gott füreinander bestimmt.

Eric hatte eine Weile gebraucht, bis er diesen Gedankengang verinnerlichen konnte. Bevor er Vera traf, musste er den Tod seiner Tochter und seiner damaligen Frau Susanne verarbeiten. Beide kamen bei einem Autounfall ums Leben, was Eric damals in eine schwere Krise stürzte. Er begann an Gott zu zweifeln, an seiner Berufung zum Bibelübersetzer, an seinem gesamten Leben. Zu dieser Zeit hatte er Tage, an denen er nicht einmal mehr leben wollte. Der Verlust der beiden liebsten Menschen brachte ihn an die Grenzen des Erträglichen. In diesen Jahren hatte er sich nicht vorstellen können, einmal wieder eine Frau so lieben zu können, wie er es nun mit Vera erleben durfte.

Eric hatte diesen ersten innigen Kuss mit Vera nie wieder vergessen. Auch wenn sie sich zu diesem Zeitpunkt erst wenige Tage gekannt hatten, spürten sie doch beide eine Vertrautheit, so als würden sie sich schon eine Ewigkeit kennen. Die dramatischen Ereignisse jener Tage führten noch zu einigen Ablenkungen, schweißten die beiden aber immer enger aneinander. Als sie später, auf dem Weg nach Bandiagara, ein Zimmer in dem Ort Miéna für eine Nacht ganz für sich hatten, spürte er das erste Mal, wie sehr Vera ihn mit Leib und Seele begehrte. Seit dieser Nacht war beiden klar, dass sie zusammengehörten. Seitdem waren sie sich sicher, dass ein liebender Gott mit einem guten Plan sie füreinander bestimmt hatte.

Damals hatten sie noch viel gemeinsam durchzustehen. Eric wurde angeschossen und wäre womöglich gestorben, wenn er nicht durch einen Außerirdischen geheilt worden wäre, der allerdings kurz danach selbst starb. Es waren unglaubliche Dinge, die sie erlebten. Doch durch die Gewissheit, dass diese Ereignisse ihn mit Vera zusammengeführt hatten, waren sie für ihn nur ein Teil von Gottes gutem Plan.

Seitdem wusste er, dass er mit Vera an seiner Seite das größte Geschenk hatte, das Gott ihm machen konnte. Sie war für ihn unendlich kostbar, genauso wie Phánuël, ihr gemeinsamer Sohn.

Inzwischen hatte Eric den Küchentisch gedeckt und war gerade dabei Spiegeleier mit Schinken zu braten. Nebenan hörte er, wie Vera aus dem im ersten Stockwerk gelegenen Schlafzimmer die Treppe herunter kam. Nur in ihr hauchdünnes Nachthemd gehüllt betrat sie die Küche und wie an jedem Morgen war Eric überwältigt von ihrem Anblick. Ihre Haare waren noch etwas zerzaust und gaben ihrem hübschen Kopf eine verwegene Note. Durch das Nachthemd konnte er deutlich ihren schlanken Körper sehen, der ihm noch immer wie am ersten Tag den Atem nahm. Eric liebte Veras Charakter, ihren unverwüstlichen Humor, ihre Intelligenz und ihre Begeisterungsfähigkeit. Aber er liebte auch ihren perfekten Körper. Und an einem Morgen wie diesen liebte er ihn ganz besonders.

„Guten Morgen, Chéri“, hauchte Vera, noch immer etwas schlaftrunken.

„Guten Morgen, mein Schatz.“ Mit einem leichten Seufzer wandte Eric seinen Blick von Vera, um sich weiter der Zubereitung des Frühstücks zu widmen.

Während er mit der Pfanne und einem Küchenspachtel hantierte, leicht nachwürzte und den Herd ausschaltete, trat Vera von hinten an ihren Mann heran. Gerade wollte er melden, dass jetzt alles fertig sei, da lehnte sie sich sanft an seinen Rücken und schlang ihre Arme um seine Brust. Eric war etwas größer als sie, was ihr das Gefühl gab, einen richtigen Mann bei sich zu haben.

Vorsichtig stellte Eric die Pfanne wieder auf den Herd. Er kannte Veras Bedürfnis nach Zärtlichkeit nur zu gut und war für diese Momente, die Vera recht oft hatte, unendlich dankbar. Vorsichtig drehte er sich um und nahm ihr Gesicht in beide Hände. Liebevoll küsste er sie auf ihre zarten Lippen und strich ihr übers Haar. Veras Hände glitten über seine Brust und wanderten hoch bis zu seinem Nacken, den sie jetzt fest umschlang. Den Kuss erwiderte sie mit einer Leidenschaft, die keinen Zweifel daran ließ, dass sie Eric jetzt mit Haut und Haar begehrte.

Ihre Hände griffen nach seinem vollen Haar. Sie zog seinen Kopf zu sich und küsste ihn, als wären sie hundert Jahre getrennt gewesen und müssten alle Zweisamkeit nachholen.

Veras Küsse ließen Eric noch immer in Flammen aufgehen, als wäre es ihr erster Kuss. Noch immer überwältigte ihn das sanfte und zugleich wilde Spiel ihrer Lippen. Noch immer entführte ihre Zunge ihn in Sphären weit jenseits dieser Welt.

Vera war nicht weniger hungrig nach Erics Küssen. Bevor sie Eric traf, gab es schon viele Männer in ihrem Leben. Aber niemand hatte damals das Talent wie Eric gehabt, sie bereits durch einen leidenschaftlichen Kuss in höchste Erregung zu versetzen.

Immer noch eng umschlungen und heftig küssend, schoben sich die beiden aus der Küche in das angrenzende Wohnzimmer. Veras Hände liebkosten jeden Quadratzentimeter von Erics Körper. Und auch Eric hätte sich gewünscht, mehr als nur zwei Hände zu haben, um jeden Teil von Veras Körper gleichzeitig spüren zu können. Immer wieder aufs Neue war er von ihren perfekten Rundungen hingerissen. In jedem Moment, in dem er Vera berührte, wusste er, dass er nichts auf dieser Welt so sehr begehrte wie Vera.

Im Wohnzimmer ließen sie sich auf das Ecksofa fallen und küssten sich heftig weiter. Veras Haar geriet zwischen ihre Münder, so dass Eric, der auf Vera lag, den Kopf einen Moment hob und die Haare zärtlich beiseite schob. Beide sahen sich in die Augen. Beide wussten, sie waren füreinander geschaffen und niemand könnte den jeweils anderen ersetzen.

Vera zog wieder Erics Kopf zu sich. Fordernd verlangte sie seine Küsse. Ihre Hände glitten unter sein Hemd, was ihn noch weiter erregte. Er spürte, wie Veras Körper nach seiner Nähe verlangte. Vorsichtig richtete er sich auf, um sich sein Hemd auszuziehen. Währenddessen streifte Vera sich das Nachthemd ab, so dass sie nun völlig nackt vor ihm auf dem Sofa lag. Eric hatte noch immer seine Hose an, doch mit flinken Fingern hatte Vera ihm auch diese ausgezogen.

8

Arthur hatte sich in Catania auf Sizilien ein Hotelzimmer gemietet. Er saß dort auf einem Stuhl und betrachtete vor sich, auf dem kleinen Tisch, eine Zahnpastatube. Die Tube war aus Aluminium. Arthur nahm ein Messer und schnitt sie ganz am Ende vorsichtig auf. Dann drückte er den Inhalt auf ein Papiertaschentuch. Seit den Ereignissen im Zentrum der Arnhátonsekte fehlte ihm ein Finger. Doch inzwischen hatte er gelernt, mit neun Fingern auszukommen.

Zum Vorschein kam, außer der Zahnpasta, auch ein eng aufgerolltes Bündel mit Geldscheinen. Es war alles, was Arthur während seiner Reise vor den Schleppern verstecken konnte. Mehrmals hatte man ihn und die anderen Flüchtlinge ausgeraubt. Doch niemand kam auf den Gedanken, dass der alte Mann sein Bargeld in einer Zahnpastatube aufbewahrte. So blieb ihm immer etwas Geld, wenn Bestechungen oder Ähnliches notwendig war.

Nun war er in Europa und hatte sogar einen französischen Personalausweis. Eigentlich müsste er niemanden mehr bestechen, dachte er sich. Aber in den letzten Monaten hatte er Erfahrungen gemacht, die ihn auf eine neue Weise geprägt hatten.

Bisher hatte er sich nur für sich selbst und für seine Familie verantwortlich gefühlt. Doch in den letzten Monaten hatte er miterlebt, wie andere Flüchtlinge mit ihm gelebt und gelitten hatten. Ihm geholfen hatten und neben ihm gestorben waren. Mit ihm gehungert hatten und bis an ihre Grenzen gegangen waren. Er hatte erlebt, wie er und die anderen betrogen wurden und um ihr Leben kämpfen mussten. Dabei waren Freundschaften entstanden, die er jetzt nicht einfach abschütteln konnte.

Das Geld, das nun vor ihm lag, würde er gut für den Start in sein neues Leben gebrauchen können. Schließlich kann man auch in Deutschland nicht einfach mit einem französischen Pass auf ein Amt gehen und sich einen neuen Haushalt bezahlen lassen. Es wären einige Investitionen nötig. Doch zwei seiner Begleiter auf der schweren Reise von der Sahara bis hierher wollte er nicht einfach ihrem Schicksal überlassen.

Da war zum einen Adama Soumbia. Ein junger Mann von 23 Jahren. Arthur hatte ihn in Agadez getroffen. Adama gehörte zur christlichen Minderheit im Niger. 2015, nach der Veröffentlichung der umstrittenen Ausgabe des Magazins Charlie Hebdo, brach auch im Niger, wie in vielen anderen Teilen der Welt, eine bislang nie dagewesene Welle von Gewalt gegen die Christen los. Beginnend in der zweitgrößten Stadt des Landes, kam es später auch in der Hauptstadt Niamey und weiteren Orten zu gewaltsamen Übergriffen. Mehrere Menschen verloren in den nächsten Monaten ihr Leben. Darunter auch Adamas Familie. Zwar unternahm die Regierung Nigers wirksame Maßnahmen zur Bekämpfung von Extremisten und damit auch zum Schutz von Christen, aber die Dörfer von Adamas Heimat waren immer wieder Anschlägen und Überfällen von militanten muslimischen Gruppen ausgesetzt. Irgendwann hatte

Adama beschlossen, nach Europa zu emigrieren, wo er hoffte, seinen Glauben ohne Gefahr praktizieren zu können. In Agadez trafen Arthur und Adama zusammen und waren seitdem gemeinsam gereist.

Außerdem gab es da noch Mariam Ginta, die sich während ihrer Flucht zum christlichen Glauben bekehrt hatte. Die Zwanzigjährige stieß erst in Dirkou, im Norden des Niger, zu der Gruppe. Eigentlich kam sie aus Mali und gehörte dort zur Volksgruppe der Bozo. Zu dem Zeitpunkt des Zusammentreffens war sie schon seit über einem Jahr unterwegs. In Dirkou wurde sie von ihren Schleppern als Sklavin gehalten. Mit Arthurs Hilfe kam sie frei. Seitdem fühlte er sich für sie verantwortlich.

Arthur wusste, dass die beiden noch lange Zeit in dem Flüchtlingslager südlich von Catania bleiben würden, bis sie die finanziellen Mittel hätten, weiter nach Deutschland zu reisen. Und Deutschland war ihr angestrebtes Reiseziel. Arthur hatte zwar versucht, ihnen ein realistisches Bild von dem zu machen, was sie dort erwartete: kein Land, wo Milch und Honig fließen, sondern eine Gesellschaft, die immer mehr von ihrem Sozialstaat dem Heuschreckenkapitalismus opferte. Das führte dazu, dass immer mehr Menschen vom Mittelstand in die soziale Unterschicht abstiegen. Migranten ohne Ausbildung erwartete nur eine neue Form von Armut, aber immer in Konkurrenz zu einheimischen Verarmten und einer verängstigten Mittelschicht, die den sozialen Abstieg vor Augen hatte. Eine explosive Situation, die nur für die wenigen Superreichen einen Gewinn darstellt.

Doch Adama und Mariam ließen sich von Arthurs Warnungen nicht von ihrem Plan abbringen. Zu verlockend waren die Schilderungen der Schlepper. Zu hoffnungslos die Situation in der Heimat.

Arthur beschloss, den beiden auf ihrem Weg nach Deutschland beizustehen, mit Geld und auch mit sonstiger Hilfe. Sie konnten nur wenig Englisch und überhaupt kein Deutsch. Er wollte bei ihnen bleiben, bis sich in Deutschland eine Hilfsorganisation ihrer annahm.

Arthur würde ihnen helfen. Und das fühlte sich gut an. Und dabei musste noch nicht einmal jemand sterben.

Vorerst jedenfalls.

9

Saul fiel es nicht leicht, seine Emotionen im Zaum zu halten. Er sah so viele Dinge, von denen er bisher noch nicht einmal zu träumen gewagt hatte. Die Zeit, in die er gereist war, bot so viel, was in dem Jahrhundert, aus dem er kam, undenkbar war. Texte, die für jedermann lesbar waren. Plakate, Schilder mit Firmennamen oder Straßennamen, Zeitungen, Bücher und noch viel mehr.

Und er konnte alles lesen. Da, wo er herkam, wusste man, dass er der deutschen Sprache mächtig sein musste, wenn er aus der Zeitmaschine gestiegen war. Er hatte diese Sprache sogar von Kindesbeinen an gelernt. Natürlich zusätzlich zu Serusar, der Sprache, in der die Menschheit kommunizierte. Die ganze Menschheit. Außer den wenigen Altwissenden, zu denen auch er gehörte.

Saul hatte immer noch nichts weiter an, als seine inzwischen getrockneten Shorts und den grauen Kittel, den er im Raum der Zeitmaschine gefunden hatte. Da der Kittel aber fast knielang war, bemerkte das keiner der Menschen, denen er nun begegnete. Saul hatte nur mit Mühe die Türen öffnen können, die ihn von dem verborgenen Raum bis nach draußen brachten. Nun musste er sich in dieser völlig ungewohnten Welt zurechtfinden.

Hier gab es keinen Gog, der einem immer sagte, was er tun sollte. Dem man jede noch so nebensächliche Frage stellte, um nicht selbst denken zu müssen. Hier war man frei, musste aber auch selbst Lösungen entwickeln. Dort, wo er herkam, in der verborgenen Kolonie der Altwissenden, war einer der wenigen verbliebenen Orte, an denen die Menschen noch lernen konnten, alleine Entscheidungen zu treffen. Der Rest der Welt hatte sich vollends Gog anvertraut. Letztlich nicht freiwillig, aber so gut wie unumkehrbar.

Saul wusste, dass die Menschen am Anfang des 21. Jahrhunderts nicht ahnten, dass sich die Welt derart wandeln würde, dass die Menschheit nicht mehr im Stande war, auch nur die einfachsten Buchstabenkombinationen zu lesen. Niemand hier ahnte, was den kommenden Generationen bevorstand. Niemand zweifelte am Fortschritt, der alles besser machen sollte. Kaum jemand nahm die biblischen Prophezeiungen ernst.

Aber er war nicht hier, um die Menschen dieser Zeit zu belehren. Er wusste, dass das Schicksal der Menschheit schon feststand. Nur wenige Menschen hatten in den vergangenen Jahrhunderten die Offenbarungen in der Bibel richtig interpretiert und ihr Leben darauf ausgerichtet. Nur wenige hatten für die Menschen gebetet, die es miterleben sollten, wenn die letzten Siegel des Endgerichts gebrochen werden.

Saul wurde in diese Zeit geschickt, um den Mann zu treffen, der ihm helfen sollte, das mit der Zeitmaschine in die Zeit Gogs und Magogs zu schicken, was dort der Kolonie der Altwissenden am meisten fehlte: das Buch der Bücher.

Bibeln, die den Menschen Kraft und Trost gaben, die letzten Tage der Menschheit zu überstehen. Dort, wo er herkam, gab es keine Bücher mehr, da der Magog dafür gesorgt hatte, dass keine mehr gedruckt werden konnten. Niemand sollte lesen können, da jeder einzig und alleine auf Gog hören sollte. Also brauchte man keine Bücher mehr. Bücher galten sogar als gefährlich. Bücher waren unkontrollierbar. Wer welches gedruckte Buch las, blieb sogar Gog verborgen. Und der Magog tat alles, damit jedes Buch auf der Welt vernichtet werden sollte.

Saul wusste, dass es nun das Wichtigste war, den Mann zu treffen, der es möglich machte, ihn samt der Bibeln mit der Zeitmaschine wieder zurückzuschicken. Alleine würde er es nicht schaffen. Aber mit diesem Mann und anderen Helfern aus dieser Zeit sollte es gelingen. Er musste nur zu der Adresse gelangen, die ihm die Führer der Altwissenden genannt hatten.

Aber wie findet man eine Adresse, wenn man noch nie im Leben nach einer gesucht hatte? Saul wusste, dass er nach Osten gehen musste, wenn er die Zeitmaschine verlassen hatte. Er orientierte sich an der Sonne. Er beobachtete die anderen Menschen dieser Zeit und versuchte ihre Handlungsweisen zu analysieren. Viele Menschen hatten sich in Fahrzeuge gesetzt, die sie transportierten. Ähnliches kannte er auch aus seiner Zeit. Doch da konnten sich nur Leute aus der Kaste Magogs auf diese Weise fortbewegen. Hier waren es wesentlich mehr Fahrzeugreisende.

Saul überlegte, ob hier vielleicht jeder Mensch einfach so in ein Fahrzeug steigen konnte, um sein Ziel zu nennen und sich dann dorthin bringen zu lassen. Da er darauf keine Antwort fand, beschloss er, erst einmal zu Fuß nach Osten zu laufen und die fantastische Welt weiter zu beobachten.

Saul hatte sich schon oft den Kopf darüber zerbrochen, ob Dinge, die in der Zukunft geschehen sind, sich ändern werden, wenn man die Vergangenheit verändert. Welche Auswirkungen würde es haben, wenn er Bibeln vom 21. Jahrhundert in seine Zeit schaffte? Was wäre, wenn diese Bibeln bei Gottes Plan in diesem Jahrhundert fehlten? Können überhaupt ein paar Bibeln den Verlauf der Geschichte ändern?

Den Verlauf der großen Ereignisse in seinem Jahrhundert würden diese Bibeln auf jeden Fall ändern, da waren sich die Führer der Altwissenden sicher. Und auch er zweifelte nicht daran. Aber vielleicht haben ja die fehlenden Bibeln in diesem Jahrhundert erst dazu geführt, dass die großen Katastrophen der Endzeit in Gang geraten? Saul wusste, dass er keine Lösung für dieses Dilemma finden könnte. Zeit-Paradoxen entziehen sich allen menschlichen Versuchen, sie zu verstehen.

Die Adresse, die er finden musste, hatte er sich auf seinen linken Unterarm geschrieben, bevor er sich auf die Zeitreise hierher gemacht hatte. Er hätte auch einen Zettel mit der Adresse auf seiner Reise mitnehmen können. Solange das speziell aufbereitete Wasser, in das man während der Zeitreise tauchte, die gesamte Struktur eines toten Objekts durchdrang, überstand es die Reise. Lebende Objekte, wie er selbst, mussten nicht völlig durchdrungen werden. Es reichte, wenn der Sauerstoff, der dem Körper in den Stunden vor der Zeitreise verabreicht wurde, in gleicher Weise wie das Wasser in dem Kubus aufbereitet wurde. Die Quantenverschränkung zwischen dem Wasser und dem Sauerstoff machte es dann möglich, die Reise mehr oder weniger unbeschadet zu überstehen. Ein Indiz, dass die Sauerstoffanpassung erfolgreich war, zeigte sich darin, dass der Zeitreisende in dem Transportwasser atmen konnte, wie in gewöhnlicher Luft.

Zufällig gelangte er auf einen Wanderweg, der parallel zu einer Schnellstraße nach Osten führte. Dort war er der einzige Fußgänger. Nur ein paar Radfahrer überholten ihn hin und wieder. Nach vier Stunden bekam er Hunger. Er ignorierte dieses Gefühl, ohne größere Mühe. Dort, wo er herkam, musste seine Gemeinschaft oft Nahrungsengpässe überstehen, da sie stets gezwungen war, verborgen zu bleiben.

Bedenklicher als der Hunger war die Tatsache, dass er nichts zu trinken hatte. Er wusste, dass er früher oder später etwas Trinkbares auftreiben musste. Deshalb durchwühlte er die Mülleimer, an denen er vorbei kam. Aber außer ein paar leeren Plastikflaschen fand er dort nichts Brauchbares.

Wenn er nach rechts blickte, sah er etwas, von dem er sicher war, dass es ein Fluss sein musste. Man hatte ihm vor seiner Zeitreise gesagt, dass die Stadt in der der Kubus stand, Frankfurt am Main hieß. Daraus schloss er, dass dieser Fluss möglicherweise der „Main“ war. Diese Schlussfolgerung war richtig.

Er betete, dass es nicht nötig sein möge, dass er das Wasser des Flusses trinken müsse. Er hatte die schlimmsten Befürchtungen, welche Umweltverschmutzung in diesem Jahrhundert herrschen könnte. Kaum hatte er das Gebet mit einem kräftigen „Amen“ abgeschlossen, fielen erste Regentropfen. Schnell steigerte sich der Regenschauer zu einem heftigen Platzregen. Er genoss jeden Regentropfen, denn das Wasser, das an seinem Kittel herunterlief, ließ sich problemlos in die Flasche leiten. Er wusste, dass er bei seinem Auftrag nicht alleine war. Die himmlischen Mächte waren mit ihm.

Er wusste nicht, ob es noch Stunden oder gar Tage dauern würde, bis er den Mann getroffen haben würde, den er für die Erfüllung seines Auftrags brauchte, aber er war sich sicher, dass es ihm gelänge.

Noch einmal sah er auf seinen linken Unterarm. Deutlich war dort die Adresse zu lesen, und auch der Name des Mannes, den er suchte.

Eric Harder.

10

Es war ein lauer Sommerabend. Vera hatte einen ihrer Kollegen zum Grillen eingeladen. Laura würde auch dabei sein, Eric sowieso. Für Lauras Sohn Thomas hatte man schon einen Schlafplatz in Phánuëls Zimmer vorbereitet. Nachdem man die beiden Kleinkinder zu Bett gebracht hatte, sollte die kleine Grillparty starten.

Vera hatte ihren Kollegen Harald bei einem Firmenlauf in Frankfurt näher kennengelernt. Der „David-Goldheimer-Run“ ist eine Laufveranstaltung, bei der Mitarbeiter in Teams von bis zu acht Läufern für ihre jeweilige Firma eine Strecke von bis zu 21,1 Kilometern bewältigen. Der Lauf bringt jährlich bis zu 30.000 laufbereite Firmenangestellte in Bewegung. Auch das „Frankfurt Global Newstime Magazine“ hatte seine Mitarbeiter dazu aufgerufen. Harald Adler gehörte zu den Läufern. Vera lief nicht mit, da ihr Terminplan es nicht zuließ, aber sie koordinierte den Einsatz der Läufer für ihre Zeitung.

In den letzten Wochen hatte Vera Harald mehrmals getroffen, um Trainingstermine während der Arbeitszeit abzusprechen, Firmen-T-Shirts zu verteilen und die Vorbereitung auf den Lauf zu organisieren. Dabei hatten sie auch über ihre jeweiligen Erfahrungen in Mali gesprochen. Als ehemaliger Kriegsreporter hatte Harald auch aus Afrika berichtet. Vera hatte stets den Eindruck, dass es etwas gab, dass Harald sehr beschäftigte, das er aber nicht preisgeben wollte. Da in ihr das Bedürfnis geweckt wurde, ihm zu helfen, hoffte sie nun, dass er bei einem Grillabend gesprächiger sein würde.

Vera wusste kaum etwas über Harald. Inzwischen hatte sie erfahren, dass er Anfang Vierzig war und als ehemaliger Kriegsreporter so etwas wie eine Legende war. Warum er seit ein paar Jahren nicht mehr aus Krisengebieten berichtete, sondern von politischen Großveranstaltungen in Deutschland, war ihr nicht bekannt.

Harald war mittlerweile fast bei Eric und Vera angelangt. In den vergangenen Wochen hatte er bemerkt, dass Vera ihn in persönliche Gespräche verwickeln wollte. Als Journalist hatte er wenig Mühe, ihre Versuche taktvoll abzuwehren. Auch heute würde sie kaum etwas erfahren.

Seit drei Jahren war er für die Berichterstattung von politischen Großereignissen in Deutschland zuständig. Davor war er Kriegsberichterstatter im Nahen und Mittleren Osten. Nachdem er in Afghanistan bei der Begleitung eines Bundeswehreinsatzes in ein Feuergefecht verwickelt wurde, litt er an einer posttraumatischen Belastungsstörung. Da er sich in den Jahren als Kriegsreporter einen fast vorzüglichen Ruf erworben hatte, wollte seine Zeitung ihn auf keinen Fall verlieren. Aufgrund seines Traumas konnte man ihn aber nicht mehr in Krisengebiete schicken. Als Journalist mit ausgezeichnetem Ruf war er aber inzwischen auch bei Spitzenpolitikern gern gesehen. So entschieden seine

Vorgesetzten, dass er nun innerhalb Deutschlands von politischen Großereignissen berichten sollte. Da die deutsche Kanzlerin als mächtigste Frau der Welt galt, gab es auch so für Harald Adler viel zu tun.

Haralds Trauma machte ihm noch immer zu schaffen. Es gab keinen Tag, an dem er nicht daran erinnert wurde, dass sich sein Leben für immer geändert hatte. Nicht einmal eine Stunde gab es, die in etwa so wie früher war. Nein, er hatte keinen Arm und auch kein Bein verloren. Nein, er hatte keine fürchterlichen Verbrennungen erleiden müssen. Das, was er erleben musste, hatte seinen Blick auf die Welt verändert. Und er hatte erkennen müssen, dass diese Welt schmutzig und hässlich war.

Es war vor etwa vier Jahren, also im August 2013. Er war damals mit einer Aufklärungseinheit der Bundeswehr unterwegs. Die Soldaten hatten den Auftrag, Sprengfallen an einer wichtigen Straße nordöstlich von Kundus aufzuspüren und zu beseitigen. Die Straße war ein bedeutender Verbindungsweg von der afghanischen Provinzhauptstadt zu der archäologischen Ausgrabungsstätte Ai Khanoum. Man vermutet, dass es sich bei der Stadt um das aus antiken Dokumenten bekannte Alexandria am Oxus bzw. um das spätere Eukratidia handeln könnte. Sie wurde vermutlich im Jahre 280 v. Chr. gegründet und um 145 v. Chr. durch die Invasion von Nomaden fast vollkommen zerstört. Die Siedlung wurde erst zwischen 1964 und 1978 von einem französischen Team wieder ausgegraben. Später gab es auch vereinzelte sowjetische Grabungen.

Harald war im August 2013 mit der Aufklärungseinheit vom Feldlager Kundus aus gestartet und zu der 74 km nördlich gelegenen Stadt Khwaja gefahren. Von dort aus fuhr sie nach Osten, parallel zu dem Fluss Pjandsch. Der Pjandsch ist 921 km lang und einer der Quellflüsse des Amudarja. Der Amudarja wiederum ist einer der 30 längsten Flüsse der Welt.

Kurz nachdem die Fahrzeugkolonne die Stelle erreicht hatte, an der sich die Straße bis auf wenige Meter dem Pjandsch genähert hatte, begannen die Soldaten mit ihrer Aufklärungsarbeit. Mit einem ferngesteuerten Detektor suchten sie nun einen Abschnitt der Straße ab. Gesteuert wurde der Roboter aus sicherer Entfernung vom Truppentransportfahrzeug Fuchs aus. Als der Detektor ein verdächtiges Objekt ausgemacht hatte, wurde ein ebenfalls ferngesteuerter Kleinbagger losgeschickt, der das Objekt freilegte. Währenddessen sicherten weitere Soldaten die Umgebung.

Harald machte von dem Unternehmen Foto- und Filmaufnahmen.

Ebenso wie die Soldaten war er mit einer kompletten Einsatzausrüstung bekleidet, nur dass er statt einer Waffe, seine Fotoausrüstung im Anschlag hatte. Der Umgang mit den Soldaten war sehr kameradschaftlich. Er schätzte ihre Arbeit, die das vom Krieg geschundene Land etwas ungefährlicher machte. Und die Soldaten waren froh, dass sich ein Reporter in eine der gefährlichsten Gegenden der Welt aufmachte, um über den Einsatz der Bundeswehr zu berichten. Leider nahm die Öffentlichkeit in Deutschland den Dienst der Soldaten meist nur dann wahr, wenn es Fehlschläge oder Tote gab. Dass ein Journalist den Alltag der Soldaten dokumentierte, war noch immer nicht selbstverständlich.

Es war heiß im Sommer 2013. Er hätte den mit Tarnmuster bedruckten Feldanzug und die kugelsichere Weste gerne gegen ein T-Shirt und Shorts getauscht, doch das wäre unvernünftig gewesen. Der Konvoi aus den drei Truppentransportfahrzeugen des Typs Fuchs, drei Allschutz-Transport-Fahrzeugen vom Typ Dingo und einem Schützenpanzer war schwer bewaffnet, um notfalls sich oder auch die Zivilbevölkerung schützen zu können. Die Minenräumspezialisten führten ihre Arbeiten aus. Mehrere Soldaten sicherten währenddessen die Umgebung.

Das Gelände schien öde und verlassen. Am Ufer des nahegelegenen Pjandsch wuchsen ein paar Büsche. In der Ferne sah man die Gipfel des Hindukusch-Gebirges. Dazwischen war nichts als graubraune Steinwüste.

Harald machte unzählige Fotos von den Soldaten, die mit Fernglas und Fernsteuerung den Baggerroboter steuerten. Zwischendurch nahm er auch die Fahrzeuge des Konvois und die Soldaten auf, die das Unternehmen sicherten. Dabei fielen ihm auch eine Anzahl Ruinen in einigen hundert Metern Entfernung auf. Sie schienen nicht aus neuerer Zeit zu sein. Es waren zwar nur wenige Steine, die noch aufeinander standen, aber sie waren zu groß und schwer, als dass sie zur heute üblichen Bauweise passten.

Da Harald inzwischen schon eine Vielzahl an Aufnahmen von der Minenräumaktion gemacht hatte, beabsichtigte er nun, einen kurzen Abstecher zu den seltsamen Ruinen zu machen. Er wusste, dass er sich mit der Bundeswehreinheit hier in der Nähe der archäologischen Ausgrabungsstätte Ai Khanoum befand. Der antike Ort befand sich allerdings fast vier Kilometer östlich von hier, dort wo die Koktscha in den Pjandsch mündet. Ai Khanoum lag auf der anderen Seite der Koktscha, eines etwa 360 km langen Flusses.

„Ich sehe mir mal die Ruinen dort an", signalisierte Harald dem Zugführer seine Absicht.

„Sie sollten aber nicht alleine dort hingehen. Der Hauptgefreite Hartmann wird sie begleiten", entschied der Oberfeldwebel und gab dem Soldaten ein Zeichen. Harald wusste, dass Bundeswehrpatrouillen ein bevorzugtes Ziel der Aufständischen waren. In den mehr als zwanzig Jahren seiner Journalistentätigkeit hatte er schon mehrere Gefechte miterleben müssen. Da der Norden Afghanistans inzwischen als relativ sicher galt, sah er keinen zwingenden Grund, für einen persönlichen Leibwächter, um die Ruinen näher zu untersuchen, aber er fügte sich kommentarlos.

Der Hauptgefreite rückte seine Sonnenbrille zurecht, nahm sein Sturmgewehr G36 von der Schulter und wies Harald an: „Gehen Sie vor, ich folge ihnen." Während Harald losmarschierte, behielt der Soldat die Ruinen konzentriert im Auge.

Im Gehen schoss Harald Fotos von den Steinblöcken, die sich immer noch in einiger Entfernung befanden. Kurz bevor er die Quader erreichte, drehte er sich noch einmal um, um von hier aus den Konvoi zu fotografieren. Der Soldat wich ihm nicht von der Seite. Harald bemerkte, dass er sich unwohl fühlte.

„Ich mache nur ein paar Bilder mit den Ruinen im Vordergrund und dem Konvoi im Hintergrund", erklärte Harald.

„Hier kann uns niemand Feuerschutz geben", meinte der Soldat. „Wir sollten uns nicht länger von der Truppe entfernen als nötig."

„Wir bleiben nicht lange", gab Harald zu verstehen, während er ununterbrochen fotografierte. Sie standen jetzt inmitten eines Feldes, in dem sich die Überreste von einem halben Dutzend Häuser befanden. Außer ein paar Grundmauern war nichts von den Gebäuden übrig geblieben.

„Das muss aus vorislamischer Zeit stammen", mutmaßte Harald.

„Die Steine stehen sicher in Zusammenhang mit Ai Khanoum, auf der anderen Seite der Koktscha", antwortete der Soldat, als er eine Bewegung hinter einem Mauerrest bemerkte.

„Gehen Sie in Deckung", befahl der Hauptgefreite und sprang selbst

Gruppe junger Männer den Weg durch den Waggon. Offensichtlich waren es Fans eines sizilianischen Fußballclubs. Mit lauten Gesängen ließen sich die acht in zwei gegenüberliegenden Sitzgruppen nieder. Arthur verstand nur wenig von dem, was die Halbstarken von sich gaben. Sein Italienisch beschränkte sich auf die Begriffe, die mit der französischen Sprache verwandt waren. Arthurs französische Sprachkenntnisse hatten mehr als gut für den Alltag in Mali ausgereicht.

Adama und Mariam waren von dem Gegröle der Männer verunsichert. Zwar bemerkten auch sie, dass es eine Fangruppe war, doch das enthemmte Verhalten machte sie für die Afrikaner unberechenbar. Arthur versuchte, seine beiden Begleiter zu beruhigen und zu erklären, dass die Männer, die ihrer Freude so lautstark Ausdruck gaben, nur ein paar unreife Sportfans waren. Doch den Mienen von Adama und Mariam war deutlich anzumerken, dass ihnen das Gegröle unangenehm war. Adama griff nach seiner Taschenbibel, senkte seinen Kopf, faltete die Hände und betete.

Diese Situation erinnerte Arthur an die erste Begegnung mit Adama, vor einigen Monaten in Agadez. Endlich hatte er damals einen Vermittler gefunden, der ihn für einen annehmbaren Betrag nach Libyen schaffen wollte. Kurz nach Sonnenuntergang sollte der Transport losgehen. Nachdem der Vermittler das Geld kassiert hatte, nannte er ihm einen Ort am Rande der Stadt, wo er sich einfinden sollte. Am späten Abend fand sich Arthur dort ein.

Etwa zwanzig junge Männer warteten bereits in der baufälligen Halle, in der ein alter LKW gerade betankt wurde. Wie sich herausstellte, waren dort der Vermittler, zwei Fahrer und die Gruppe von Migranten, die die Ladung des LKWs bildeten. Der Vermittler kam auf Arthur zu und meinte: „Benzinkosten. Das macht noch einmal 100.000 Franc. Jetzt sofort.“ Arthur war nicht überrascht. Er wusste, dass die Schlepper jede Möglichkeit nutzten, um zusätzlich abzukassieren. 100.000 CFA-Franc hatten einen Gegenwert von etwa 150,00 Euro. Wenn er jetzt nicht zahlte, war auch das bisher gezahlte Geld verloren. Kaum jemand hätte jetzt einen Rückzieher gemacht.

Arthur zahlte und wurde auch gleich mit den anderen Männern auf die offene Ladefläche des LKWs gescheucht. Er war mit großem Abstand der Älteste. Frauen gab es in dieser Migrantengruppe keine. Wer auf dem gefährlichen Weg durchkommen wollte, musste jung und männlich sein. Arthur war zumindest keine Frau. An ein Bordell würde man ihn nicht verkaufen. Aber viele seiner Mitreisenden machten sich angesichts seines Alters Gedanken, ob er die Strapazen überleben würde.

Auch Adama befand sich auf der Ladefläche des LKWs, als das Gefährt sich in Gang setzte und die Halle verließ. Nun stand den Passagieren eine viertägige Fahrt bevor. 660 Kilometer bis Dirkou im Nordosten des Niger waren auf dieser ersten Etappe zu überwinden. Unterbrechungen gab es nur kurz, wenn die beiden Fahrer wechselten. Die Ladefläche hätte auch Platz für dreißig dicht zusammengedrängte Personen gehabt. Dass es weniger waren, bedeutete so etwas wie Luxus. Die Fahrer hatten zuvor Anweisung gegeben, dass sich die Flüchtlinge auf den Boden setzen sollten, um sich vor vorbeifahrenden Patrouillen zu verbergen. In der Nacht wollte aber sowieso niemand über die Bordwand schauen. Alle saßen auf dem Boden und warteten, dass der LKW sein Ziel erreichte.

Adama hatte eine Taschenlampe mit Kurbel zum Aufladen dabei und leuchtete damit in ein kleines Buch. So fiel er Arthur recht früh auf. Alle anderen saßen apathisch beieinander oder schliefen. Nur drei der Männer redeten miteinander. Zuerst leise, nach einiger Zeit immer lauter. Arthur verstand nicht, was die jungen Männer miteinander redeten. Mal lachten sie, mal erschienen sie fast zornig.

Arthur versuchte, die Drei zu ignorieren. Da er ihre Sprache nicht verstand, würde er auch kaum mit ihnen kommunizieren können. Er entschied sich, davon auszugehen, dass sie genauso harmlos seien, wie die anderen Männer, die still auf ihren Plätzen saßen.

Die Piste, auf der der LKW fuhr, war nun so holprig, dass die Passagiere, die auf der offenen Ladefläche zusammengepfercht waren, heftig hin und her geschüttelt wurden. Die drei lautstarken Männer kommentierten das mit schrillem Gejohle. Arthur hoffte, dass die Straße bald besser werden würde, da das ununterbrochene Schaukeln ungemein an den Nerven zerrte. Eine leichte Übelkeit kam in Arthur auf. Er versuchte, durch tiefes Einatmen dagegen anzukämpfen.

Arthurs Hoffnung auf eine bessere Straßenführung bestätigte sich nicht. Die Zeit, in der die Männer durchgeschüttelt wurden, erschien schier endlos. Inzwischen gelang es Arthur den Brechreiz gut unter

Kontrolle zu behalten. Einem der Männer gelang das aber nicht. Eilig sprang der kaum Zwanzigjährige auf und versuchte die Bordwand zu erreichen, bevor sein Mageninhalt nicht mehr zu stoppen war. Doch er war nicht schnell genug. Bevor er den Kopf ins Freie strecken konnte, stolperte er über einen der Mitreisenden und erbrach sich über einem der drei Halbstarken.

Der Besudelte wurde nun besonders laut und unmissverständlich aggressiv. Mit voller Kraft stieß er sein Gegenüber zur Seite, so dass der mit dem Kopf an die eiserne Bordwand prallte. Die beiden anderen lachten zuerst, dann schimpften auch sie auf den am Boden liegenden ein. Der rappelte sich mühsam auf und schaffte es nun, sich auf die Bordwand zu lehnen, um weiter seinen Mageninhalt loszuwerden. Der Besudelte wischte sich mit der Hand das Erbrochene ab und zeterte weiter vor sich hin. Seine beiden Kameraden standen inzwischen neben dem jungen Mann, der nun würgte, als müsse er seine gesamten Innereien entleeren. Immer wieder bekam er nun Schläge an seinen Kopf, begleitet von lautstarken Kommentaren.

Adama las weiter in seinem Buch und tat so, als würde er nichts um sich herum wahrnehmen. Seine Taschenlampe erhellte die Szenerie schwach. Als es den drei Streithähnen zu langweilig wurde, auf den Erbrechenden einzuschimpfen, gaben sie ihm einen Tritt in die Kniekehle, so dass der Mann kraftlos und wimmernd an der Bordwand zusammenbrach. Niemand der anderen Männer traute sich einzuschreiten. Alle hofften, die Fahrt irgendwie zu überstehen und dass sie nicht in diesen Streit verwickelt würden. Adama hatte inzwischen instinktiv seine Taschenlampe gelöscht. Auch er hatte das Bedürfnis, nicht aufzufallen. Doch gerade durch diese Handlung zog er die Aufmerksamkeit der aufgeputschten Männer auf sich. Sie traten vor ihn und fragten lautstark etwas. Auch das verstand Arthur nicht.

Der Größte der Drei griff nach Adamas Taschenlampe und schaltete sie ein. Dann leuchtete er auf das Buch in Adamas Hand. Von seinem Platz aus konnte Arthur ein aufgedrucktes, goldfarbenes Kreuz erkennen. Offensichtlich war es eine Bibel. Der Hochgewachsene drehte sich zu seinen Kumpanen um und sagte etwas, worauf diese kurz lachten. Arthur verstand nur das Wort „kafir“, von dem er wusste, dass es „Ungläubiger“ hieß. Der Randalierer holte mit der Bibel aus, schlug sie

bildeten für kurze Momente schwache Lichtquellen, in denen Arthur auch in einigen Metern Entfernung die drei Raufbolde entdeckte.

„Du bist Christ?“, wandte Arthur seine Aufmerksamkeit wieder Adama zu.

„Ja. Viele Jahre konnten wir als Christen friedlich im Niger leben. Wir bilden eine Minderheit in diesem Land. 95 Prozent sind Muslime. Die allermeisten sind keine Extremisten. Aber seit einigen Jahren sorgen militante Gruppen und extremistische islamische Prediger, die Einfluss auf normale Bürger haben, für Verfolgung. In manchen Landesteilen sind normale Bürger ebenfalls an der Verfolgung von Christen beteiligt. Nachdem meine Familie bei Übergriffen ums Leben gekommen ist, will ich einfach nur weg aus diesem Land.“

„Wegen Kerlen wie diesen Drei“, stellte Arthur fest.

Adama wiegelte ab: „Die sind doch nicht wirklich schlimm. Ich glaube nicht, dass sie dich töten wollten. Sie wollten wahrscheinlich nur zeigen, dass sie stärker sind als wir.“

„Und dass du als Christ ein leichtes Opfer bist.“

„Mag sein. Aber irgendwann werden wir ja in Europa sein. Da werden wir vor solchen Leuten geschützt. So Gott will.“

„Vielleicht ...“ Arthur überlegte einen Moment, dann zog er die französische Taschenbibel aus seiner Jacke, die er zum Abschied von Stephan Eigner geschenkt bekommen hatte. Da Arthurs Jacke mit einer sehr großen Anzahl von Taschen ausgestattet war, hatten die Randalierer sie übersehen.

„Hier, das schenke ich dir. Die Kerle hätten dir deine Bibel nicht wegnehmen sollen.“

„Aber. Das ...“ Adama war überrascht. „Vielen Dank. Das ist sehr freundlich.“

„In Europa können wir uns dann so viele Bibeln kaufen wie wir wollen. Hast du ein Feuerzeug?“ Adama verstand nicht, wofür Arthur es haben wollte, holte aber ohne zu fragen eines aus seiner Tasche und gab es ihm.

„Danke.“ Arthur testete kurz, ob es auch funktionierte. „Jetzt geh´ besser zu den anderen. Du bekommst es bald wieder.“

Arthur ging nun auf die drei Männer zu und blieb mit etwas Abstand wie zufällig stehen. Dann holte er seine Geldbörse aus der Hosentasche und zündete das Feuerzeug an, als ob er nach seinen Geldscheinen sah. Dann tat er so, als würde er das Geld zählen. Der Schein des Feuerzeugs weckte die Aufmerksamkeit der drei jungen Machos. Als Arthur in den Augenwinkeln wahrnahm, dass sie nach ihm sahen, machte er das Feuerzeug aus und steckte es, ebenso wie seine Geldbörse, ein.

Nun schlenderte er, wie zufällig, von dem Lager weg in Richtung einiger Felsen. Die Männer vermuteten, dass Arthur dort austreten müsse. Sie gaben sich Zeichen, dass sie ihm unauffällig folgen wollten. In gleichbleibendem Abstand gingen sie Arthur hinterher. Das Geld, das er in seiner Börse hatte, sollte ihre nächste Beute werden, so dachten sie.

Arthurs Fähigkeit, im Dunkeln zu sehen, war überdurchschnittlich. Das hatte ihm in den vergangenen Jahrzehnten schon mehrmals das Leben gerettet. Er war jetzt fast zweihundert Meter von dem Lager entfernt. Die Stimmen der Flüchtlinge am LKW waren in der Lautlosigkeit der Ténéré-Wüste deutlich zu hören. Aber ebenso nahm er die Schritte der drei Gauner hinter sich wahr. Er wusste, dass es diesmal nicht bei einer Prügelei bleiben würde. Hier in der Wüste scherte es niemanden, ob ein alter Mann im Sand verreckte oder nicht. Wenn er jetzt nicht kämpfte, würden die Drei ihn umbringen und sich sein Geld schnappen.

Aber nur dann, wenn er jetzt nicht kämpfte.

Und dazu war er bereit.

Dazu hatte er sie hierher gelockt.

Um zu kämpfen.

Arthur blieb stehen und tat so, als suche er wieder in seiner Geldbörse. Er hörte die nahenden Schritte. Langsam drehte er sich um und erkannte in der Dunkelheit ein Messer in der Hand des Größten der Drei. Die anderen hatten jeweils einen faustgroßen Stein. Äste als Waffe gab es hier nicht in der Wüste. Arthur hatte nur ein Taschenmesser, aber das, so war er sich sicher, brauchte er hier nicht. Diesmal war er auf einen Kampf vorbereitet.

Die drei Männer begannen, auf ihn zuzurennen. Das war ihr erster Fehler, denn so bildeten sie keine Gruppe mehr. Arthur rannte ihnen nun entgegen, wich dem Messer aus und stellte einem Zweiten ein Bein. Der fiel und bekam Arthurs Stiefel ins Gesicht. Ein zweiter Tritt brach das Genick des Mannes. Nun waren nur noch zwei Angreifer übrig.

Die beiden waren über Arthurs Angriffslustigkeit überrascht. Sie raunten sich etwas zu und setzten zu einem neuen Angriff an. Wieder musste Arthur ausweichen, aber die Dunkelheit schien für die Männer ein größeres Problem zu sein als für den alten Mann. Arthur erwischte den Arm des Messerstechers und schob ihn nach oben. Damit wehrte Arthur einen Hieb des mit dem Stein bewaffneten Mannes ab. Das Felsstück fiel ihm aus der Hand und Arthur konnte sich wieder auf das Messer konzentrieren. Mit einem Judowurf brachte er den Bewaffneten zu Boden und drückte dessen Hand in eine extrem schmerzhafte Position. Mit einem lauten Aufschrei ließ er das Messer fallen. Arthur hob es auf und warf sich zur Seite. Gerade noch rechtzeitig, um einer Attacke des zweiten Gangsters auszuweichen. Schnell stand er wieder auf. Doch auch seine Gegner waren wieder auf den Beinen. Beide hatten große Steine in den Händen. Wieder stürmten sie auf Arthur los, doch auch diesmal wich er aus. Mit einer blitzartigen Bewegung führte er das Messer zum Hals des linken Mannes und warf sich dann auf den Rechten. Mit einem gurgelnden Geräusch fiel der Linke zu Boden und blieb mit blutender Kehle liegen. Der andere Mann lag neben Arthur am Boden. In seinem Herz steckte das Messer. Arthur schob ihn zur Seite und stand auf. Diesmal hatte er keine Schläge abbekommen. Keine Tritte. Und auch keine Zahnpasta.

Diesmal waren die drei unterlegen. Weit unterlegen.

Arthur machte sich mit dem Feuerzeug Licht und überprüfte, dass die Männer auch wirklich tot waren. Dabei entdeckte er auch Adamas Taschenlampe bei einem der Toten. Dann verbrachte er fast zwei Stunden damit, sie mit bloßen Händen in dem Sand zu vergraben. Als er danach wieder zu den anderen zurückkam, fragte keiner der Flüchtlinge, was Arthur gemacht hatte. Wortlos gab Arthur die Taschenlampe und das Feuerzeug an Adama zurück. Arthurs Hemd hatte kleine Blutflecken. Auch davon wollte niemand etwas wissen.

Zwei Stunden später riefen die Fahrer dazu auf, wieder auf den LKW zu klettern. Sie fragten: „Fehlt irgendjemand?“

Einen Moment lang antwortete niemand.

Dann rief einer der Flüchtlinge: „Nein. Keiner. Wir können jetzt fahren.“

12

Am nächsten Tag stand Eric, nachdem er seinen Sohn Phánuël zum Mittagsschlaf in sein Bettchen gebracht hatte, im Garten und machte den Kohlegrill sauber. Am Tag zuvor hatten sie Laura und Harald zu Gast gehabt. Es war ein schönes Beisammensein. Sie hatten viel gelacht. Sogar Veras Kollege Harald hatte sichtlich Spaß. Vera hatte Eric an den Tagen zuvor erzählt, dass er ein netter, aber sehr verschlossener Kollege sei. Dass er nun an dem Grillabend so ausgelassen war, hatte sie sehr überrascht, erzählte sie Eric, nachdem die Gäste gegangen waren. In manchen Momenten hatte Eric beobachtet, dass Harald sekundenlang ins scheinbar Leere starrte. Aber im nächsten Augenblick beteiligte sich der Journalist wieder an den Gesprächen.

Eric konnte natürlich nichts davon wissen, dass Harald seit seines Traumas in Afghanistan Engel und Dämonen sah, immer im Kampf um die Seelen der Menschen. Harald hatte, außer zu einer Reihe von Psychiatern, Psychologen und Psychotherapeuten, zu kaum jemandem davon gesprochen. Auch zu Vera nicht. Nicht einmal, wenn er eine Beziehung zu einer Frau eingegangen war, erzählte er von den Dingen, die er sah. Eine Ausnahme bildete eine Kollegin Haralds, die ihn meist auf seinen Reportagen begleitete.

Der lockere Abend mit Eric, Vera und Laura hatte ihm gut getan. Aber das würde niemals bedeuten, dass er ihnen Dinge offenbarte, die sie unmöglich verstehen konnten. Er verstand es ja selbst nicht richtig.

Eric fragte sich, ebenso wie Vera, was Harald in seinem Reporterleben schon alles erlebt haben mochte. Auf Begegnungen mit Engeln und Dämonen kamen sie dabei nicht.

Auch Laura hatte bei aller Ausgelassenheit gestern stille Momente gehabt. Eric vermutete, dass sie dabei an ihren Großvater Arthur dachte. Seit sich Arthur zu den Dogon abgesetzt hatte, hatten sie sich nicht mehr gesehen. Arthur beharrte darauf, dass Kontakte zu ihm nur per Briefpost zwischen Stefan Eigner und Eric stattfanden. Elektronischer Kommunikation vertraute Arthur nicht. Unter dem Einfluss von Medikamenten hatte er zu Eric sogar einige Andeutungen über den Rat der Fürsten gemacht. Eric war immer noch in Bezug auf den Wahrheitsgehalt dieser Aussagen skeptisch. Zu unglaublich erschienen ihm diese Behauptungen über Geheimgesellschaften und Weltverschwörungen. Auch wenn sich in Arthurs Geschichte bestechende Parallelen zu den vier Reitern der Apokalypse fanden.

Anfangs hatte Laura ihren Großvater sehr vermisst. Er war alles, was von ihrer Familie übrig geblieben war. Sie hätte ihn gerne bei den Felsen von Bandiagara besucht, doch gleich in seinem ersten Brief hatte Arthur geschrieben, dass sie das auf keinen Fall machen solle. Da Laura nichts von dem Rat der Fürsten und den Gefahren für Arthur wusste, verstand sie nicht, was ihren Großvater dazu trieb, sich derart abzuschotten. Er hatte ihr beim Abschied erzählt, dass er vor der Arnhátonsekte flüchtete, was im ersten Augenblick glaubhaft klang, aber im Laufe der Zeit immer weniger überzeugte.

Seit Lauras Sohn Thomas auf der Welt war, gab es Tage und auch manchmal schon Wochen, in denen sie nicht mehr an Arthur dachte. Und seit einiger Zeit auch nicht mehr an die Arnhátonsekte. Nichts deutete darauf hin, dass die Echnatonjünger außerhalb von Mali aktiv waren.

Auch Eric dachte immer weniger an die Ereignisse in Mali. Sein Sohn Phánuël, seine Frau Vera, der Umbau seines Hauses und seine Aktivitäten in der Christengemeinde Babelsgrund nahmen seine Aufmerksamkeit voll ein. Da auch er den Eindruck hatte, dass die Sekte in Europa nicht aktiv war, hatte er dieses Thema für sich abgeschlossen.

Eric war zufrieden mit sich und seinem Leben. Er fühlte sich von Gott gesegnet. Vera war eine wunderbare Ehefrau. Liebevoll, intelligent, wunderschön, immer aktiv, mit einer scheinbar unerschöpflichen Energie. Und inzwischen auch mit einem festen Glauben an den dreieinigen Gott. Manchmal konnte es Eric kaum fassen, derart gesegnet zu sein. Zudem war ihr gemeinsamer Sohn Phánuël gesund und gedieh prächtig. Auch wirtschaftlich befanden sie sich im grünen Bereich. Solange er beim Umbau des Hauses selbst Hand anlegen konnte, war auch das finanzierbar.

Nachdem Eric alle Utensilien der Grillfeier gesäubert und an ihren Platz gebracht hatte, beschloss er, das kleine, aufblasbare Planschbecken aufzubauen, in dem Phánuël spielen sollte, sobald er vom Mittagsschlaf aufgewacht war.

Es dauerte nicht lange und Arthur hörte seinen Sohn durch das offene Kinderzimmerfenster munter brabbeln, gerade als er mit dem Aufbau fertig war. Kurze Zeit später hatte er den kleinen Mann für das Planschbecken fertig gemacht.

Es befand sich nur ganz wenig Wasser in dem Becken, und Eric war bewusst, dass er seinen Sohn keine Sekunde aus den Augen lassen durfte. Er setzte Phánuël mitten in das Planschbecken, in dem das Wasser nur knapp fünf Zentimeter hoch stand. Der nackte Junge war zuerst etwas abwartend, weil ihm das Wasser um ihn herum nicht ganz geheuer war. Dann zeigte ihm Eric, wie er mit dem Eimerchen und den Sandkastenförmchen Wasser schöpfen kann. Phánuël schaute seinem Vater zu und machte es nach. Zwischendurch platschte er mit den kleinen Händchen einfach auf das Wasser und freute sich, wie es aufspritzte. Das Lachen des kleinen Jungen erfüllte Erics Herz mit einer unglaublichen Zufriedenheit. In solchen Momenten hätte er mit niemandem auf der Welt getauscht.

Einige Zeit spielte Phánuël seine Wasserspiele zusammen mit seinem Vater. Als Eric sich dann an den Gartentisch neben dem Becken setzte, planschte der Junge alleine. Eric sah zu und war einfach nur glücklich.

Phánuël schöpfte mit den Förmchen Wasser und goss es wieder aus. Dabei beobachtete er gespannt, wie es zurück in das Becken floss. Das wiederholte er immer wieder mit einer beachtlichen Ausdauer. Dann hatte er wohl von dem Schöpfen genug und warf das Förmchen vor sich ins Wasser. Gedankenverloren sah das Kind jetzt aufs Wasser, als würde es die kleinste Bewegung beobachten. Eric nahm auch diese Verhaltensweise wahr und schaute weiter aufmerksam zu.

Phánuël saß aufrecht mitten im Becken und patschte mit seinen kleinen Händen auf das niedrige Wasser. Diesmal lachte er nicht ausgelassen, sondern sah irgendwie sehr konzentriert aus. Fast so, als mache er ein neues Experiment. Mit einem Mal ließ er seine beiden Hände in dem Wasser und wartete einen Augenblick. Dann nahm er die Hände ganz langsam ein kleines Stück nach oben.

Das was nun passierte, nahm Eric den Atem.

Das Wasser schien Phánuëls Händen zu folgen. Mit jedem Zentimeter, den der Junge seine Hände hob, zog er das Wasser mit sich, als hielte er eine Stoffdecke aus Wasser an den Händen. Jetzt änderte sich Phánuëls Gesichtsausdruck von konzentriert auf erfreut. Er senkte seine

Hände wieder und hob sie erneut. Das Wasser folgte der Bewegung, als wäre es fest mit dem Jungen verbunden.

Eric sah gebannt zu und war fasziniert und erschrocken zugleich. Auf so etwas war er nicht vorbereitet. Für einen Moment wollte er den Jungen aus dem Becken herausholen, doch dann entschied er, weiter abzuwarten. Phánuël schien nicht in Gefahr zu sein. Das, was da passierte, widersprach allen Naturgesetzen, aber es war offensichtlich nicht bedrohlich.

Der Junge hob wieder die Hände, diesmal bis auf Schulterhöhe. Zwei große Blasen aus Wasser umspielten seine Hände. Mit einem lauten Jauchzer ließ er die Wasserblasen wieder auf den Beckenboden stürzen. Die Wasserspritzer flogen bis zu Eric. „Das hier passiert alles wirklich", dachte Eric, als er sich die Tropfen aus dem Gesicht wischte.

Erneut tauchte Phánuël seine Hände ins Wasser und nahm sie langsam nach oben. Auch jetzt bildeten sich Wasserblasen um seine Hände. Diesmal ließ er das Wasser in kleinen Rinnsalen zurück ins Becken laufen. Eric hätte gerne ein Foto gemacht, aber sein Smartphone lag im Haus und er wollte Phánuël keine Sekunde alleine lassen. Erst recht nicht, wenn hier etwas Unerklärliches stattfand. Ihm wurde bewusst, dass das Ereignis in der Küche, als Phánuël die Tropfen zu einer Kontur formen konnte, kein Zufall war. Der Junge hatte wirkliche Macht über das Wasser. Wie und warum konnte er sich nicht erklären. Aber an irgendetwas erinnerte ihn das alles hier.

Bevor Eric sich weitere Gedanken machen konnte, bot sich ihm ein Bild, das ihn ganz und gar gefangen nahm. Phánuël saß noch immer in der Mitte des Planschbeckens. Wieder hatte er beide Hände vor sich im Wasser. Noch langsamer als zuvor nahm er die Arme nach oben. Es schien diesmal, als würde es ihm seine ganze Kraft kosten. Sämtliches Wasser im Becken erhob sich in die Luft. Rinnsale schienen sich entgegen der Schwerkraft nach oben zu bewegen, unsichtbaren Bahnen folgend, aber immer mit Phánuëls Händen verbunden. Das mäandernde Wasser bewegte sich nun über den Kopf des Jungen hinweg und sammelte sich in der Luft hinter ihm. Etwa zweieinhalb Meter über dem Kind fielen die Wasserläufe und stiegen wieder auf, fast wie eine Flagge aus Wasser, die im Wind weht, aber viel unförmiger.

Dann nahm das flüssige Gebilde hinter Phánuël für eine Sekunde eine konkrete Form an.

Deutlich sah Eric einen großen Engel aus Wasser.

Im nächsten Moment stürzte die Wassermenge hinter Phánuël auf den Rasen. Sofort eilte Eric zu dem Jungen und riss ihn auf seine Arme. Er hielt ihn fest, als wolle er ihn nie wieder loslassen. Was auch immer hier passierte, es überstieg alles, was er bisher gesehen hatte.

Und er hatte schon einiges gesehen.

13

Die Arnháton-Gemeinschaft hatte alles vorbereitet. In dieser Nacht wollte man Lauras Sohn Thomas entführen. Aus der Sicht der Sekte war es natürlich die Rückkehr des wiedergeborenen Echnaton zu seinen Gläubigen. Laura, die ihn zur Welt gebracht hatte, war in diesem Geschehen nur der Mittel zum Zweck und entbehrlich. Sie sollte sterben.

Marera, die oberste Priesterin der Sekte hatte zwei Männer bestimmt, die in Lauras Wohnung eindringen, den Jungen nehmen und Laura die Kehle durchschneiden sollten. Danach brächte man den geklonten Echnaton an einen sicheren Ort in Deutschland. Ägypten und Mali, wo die Sekte bisher ihre Hauptsitze hatte, waren inzwischen zu unsicher. Deshalb entschied die Führungsriege, dass man nach Europa umsiedeln solle. Die Bereitschaft der Regierung Deutschlands, große Mengen von Flüchtlingen aufzunehmen, und die Schwierigkeiten der deutschen Polizei, kriminelle Strukturen über die Grenzen der deutschen Bundesländer hinweg zu verfolgen, führten bei der Arnháton-Gemeinschaft zu der Entscheidung, in Deutschland ein neues Zentrum zu errichten. Vorerst getarnt als Kulturverein. Vielleicht würde man sich später sogar als Religionsgemeinschaft outen.

Mit einem dunkelblauen Kleinbus warteten die Männer vor Lauras Wohnung. Sie befand sich im ersten Stock eines Altbaus im Westen von Babelsgrund. Es war 02:30 Uhr und im Haus schien sich seit einer Stunde nichts zu rühren. Auch auf der Straße fuhr selten ein Auto. Im Gegensatz zur Innenstadt von Babelsgrund war dieser Stadtteil außergewöhnlich ruhig. Das ideale Umfeld für die Kidnapper. Marera hatte für die Entführung zwei Männer gefunden, die Erfahrung mit Einbrüchen hatten. Nichts sollte dem Zufall überlassen werden.

Der Tag war heiß gewesen. Viele Fenster waren leicht geöffnet, damit die Räume in der Nacht abkühlen sollten. So auch in Lauras Wohnung. Für die Einbrecher ein großer Vorteil. Zwar lag Lauras Wohnung im ersten Stock, doch die Altbaufassade bot einem geübten Kletterer genug Haltemöglichkeiten, um die Höhe zu überwinden. Eine haushohe Eiche vor dem Gebäude sorgte zudem für Sichtschutz.

Laura war seit den Ereignissen in Mali vorsichtig. Sie hatte bewusst keine Wohnung im Erdgeschoss bezogen und die Wohnungstür mit einem Sicherheitsriegel zusätzlich verschlossen. Ihr Handy hatte sie nachts immer auf ihrem Nachttisch liegen, um jederzeit Hilfe holen zu können. In dem Zimmer des kleinen Thomas stand natürlich ein Babyphon, das ihr verriet, wenn es Geräusche bei dem Jungen gab. Sie wollte aber bewusst ihr Leben nicht von der Angst vor der Sekte bestimmen lassen. Sie wollte nach vorne schauen. Die Vergangenheit war für sie erledigt.

Durch ein gekipptes Fenster stiegen die Männer in Lauras Wohnung ein und standen nun im Wohnzimmer. Mit einer schwachen Taschenlampe sahen sie sich um und schlichen weiter in den Flur. Beide trugen schwarze Gesichtsmasken und Handschuhe. Einer hatte ein Messer in der Hand. Die Tür zu dem Kinderzimmer stand offen, ebenso die Tür zum Schlafzimmer. In der Wohnung war niemand außer Laura und dem Kind.

Die beiden gingen am Kinderzimmer vorbei und sahen in das Schlafzimmer. Laura lag in ihrem französischen Bett, nur mit einem dünnen Nachthemd bekleidet. Die Bettdecke hatte sie weggeschoben, da die Temperatur auch in der Nacht nicht wesentlich gesunken war. Sie schlief tief und fest.

Die Männer wussten, was nun zu tun war. Sie hatten vereinbart, dass einer Laura festhalten würde, während der andere ihr die Kehle durchschnitt. Es sollte schnell gehen. Bevor sie überhaupt schreien konnte, sollte sie gestorben sein.

Als die Männer in das Zimmer traten, wurde Laura wach, bevor sie das Bett erreicht hatten. Sofort schrie Laura in Panik laut auf. Der Mann mit dem Messer wollte sich spontan auf Laura werfen, doch dann geschah etwas völlig Unerwartetes.

Mitten in seiner Bewegung wurde der Mann von etwas Unsichtbarem von den Füßen gehoben und zurückgeschleudert. In etwa zwei Metern Höhe knallte er gegen die gegenüberliegende Wand. Deutliches Knacken der Knochen war zu hören. Kraftlos fiel der Körper zu Boden und wurde noch einmal in die Luft gehoben. Als würde ein Kind ein Spielzeug auf die Erde schleudern, prallte der leblose Mann erneut auf den Zimmerboden und blieb regungslos liegen. Blut, das durch den Raum gespritzt war bedeckte alle Sachen im Zimmer. Auch Laura war mit Blutspritzern übersät.

Der andere Mann wollte nun in Panik flüchten, doch auch ihn schleuderte etwas Unsichtbares aus der offenen Schlafzimmertür hinaus gegen die Wand des Flures. Von dort flog er den Gang entlang, bis er die Wand am Ende erreichte. Laura, die erst in einer Schockstarre verharrte, hatte sich inzwischen gefangen und war in Sorge um Thomas. Sie wollte zu dem Jungen und stürmte in den Flur. Dort sah sie den zweiten Täter, der hilflos in der Luft zappelte. Im nächsten Augenblick schien ihn etwas zu zerreißen. Als wäre eine lautlose Granate im Inneren des Leibs explodiert, verteilten sich die Fetzen seines Körpers in dem Flur. Vom Blut und Gewebeteilen übersät sank Laura auf die Knie und schrie aus Leibeskräften.

Thomas war inzwischen wachgeworden und weinte ebenfalls. Laura kämpfte gegen eine anbrechende Bewusstlosigkeit an und stemmte ihren Körper wieder auf die Beine. Der erneute Schock raubte ihr fast die Luft und sie zitterte am ganzen Körper. Doch sie wollte bei ihrem Sohn sein, ihn schützen, so gut sie konnte. Sie wollte mit ihm raus aus diesem Haus. Raus aus diesem Horror. Raus auf die Straße, wo es hoffentlich Menschen gab, die ihr halfen. An ihr Handy und die Polizei dachte sie in ihrer Panik nicht.

Als sie Toms Bett erreichte, hob sie ihn heraus und nahm ihn in ihre Arme. Da spürte sie, dass ihre Kräfte schwanden. Ihr wurde schwarz vor Augen. Sie wollte das nicht. Sie wollte ihren Sohn schützen. Sie musste für ihn wach bleiben. Sie sammelte all ihre Kraft.

Aber die Schwärze kam.

Und sie verlor das Bewusstsein.

Als sie wieder erwachte, sah sie sich ungläubig um. Inzwischen war der Morgen angebrochen. Sie lag wieder in ihrem Bett. Alles war sauber.

Auch ihr Nachthemd und ihre Arme. Von Blut keine Spur. Sie sprang auf und eilte zum Flur. Auch hier war alles, als wäre nichts geschehen. Sie eilte weiter in Toms Zimmer. „Gott sei Dank", dachte sie. Auch hier war alles normal. Friedlich lag der Junge in seinem Bett und schlief.

Unmöglich hätte jemand das Blutbad der letzten Nacht so spurlos beseitigen können. Aber das Erlebnis erschien ihr so real. Sie hatte Erinnerungen an jeden einzelnen Moment. Immer noch sah sie in Gedanken die Blutspritzer fliegen, hörte wie die Knochen brachen, spürte das Blut auf ihrer Haut. Wie konnte das sein?

Aber sie spürte auch das tiefe Gefühl der Erleichterung. Offensichtlich war das Grauen der letzten Nacht nicht real. Es muss sich um einen Traum gehandelt haben, dachte sie. Einen sehr beängstigenden, aber auch sehr realistischen Traum.

„Träume sind Schäume", sagte sie sich. „Ein neuer Tag, ein neues Glück", versuchte sie sich Mut zu machen. Sie ging zum Fenster und sah hinaus. Die Morgensonne tauchte die Straße in ein wundervolles Licht. Alles schien, als wäre es neu und blankpoliert an seinen Platz gestellt worden. Autos fuhren auf der Straße, Menschen gingen zur Arbeit, Vögel zwitscherten.

Vor dem Haus stand ein leerer, dunkelblauer Kleinbus. Aber der fiel Laura nicht auf.

14

Tiān war ein Engel, ein Bote Gottes und in gewisser Weise hätte man ihn auch als die Botschaft Gottes bezeichnen können. Aber das überstieg jede Möglichkeit des menschlichen Verstehens. Im Auftrag Gottes hatte er jenseits von Raum und Zeit seinen Dienst erfüllt, hatte Dinge gesehen, die über alle menschliche Vorstellungskraft gingen, hatte Welten kommen und gehen gesehen. Er war nicht das, was die Menschen einen Erzengel nennen würden. Die Rangordnung, wie die Menschen sie sich vorstellten, war in Wirklichkeit doch anders. Aber auch das würde das irdische Verständnis überfordern.

Es gab Engel, die Tiān gegenüber weisungsbefugt waren. Das bekam Tiān gerade jetzt zu spüren. Jedenfalls soweit der Begriff „jetzt" in einer Welt, die außerhalb der Zeit liegt, annähernd passend ist. Tiān hatte eigentlich die Aufgabe, einen bestimmten Menschen im Rahmen der irdischen Naturgesetze zu schützen. Das bedeutete in erster Linie, ihn vor dämonischen Einflüssen aller Art zu bewahren, was eine große Herausforderung ist, der nicht alle Engel gewachsen sind. Manche Menschen erliegen trotz himmlischen Beistands den Dämonen. Und Satan, dem Widersacher Gottes, ist es sogar gelungen, untreue Engel auf seine Seite zu ziehen.

Tiān würde nie die Seiten wechseln, da war er sich sicher. Tiān wusste, dass Gottes Werke gut waren. Er hatte miterleben müssen, welche zerstörerischen Auswirkungen die Herrschaft des Teufels hat. Tiān bewunderte die Ordnung in Gottes Werken, die Naturgesetze, die den Dingen ihren Platz gaben. Für ihn war es eine heilige Aufgabe, für Gottes Schöpfung zu kämpfen und die Menschen auf ihren Schöpfer hinzuweisen.

Um diese Aufgabe in der Welt der Menschen erfüllen zu können, musste er seine Welt, die jenseits von Raum und Zeit liegt, verlassen und sich den Naturgesetzen, die im Universum der Menschen gelten, aussetzen. Auch dieser Anforderung konnten auf Dauer nicht alle Engel nachkommen. Die Beschränktheit aller Aspekte dieser Daseinsform und die Wahrnehmung von Gefühlen, die zum Menschsein gehört, ließ manche Engel von ihrer Aufgabe zurücktreten.

Dabei ist es keineswegs so, dass Engel bei der Erfüllung der Aufgaben in dieser Welt zu Menschen werden. Nein, Engel bleiben immer Engel. Und Menschen bleiben Menschen. Aber um ihre Aufgaben erfüllen zu können, müssen Engel die Gefühle der Menschen wahrnehmen können. Und das kann selbst einen Engel überfordern.

Tiān galt bei seinen Aufgaben in der Welt der Menschen als erfahrener Engel. Er hatte selten einen Kampf gegen Dämonen verloren, hatte kaum die Naturgesetze manipulieren müssen und hatte die Sache mit den Gefühlen im Griff. Ihm war immer bewusst, dass Gottes Plan mit den Menschen gut war. Änderungen an diesem Plan kamen für ihn niemals in Frage. Und schon gar nicht ein Seitenwechsel. Für gefallene Engel hatte er kein Verständnis.

Und jetzt musste er sich rechtfertigen für etwas, das er sich nie hätte vorstellen können. Er hatte einem menschlichen Gefühl nachgegeben, er hatte Gottes Plan nicht gehorcht und er hatte die Naturgesetze massiv manipuliert. Denn er hatte Laura gerettet.

Er sollte eigentlich nur das sein, was die Menschen den Schutzengel Lauras genannt hätten. Im Rahmen der Naturgesetze hatte er Laura so lange beschützt, wie es Gottes Plan war. Er hätte Laura helfen sollen, die beiden Entführer abzuwehren. Sie hätte den Männern das Messer entreißen sollen, in Notwehr den einen erstechen sollen und der andere wäre geflüchtet. In der Vergangenheit hatte Tiān Laura mehrmals gerettet. Im Zentrum der Arnháton-Sekte hatte er dafür gesorgt, dass sich die Tür zur Stromversorgung mit dem Zahlencode öffnen ließ, den Eric eingetippt hatte. Und auch die bisherigen Versuche der Sekte, Thomas zu entführen, hatte Tiān abgewehrt.

Aber, dass Tiān nun die beiden Täter derart brutal und gegen jedes Naturgesetz zu Tode kommen ließ, das durfte für seinen Vorgesetzten nicht ungeahndet bleiben. Da änderte es auch nichts, dass Tiān die Realität ein Stück abwandelte, so dass das Geschehene für Laura nur ein böser Traum war. Die eigentliche Zeitlinie war abgewandelt worden, zwar ohne größere Auswirkungen, aber entgegen Gottes Plan. Tiān sollte sich nun rechtfertigen, was ihm ausgesprochen unangenehm war. Aber schon das war Teil seiner Buße.

Er hatte Laura schon seit ihrer Geburt begleitet. Eigentlich schon früher. Schon seit sie ein Gedanke Gottes war. Er hatte mit ihr die Welt entdeckt. War in gewisser Weise mit ihr gewachsen. Hatte mit ihr die Grenzen dieses Daseins erforscht. Hatte sich mit ihr in diese Welt verliebt. Und auch irgendwann in sie.

Diese Liebe zu einer Frau, die nichts von seiner Existenz ahnte, machte Tiān seine Arbeit in manchen Momenten unendlich schön, und manchmal auch unerträglich schwer. Lauras Liebe zu ihrem Kind erfüllte auch Tiān mit einem unendlich warmen Gefühl. Lauras Trauer, als vor Jahren ihre Eltern starben, schmerzte auch ihn. Er sah die Welt durch ihre Augen und bekämpfte Gefahren, die ihr drohten, wo er nur konnte. Alles im Rahmen der Naturgesetze und nach Gottes Plan.

Als er nun miterleben musste, wie die beiden Männer mit dem Messer auf Laura losgingen, spürte Tiān Lauras Angst und Wut, als wären sie seine eigenen Gefühle. In diesem Moment tat er das, was Laura getan hätte, wäre sie derart mächtig gewesen. Doch nicht Laura hatte den einen Mann zu Tode geschleudert und den anderen in der Luft zerrissen. Es war Tiān, und das hätte nicht sein dürfen.

Da er das Geschehene rechtzeitig zu einem Traum transformierte, blieb seine Strafe vergleichsweise milde. Er akzeptierte sie und war froh, weiter seinen Dienst für Laura versehen zu dürfen. Seine Vorgesetzten wussten, dass ein Kampf mit Dämonen für einen Engel leichter ist, als sich den Gefühlen der Menschen zu stellen. Das brachte Engeln wie Tiān ein gewisses Maß an Verständnis und Respekt ein.

Und so begleitete Tiān weiter den Weg Lauras und sah noch immer die Welt durch ihre Augen. Bisher hatte sie nicht einmal geahnt, dass ein himmlisches Wesen sie immer wieder bewahrt hatte und für sie gegen Dämonen kämpfte. Aber vielleicht würde sie ja doch irgendwie spüren, dass ein Engel an ihrer Seite ist.

15

Es hatte zwei volle Tage gedauert, bis Saul das Haus von Eric und dessen Familie endlich fand. In dieser Zeit hatte er außer etwas Regenwasser nichts zu sich genommen. Das Hungergefühl konnte er noch recht gut unterdrücken, die aufkommende Schwäche nicht. Es war Montagabend. Der Briefkasten am Zaun trug ein Namensschild. „Harder" war dort zu lesen. Etwas unsicher ging er durch einen kleinen Garten auf die Haustür zu. Sie sah wesentlich neuer aus als der Rest des Altbaus. Saul überlegte, ob das ein typischer Baustil dieser Zeit sei.

Er wusste, dass es hier einen Knopf geben musste, der den Bewohnern ein Signal gab, dass er eingelassen werden wollte. Einen Klingelknopf. Er fand ihn, drückte und kurz darauf öffnete sich die Tür.

Vera, die nun vor Saul stand, wunderte sich über den Mann, der scheinbar außer einem grauen Kittel und ein paar Stofffetzen an den Füßen nichts weiter am Leib trug.

„Wie kann ich ihnen helfen?", fragte sie misstrauisch.

„Entschuldigung. Wohnt hier Eric Harder?" Saul war sich noch immer unsicher, ob er hier richtig war.

„Wieso wollen Sie das wissen? Wer sind Sie?" In Vera kam der Verdacht auf, dass der seltsame Mann zur Arnháton-Sekte gehören könnte.

„Mein Name ist Saul. Wir kennen uns nicht. Ich werde alles erklären, wenn ich mit Eric Harder reden kann. Es ist wirklich wichtig."

Ehe Vera etwas antworten konnte, erschien Eric hinter Vera. „Gibt es ein Problem?", fragte er.

„Vielleicht wirst du ja aus ihm schlau", hoffte Vera und überließ Saul wieder das reden.

„Mein Name ist Saul", wiederholte er. „Ich habe eine Nachricht für Eric Harder."

„Das bin ich", erklärte Eric zögernd.

„Wir kennen uns nicht", fuhr Saul fort. „Aber wir haben einen gemeinsamen Bekannten, der mich schickt."

Jetzt wurden die beiden Harders hellhörig. „Okay. Wer schickt Sie?"

„Andreas. Der Apostel. Sie haben ihn kennengelernt. Meist nennt er sich Ndré, was die albanische Version seines Namens ist."

Eric und Vera gingen davon aus, dass nur wenige Menschen Ndrés Geheimnis kannten. Das machte Sauls Ansinnen etwas vertrauenswürdiger, auch wenn dessen Erscheinungsbild immer noch Rätsel aufgab.

„Er hat mir gesagt, wenn ich den Brief erwähne, den er ihnen geschrieben hat, dann werden Sie mir glauben."

Den Inhalt des Briefes kannten außer Eric und Vera nur wenige Menschen. Dieses Argument machte Eric neugierig. „Kommen sie ins Haus."

„Danke." Saul war erleichtert. Mit einem stummen Dankgebet trat er ein.

Sie führten ihn in das Esszimmer. Hier waren die Renovierungsarbeiten noch nicht abgeschlossen. Die Wände waren noch nicht gestrichen. Fensterbänke fehlten. An der Decke baumelte eine nackte Glühbirne. Zwei Schränke, ein großer Esstisch und Stühle erfüllten aber ihren Zweck.

Saul setzte sich an den Tisch und Eric bot ihm Wasser an.

„Möchten Sie auch etwas zu essen?", kombinierte Vera richtig.

„Oh, ja. Das wäre sehr nett", erklärte Saul freudig.

Während Vera die Reste des Mittagessens aufwärmte, fuhr Saul mit seiner Geschichte fort: „Ndré hat mir erzählt, dass er in seinem Brief an euch geschrieben hat, dass ihr ein Teil der Geschehnisse sein werdet, wenn die biblischen Prophezeiungen sich erfüllen. Du wirst die Zeichen nicht übersehen, da du auf dem richtigen Weg bist." Eric wunderte sich etwas, da der Mann ihn nun duzte. Doch er antwortete nun auch in der Du-Form.

„Ja. Das hatte Ndré geschrieben. Wir haben seitdem nichts mehr von ihm gehört. Wie geht es ihm? Wo ist er jetzt?"

Saul zögerte einen Moment mit der Antwort. „Wo Andreas in eurer Zeit ist, kann ich nicht sagen. Aber ..."

Eric verstand nicht. Ebenso wenig Vera, die von der Küche aus zuhörte. „In unserer Zeit? Was meinst du damit?", fragte Eric.

Saul wusste, dass er nun viel erklären musste. „Ihr wisst, dass Ndré als Andreas etwa zu der Zeit geboren wurde, als auch Maria das Jesuskind auf die Welt brachte."

„Ja, vor etwa zweitausend Jahren. Andreas ist zweitausend Jahre alt. Jesus hat im Matthäusevangelium, Kapitel 16, Vers 28 zu seinen Jüngern gesagt: ‚Wahrlich, ich sage euch: Es stehen einige hier, die werden den Tod nicht schmecken, bis sie den Menschensohn sehen werden in seinem Reich'. Aber was willst du uns nun sagen?"

„Ich komme aus einer anderen Zeit."

Eric verstand immer noch nicht. „Bis du auch so etwas wie unsterblich?"

Saul schüttelte den Kopf. „Nein. Ich bin nicht unsterblich. Aber ich komme aus der Zukunft. Aus einer Zukunft, in der Ndré immer noch lebt."

Vera kam mit dem Essen aus der Küche und stellte den Teller vor Saul ab. „Du kommst also aus der Zukunft und Ndré hat dich geschickt?"

Saul verschlang gierig die Bratkartoffeln und den Salat. „Was ist das für ein längliches Teil auf dem Teller?", fragte er.

„Meinst du die Wurst?", erkundigte sich Saul.

„Was ist Wurst?", kam die Gegenfrage.

„Du kennst keine Wurst? Das ist verarbeitetes Tierfleisch. Ich hätte gedacht, das kennen Vegetarier zumindest vom Namen her."

„Und so etwas esst ihr?" In Sauls Blick war deutlicher Ekel zu sehen. „Das ist ..." Er brach ab. Er wusste, dass dies nicht seine Zeit war, und wollte nicht mit seinen Maßstäben urteilen. Vorsichtig schob er die Wurst an den Tellerrand. Mit Heißhunger machte er sich weiter über die Beilagen her. Dass in den Bratkartoffeln auch Speckstücke waren, war ihm nicht bewusst.

„Was bedeutet das konkret, dass du aus der Zukunft kommst?“, kam Eric auf das eigentliche Thema zurück.

Mit vollem Mund erklärte Saul: „Die Zeit, aus der ich komme, liegt einige Jahrzehnte in der Zukunft, von eurer Zeit aus gesehen.“

„Wie weit in der Zukunft?“, hakte Vera nach und stellte ihm einen kleinen Teller mit Nachtisch auf den Tisch.

„Andreas hat gesagt, darüber darf ich nicht reden. Wenn ihr das wüsstet, würde das zu sehr eure Entscheidungen beeinflussen.“

„Einige Jahrzehnte? Das könnte ein paar Jahre bedeuten oder sogar ein paar Jahrhunderte.“ Eric wunderte sich über sich selbst. Er glaubte Saul.

„Es wird viel passieren in dieser Zeit“, deutete Saul an.

„Aber weshalb hat Andreas dich in unsere Zeit zurückgeschickt, wenn du nichts sagen darfst, was unsere Entscheidungen beeinflusst? Und wie bist du überhaupt durch die Zeit gereist?“

„Ich darf nur nicht darüber reden, wie weit meine Zeit von der euren entfernt ist. Darüber wollte nicht einmal Jesus zu seiner Zeit reden. Alles andere kann ich euch erzählen. Und in eurer Zeit bin ich mit einer Maschine gereist, die einen Teil der Zeit komprimieren kann. Details werde ich euch später erzählen.“ Saul betrachtete misstrauisch den Nachtisch.

„Das ist Kuchen“, erklärte Vera. „Ohne Fleisch. Es ist vegetarisch.“

Saul wusste zwar nicht, was Kuchen ist, aber nach Veras Entwarnung machte er sich auch darüber her. „Andreas hat mich geschickt, damit ich gedruckte Bibeln in meine Zeit bringe. Er wusste, dass nur ihr mir glauben würdet.“

„Könntet ihr nicht selbst Bibeln drucken, anstatt durch die Zeit zu reisen? Wäre das nicht einfacher?“, fragte Eric erstaunt.

„Nein. Unmöglich. Dafür haben wir keine Maschinen. Und auch keine Möglichkeit, diese herzustellen. Die Herrschenden würden uns aufspüren und uns exekutieren. Aber wir brauchen die Bibeln. Sie können uns Kraft geben, um gegen alle, die uns vernichten wollen, zu bestehen. Bis zum Tag des Gerichts.“

„Bedeutet das, dass es bei euch keine Bibeln mehr gibt?“

„In unserer versteckten Siedlung haben wir ein einziges Exemplar. Gott sei Dank. Aber manche christlichen Gemeinschaften besitzen keine Bibel. Dort kann Gottes Wort nur mündlich weitergegeben werden. Wir versuchen zwar, selbst Papier herzustellen und die Bibel abzuschreiben, aber diese Vorgehensweise dauert zu lange. Außerdem müssen wir ständig damit rechnen, dass man uns entdeckt und unsere letzte Bibel vernichtet. Deshalb bin ich hier, um mit der Zeitmaschine Bibeln zu uns zu bringen.“

„In deiner Zeit wird das Christentum bis aufs Blut bekämpft“, stellte Eric fest.

„Ja. Die Herrschenden bekämpfen jede Form von Religion. Es heißt, der Krieg, der fast die gesamte Menschheit ausgerottet hat, wäre ein religiöser Konflikt gewesen. Seitdem werden Gläubige als Feinde der Menschheit angesehen.“

„Wie schrecklich“, stellte Eric fest. Es verschlug ihm fast die Sprache. Atemlos fügte er an: „Jesus hatte das prophezeit. Im Matthäusevangelium können wir davon lesen. Kapitel 24. Vers 9. ‚Dann werden sie euch in Bedrängnis überliefern und euch töten; und ihr werdet von allen Nationen gehasst werden um meines Namens willen.‘ Von allen Nationen ist dort die Rede. Von der ganzen Welt.“

„Wenn wir nicht dafür sorgen können, dass es noch gedruckte Bibeln gibt, werden die letzten Christen nicht mehr lange der Verfolgung stand halten können.“

„Aber wir könnten auch noch andere Sachen mit der Zeitmaschine zu deinen Leuten schicken“, meinte Vera. „Lebensmittel und ...“ Sie zögerte einen Moment. „Und Waffen, vielleicht.“ Vera hatte keine Ahnung, wie sie hätte Waffen organisieren oder bezahlen sollen, aber sie hatte das tiefe Bedürfnis, den Glaubensgeschwistern zu helfen.

„Lebensmittel könnte man zwar theoretisch auch senden, da sie mit dem Transportwasser vollends gesättigt werden könnten, aber das ist glücklicherweise nicht notwendig. Wir haben eine Möglichkeit gefunden, sehr effektiv Früchte anzubauen. Und Waffen kann man nicht mit der Zeitmaschine senden. Alle festen Stoffe, die nicht mit dem Wasser getränkt werden können, sind ungeeignet für die Zeitreise.“

„Und wieso kann man Bücher versenden?“

„Man muss das Papier vollends tränken. Die Seiten werden sich zwar stark verziehen, aber lesbar bleiben. Buchdeckel aus Leder oder Kunststoff müssen wir vorher entfernen."

„Das klingt machbar. Aber wie kommt ihr überhaupt zu einer Maschine, mit der man durch die Zeit reisen kann?"

„Die Maschine hat schon seit vielen Jahrzehnten in einem versteckten Keller gestanden. Ndré hatte immer die Menschen, die von ihr wussten, ermahnt, dass man darauf achten solle, dass sie niemals beschädigt wird. Lange Zeit wusste außer ihm niemand, welche Funktion sie hatte. Eines Tages schien sie vom Ruhemodus in einen aktiven Modus umzuschalten. Man hörte Geräusche und kurze Zeit später menschliche Stimmen aus dem Inneren."

„Es kamen Zeitreisende an", kombinierte Vera.

„Ja. Zwölf Menschen entstiegen dem Zeit-Kubus. Kinder unter zwölf Jahren. Keine Erwachsenen."

„Aus welcher Zeit? Aus der unseren?"

„Nein. Etwa achtzig Jahre früher. Es waren Juden."

„Das hört sich nach einer Flucht an", mutmaßte Eric. „Glücklicherweise nach einer gelungenen Flucht."

„Ja. Ein solcher Transport wiederholte sich noch elfmal. Immer wieder mit zwölf Kindern. Keine Erwachsenen. Alle waren Juden."

„Zwölf Transporte. Jeweils zwölf Kinder. Das macht 144 Menschen", rechnete Eric. „Eine sehr symbolische Zahl."

„Ja. Das wurde auch uns klar", bestätigte Saul.

„144 Kinder", führte Vera den Gedanken weiter. „In dieser Symbolik würde das bedeuten, dass es 144 Chancen auf tausend Nachkommen in den nächsten Generationen sind. Also 144.000 Chancen."

„Und all die jüdischen Kinder haben erkannt, dass Jesus der Messias ist", ergänzte Saul.

„Das sind die 144.000 Versiegelten, die in der Offenbarung erwähnt werden. 12.000 aus jedem Stamm Israels. Auch hier haben wir eine Erfüllung der Prophezeiungen." Eric war überwältigt. Vera ebenfalls.

„Das sind nicht die einzigen Zeichen, die sich bis in unsere Zeit erfüllt haben. Aber es ist wichtig, dass die letzten Christen nicht schwach werden."

„Wir werden euch helfen", erklärte Vera.

„Auf jeden Fall“, bestätigte Eric.

Die beiden Harders hatten noch unendlich viele Fragen. Doch sie bemerkten, dass Saul sehr erschöpft war. Die vielen Eindrücke in dieser für ihn ungewohnten Zeit brachten seine mentale Leistungsfähigkeit an ihre Grenzen. Eric räumte ein Zimmer leer, das bisher als Lagerraum für Renovierungsmaterial gedient hatte. Nachdem es geputzt und mit einem Gästebett versehen war, legte sich Saul dort zur Ruhe. Fast augenblicklich war er eingeschlafen.

Eric und Vera besprachen die jüngsten Ereignisse noch weiter, als sie bereits in ihrem Bett lagen. „Das ist alles kein Zufall“, war sich Eric sicher. „Phánuëls Kontrolle über das Wasser und jetzt das Auftauchen von Saul. Und dass er Ndré kennt.“

„Du glaubst wirklich, dass es so etwas wie eine Zeitmaschine geben kann?“ Vera war noch nicht überzeugt. „Das könnte auch ein Trick der Arnháton-Sekte sein. Nur durch dich konnten sie diesen Echnaton klonen. Warum sollten sie nicht wieder versuchen, an dich zu kommen?“

„Dazu müssten sie uns aber nicht eine solche Geschichte auftischen. Alles, was Saul sagte, macht einen Sinn.“

„Aber nur, wenn man davon ausgeht, dass Zeitreisen möglich sind“, gab Vera zu bedenken. „Wenn diese jüdischen Kinder schon vor achtzig Jahren durch die Zeit geschickt wurden, warum haben wir dann nichts von einer solchen Maschine gehört?“

Eric zuckte mit den Schultern. „Keine Ahnung. Es war vielleicht ein Geheimprojekt. Im Zweiten Weltkrieg ist viel zerstört worden. Möglicherweise hat niemand überlebt, der damit zu tun hatte.“

„Irgendwie ist es eine beängstigende Vorstellung, dass es möglich sein soll, durch die Zeit zu reisen“, bemerkte Vera. „Was wäre denn, wenn nicht Saul hier in unserer Zeit angekommen wäre, sondern jemand, der uns feindlich gesinnt ist? Ein Gegner der Christenheit, mit einem Wissen, dass unserer Zeit weit voraus ist.“

„Das ist sicher etwas, was wir Saul als Erstes fragen werden, wenn er sich erholt hat.“

„Und trotzdem müssen wir Saul gegenüber vorsichtig bleiben. Es ist nicht ausgeschlossen, dass er, wenn er doch ein Agent der Arnháton-Sekte ist, vielleicht gar nicht hinter dir her ist, sondern hinter Phánuël.“

Auf diesen Gedanken war Eric noch nicht gekommen. „Wir werden vorsichtig sein“, erklärte er. „Wir werden auf Phánuël aufpassen. Wir werden uns die Zeitmaschine zeigen lassen. Wir werden alles tun was möglich ist. Aber wenn wir den Christen der Endzeit helfen können, dann werden wir das tun.“

„Ja“, bestätigte Vera und kroch von ihrer Seite des Bettes zu Eric. „Denn das alles ist kein Zufall.“ Sie legte sich auf Eric, der auf dem Rücken lag, küsste ihn sanft auf den Mund und erklärte: „Aber jetzt haben wir genug an Zeitreisen gedacht. Jetzt möchte ich durchs Universum reisen. Und zwar nur mit dir!“

Vera umfasste Erics Gesicht mit beiden Händen und küsste ihn wild und fordernd. Es überraschte ihn immer wieder aufs Neue, wie unvermittelt Vera ihre Leidenschaft herauslassen konnte. Gerade noch hatten sie ein Problem diskutiert, und schon im nächsten Moment küsste sie ihn, als hätte sie den ganzen Tag nur auf diesen Moment gewartet. Und auch dafür liebte er sie unendlich.

Da es in den Sommermonaten auch abends noch sehr warm war, hatten sie nur dünne Pyjamas an, die sie nun schnell ausgezogen hatten. Ohne auch nur einen Moment innezuhalten, schmiegten sich ihre Körper aneinander und gaben sich die innige Nähe, die sie nun aus tiefster Seele brauchten. Beide fielen übereinander her und wussten dabei, dass sie damit dem jeweils anderen genau das gaben, was der andere brauchte. Eric kannte alle Stellen an Veras Körper, die er durch Küsse und Berührungen in Erregung versetzen konnte. Er genoss es, sie in Ekstase erleben zu dürfen, und das erregte auch ihn.

Es gab nichts auf der Welt, was sich besser anfühlte, wie ihr weicher, durchtrainierter Körper und ihre zarte Haut. Ihr sportliches Temperament zeigte sich auch beim innigen Zusammensein. Meist war sie die Aktivere bei der Liebe.

Vera genoss es, dass Eric genau wusste, wie er sie küssen musste, um sie in maximale Erregung zu versetzen. Seine Hände glitten über ihren Körper, der sich vor Lust unentwegt wand. Immer wieder wechselten sie ihre Positionen, um neue Möglichkeiten zu bekommen, sich gegenseitig zu berühren. Erics Zunge brachte sie schon beim Küssen fast um den Verstand, was sich noch steigerte, als er dieses Instrument an weiteren Bereichen ihres Körpers einsetzte.

Als er dann in sie eindrang, umklammerte sie ihn, als wolle sie ihn nie wieder loslassen. Ihre Erregung hatte sich dermaßen gesteigert, dass sie einen Moment in Ruhe verweilten, um das Vergnügen nicht vorzeitig zu beenden. Das Gefühl des völligen Eins-Seins war immer wieder aufs Neue überwältigend. In diesem Moment wussten sie nicht wirklich, wo ihre Arme, Beine oder Hände waren. Das war auch nicht wichtig. Wichtig war nur, dass sie am Körper des anderen waren, dass man jede Regung des anderen spürte.

Als sie es wieder wagten, sich zu bewegen, spürten sie intensiv, wie sie dem gemeinsamen Höhepunkt entgegenfieberten. Das ganze Universum schien sich in diesem Moment der Zweisamkeit zu verdichten. Für Vera gab es nur Eric. Und für Eric gab es nur Vera. Er spürte, wie ihr ganzer Körper nach jeder seiner Bewegungen verlangte. Er spürte, wie sie es genoss, bei ihm zu sein. Und er spürte, wie sie bei dem gemeinsamen Höhepunkt erbebte.

Eric und Vera waren eins. In diesen Momenten. In diesen Wochen und Jahren. In diesem Leben. Sie waren füreinander geschaffen. Ein Leben ohne den jeweils anderen war nicht mehr vorstellbar.

16

Harald Adler hasste Kirchen. Dort tobten die Schlachten zwischen Dämonen und Engeln am heftigsten. Vera hatte Harald einmal zu einem Gottesdienst eingeladen. Es waren unglaublich anstrengende 75 Minuten für Harald gewesen. Von der Predigt hatte er praktisch nichts mitbekommen. Die Kämpfe der überirdischen Mächte, die sich vor seinen Augen abspielten, hatten ihn jeder Möglichkeit beraubt, sich auf die Ausführungen des Pastors zu konzentrieren. Er beneidete die Menschen, die nur die materielle Welt sahen, so wie er früher. Wenn ein Raum einfach nur ein Raum war. Ein paar Menschen nichts weiter darstellten, als ein paar Menschen. Er beneidete praktisch die gesamte Menschheit. Er kannte niemanden, der vermuten ließ, dass er ähnliche Dinge sah. Und dieses Gefühl, dass er der einzige auf diesem Planeten sein könnte, der mehr sah, als man mit einer Kamera aufnehmen konnte, machte ihn einsam. Unendlich einsam.

Natürlich hatte er sich Hilfe bei Therapeuten gesucht. Fachleute für die Abgründe der Seele. Spezialisten, die wussten, nach welchen Mechanismen die Psyche arbeitet. Mediziner, die echtes Interesse daran hatten, ihm wieder die Freude am Leben zu schenken. Emphatisch, professionell, engagiert. Sie versuchten das Menschenmögliche.

Aber sie konnten nicht das sehen, was er sah: den grausamen Krieg, der tagtäglich im Verborgenen tobte. Der Krieg, dessen Zeuge Harald in jeder Minute seines Lebens sein musste. Die erfahrenen Heilkundigen, die davon ausgingen, dass alles, was er sah, die Folge einer posttraumatischen Belastungsstörung war.

Irgendwie hatten die Ärzte und Therapeuten sogar recht. Alles hatte ja nach den traumatischen Ereignissen bei Ai Khanoum begonnen. Nach dem Gefecht hatte er angefangen, in die verborgene Welt zu sehen. Aber niemand sonst, der nach einem Kriegseinsatz an einer posttraumatischen Belastungsstörung litt, musste scheinbar die Kämpfe der Engel und Dämonen mitansehen.

Wie bei vielen Kriegsveteranen versuchten die Therapeuten es mit der EMDR-Methode. EMDR steht für Eye Movement Desensitization and Reprocessing, was übersetzt Desensibilisierung und Verarbeitung durch Augenbewegung bedeutet. Da die sonst sehr erfolgreiche EMDR-Behandlung bei ihm nicht den gewünschten Erfolg zeigte, testete man verschiedene Psychopharmaka, die ihm helfen sollten. Diese förderten zwar sein Wohlbefinden, hatten aber eine Reihe höchst lästiger Nebenwirkungen. Und die überirdischen Gefechte hatte er trotz allem vor Augen.

Er wollte aber die Hoffnung nicht aufgeben, wieder ein normales Leben führen zu können, und besuchte in größeren Abständen seinen Therapeuten. Da er als Journalist eine private Krankenversicherung hatte, wurde das sogar über all die Jahre hinweg bezahlt. Harald bewunderte die Geduld seines Therapeuten, denn auch der Mediziner wollte nicht aufgeben.

Aber das änderte nichts. Die Dämonen blieben.

In Kirchen sah er mehr Dämonen als an jedem anderen Ort. Harald war kein gläubiger Mensch. Er bezeichnete sich selbst als überzeugten Atheisten. Und so vermutete er, dass das hohe Aufkommen von Dämonen in Kirchen daher rührte, dass es dort besonders viele Heuchler geben müsse. Da es nichts und niemanden gab, der ihm eine Anleitung zur Interpretation seiner Beobachtungen geben konnte, erklärte er sich alles, so gut es ging, selbst.

Als Journalist versuchte er das Maß der Brutalität der himmlischen Gefechte mit den politischen Ereignissen zu vergleichen, über die er zu berichten hatte, aber das war schwer möglich. Er konnte nicht wirklich sagen, wann welche Mächte an den Entscheidungen der Politiker beteiligt waren. Aber auffallend war doch, dass es bei den Veranstaltungen mit Spitzenpolitikern wesentlich weniger Gefechte in der unsichtbaren Welt gab. Harald wertete das so, dass wohl die oberen Verantwortungsträger weniger von Dämonen beeinflusst waren, als es sich der kritische Bürger vorstellte.

Da seine Aufmerksamkeit bei der Berichterstattung von politischen Großereignissen relativ wenig durch Kämpfe in der unsichtbaren Welt abgelenkt war, konnte Harald seine Arbeit auch einigermaßen normal erledigen. Er berichtete innerhalb Deutschlands von Treffen der Kanzlerin mit ausländischen Staatsoberhäuptern und Diplomaten, von Zusammenkünften der Regierungsmitglieder mit Konzernchefs, von Besuchen der Politiker auf Messen und Kulturveranstaltungen. Inzwischen war er in der politischen Führungsriege bekannt und geschätzt. Er bekam meist eher eine Zulassung zu Pressekonferenzen als jüngere Kollegen.

Er schätzte Vera als Kollegin und hatte inzwischen auch ein paar Gespräche über ihren Glauben geführt. Dabei war es ihm immer ein Rätsel, wie die offensichtlich sehr intelligente junge Frau einem, seiner Meinung nach, derart veralteten Glauben anhängen konnte. Auch wenn er jetzt Dinge sehen konnte, die mit naturwissenschaftlichen Methoden nicht zu erklären waren, so bestätigte das für ihn nicht, dass der Tod eines Zimmermannes vor zweitausend Jahren Auswirkungen auf die heutige Zeit haben müsste. Gegen das Christentum sprach, aus seiner Sicht, dass es über Jahrhunderte hinweg Gräueltaten im Namen der Religion gegeben hatte. Ein Gott, wie ihn sich die Christen vorstellten, hätte so etwas nicht zugelassen. Auch das, was er als Kriegsreporter erlebt hatte, widersprach der Existenz eines liebenden Gottes. Und jetzt musste er auch noch einen himmlischen Krieg besonders da miterleben, wo sich die Christen versammelten. Das alles waren für ihn Argumente, von dieser Religion Abstand zu halten. Außerdem war es anstrengend genug, den eigenen beruflichen und privaten Alltag zu meistern, da sah er keine Kraftreserven, sich auch noch mit dem Christentum zu befassen.

Heute war in dem Gebäude des „Frankfurt Global Newstime Magazine“ eine Redaktionssitzung anberaumt. Da in wenigen Wochen der G20-Gipfel in Hamburg stattfinden sollte, wurden die Zuständigkeiten der Journalisten des Magazins festgelegt. Harald wusste, dass er auf jeden Fall die Hauptberichterstattung übernehmen sollte. Seine Kontakte zu den Spitzenpolitikern waren äußerst wertvoll für das Blatt.

Der G20-Gipfel sollte am 7. und 8. Juli 2017 in der norddeutschen Millionenstadt abgehalten werden.

Enorme Sicherheitsmaßnahmen waren im Vorfeld von den Behörden beschlossen worden. Die Staats- und Regierungschefs der zwanzig wichtigsten Industrie- und Schwellenländer sollten sich dort treffen, um wegweisende Themen zu diskutieren und Beschlüsse zu fassen. Dabei würde es unter anderem um Bereiche wie Wachstum der Weltwirtschaft, Handel und Beschäftigung gehen. Aber auch um Finanzmarktregulierung, Entwicklungspolitik, Energie und Klima oder um Korruptionsbekämpfung. Dass das Gipfeltreffen 2017 in Hamburg stattfinden sollte, war höchst umstritten. Eine dicht besiedelte Großstadt wie die Elbmetropole war aus einer ganzen Reihe von Gründen dazu ungeeignet. Da sich mehr als 100.000 zumeist linke Gegendemonstranten angekündigt hatten, waren enorme Sicherheitsmaßnahmen nötig, die den Alltag der Bewohner massiv und großflächig beeinträchtigen würden. Zudem rechneten Experten damit, dass die Gegendemonstrationen nicht friedlich bleiben würden. Für den Standort Hamburg sprach vor allem die Infrastruktur mit den vielen Luxushotels für die Staatsgäste und deren Hunderte von Mitarbeitern.

Eine 38 Quadratkilometer große Sicherheitszone, Demonstrationsverbote, geschlossene U-Bahnabschnitte und Absperrungen entlang der Straßen, auf denen die G20-Kolonnen entlangrollen sollten, vermittelten vielen das Gefühl, dass sich dort ein elitärer Kreis traf, der nur seine eigenen Interessen verfolgte. Die gigantischen Kosten mussten natürlich die Bürger bezahlen. Viele Kritiker merkten an, dass im digitalen Zeitalter eine Videokonferenz in jeder Hinsicht angebrachter wäre. Harald kannte die Argumente der Befürworter und Gegner. Er versuchte, unvoreingenommen zu bleiben und sich an Fakten zu halten.

Die Redaktionskonferenz verlief genauso konträr, wie die Meinungen in der Bevölkerung. Man diskutierte, ob man die Schwerpunkte bei der Berichterstattung auf die Erfolge oder auf die ungeklärten Punkte legen sollte. Auf die Einsätze der deutschen Polizei oder auf die Gegendemonstranten aus ganz Europa. Auf die Staatsoberhäupter oder auf die Inhalte der Diskussionen. Da insgesamt nur etwa 5.100 Journalisten aus der ganzen Welt zu dem Gipfeltreffen zugelassen waren, hatte Harald als Einziger des Verlags die Möglichkeit, die Protagonisten aus der Nähe zu erleben. Alle anderen Reporter des „Frankfurt Global Newstime Magazine“ mussten außerhalb der Sicherheitsbereiche bleiben. Auch Sandrine Berg, Haralds Kollegin, mit der er seit einem Jahr eng zusammenarbeitete.

Aus der kollegialen Partnerschaft war inzwischen eine enge Freundschaft geworden. Eine intime Beziehung hatte sich nicht entwickelt. Dagegen sprach, dass beide ihre Unabhängigkeit schätzten, wenn auch aus sehr unterschiedlichen Motiven heraus.

Sandrine war die erste Frau seit Jahren, mit der sich Harald eine gemeinsame Zukunft hätte vorstellen können. Sie war, ebenso wie er, eine erfahrene Journalistin. Sie hatte eine ähnliche Herangehensweise wie er. Und, das war vielleicht das, was ihn am meisten anzog, sie wusste ausgezeichnet damit umzugehen, wenn ihn seine Visionen an den Rand der Verzweiflung brachten. Er hatte ihr sogar anvertraut, dass er übernatürliche Wesen sah. Er hatte erzählt, er würde sie nur manchmal sehen. Sie hatte verständnisvoll reagiert, was ihn unendlich erleichterte. Die beiden bildeten ein unschlagbares Team, als Kollegen. Seinen beruflichen Alltag konnte er sich ohne sie inzwischen nicht mehr vorstellen. Und immer öfter malte er sich einen eventuellen privaten Alltag mit ihr aus.

17

Arthur, Adama und Mariam hatten fast zwei Tage in Mailand verbringen müssen. Als sie von Sizilien kommend den Zug verlassen hatten, gerieten sie in eine groß angelegte Ausweiskontrolle. Mariams fehlende Ausweispapiere wurden beanstandet und so mussten sie eine Zwangspause einlegen, bis die Sache geklärt war. Deshalb versuchten sie, in einem preiswerten Hotel unterzukommen, aber die waren seit Beginn der Flüchtlingskrise alle belegt. Für ein Hotel der gehobenen Klasse hatte auch Arthur kein Geld. Man entschloss sich, so wie hunderte anderer Migranten in Mailand, die Nächte auf der Straße zu verbringen. Zwar gab es private Vereinigungen, die Unterkunftsmöglichkeiten organisierten, aber noch immer übernachteten in Mailand zahllose Flüchtlinge in abgelegenen Stadtvierteln, unter Brücken oder am Rande der sechsspurigen Via Vittor Pisani, die vom Mailänder Stadtzentrum zum Hauptbahnhof führt. Arthur und seine Schützlinge verbrachten die zwei Tage auf den Ämtern und in den Schlangen von Hilfsorganisationen, die Essen verteilten. Die Nächte kampierten sie unter einer Brücke, zusammen mit mehr als hundert weiteren Obdachlosen.

Mailand hatte sich im Laufe der letzten Jahre zu einer Drehscheibe der Flüchtlingsströme entwickelt, vor allem der Migranten aus Afrika. Die mitgebrachte Kultur der Zuwanderer, auch wenn sie eigentlich nur auf der Durchreise waren, hatte einzelne Stadtteile Mailands inzwischen geprägt. Afrikanische Läden und Bars siedelten sich dort an, wo besonders viele Migranten lebten.

Mariam war die Sorge, dass ihre Flucht nach Europa an fehlenden Ausweispapieren scheitern könnte, sichtlich anzumerken. Sie hatte während der Reise viel gebetet. Nun, wo das Reiseziel Deutschland so nah war und doch an bürokratischen Hürden zu scheitern drohte, verbrachte sie noch mehr Zeit im Gebet.

Als sie in einer der Touristenmeilen der Stadt an einem Shop mit billigem Modeschmuck vorbeikamen, bemerkte Arthur, dass Mariams Blick an einem silberfarbenen Kreuz hing. Es kostete nur 6,99 Euro, war ohne jede Verzierung gearbeitet und die Kette dazu wirkte sehr schwer. Eigentlich war es eine Herrenkette, aber das relativ große Kreuz schien es ihr angetan zu haben.

„Im Norden Malis durften die Christen sich nicht öffentlich zu ihrem Glauben bekennen. Immer mussten sie mit Anschlägen rechnen“, erklärte sie auf Französisch.

„In Europa herrscht Religionsfreiheit“, meinte Arthur. „Möchtest du das Kreuz haben?“

„Ja, aber ...“, zögerte Mariam.

„Ich glaube, das ist Männerschmuck.“ Arthur deutete auf einen anderen Ständer. „Dort sind die Modelle für Frauen. Vielleicht suchst du dir da ein schöneres Kreuz aus.“

„Nein. Von diesem Kreuz habe ich geträumt. Aber du solltest das Geld besser sparen.“

„In Europa kannst du zu deinem Glauben stehen.“ Arthur zückte sein Portmonee. „Wir kaufen es. Möchtest du auch ein Kreuz an einer Kette, Adama?“

Adama nickte. „Gerne. Wenn ich Geld habe, bekommst du es wieder.“

„Nein, es ist mein Begrüßungsgeschenk an euch.“

„Aber du hast uns schon so viel bezahlt und geholfen. Du musst uns keine weiteren Geschenke mehr machen.“

„Du, Adama, hast in deiner Heimat so viel durchmachen müssen, weil du Christ bist. Und du, Mariam, hast dich auf deiner Flucht zum christlichen Glauben bekehrt. Jetzt könnt ihr hier in Europa das Symbol eures Glaubens unbesorgt zeigen.“ Arthur nahm zwei der billigen Kreuze samt Kette vom Ständer und bezahlte sie. Dann reichte er sie weiter.

„Danke.“ Mariam strahlte und Adama war ebenfalls sichtlich gerührt. Sie hängten sich die Ketten um und betrachteten sich gegenseitig. Dann baten sie Arthur, ein Foto von ihnen zu machen.

Als man auf den Ämtern Mariam erklärte, sie könne ohne gültige Papiere weiterreisen, wenn sie umgehend Italien verließe, machten sie sich mit Arthur sofort auf, um am Mailänder Hauptbahnhof, der Stazione di Milano Centrale, erneut Tickets nach Deutschland zu kaufen.

Es war Donnerstagabend. Die Freude über die Möglichkeit weiterreisen zu können war so groß, dass Arthur sich und seinen beiden Mitreisenden ein U-Bahn-Ticket gönnte, um von der Migrationsbehörde bis zum Hauptbahnhof zu gelangen. Dort nutzten sie die Rolltreppen, um zu den höher gelegenen Ticketschaltern zu kommen. Gerade hatten sie das obere Ende der Rolltreppe erreicht, da hörten sie aufgeregte Rufe in der Nähe.

Drei Sicherheitskräfte rangen mit einem jungen Mann. Mariam erkannte ein Messer in der Hand des Mannes und schrie auf. Instinktiv schob Arthur sie und Adama weg von dem Geschehen. Als sie in Richtung eines Ausgangs gingen, sahen sie immer wieder zu den Sicherheitsleuten. Einer war offensichtlich verletzt, versuchte aber immer noch, dem Täter das Messer abzuringen. Die beiden anderen Wachleute wollten das ebenfalls. Als man den Angreifer von hinten zu fassen bekam, zog er ein zweites Messer und verletzte einen weiteren Wachmann. Mit vereinten Kräften gelang es dann, den Messerstecher auf den Boden zu werfen. Dort legte man ihm Handschellen an. Kurz darauf kamen weitere Sicherheitsbeamte hinzugeeilt.

Arthur wollte nicht in neue polizeiliche Vorgänge verwickelt werden und beeilte sich, mit Adama und Mariam den Bahnhof zu verlassen. Wenig später wurde der Komplex abgeriegelt, da die Behörden klären wollten, ob es sich bei dem Messerangriff um einen terroristischen Angriff handelte. Aus den Nachrichten erfuhr man später, dass der Täter ein in Italien geborener Sohn eines Tunesiers war. Er wurde festgenommen. Die Sicherheitsleute kamen mit Schnittverletzungen ins Krankenhaus, waren aber nicht lebensgefährlich verletzt. Der Täter hatte nach Angaben der Ermittler in den letzten Monaten wie ein Nomade in seinem Auto gelebt.

Arthur und seine Schützlinge beschlossen, von nun an mit einem Fernbus nach Deutschland zu reisen. Die nächste Fernbushaltestelle war zehn Minuten Fußweg entfernt. Dort stellten sie fest, dass die Reisekosten mit einem Bus wesentlich geringer waren, als mit der Bahn. Die Fahrzeit von etwa acht Stunden war auch erstaunlich gering. In Zürich würde man in einen anderen Bus umsteigen müssen.

Adama und Mariam war anzumerken, dass die Aussicht, in wenigen Stunden in Deutschland, dem Zielort ihrer Träume, zu sein, eine fast euphorische Wirkung hatte. Die Tickets waren problemlos zu bekommen und die Abfahrt des Busses sollte in 45 Minuten geschehen. Am Bussteig standen schon einige junge Männer. Soweit das von außen zu beurteilen war, hauptsächlich Afrikaner. Aber auch aus dem Baltikum und dem Nahen Osten schienen Reisewillige zu kommen. Jeder der Männer wirkte wie ein Migrant. Einen typischen Italiener oder Nordeuropäer konnte Arthur nicht entdecken.

Als der Bus vorfuhr, verglich der Fahrer die Namen auf den Tickets mit den Namen in den Ausweisen der Fahrgäste. Das ging derart schnell, dass Arthur klar war, dass hier vergleichen nicht kontrollieren hieß. Ob ein Ausweis echt war oder nicht, hatte der Fahrer nicht zu entscheiden.

Nachdem das Gepäck im unteren Teil des Busses verstaut war, nahmen die Fahrgäste Platz. Es gab zwei Fahrgastebenen. Adama saß in der unteren Ebene neben Mariam. Arthur sah zu, dass er in der gleichen Reihe, auf der anderen Seite des Ganges einen Platz fand. Mariam war die einzige Frau im Bus. Einer der Männer hinter Mariam sagte etwas zu ihr, was Arthur nicht verstand. Sie reagierte nicht darauf. Als Arthur sie fragte, was der Mann gesagt hatte, winkte sie ab. „Es war nichts. Vergiss es einfach", meinte sie.

Arthur fragte Adama, wie immer auf Französisch: „Hast du das verstanden?"

Mit einem flehenden Blick signalisierte sie, dass er nichts sagen sollte.

„Ich habe es auch nicht verstanden", log Adama und wandte den Blick aus dem Fenster. Arthur beschloss, nicht weiter zu fragen. Das Gesicht des Hintermannes merkte er sich.

Nach einer halben Stunde hielt der Bus an einem unscheinbaren Autobahnrastplatz an. Arthur wunderte sich, wieso es so früh nach dem Fahrtbeginn einen Halt gab. Die Erklärung folgte prompt. Der Fahrer ging mit zwei Körben mit Getränken und überteuerten Snacks durch die Reihen. Auf Englisch erklärte er, dass man lange keine Möglichkeit mehr hätte sich damit zu versorgen und die Preise Sonderangebote wären. „Ein lukratives Nebengeschäft", dachte Arthur. „Unterbezahlte Fahrer zocken Flüchtlinge ab. Willkommen im Kapitalismus."

18

Freitags war Vera meist schon am frühen Nachmittag zu Hause. Auch heute konnte sie ins frühe Wochenende starten und da sie mehr Zeit mit Phánuël verbringen wollte, hatte sie mit Laura verabredet, dass sie sich mit den Kindern auf einem nahegelegenen Spielplatz treffen wollten.

Bevor sie ihre Jungs auf die Spielgeräte losließen, nahmen sie sich eine Minute Zeit, um nach Hinterlassenschaften von Rowdys zu sehen. Auf den öffentlichen Spielplätzen von Babelsgrund hatten sie schon mehrmals Kothaufen oder Spritzen von Drogenabhängigen vorgefunden. Bisher sahen die Behörden keinen Bedarf einzugreifen. Gelder zur Personalaufstockung gab es nicht, da andere Ressorts höhere Priorität besaßen.

Kot und Fixer-Utensilien fanden sie nicht, dafür einen Haufen mit halb verbrannten Gideonbibeln in einem Holzhäuschen. Offenbar hatten ein paar Mitmenschen die Funktion der kleinen Bibeln, die kostenlos verteilt wurden, nicht verstanden. Vera und Laura wiesen ihre Kinder an, im Sandkasten zu spielen.

„Ich hatte einen ganz seltsamen Traum", berichtete Laura. „Er war so intensiv, wie ich es noch nie erlebt hatte." Ein leises Zittern war in ihrer Stimme zu hören.

„Seltsam schön oder seltsam schrecklich?", fragte Vera, während ihr Blick zwischen Laura und den Jungs hin und her wanderte.

„Schrecklich. Und damit meine ich wirklich schrecklich. Mit richtig viel Blut, so dass man es riechen konnte."

„Meine Güte. Hatte der Traum etwas mit der Arnháton-Geschichte zu tun? Ich meine, das wäre doch naheliegend."

„Keine Ahnung. Im Traum waren da zwei Männer, die vor mir standen, als ich im Bett war. Einer hatte ein Messer und wollte mich scheinbar damit verletzen. Aber vorher wurde er von irgendetwas durch die Luft gewirbelt und brach sich dabei scheinbar alle Knochen. Der andere wurde in der Luft regelrecht zerrissen. Sein Blut ist überall herumgespritzt. Auch auf mich. Ich war von oben bis unten voller Blut."

„Wie fürchterlich." Vera nahm Laura in den Arm. „Gott sei Dank, war das ja nur ein Traum."

„Aber ich kann mich an alles erinnern, als hätte ich es erst gestern erlebt."

„Hast du einen Verdacht, was diesen Traum bei dir bewirkt hat?"

„Eigentlich fühle ich mich gut. Mein kleiner Thomas gibt mir Kraft. Ich bin bis jetzt davon ausgegangen, dass ich die Vergangenheit bewältigt habe."

„Dann hast du vielleicht irgendeinen blöden Film im Fernsehen gesehen, den dein Unterbewusstsein verarbeiten musste."

„Möglich.“ Lauras Antwort klang nicht sehr überzeugt. „Was gibt es bei dir Neues?“, versuchte sie, das Thema zu wechseln.

„Oh. Einiges“, begann Vera. Gerne hätte sie von Phánuëls seltsamer Fähigkeit berichtet, das Wasser zu beherrschen, aber mit Eric hatte sie vereinbart, niemandem davon zu erzählen, bis sie mehr darüber wussten, wie Phánuël das machte. Also erzählte sie von Saul. Dabei achtete sie darauf, dass keine weiteren Zuhörer in der Nähe waren. Als Vera die Zeitmaschine erwähnte, hielt Laura das zuerst für einen Scherz.

„Du nimmst mich auf den Arm“, meinte Laura.

„Nein, es ist wirklich so. Zuerst wollten wir es selbst nicht glauben. Aber dieser Saul war total überzeugend. Als er dann von Ndré berichtete, schien alles zusammen zu passen.“

Laura schüttelte den Kopf. „Eine Zeitmaschine? Das kann ich nicht glauben.“

„Wir haben sie gesehen. Am nächsten Tag sind wir mit Saul zu der Zeitmaschine gefahren.“

„Vielleicht hat er euch ja eine riesengroße Mega-Waschmaschine gezeigt. Woher wollt ihr denn wissen, was ihr da wirklich gesehen habt? Seid ihr damit selbst mal in das Mittelalter gereist oder so?“

„Und selbst wenn Saul uns einen Bären aufbinden würde, was ich nicht glaube, alles was er von uns will, ist dass wir ihm ein paar Bibeln besorgen, die er zu sich in die Zukunft mitnehmen will.“

Jetzt musste Laura laut lachen. „Ein Zeitreisender, der als Paketbote für einen Buchversand unterwegs ist. Eine bessere Geschichte hatte er nicht für euch?“

Vera hatte diese Reaktion irgendwie erwartet. „Er kommt aus der Zukunft“, erklärte sie. „Aus einer richtig üblen Zukunft. Endzeit wäre vielleicht der richtige Begriff. Und es sind nicht nur ein paar Bibeln, die wir transportieren werden. Es werden mehr als tausend sein. So viele wie nur möglich.“

Besorgt sah Laura Vera an. „Du meinst das wirklich ernst?“

„Ja. Eric und ich haben im Gebet um Klarheit gebeten. Und die haben wir bekommen. Wir werden Saul helfen, weil wir damit unseren Glaubensgeschwistern in der Zukunft helfen.“

„Ja. Richtig.“ Laura wurde wieder bewusst, dass Vera inzwischen eine überzeugte Christin war. Laura bewunderte Veras Entschiedenheit.

Sie selbst hatte zwar Interesse am Christentum, ihr Leben wollte sie deshalb aber nicht ändern. Und vieles, das sie aus der Bibel kannte, schien ihr hoffnungslos veraltet zu sein.

Vera erzählte Laura alles, was Saul ihnen von der Zukunft berichtet hatte. Laura hörte es sich an und war irgendwie fasziniert von der Vorstellung, dass doch jemand durch die Zeit gereist sein könnte.

„Dürfte ich euren Saul mal kennenlernen?", fragte sie vorsichtig. „Wie alt ist er denn?"

Vera schaute verdutzt. „Heißt das, du glaubst ihm nicht, aber du hast Interesse an ihm?" Sie schmunzelte.

„Du weißt doch, die Bad-Guys sind immer interessanter als die lieben Kerle", flachste Laura. Dann fügte sie noch an: „Nein. Ich möchte mir nur mal selbst anhören, was euer Zeitreisender so zu sagen hat. Wenn er euch überzeugt hat, dann ist es auf jeden Fall jemand, den auch ich mir mal anhören möchte."

Eine Weile redeten die beiden noch über einige Alltagsthemen, vor allem aber über die Entwicklung ihrer Kinder. Voller Stolz berichteten sie darüber, was die kleinen Kerle schon gelernt hatten. Jeder Fortschritt in der Entwicklung erschien ihnen wie ein Meilenstein beim Lauf eines Marathons. Dass Phánuël etwas gelernt hatte, was in jeder Hinsicht außergewöhnlich war, wollte und durfte Vera nicht sagen, auch wenn es ihr in diesem Moment schwerfiel.

Irgendwann meinte Laura: „Ich glaube, die Jungs sollten mal wieder etwas trinken." Sie nahm eine Wasserflasche von ihrem Kinderwagen, goss davon etwas stilles Mineralwasser in ein Kinderfläschchen und ging zum Sandkasten. „Du hast doch auch sicher Phánuëls Flasche dabei?"

„Ja ... natürlich", meinte Vera unsicher. Sie hatte kalten Tee dabei. Bisher hatte Phánuël nur reines Wasser durch die Luft bewegt. Sobald es mit irgendeinem Stoff versetzt war, funktionierte das scheinbar nicht mehr.

Aber in Lauras Flasche war scheinbar reines Wasser. Vera wusste, wenn Phánuël damit in Berührung kam, würde er damit spielen.

Wie jedes Kind.

Wie jedes Kind, wenn es diese Fähigkeiten hätte.

„Ich glaube, ich werde mal nach Phánuëls Windel sehen", entschied

Vera. „Gib du Tom schon mal sein Fläschchen."

„Aber hast du nicht gesagt, dass du ihn erst gerade frisch gewickelt hast?", fragte Laura ungläubig.

„Er hat gestern das Essen nicht so richtig vertragen. Ich gehe da mal auf Nummer sicher", log Vera. Ihr gefiel es gar nicht, die Freundin zu belügen, aber die Situation erforderte es. Mit einem besonderen Kind erlebt man besondere Umstände.

Eilig nahm Vera Phánuël auf den Arm und trug ihn zurück zur Holzbank. Während Laura Tom seine Flasche reichte, tat Vera so, als kontrolliere sie Phánuëls Windel. „Wie soll das jetzt weitergehen?", dachte sie. „Wir können doch nicht immer die Flucht ergreifen, wenn irgendjemand in der Nähe eine Wasserflasche hat."

Vera behielt ihren Jungen auf dem Schoß, während Tom im Sandkasten an seiner Flasche nuckelte. Da nun Laura wieder neben ihr saß, wollte sie ein neues, unverfängliches Thema anschneiden, was ihr aber nur mäßig gelang.

„Willst du Phánuël nicht wieder in den Sandkasten setzen?", fragte Laura verwundert.

Vera hatte Mühe, sich eine neue Antwort auszudenken. „Ich glaube, wir müssen wieder nach Hause", entschied sie. „Du kannst ja noch ein bisschen bleiben, wenn du möchtest. Ich glaube, Eric vermisst uns schon."

Laura wusste, dass Eric eigentlich froh war, wenn Vera etwas mit Phánuël außerhalb unternahm. Dann konnte er sich endlich mal ungestört um die Renovierung des Hauses kümmern. Trotzdem wollte sie Veras Entscheidung nicht hinterfragen. Vera würde schon erzählen, was eigentlich los war, wenn die Zeit dafür reif wäre.

Sie verabschiedeten sich kurz, dann hatte Vera auch schon mit ihrem Jungen den Spielplatz verlassen.

„Wir müssen es wenigstens Laura sagen", dachte sie. „Wenigstens sie muss es wissen dürfen. Wir können Phánuëls Fähigkeit nicht vor jedem Menschen verbergen."

19

Tiān machte es immer wieder traurig, wenn ihm bewusst wurde, dass Laura so überhaupt nichts von seiner Existenz ahnte. Wenn Tiān sich außerhalb der irdischen Sphäre aufhielte, würde ihn dieses Gefühl kaum tangieren. Zwar waren Engel prinzipiell zu Gefühlen fähig, sie jubelten mit Gott über dessen Taten oder wenn ein Übeltäter seine Taten bereute, aber die wirklich intensiven Gefühle erfuhren sie erst, wenn sie den Menschen so nah kamen, wie Tiān jetzt bei Laura. Die Menschen waren nicht die Krone der Schöpfung, weil sie so gut oder so intelligent im Vergleich zum Rest der Schöpfung wären. Nein, das waren sie wahrlich nicht. Da kannte Tiān von Gott geschaffene Wesen, die solidarischer oder intelligenter waren. Aber die Menschen waren zu Gefühlen fähig, wie keine andere Spezies. Und je länger ein Engel die Welt durch die Augen eines Menschen wahrnahm, um so mehr war auch er zu diesen Gefühlen in der Lage.

Tiān dachte an die Zeit, als die Welt der Menschen noch jung war. Kurz bevor Noah seine Arche bauen musste, um zu überleben. Damals entwickelten einige Engel derart intensive Gefühle zu Menschenfrauen, dass sie sogar Kinder mit ihnen zeugten, die „Nephilim". Das hebräische Wort „Nephilim" wird in deutschsprachigen Bibeln meist mit „Riesen" übersetzt. Es waren Zeiten, in denen sich die Menschen, die ja die Krone der Schöpfung waren, fast nur durch ihre Gefühle leiten ließen. Das ließ auch die Engel, die Wesen der unsichtbaren Welt, nicht unberührt. Die Nachkommenschaft aus diesen Verbindungen von männlichen Engeln und Menschenfrauen hatte ungewöhnlich große Körpermaße, so dass man sie als Riesen ansah. So hatten diese „Riesen" auch ihren Einzug in die Bibel gehalten. In dem ersten Buch der Bibel, das man Genesis oder 1. Buch Mose nennt, wird im sechsten Kapitel davon berichtet. Leider zeigte die Menschheit damals kein Zeichen, dass sie mit ihrem Verstand und ihren Gefühlen ein Gewinn für dieses Universum sein könnte. Deshalb machte Gott einen Neuanfang, nur mit Noah und seiner Familie. Der Rest der Menschheit, die nichts mit ihrem Leben anzufangen wusste, als nach neuen Ekstasen zu suchen, verlor ihr Leben durch die Sintflut.

Tiān musste schmunzeln, wenn er die Berichte der Bibel über Engel las. Fast alle Berichte wurden in patriarchalischen Gesellschaften geschrieben. Wenn Männer überhaupt einmal einen Engel erkannten, dann nur, wenn er in Männergestalt auftrat. Weibliche Engel wurden schlichtweg nicht erkannt. Dabei hatte Gott sowohl männliche, als auch weibliche Engel erschaffen. Der Prophet Sacharja hatte sogar weibliche Engel in einer Vision zu Gesicht bekommen und es niedergeschrieben: „Als ich nach oben schaute, sah ich zwei Frauen mit Flügeln, wie Störche sie haben. Und der Wind trug sie herbei. Sie ergriffen das Fass und flogen mit ihm davon." In der Bibel, im Sacharja-Buch kann man es nachlesen. Kapitel 5. Vers 9. Sacharja benutzt bei der Erwähnung der geflügelten Frauen nicht das gleiche Wort, das er sonst bei Engeln benutzt, was in einer patriarchalischen Gesellschaft aber nicht verwunderlich ist.

Selbst bei der Gottesbezeichnung „Herr der Heerscharen" ist im Wort „Heerscharen", das die deutsche Übersetzung von „Zebaoth" (צְבָאוֹת ṣəvā'ôt) ist, der weibliche Aspekt unübersehbar. Das Grundwort „ṣaba (צָבָא)" bedeutet „Heer" oder „Armee" und ist maskulin. Der Plural müsste dementsprechend auch maskulin sein. Aber die Endung „ôt (וֹת)" bei „ṣəvā'ôt (צְבָאוֹת)" ist eindeutig ein Plural femininum, was bedeutet, dass es sich um ein Heer weiblicher Engel handelt. Eine Tatsache, die für die patriarchalischen Bibelkundigen natürlich unbequem ist.

Fēi war eine dieser weiblichen Engel. Sie begleitete Harald Adler. Obwohl Harald täglich die Kämpfe der Engel mit den Dämonen sah, wusste auch er nichts davon, dass Fēi stets an seiner Seite war. Zu verschwommen waren die Eindrücke, die er von der jenseitigen Welt hatte. Und wie alle Engel, die die Welt durch die Augen der Menschen betrachteten stand sie meist hinter ihm.

Fēi fühlte mit Harald, spürte seinen Schmerz und seine Verzweiflung über das, was er sah. Sie wusste, dass er besser damit umgehen könnte, wenn er mehr von der überirdischen Welt verstand. Aber dafür müsste er eine neue Einsicht auf das Dasein erlangen und davon war er noch weit entfernt.

Sie hatte ihn bei Ai Khanoum gerettet und ihm im Auftrag Gottes die Fähigkeit gegeben, Engel zu sehen. Gottes Engel wie Fēi oder Tiān. Und gefallene Engel, die die Menschen Dämonen nannten. Haralds Gabe würde für die Menschen noch wichtig werden, wenn die Zeit gekommen ist, aber bis dahin musste er noch viel lernen.

Auch Fēi machten die menschlichen Gefühle manchmal zu schaffen. Eine Liebesbeziehung zu einem Menschen, wie zur Zeit Noahs kam für sie nicht in Frage. Dazu war sie zu pflichtbewusst. Es half ihr, wenn sie sich mit Tiān darüber austauschte. Eine Liaison zu einem Engel war ebenfalls ausgeschlossen. Außerhalb der menschlichen Welt war die Wahrnehmung von Gefühlen wesentlich weniger intensiv und damit waren andere Engel auch weniger anziehend. Außerdem sind Engel Gottes direkte Geschöpfe, die sich nicht fortpflanzen müssen. Liebesbeziehungen, die zum Weiterbestehen der Spezies dienen, waren also in der Engelswelt unnötig. Die Hinweise darauf in der Bibel, führten bei manchen Auslegern zu der Annahme, Engel seien geschlechtslos. Selbst angesichts der Ereignisse, die zur Zeugung der Nephilim führten, war den patriarchalischen Auslegern die Vorstellung von geschlechtslosen Himmelswesen lieber als die Tatsache von weiblichen Engeln.

Auch Fēi hatte schon einmal ein Blutbad angerichtet, um ihren Schutzbefohlenen zu verteidigen. Im Chaos der Kriege, über die Harald früher berichtet hatte, war es keinem Menschen aufgefallen, wenn ein Dutzend Angreifer mehr oder weniger starb. Auch Fēi wurde damals gemaßregelt.

Nun hoffte sie, dass Harald bald erkennen würde, wie er seine Gabe gottgewollt für die Menschen einsetzen kann. Dann würde Harald zur Ruhe kommen. Und Fēi müsste nicht mehr mit ihm leiden.

20

Hagen, Arthurs Freund beim Rat der Fürsten, betrachtete das Weltgeschehen mit Sorge. Er arbeitete zwar schon fast sein ganzes Leben lang für den Rat der Fürsten, aber das Handeln der Geheimorganisation in den letzten Jahrzehnten entwickelte sich in eine sehr gefährliche Richtung.

Schon immer war das Ziel des Rates der Fürsten, die größtmögliche Ausbeute des sogenannten Humankapitals der Gesellschaften, also der Menschen in den verschiedenen Ländern, gewesen. In Asien ließ man Milliarden von Menschen einfachste Industriearbeiten unter menschenunwürdigen Bedingungen verrichten. Minderwertige Ware wurde dann, mittels geschickter Werbung, weltweit an den zahlenden Kunden gebracht. Dann ersetzte man nach und nach die menschlichen Arbeitskräfte durch Roboter und war im Stande, hochwertigere Produkte zu erzeugen. Das führte zu mehr Gewinn für den Rat der Fürsten, aber nur, wenn man die verbliebenen Arbeitskräfte besser bezahlte, um sie als zusätzliche Kunden für die Produkte nutzen zu können. Die erwerbslosen Arbeiter, die man dank der Roboter nicht mehr brauchte, waren nun ein volkswirtschaftlicher Störfaktor. Dafür gab es eine Jahrhunderte alte, bewährte Lösung. Kriege und Seuchen eliminierten den Teil der Bevölkerung, der für den Rat der Fürsten nicht von Nutzen war und kurbelten die Produktion und den Absatz von Waffen an. Ein gewinnbringendes Konzept in jeder Hinsicht, aber nur für den Rat der Fürsten.

In Europa war die Vorgehensweise der Geheimgesellschaft etwas anders. Der letzte große Krieg auf europäischem Boden hatte gezeigt, wie sehr die Pläne des Rates aus dem Ruder laufen konnten. Beinahe wäre damals alles zu einem Minusgeschäft geworden. Nur mit Mühe und mit großer Hilfe des ‚Roten Reiters', einer weiteren Geheimorganisation, konnte man im Hintergrund die Kontrolle behalten. Deshalb beschränkte man sich innerhalb Europas darauf, den unwirtschaftlichen Teil der Bevölkerung mit anspruchslosem Fernsehkonsum und billigsten Nahrungsmittelimitaten ruhig zu halten. Der arbeitende Teil der Bevölkerung sollte möglichst wenig Nachwuchs bekommen, da Eltern eher zu Sparsamkeit neigen. Dieses Konzept ging jahrzehntelang auf.

Um Produkte global besser verkaufen zu können, arbeitete man daran, Kulturen beliebig zu machen und nationale Grenzen aufzulösen. Die Menschheit sollte ein einziger weltweiter Absatzmarkt werden.

Der Mensch war als Kunde unverzichtbar, aber er war auch der größte Störfaktor in dem ganzen System. Für den Rat der Fürsten wäre die Produktentwicklung und Fertigung ohne jede menschliche Beteiligung ideal gewesen, aber dann gäbe es auch keine Menschen mit Einkommen, die als Kunden zu nutzen wären. Also musste man zwangsläufig die Menschen im Produktionsverlauf beibehalten.

Einen neuen Krieg in Europa konnte und wollte man nicht nutzen, um die Lohnkosten zu senken. Die Gefahr eines Flächenbrandes in der dicht besiedelten Region war zu groß. Das Experiment der Kriege im ehemaligen Jugoslawien hatte es deutlich gezeigt. Um trotzdem dafür zu sorgen, dass die menschliche Arbeitskraft an Wert verliert, entschloss sich der Rat der Fürsten, das Angebot an Arbeitskräften massiv zu erhöhen. Höhere Geburtenraten waren dazu ungeeignet. Eltern würden sparen. Man brauchte erwachsene Arbeitnehmer auf dem Markt. Dazu musste man eine Völkerwanderung initiieren.

Billige Arbeitskräfte gab es an den Grenzen um Europa herum genug, aber die Menschen dort waren zu heimatverbunden, um nach Europa zu kommen. Schon die letzten Jahrzehnte hatten innerhalb Europas gezeigt, dass nicht jeder finanzielle Vorteil Anreiz zum Wechsel in ein anderes Land gab. Die Öffnung der innereuropäischen Grenzen hatte weit weniger Menschen zur Migration veranlasst, als es vom Rat gewünscht war.

Um nun die billigen Arbeitskräfte zur Migration nach Europa zu bewegen, beschloss der Rat der Fürsten, die Nachbarländer Europas zu destabilisieren. Autokraten wurden unter dem Vorwand gestürzt, dass man für die Menschenrechte kämpfte. Die Gruppen, die sich um das Machtvakuum stritten, wurden gezielt ausbalanciert unterstützt, damit die Bürgerkriege so lange wie möglich dauerten. Die Menschen in den umkämpften Gebieten veranlasste man zur Flucht. Zunächst fing man die Flüchtlingsströme in Lagern der Vereinten Nationen auf. Nach einiger Zeit kürzte man die Gelder für das UNHCR drastisch, um die Lebensumstände in den Lagern derart menschenunwürdig zu machen, dass die Menschen sich erneut auf den Weg machten.

Der Plan des Rates der Fürsten ging auf. Hunderttausende Menschen, die alles verloren hatten, machten sich auf den Weg nach Europa. Der Rat der Fürsten feierte, da man nun die teuren europäischen Arbeitnehmer nach und nach durch billige Zuwanderer ersetzen konnte.

„Ein sehr gefährliches Spiel“, dachte Hagen. Es war ihm höchst zuwider, dass er daran beteiligt war, aus der Not von Millionen Menschen Kapital zu schlagen. Die Flüchtlinge, deren Heimat in Schutt und Asche gelegt wurde, würden irgendwann in den nächsten Jahren erkennen, dass ihre Träume von einer gerechten Welt auch in Europa nur eine Illusion waren. Und dann bestände auch diesem Kontinent ein Bürgerkrieg bevor.

Hagens Position innerhalb des Rates der Fürsten war nicht wichtig genug, dass er auf die Entwicklung der Dinge hätte Einfluss nehmen können. Er führte von seinem Büro in Frankfurt Anweisungen aus, die ihm von höherer Stelle zugetragen wurden. Er war nur ein winziges Rädchen in der Bürokratie des Rates. Aber immerhin konnte er unbemerkt die Identitäten von Personen auswechseln, wie er es bei Arthur gemacht hatte. Heimlich verfolgte er nun dessen Weg, der in Mali begonnen hatte und nun von Italien aus nach Norden führte. Zufrieden registrierte er, dass der Rat der Fürsten doch nicht allmächtig war.

In den letzten Wochen hatte Hagen Informationen über mögliche Demonstrationen und Anschläge während des bevorstehenden G20-Gipfels sammeln sollen. Da der Rat der Fürsten Dossiers über jeden Bürger der zivilisierten Welt besaß und auch dessen Aufenthaltsort ermitteln konnte, war die Vorausberechnung der Gefahrenlage kein wirkliches Problem.

Der Rat hatte im Hintergrund bewusst dafür gesorgt, dass das Gipfeltreffen in einer der am dichtesten besiedelten Gegenden Europas stattfinden sollte. Eine globale Organisation wie der Rat der Fürsten war natürlich in verschiedene regionale Bezirke unterteilt. Jeder Kontinent bildete einen eigenen Gewinnstandort. Zwar unterstützten sich die kontinentalen Standorte gegenseitig, doch standen sie auch in einer internen Konkurrenz. Die globale Leitung des Rates hatte dies so organisiert, um den Wettbewerb zu erhöhen und die Gewinnmargen zu steigern. Zusätzlich lag den kontinentalen Standorten auch das Image als Machthaber am Herzen. Mit bestimmten Events wollte man den anderen Standorten demonstrieren, dass man eigene Ziele auch gegen größte Gegenwehr durchsetzen konnte. Und eine solche Machtdemonstration war der G20-Gipfel, der deutlich die Bewohner im Umfeld ignorierte. Gigantische Kosten und Einschnitte in die Bürgerrechte sollten den anderen Teilen der Geheimgesellschaft zeigen, dass der Rat der Fürsten in Europa uneingeschränkt das Sagen hatte.

Hagen hatte für seine Vorgesetzten alle Informationen über die Bedrohungslage durch Gegner gesammelt. Die Daten ergaben ein eindeutiges Bild. Die Anzahl der Menschen, die nicht mehr mit den Mechanismen der Globalisierung einverstanden waren, stieg fast täglich an. Die Konzentration der Gewinne aus dem weltweiten Handel auf wenige Superreiche ließ sich immer weniger verheimlichen. Das

Bewusstsein, dass die Produktion von billigen Waren immer auch mit niedrigen Löhnen verbunden ist, breitete sich in der Bevölkerung aus. Es gab inzwischen eine große Zahl von Menschen, die sich eine gerechtere Welt wünschte.

Und auch Hagen wünschte sich eine gerechtere Welt. Obwohl er für den Rat der Fürsten arbeitete, wollte er doch dazu beitragen, dass irgendwann die Welt von besseren Menschen regiert würde. Und dazu musste man Machtdemonstrationen wie dieses Gipfeltreffen sabotieren. Auf Basis seiner Zahlen sollte die Veranstaltung gesichert werden.

Er würde Zahlen liefern.

Falsche Zahlen.

Damit der G20-Gipfel ein Desaster wird.

21

Eric hatte, als er mit Vera und Saul bei der Zeitmaschine war, das Volumen berechnet, das für den Transport der Bibeln zur Verfügung stand. Später hatte er mit den beiden überlegt, welche Größe die Bibeln haben sollten, die man in die Zukunft senden wollte. Als sie sich auf das Format einer Postkarte, bei einer Stärke von 4,5 Zentimetern, geeinigt hatten, berechneten sie die Anzahl der zu beschaffenden Bibeln. Sie kamen zu dem Ergebnis, dass man 5.000 Bibeln besorgen müsse. Dabei wurde berücksichtigt, dass man ja die Papierseiten völlig mit dem Transportwasser würde tränken müssen, was dazu führte, dass das Papier aufquoll und mehr Volumen bräuchte. Auch die Buchumschläge mussten Wasser aufnehmen können, was für preiswerte Softcoverversionen sprach. Trotzdem stellte die enorme Menge an Bibeln eine logistische und finanzielle Herausforderung dar.

Da Eric davon ausging, dass man Bibeln in der großen Anzahl am besten direkt beim Hersteller bestellte, fragte er bei verschiedenen Verlagen an. Dort wurden ihm jedoch Lieferzeiten von mindestens vier Wochen genannt. Saul hatte Eric aber erklärt, dass er innerhalb von drei Wochen zurückreisen müsse, um wieder an dem Zeitpunkt anzukommen, an dem er gestartet war. Eine spätere Abreise könnte die

Ankunft unkalkulierbar machen.

Also forschte Eric nach der Beschaffung von kleineren Auflagen. Wenn er bei mehreren Verlagen wenigstens jeweils 500 Exemplare bekäme, könnte man auch die Gesamtmenge erreichen. Das brachte zwar Teilerfolge, gestaltete sich aber sehr mühsam. Auch nach zwei Tagen kamen sie nur auf etwas über 3.000 Bibeln.

Während dieser Beschaffungsversuche ließ sich Eric immer wieder von der Zeit berichten, aus der Saul zu ihnen gereist war. Besonders hellhörig wurde Eric, als Saul von Gog erzählte.

„Der Herrscher in eurer Zeit heißt Gog?“, fragte Eric mit Erstaunen und Bestürzung. „Und der Kreis seiner Ausführenden nennt sich Magog?“

Saul nickte bestätigend. „Niemand hat Gog je gesehen. Aber jeder kann zu ihm sprechen und er hat auf alle Fragen eine Antwort.“

„Dann ist er so etwas wie ein Gott für die Menschen deiner Zeit?“

„Für diejenigen, die nicht zu den letzten Christen gehören, ist er wirklich so etwas wie ein Gott. Aber niemand benutzt diese Bezeichnung. Gog hat ja alle Religionen abgeschafft und verspricht weltweiten Frieden, wenn man ihm die Kontrolle über alle Bereiche des Lebens gibt.“

„Und das lassen die Menschen zu?“

„Es ist außerordentlich bequem. Man muss praktisch keine Entscheidung mehr eigenverantwortlich treffen.“

„Und was passiert mit den Menschen, die sich nicht diesem Gog ausliefern?“

„Sie werden gefangen genommen, verhört und gefoltert. Man versucht, Informationen über weitere Widerständler aus ihnen herauszubekommen. Wenn der Magog den Eindruck hat, dass sie alles gesagt haben, dann werden sie getötet. Auf diese Weise wurden schon viele geheime christliche Siedlungen vernichtet, samt Menschen und Bibeln.“

„Und wieso nennt sich dieser Alleinherrscher Gog? Ist das nicht ein seltsamer Name?“ Eric kannte den Begriff aus der Bibel, wollte aber, dass Saul diese Frage unvoreingenommen beantwortete.

„Nachdem sich die Menschheit nach dem letzten Krieg entschlossen hatte, eine neue Weltordnung anzunehmen, einigte man sich auch auf eine neue Sprache. Sie nennt sich Serusar. In dieser Sprache gibt es für die Tätigkeit ‚suchen und finden‘ den Begriff ‚Gog‘. Und diesen Namen hat Gog offenbar angenommen.“

„Aber niemand hat Gog je gesehen?“

„Nein. Ndré sagt, er hält ihn nicht einmal für einen Menschen. Aber sage mir, Eric, du scheinst schon von Gog gehört zu haben. Was weißt du über Gog?“

„Gog und Magog werden auch in der Bibel erwähnt. In den Prophezeiungen des Alten und des Neuen Testaments. Im Buch Hesekiel wird Gog als ein Herrscher aus Magog beschrieben. Wo das Reich Magog konkret sein soll und wer Gog ist, wird nicht erklärt. Er ist ein Feind Israels und wird in der Endzeit von Gott gerichtet.“

„Da wir nur wenige Bibeln haben, durfte ich bisher nur selten in der Bibel lesen. Deshalb kenne ich mich nicht besonders gut im Alten Testament aus. Aber Ndré hat davon erzählt, dass Gog in der Heiligen Schrift erwähnt wird.“

„Auch im Neuen Testament kann man davon lesen“, erklärte Eric weiter und griff nach seiner Bibel. Er schlug sie auf und suchte eine bestimmte Stelle. „Hier, in der Offenbarung. Kapitel 20. Da steht: ‚Und wenn tausend Jahre vollendet sind, wird der Satan losgelassen werden aus seinem Gefängnis und wird ausgehen, zu verführen die Völker an den vier Enden der Erde, den Gog und Magog, sie zu versammeln zum Streit, deren Anzahl ist wie der Sand am Meer. Und sie zogen herauf auf die Breite der Erde und umringten das Heerlager der Heiligen und die geliebte Stadt. Und es fiel Feuer von Gott aus dem Himmel und verzehrte sie. Und der Teufel, der sie verführte, wurde in den See aus Feuer und Schwefel geworfen, wo auch das Tier und der falsche Prophet war; und sie werden gestraft von Ewigkeit zu Ewigkeit.‘ Das passt zu dem, was du auch berichtet hast.“

„Ja. Es ist tröstlich, dass da steht, dass Gog von Gott besiegt wird. Aber bis dahin müssen wir Christen allen Angriffen widerstehen.“

„Du hast gesagt, dass Ndré Gog nicht für einen Menschen hält. Wofür hält er denn diesen Gog?“

„Gog scheint mehr zu wissen als alle anderen Menschen. Aber er ist kein Gott. Er ist offenbar auch kein Mensch. Niemand hat ihn je gesehen. Er wird auch nicht als ein Dämon beschrieben, aber er ist für seine Anhänger ein wichtiges Wesen. Ndré vergleicht Gog mit einem Tier.“

Dann fügte er noch an: „Du hast in der Bibelstelle eben auch von einem Tier vorgelesen."

Eric las noch einmal: „Und der Teufel, der sie verführte, wurde in den See aus Feuer und Schwefel geworfen, wo auch das Tier und der falsche Prophet war."

Für Saul schien diese Bibelstelle eindeutig zu sein. „Das Tier und der falsche Prophet sind eine Einheit. Und der falsche Prophet ist der, der sich als die Antwort auf alle Fragen anbeten lässt. Das Tier ist Gog."

Eric wagte für einen Moment nicht zu atmen. „Auch an dieser Stelle durchlebt ihr die Erfüllung der biblischen Prophezeiungen. In deiner Zeit hat zwar kaum jemand eine Bibel, aber ihr lebt praktisch die Bibel. Das, was für uns nur Worte sind, die vor langer Zeit geschrieben wurden, ist für die Christen eurer Zeit tägliche Realität."

„Und trotzdem brauchen wir Bibeln, Gottes Wort auf Papier, zum täglichen Lesen. Denn wenn wir in dem Kampf gegen Gog nicht Gottes Handeln erkennen können, dann ist es nur die Verfolgung von einem übermächtigen Gegner."

Eric hätte gerne den Pastor seiner Gemeinde in das Zeitreiseunternehmen eingeweiht. Der hätte auch bei der Finanzierung der 5.000 Bibeln helfen können. Aber Saul bestand darauf, dass niemand außer den Harders davon wissen solle, da sonst unabsehbare Auswirkungen auf die Zeitlinie zu befürchten seien. Das bedeutete aber, dass das Geld für die Bibeln von den Harders alleine zu beschaffen wäre. Der Umstand, dass man nur knapp drei Wochen zur Verfügung hatte, erhöhte zusätzlich die Kosten. Bei einer längeren Lieferdauer hätte man die gesamte Auflage von 5.000 für 2,50 Euro je Bibel bekommen. Die 3.000 Exemplare, die man bisher bei unterschiedlichen Verlagen in Teilauflagen bekommen konnte, kosteten durchschnittlich 4,00 Euro das Stück. Das bedeutete Kosten von mindestens 20.000 Euro, wenn man irgendwann die kompletten 5.000 zu bezahlen hätte. Der Umbau des Hauses hatte, trotz der Eigenleistung Erics, mehr gekostet als ursprünglich geplant. Ob die Bank kurzfristig weitere 20.000 Euro bewilligen würde, war fraglich. Heute hatte Vera einen Termin bei ihrem Bankberater.

Seit Saul bei den Harders wohnte, kümmerte er sich häufig um Phánuël. Eric verbrachte die meiste Zeit des Tages damit, die Bibeln zu organisieren. Eric und Vera hatten bisher auch Saul nichts von Phánuëls besonderen Fähigkeiten erzählt. Es war sehr schwer, einzuschätzen wie man am besten damit umgeht.

Phánuël und Saul verstanden sich vom ersten Augenblick an. Der Mann aus der Zukunft ging mit dem Kleinkind mit einer Selbstverständlichkeit um, als wäre es sein eigenes Kind. Er spielte mit ihm, erzählte ihm Geschichten, übte mit ihm, die ersten Schritte zu versuchen. Eric wurde fast etwas eifersüchtig, aber er rief sich immer wieder in Erinnerung, dass Saul ja in spätestens drei Wochen wieder verschwunden sein würde.

Seit Phánuëls erstem Geburtstag hatten Eric und Vera den Jungen auch kleine Mengen an Fleisch essen lassen. Saul hatte das mitbekommen und es war ihm deutlich anzumerken, dass es ihn heftig ekelte. In seiner Zeit hatte die Menschheit nicht nur die Religion aus ihrem Leben verbannt, sondern auch den Konsum von Fleisch. Die Aufnahme von Eiweiß war durch neue Pflanzenarten ebenso gut möglich. Nutztiere brauchte man nicht mehr.

Eric war dankbar, dass Saul so gut mit Phánuël zurechtkam, aber um die Mahlzeiten des Jungen kümmerte er sich lieber selbst. Dabei kam es anfangs zu einem Versuch Sauls, auf eine vegetarische Ernährungsweise hinzuwirken, was von Eric kategorisch abgelehnt wurde. Auch wenn Saul sicher einen wichtigen Auftrag für die Christen der Endzeit hatte, in Erics Erziehung sollte er nicht hineinreden.

Während Eric in seinem provisorischen Arbeitszimmer, in dem sich noch immer eine Unzahl von ungeöffneten Umzugskartons stapelten, im Internet nach preiswerten Bibeln recherchierte, betreute Saul den kleinen Phánuël im Wohnzimmer und stapelte mit ihm Bauklötze. Saul versuchte, den Jungen dafür zu interessieren, dass die Klötze unterschiedliche Farben hatten. Er sortierte die Steinchen nach ihren Farben und erklärte immer, was er da gerade tat. Phánuël interessierte das im Moment überhaupt nicht. Er griff sich einfach immer direkt den Stein, den er wollte und ignorierte Sauls Lehrversuche. Nach einiger Zeit akzeptierte Saul, dass der Junge einfach nur ohne pädagogischen Ansatz spielen wollte. Also stand Saul auf und holte sich aus der Küche ein Glas Wasser. Dort stand auch Phánuëls Kinderbecher mit Tee. Er nahm den Becher und brachte ihn dem Jungen. Der griff ihn mit beiden Händen und schenkte

Saul einen freudestrahlenden Blick. Saul streckte sein Wasserglas Phánuël entgegen und ließ es leicht an den Becher stoßen.

„Prost, mein Kleiner."

Bevor Saul sein Glas wieder zurücknehmen konnte, hatte Phánuël schon danach gegriffen. Die kleinen Fingerchen berührten das Wasser und ließen einen kleinen Strahl durch die Luft tanzen. Als Saul das Glas wieder auf den Tisch stellen wollte, war es bereits völlig leer. Phánuël hatte den gesamten Inhalt in die Luft befördert und formte vor sich einen horizontalen, sich drehenden Kreis.

„Ach, ja", meinte Saul nur. „Das hatte ich ja völlig vergessen." Auch wenn Eric und Vera versucht hatten, Phánuëls Fähigkeit geheim zu halten, so war er alles andere als überrascht. Er nahm das Glas vom Wohnzimmertisch und stellte es vor den Jungen auf den Boden.

„Kannst du das Wasser auch wieder in das Glas zurückbefördern?", fragte er in liebevollem Ton. Aber der Junge dachte gar nicht daran. Er formte in der Luft Tiere und Alltagsgegenstände. Für einen Moment dachte Saul, dass auch er da aus Wasser nachgebildet wurde, aufgrund der geringen Wassermenge nur ganz klein.

„Ich glaube nicht, dass deine Eltern möchten, dass du hier im Haus mit Wasser spielst", mahnte Saul ohne sichtbaren Erfolg. Er nahm nun das Glas und führte es vorsichtig an das in der Luft pulsierende Wasser heran.

„Lass uns das Wasser wieder da hinein bekommen." Saul gab nicht auf. Phánuël sah den Zeitreisenden an, war einen Moment unaufmerksam und verlor dabei die Kontrolle über die Flüssigkeit. Ein Teil des Wassers sackte in das Glas, der Rest platschte auf den Fußboden.

Erst jetzt bemerkte Saul, dass Eric in der Tür stand. Er hatte offenbar Phánuëls Wasserspiel mitbekommen und meinte: „Ich glaube, wir müssen dir etwas erklären, Saul."

Saul stand auf und erwiderte: „Ich weiß von Phánuëls Fähigkeit und muss dir auch etwas sagen."

22

Seit einem halben Jahr trainierte Harald Adler für den Halbmarathon des David-Goldheimer-Runs. Seine Kollegin Sandrine Berg begleitete ihn seit einiger Zeit bei seinen Trainingsläufen. Für beide waren die gemeinsamen Trainingseinheiten Ansporn und Verbundenheit zugleich. Harald genoss es, Sandrine auch außerhalb des gemeinsamen Arbeitsumfeldes um sich zu haben. Ihr unkompliziertes Naturell, ihr unerschütterlicher Humor und ihr unerschöpflicher Ehrgeiz, egal ob es um berufliche Dinge oder sportliche Ziele ging, übten auf Harald eine enorme Anziehungskraft aus. Als sich Sandrine vor zehn Monaten für den Firmenlauf angemeldet hatte, folgte Harald ihrem Beispiel. Eigentlich reizte ihn die sportliche Herausforderung überhaupt nicht, aber seiner Kollegin zuliebe meldete auch er sich an. Seitdem trainierte er regelmäßig, zuerst nur einmal wöchentlich, inzwischen zwei bis drei mal in der Woche. Sein Psychotherapeut erhoffte, dass seine Visionen und die damit verbundenen psychischen Beeinträchtigungen mit der sportlichen Betätigung eine Besserung erfahren würden, aber dem war nicht so. Noch immer musste er, ob er wollte oder nicht, die Kämpfe der himmlischen Mächte mitansehen. Während Sandrine sich beim Laufen auf die Analyse ihres Fitnesstrackers konzentrierte, dabei Herzfrequenz und Geschwindigkeit im Auge behielt, war für Harald der Lauf oft eine Qual, wenn er die Dämonen um seine Kollegin nicht ignorieren konnte.

Sandrine, die sonst ein gutes Gespür dafür hatte, wenn Haralds Visionen unerträglich wurden, war heute ganz in das Lauftraining versunken. Sie atmete gleichmäßig im Rhythmus ihrer Schritte und bekam regelmäßig von ihrem Fitnesstracker angezeigt, ob sie mit der richtigen „Pace“ lief, dass heißt, die optimale Geschwindigkeit zur Bewältigung der Strecke einhielt. Gewöhnlich wird die Pace in Minuten pro Kilometer angegeben. Wenn Sandrine zu schnell oder zu langsam lief, zeigte ihr zuvor eingestellter Fitnesstracker ihr das mit einem akustischen Signal an.

Harald hatte Mühe, eine gleichmäßige Atmung einzuhalten. Er war heute überhaupt nicht bei der Sache. Als sie endlich die 12 Kilometer Trainingsdistanz hinter sich hatten, war er froh, dass er bald nach Hause konnte, wo nur die eigenen Dämonen auf ihn warteten und nicht noch die Dämonen der anderen Menschen. Mit einer kurzen Umarmung verabschiedete er sich von Sandrine und fuhr los.

Wieder einmal wurde ihm bewusst, dass für ihn ein normales Leben kaum noch möglich war, seit er die Engel und Dämonen sah. Wie gerne hätte er mit Sandrine auch einmal einen entspannten Abend verbracht, ohne dabei die brutalen Kämpfe der himmlischen Mächte mitansehen zu müssen. Manchmal wünschte er sich, blind zu sein. Dann sähe er lieber gar nichts, als das Grauen um ihn herum. Wieder einmal beneidete er den Rest der Welt, der „normal" war. Diese Menschen wussten gar nicht, wie gut es ihnen ging.

Wenn er Sandrine für sich gewinnen wollte, dann musste er sich Hilfe bezüglich seiner Visionen besorgen. Aber er hatte schon fast alles probiert. Sollte er vielleicht doch auch noch bei Christen nachfragen? Bisher kam das für ihn nicht in Frage. Dort kämpften mehr Dämonen als bei jedem anderen Menschen. Aber nun sagte er sich, dass er es trotzdem versuchen müsse. Was hatte er schon zu verlieren? Schlimmer könne es ja nicht mehr werden.

Am nächsten Tag begegnete Harald Vera im Gebäude des „Frankfurt Global Newstime Magazine". Gerade wollte er zur Mittagspause das Haus verlassen, da sprach ihn Vera wegen des Firmenlaufes an. Ihre Frage konnte schnell geklärt werden und sie beschlossen, die Mittagspause in einem nahegelegenen Restaurant gemeinsam zu verbringen. Harald kam diese Begegnung sehr gelegen. Veras einfühlsame Art, mit Kollegen umzugehen, hatte ihn immer beeindruckt. Dass sie als Christin nun auch eine Ansprechpartnerin für sein „Dämonenproblem" sein könnte, weckte in ihm neue Hoffnung.

Das Restaurant war um die Mittagszeit sehr voll. Trotzdem bekamen sie noch einen freien Tisch. Er war etwas abgelegen und sehr klein, aber für die kurze Mittagszeit sollte er genügen. Schnell war die Bedienung da und nahm die Bestellungen auf. Vera spürte, dass Harald eine spezielle Angelegenheit auf dem Herzen lag.

„Wie geht es dir?", fragte sie.

„Ganz gut. Ich komme mit dem Training voran", wich Harald erst einmal aus.

„Und sonst? Hast du die Erlebnisse in Afghanistan inzwischen verkraftet?"

„Ich vermute, ...“, begann Harald zögernd. Es kostete ihn Überwindung, die Nachwirkungen seiner Erfahrungen ohne Beschönigungen zu erzählen. „Ich vermute, ich werde das Erlebte wohl niemals ganz verarbeitet haben. Seitdem ist die Welt nicht mehr dieselbe für mich.“

„Das klingt sehr ernst. Ich habe auch wirklich den Eindruck, dass du leidest.“

„Es sind aber nicht die Kriegserlebnisse selbst, die mir immer noch zu schaffen machen. In militärische Gefechte bin ich auch schon in den Jahren zuvor hineingeraten. Es war ja mein Beruf, darüber zu berichten.“

„Aber bei Ai Khanoum bist du verwundet worden.“

„Ja. Aber auch das ist verheilt. Viele Soldaten haben in ähnlichen Situationen Traumata erlebt, die man inzwischen behandeln kann. Bei mir liegt die Sache leider etwas anders.“

Vera spürte, wie Harald nach Worten rang. Es schien ihr, als müsse er etwas beschreiben, das nicht zu beschreiben war. „Du hast gesagt, dass die Welt nicht mehr dieselbe für dich ist.“

„Ja, denn ich sehe jetzt Dinge, die es nicht gibt.“ Harald beobachtete Vera in diesem Moment so intensiv wie nie zuvor. Wie würde sie auf sein Geständnis reagieren, fragte er sich.

„Welche Dinge denn? Und wieso sollten sie nicht existieren?“, erwiderte sie.

Harald war überrascht. Veras Grundannahme war offenbar, dass das was er sah, keine Hirngespinste waren. Diese Perspektive hatte noch niemand gehabt. „Ich sehe Dämonen. Und Engel. Sie sind immer im Kampf miteinander. Viele Dämonen. Überall. Und manchmal sind es besonders viele, zum Beispiel in Kirchen.“

„Auch jetzt? Hier?“

„Auch hier. Einfach überall.“

Vera erschütterte die Vorstellung, dass Harald überall von seinen Visionen heimgesucht wurde. „Und das machst du schon seit Jahren mit?“

„An jedem Tag. Zu jeder Stunde. Ich habe schon unzählige Ärzte und Therapeuten konsultiert. Die Dämonen verschwinden trotzdem nicht.“

„Es ist sicher schlimm, das ständig mitansehen zu müssen.“ Vera empfand ehrliche Anteilnahme mit ihrem Kollegen. Sie wusste, dass es ein großer Vertrauensbeweis von Harald war, dass er sich ihr gegenüber öffnete. Behutsam fragte sie nach weiteren Details von dem, was er sah. Harald war froh, dass der Tisch, an dem sie saßen, nicht in Hörweite der anderen Restauranttische war. Es wäre ihm nicht recht gewesen, wenn andere Gäste seine Berichte hörten. Er erzählte von seinen unscharfen, aber brutalen Visionen. Die Engel und Dämonen kämpften mit aller Kraft und Härte. Irgendwann wurde der Schwächere der beiden Kämpfer förmlich zerrissen. Manchmal war auch erkennbar, um welchen Menschen gekämpft wurde, aber meist blieb das Harald verborgen. Harald erklärte auch, warum er bisher keine Hilfe von Christen annehmen wollte.

Vera nickte verständnisvoll. „Du hast damals in unserem Gottesdienst besonders viele Kämpfe gesehen."

„Ja. Mehr als anderswo."

„Du hast diese Wesen, die du siehst, Engel und Dämonen genannt. Woher weißt du, dass es Engel und Dämonen sind? Könnten es nicht ganz andere Wesen sein?"

Harald überraschte diese Frage nicht. „Ich bin mir ziemlich sicher, dass es sich nicht um andere Wesen handelt. Sie haben recht offensichtlich um die Seelen der Menschen gekämpft. Da es ähnliche Beschreibungen auch in anderen Religionen gibt, halte ich die Existenz derartiger Himmelswesen einfach für plausibel. Mit den anderen Aspekten des Christentums habe ich mich noch nicht befasst."

Die Bestellungen wurden serviert. Vera sprach ein leises Tischgebet und die beiden begannen zu essen.

„Würdest du dich gerne mit dem befassen, was Christen glauben?"

„Wenn es mir hilft, dass ich nicht mehr sehen muss, was ich zur Zeit sehe, dann würde ich mich vielleicht auch auf das Christentum einlassen. Ich frage mich aber trotz allem, warum ich in Kirchen mehr Dämonen sehe als anderswo. Das sieht doch so aus, als wären dort besonders viele Dämonen zuhause."

Vera überlegte einen Augenblick. Dann fragte sie: „Was passiert, wenn der Körper eines Menschen von Grippeviren befallen wird?"

Harald wunderte sich über diese Frage. „Man bekommt Fieber. Hat Symptome wie Übelkeit, Schwindel, Müdigkeit, Husten und Halsschmerzen."

„Aber warum bekommt man Fieber?“

„Ich vermute, weil das Immunsystem gegen die Viren kämpft.“

„Und was wäre, wenn das Immunsystem nicht kämpfen würde?“

„Wahrscheinlich bekäme man kein Fieber, aber man würde an der Grippe sterben.“

Vera erkannte, dass Harald ihrem Gedankengang folgen konnte. „So wie ich die Sache sehe, gibt es in christlichen Gemeinden nicht deshalb so viele Kämpfe mit Dämonen, weil es dort so viele schlechte Menschen gäbe. Nein, dort gibt es nicht bessere und auch nicht schlechtere Menschen. Aber für den Teufel und seine Dämonen ist jeder Gläubige eine Niederlage. Und deshalb schickt er seine Armee der Finsternis besonders oft dorthin, wo es Menschen gibt, die Gott folgen. Die Kämpfe, die du dort siehst, sind die Abwehrschlachten von Gottes Engeln. Es ist praktisch die Reaktion des himmlischen Immunsystems. In der Bibel steht, was Paulus einmal gesagt hat. Im sechsten Kapitel seines Briefes an die Gemeinde in Ephesus: ‚Denn wir haben nicht gegen Wesen aus Fleisch und Blut zu kämpfen, sondern mit Mächtigen und Gewaltigen, mit den Herren der Welt, die über diese Finsternis herrschen, mit den bösen Geistern unter dem Himmel.‘ Aber Paulus weiß auch, dass Gott uns Engel als Helfer zur Seite stellt.“

Harald war anzumerken, dass ihm diese Sichtweise eine völlig neue Perspektive auf das Geschehen eröffnete. „Du meinst, dass es auf christliche Gemeinden zwar besonders viele Angriffe gibt, aber auch um so mehr Engel, die sie verteidigen.“

„Richtig. Ich glaube, dass es all das, was du siehst, wirklich gibt. Aber dass du nicht wirklich erkennen kannst, was du siehst, weil du zu wenig über die himmlischen Mächte weißt.“

„Aber du kannst mir helfen?“

„Ich und viele andere Christen auch.“

„Wenn du recht hast, dann könnte ich zumindest einen Sinn in dem erkennen, was ich sehe.“

„Ich hoffe, dass dir das hilft. Und trotzdem werde ich dafür beten, dass du all diese Kämpfe nicht mehr sehen musst.“

„Das wäre wie ein neues Leben.“

Harald schien nun etwas entspannter zu sein. Vera wusste, dass eine neue Sichtweise der Situation nicht die Dinge wegwischen konnte, die

Harald ständig sah. Aber es bestand eine begründete Hoffnung, dass er vielleicht ab jetzt besser damit umgehen konnte.

Als sie ihr Essen verspeist hatten, sah Vera auf ihre Uhr. „Oh wei! Ich glaube, wir haben unsere Mittagspause überzogen."

23

Arthur war genervt. Extrem genervt. Die Männer, die hinter ihm im Bus saßen, redeten ununterbrochen und tranken offenbar pausenlos Energydrinks aus PET-Flaschen. Das Gebräu roch penetrant nach künstlichen Aromen. Es erinnerte Arthur an Toilettenreiniger. Die Typen schienen alle finanziellen Zuwendungen in diese blaugefärbten Drinks angelegt zu haben. Und irgendwie hatte er den Eindruck, dass Adama und Mariam verstanden, was da geredet wurde. Mehrmals hatte er sie gefragt, ob sie das Gerede übersetzen könnten. Ein Wort schien sich immer wieder zu wiederholen. Es hörte sich an wie „Sharmuta". Aber Arthurs Freunde beteuerten eindringlich, dass sie keine Ahnung hätten, was die Männer redeten.

An der Grenze von Italien in die Schweiz wurde der Bus einfach weitergewunken, nachdem der Fahrer erklärt hatte, dass das Reiseziel die Stadt Konstanz in Deutschland war. 15 Minuten später machte der Fahrer seine vorgeschriebene Pause und die Fahrgäste hatten die Möglichkeit, sich die Füße zu vertreten oder das kleine Toilettenhäuschen zu besuchen. Fast alle Männer verließen den Bus. Nur Mariam und zwei Afrikaner, die schliefen, blieben darin. Arthur bemerkte, dass Mariam sich sichtlich unwohl fühlte. Als er nachfragte, ging sie nicht darauf ein und erklärte nur, dass sie müde sei.

Draußen vor dem Bus nahm Arthur Adama auf die Seite und sprach ihn noch einmal auf die Lästermäuler im Bus an. „Also, Adama. Ich bin mir sicher, dass du weißt, was die Kerle da zu Mariam gesagt haben. Ich habe mehrmals das Wort ‚Sharmuta' verstanden. Was heißt das übersetzt?"

Adama war sichtlich in einem Loyalitätskonflikt. „Mariam möchte nicht, dass ich dir das sage."

„Aber ich möchte es“, erklärte Arthur streng. „Du verstehst dich Sprache der Männer?“

„Ja. Sie sprechen Arabisch.“

„Und das Wort Sharmuta, was bedeutet es?“

Adama fiel es schwer, zu reden. „Sharmuta bedeutet Hure. Die Männer haben sie eine Christenhure genannt, weil sie das Kreuz um den Hals hängen hat. Mich nannten sie den Sohn einer Hure.“

In Arthurs Gesicht war deutlich Abscheu darüber zu erkennen, dass man Mariam auf diese Weise beleidigte. „Diese Dreckskerle.“

„Du darfst das nicht so ernst nehmen“, versuchte Adama zu beschwichtigen. „Das sind junge Männer, die es nicht anders kennen. Wir Christen mussten zuhause immer mit solchen Provokationen leben.“

„Aber ihr seid nicht mehr in Afrika“, widersprach Arthur. „Doch mach dir keine Gedanken, Adama. Ich werde mich auf keine Diskussion mit den Kerlen einlassen. Sieh am besten einmal nach Mariam. Sie wollte den Bus nicht verlassen. Es ist sicher besser, wenn du bei ihr bleibst.“

Adama folgte dem Rat und Arthur blieb eine Weile in Sichtweite des Busses stehen. Er sah zu, wie einige Männer zu dem Toilettenhäuschen gingen und wiederkamen. Der Busfahrer hatte den unteren Stauraum geöffnet, so dass die Fahrgäste an ihre Rucksäcke kamen. Einige Männer holten sich Proviant aus ihrem Gepäck.

Langsam trottete Arthur auf die Gruppe zu. Auch die Männer, die Mariam beleidigt hatten, holten sich Nachschub aus ihren Taschen. Wieder die kleinen Flaschen mit den Energydrinks. Arthur versuchte, sich zu merken, welche Rucksäcke es waren. Das fiel leicht, da auch in den Außentaschen die PET-Flaschen steckten.

Als würde auch er nach seinem Rucksack suchen, steuerte er auf den unteren Stauraum des Busses zu und hantierte an seinem Gepäck. In einem unbeobachteten Moment griff er nach einer der PET-Flaschen des Stänkerers und steckte sie unter seine Jacke. Dann ging er, wie viele Männer des Busses vor ihm, in das Toilettenhäuschen.

Dort war ein Kondomautomat, aus dem er eine Schachtel Kondome zog. Er öffnete sie und warf den Inhalt in einen Mülleimer. Dann ging er zum Pissoir und sah sich um, während er urinierte. Außer ihm war niemand in dem Toilettenhäuschen. Die meisten Männer des Busses hatten es direkt nach dem Halt aufgesucht. In den Pissoirs lagen kleine, blaue WC-Steine, wie er es erwartet hatte. Ohne zu zögern, griff Arthur sich mit der bloßen Hand drei der Steine aus den Becken und ging damit in eine der Kabinen. Er schloss hinter sich ab und holte das leere Kondompäckchen hervor. Dann legte er einen WC-Stein hinein und steckte die Schachtel in seine Jacke. Nun holte er die Energydrinkflasche heraus. Nachdem er sie geöffnet hatte, kippte er eine kleine Menge in die Toilettenschüssel, gerade so viel, dass Platz für die zwei verbliebenen WC-Steine war. Arthur wusste, dass die Steine auf öffentlichen Toiletten besonders zersetzende Wirkung hatten, damit auch Dinge wie Zigarettenstummel in den Abflüssen nicht so schnell zu Verstopfungen führten. Er hatte Mühe, die glitschigen Tabs durch die kleine Flaschenöffnung zu bekommen. Einen Stein musste er mit seinem Taschenmesser teilen. Als alles in der Flasche war, schraubte er den Deckel wieder darauf und schüttelte die Flasche. Ein paar Brocken von den Steinen klebten an der Außenseite. Arthur hielt die Flasche in die Toilettenschüssel und drückte die Spülung. Dann steckte er die noch feuchte Flasche wieder unter seine Jacke. Er verließ die Kabine, wusch sich am Waschbecken gründlich seine Hände und ging zurück zum Bus.

Dort suchte er, um nicht aufzufallen, wieder nach seinem Rucksack und holte ein Päckchen Taschentücher heraus. Dann steckte er die Flasche mit den aufgelösten WC-Steinen zurück in den Rucksack des Lästerers. Das Kondompäckchen mit dem einzelnen WC-Stein steckte er in den Rucksack des anderen Rowdys. Es sollte dafür sorgen, dass der Tatverdacht nicht auf Arthur, sondern auf den Besitzer des Rucksacks fiel. Nun musste er nur noch warten, bis die Kerle am Ziel der Reise wieder nach ihren penetranten, blauen Drinks griffen.

Wenig später gab der Fahrer das Zeichen zur Weiterfahrt. Zügig waren alle Fahrgäste wieder an Bord. Jeder wollte so schnell wie möglich am Reiseziel Konstanz in Deutschland ankommen.

Die Männer hinter Adama und Mariam waren sofort wieder lautstark am Plaudern und Lästern. Mehrmals nahm Arthur erneut das Wort „Sharmuta“ in dem unverständlichen Wortschwall wahr, doch jetzt war es ihm egal. Die Kerle würden noch schwer daran zu schlucken haben, dachte er. Zumindest derjenige, der aus der präparierten Flasche trinken sollte.

Arthur machte es sich in dem Sitz so bequem wie möglich und schloss die Augen. Er dachte an seine Enkeltochter Laura. Von deren Kind Thomas wusste er nichts. Nicht einmal von der Schwangerschaft. Laura wollte es ihrem Großvater später irgendwann bei einem persönlichen Gespräch erzählen. Da sie bisher nur über Briefe kommunizieren konnten, die zwischen Stefan Eigner und Eric verschickt wurden, hatte Laura nur über Alltäglichkeiten berichtet. Arthur wusste zwar nicht Lauras Adresse, aber er hatte erfahren, dass sie in der Nähe der Harders in Babelsgrund wohnte. Das würde sein nächstes Ziel sein, nachdem sie in Deutschland angekommen waren.

Arthur massierte sich seine Finger. Seine neun Finger. Den linken kleinen Finger hatte er sich abschneiden müssen, als er vor etwa zwei Jahren mit Laura und Eric aus der Zentrale der Arnhátonsekte flüchtete. Nur so hatte er einen falschen Standort vortäuschen können, um sich vor einem Flugzeug zu retten, das der Rat der Fürsten auf ihn stürzen ließ. Zwar hatte er einen Finger opfern müssen und sich zudem den Rat der Fürsten, diese fast allmächtige Geheimorganisation, zum Feind gemacht, aber er hatte überlebt. Nun war er nach Europa zurückgekehrt, mit einer falschen Identität und fast ohne jeden Besitz.

Er fragte sich, wie Laura reagieren würde, wenn er vor ihr stand. Seit Lauras Eltern gestorben waren, war Arthur ihr einziger Verwandter, was zu einer engen Verbundenheit geführt hatte. In den letzten Jahren musste Laura ihr Leben alleine meistern, was sicher zu einer enormen Reifung geführt hatte. Hätte Arthur überhaupt noch Platz in Lauras Leben? Wäre seine Anwesenheit vielleicht eher eine Last als eine Bereicherung? Für einen Moment zweifelte Arthur an seiner Entscheidung, nach Deutschland zurückzukehren.

Zu alledem musste sich Arthur in seine neue Existenz als Jérôme Dumont einfinden. Der verstorbene Franzose, dessen Identität er übernommen hatte, war im selben Jahr geboren wie Arthur, was bedeutete, dass er über dessen Rentenansprüche verfügte. Über seinen Freund Hagen hatte Arthur alle Daten bekommen, um die Auszahlung auf ein deutsches Konto veranlassen zu können. Das wollte Arthur in den nächsten Tagen erledigen. Ob alles so problemlos vonstatten ging, wie er erhoffte, würde sich zeigen. Es war nicht ausgeschlossen, dass er dabei aufflog und der Rat der Fürsten ihn eliminierte. Doch das Risiko musste Arthur eingehen, um wieder ein normales Leben führen zu können. Laura wollte er erst kontaktieren, wenn er sicher war, dass sein Identitätswechsel unentdeckt blieb.

Adama und Mariam wirkten bedrückter als sonst. Mariam hatte ihre Kette unter ihrer Bluse versteckt. Das hatte aber nicht zur Folge, dass die Kerle in der Sitzreihe hinter ihr immer wieder arabische Sätze von sich ließen, in denen Arthur das Wort „Sharmuta“ zu hören glaubte. Mit dem Begriff „Hure“ konnte man in jeder Kultur eine Frau beleidigen, egal ob in der europäischen Kultur, der arabischen oder der afrikanischen.

Arthur dachte zurück an den Tag, als er Mariam das erste Mal begegnet war. Es war im Niger, in der Stadt Dirkou. Dort hatte nach 660 Kilometern die erste Etappe ihres Flüchtlingstransports von Agadez durch die Sahara nach Norden geendet. Man sagte ihnen, dass es einige Tage dauern würde, bis man die Weiterreise über die Grenze nach Libyen und dann an die Mittelmeerküste organisiert hätte. Für die Unterkunft in einem der Migrantenhäuser verlangten die Schlepper weiteres Geld. Auch für Lebensmittel und Hygieneartikel forderten sie horrende Preise. Viele Flüchtlinge konnten die geforderten Summen nicht aufbringen und verschuldeten sich bei den Banden, die an dem Migrationselend verdienten. Männliche Flüchtlinge verdingten sich in sklavenähnlichen Arbeitsbedingungen. Frauen wurden für jeden notwendigen Artikel sexuelle Leistungen abverlangt. Mit den Schulden, die im Laufe der Zeit immer weiter anwuchsen, gerieten die Frauen und Mädchen immer tiefer in die Prostitution.

Wenn Arthur während der Tage in Dirkou durch die Straßen des Ortes mit etwa 10.000 Einwohnern ging, wurde er regelmäßig von Zuhältern angesprochen. Die Auswahl an Frauen, die ihre Schulden bei den Schleppern als Prostituierte abarbeiten mussten, war praktisch unbegrenzt. Manchmal begegnete er auf der Straße auch den Frauen selbst, die ihm eindeutige Angebote machten. Dann fragte er sich, wie fürchterlich die Umstände in den Herkunftsgebieten sein mussten, wenn die Frauen auf ihrer Flucht bereit waren, sich diesen Bedingungen auszusetzen.

Nach etwa einer Woche bekam Arthur mit, wie ein etwa 40 Jahre alter Afrikaner von einem der Zuhälter schwer verprügelt wurde. Als der Angreifer endlich von ihm abließ und in dem Haus verschwand, das als Bordell genutzt wurde und sich „Makandas Bar“ nannte, kam Arthur hinzu und bot dem heftig blutenden Mann seine Hilfe an. Anfangs dachte Arthur, dass es sich bei dem Opfer um einen randalierenden Freier handelte, aber es stellte sich heraus, dass der Malier ein katholischer Priester war, der hier im Niger den Flüchtlingen Hilfe anbot. Arthur stützte den angeschlagenen Geistlichen und führte ihn heim zu dessen kleinem Haus.

Das Anwesen bestand aus einem verhältnismäßig massiven Haus, das offensichtlich im Laufe der Jahre durch mehrere Anbauten aus Lehm erweitert worden war. Der Malier stellte sich als Toé Dembélé vor und bedankte sich außerordentlich herzlich für Arthurs Hilfe. Arthur fragte ihn, wie es zu dem Handgemenge kam. Toé berichtete, dass seine Hilfsangebote für die Frauen in den Bordellen bei den Zuhältern natürlich auf extreme Ablehnung stießen, da mit der Befreiung der Prostituierten aus ihren Abhängigkeiten auch die lukrativen Einkommen für die Bordellbetreiber verloren gingen. Deshalb gab es in den letzten Monaten mehrere Anschläge auf Toé. Er hatte alle überlebt und war glücklicherweise auch nie ernsthaft verletzt worden. Doch die Gewalt gegenüber ihm oder ausstiegswilligen Frauen nahm zu.

In den nächsten Tagen traf sich Arthur immer wieder mit Toé. Auch wenn Arthur kein spiritueller Mensch war, so faszinierte ihn doch dessen Glaube, der ihm die Kraft verlieh, in dem feindlichen Umfeld diese Arbeit auszuüben. Toé erzählte ihm immer mehr über die grausamen Erfahrungen, die etwa 80 Prozent der Frauen auf ihrer Flucht machten. Zwar ist der Anteil der Frauen bei den Flüchtlingen innerhalb Afrikas bei etwa der Hälfte, aber bei denjenigen, die sich von Afrika aus auf den Weg nach Europa machten, betrug der Anteil im Jahre 2014 10,7 Prozent. 15,3 Prozent waren Minderjährige. Der Anteil der Männer lag bei 74 Prozent. Dabei entwickelten die Schlepper ein perfides System, um auf dem Flüchtlingsweg aus der Ware Frau den höchsten Profit zu erwirtschaften.

In vielen Ländern Afrikas herrschen äußerst instabile politische Zustände. Das hat für die Bevölkerung eine Zunahme von alltäglicher Gewalt, manchmal sogar Bürgerkrieg zur Folge. Außerdem breiten sich Korruption, Bandenkriminalität, ökologische Missstände, Armut und Verzweiflung aus.

Selbst wenn Länder reich an Bodenschätzen sind, werden diese meist von den Industriestaaten ausgebeutet und die nationalen Einnahmen verschwinden in den Taschen der korrupten Politiker. Die Menschen in Westafrika müssen immer wieder mitansehen, wie die Ölbohrungen und ähnliche Maßnahmen ihre Lebensgrundlagen zerstören. Das Leben der einfachen Bevölkerung wird immer unerträglicher. Die Folgen dieser Destabilisierung bekommen Frauen und Mädchen am härtesten zu spüren: Frauenrechte werden immer mehr abgebaut.

Propagandisten der Schlepper versprechen den Menschen in Afrika Arbeitsplätze und Zukunftsperspektiven in Europa. Männern werden Jobs mit großartigen Aufstiegsmöglichkeiten versprochen, Frauen wird erzählt, sie könnten Models oder Haushaltshilfen werden. Zwar hat man auch in Afrika schon davon gehört, dass viele Frauen, die nach Europa gehen, dort zur Prostitution gezwungen werden, aber wer nichts zu verlieren hat, möchte die Lügen der Schlepper glauben.

Bereits in den Flüchtlingscamps auf afrikanischem Boden berichten mehr als 60 Prozent der Frauen davon, dass sie durch Mitarbeiter zu sexuellen Handlungen gezwungen würden. Auch wenn sich ein großer Teil der Menschen Afrikas zum Islam oder dem Christentum bekennt, sind doch die Bräuche und Denkweisen der Naturreligionen in weiten Teilen der Bevölkerung tief verwurzelt. Das machen sich die Schlepper zunutze.

Die Propagandistinnen, die sogenannten „Madams", locken viele afrikanische Frauen, die in Notsituationen sind, mit falschen Versprechungen. Um mit den Schleppern reisen zu dürfen, müssen sie dann meist an einem sogenannten Juju-Ritual teilnehmen, einer Art Voodoo-Zauber, der auf dem traditionellen Geisterglauben basiert. Für das Ritual entnimmt der Juju-Zauberer Haare vom Kopf der Flüchtlingsfrau, aus ihrem Intimbereich oder einer anderen Stelle, und lässt sich ihre Unterwäsche geben. Das wird dann vom Zauberer, zusammen mit Fingernägeln der Frauen und auch manchmal mit deren Blut, aufbewahrt. Manche Mädchen berichten, dass sie eine ekelhaft riechende und schmeckende Flüssigkeit trinken mussten. Sie durften sie nicht ausspucken oder hochwürgen. Man sagte ihnen, es sei das Wasser ihrer Vorfahren, das sie stark mache. Dann wurde vor ihren Augen ein Huhn geschlachtet und sie mussten dessen Herz essen. Auch wurden sie mit Tierblut übergossen, oder man brachte ihnen mit einer Rasierklinge winzige, rituelle Schnitte bei. Am Ende mussten sie schwören, dass sie das von den Schleppern geforderte Geld zurückzahlen werden, sonst würden sie oder jemand aus ihrer Familie umgebracht, verflucht oder in den Wahnsinn getrieben. Dadurch wurde den Frauen die Angst vor den Menschenhändlern tief in die Seele gebrannt. Schwarze Magie wie diese Juju-Rituale sind in Afrika weit verbreitet.

Die Angst vor der Wirkung dieses Rituals holt die Frauen in den alltäglichsten Situationen ein, beispielsweise wenn sie sich versehentlich mit einem Messer schneiden. Dann erinnern sie sich an ihren Treue-Eid, den sie gegenüber den Schleppern geleistet haben. Diese Angst macht sie zu allem gefügig, selbst zur Prostitution.

Pfarrer Toé Dembélé wurde in Dirkou nicht müde, die Frauen unter den Flüchtlingen davor zu warnen, sich auf die Schlepper einzulassen. Dafür legte er sich selbst mit den Bordellbetreibern und den Zuhältern an. Er hatte auch eine Mitarbeiterin, die ihm viele Verwaltungsaufgaben abnahm und auch als Haushälterin fungierte. Sie wohnte nicht im selben Haus wie Toé. Als katholischer Pfarrer hatte er gelobt, ein zölibatäres Leben zu führen. Wenn seine Mitarbeiterin, die sich Aïssata Koné nannte, mit ihm unter einem Dach leben würde, hätte das nur Gerüchte genährt.

Arthur hatte das Bedürfnis, den beiden bei ihrer Arbeit zu helfen. Wenn er nun ungewollt einige Tage in Dirkou verbringen musste, bis er weiter nach Libyen reisen konnte, dann wollte er die Zeit irgendwie nützlich verbringen. Also bat er darum, mehr über Toés Arbeit zu erfahren. Toé erzählte ihm eine Reihe von Einzelschicksalen. Das, was Arthur von dem Leid der Frauen in ihren Herkunftsländern und auf den Stationen ihrer Flucht erfuhr, ging ihm unter die Haut. Zwar hatte Arthur in seiner Karriere als Killer für den Rat der Fürsten einiges erlebt und auch selbst viel Leid verursacht, aber das, was diese Frauen ertrugen, hielt Arthur in vielen Teilen für unerträglich. Der „Juju-Eid" kontrollierte die Frauen beinahe völlig.

„Nur wenige Frauen wagen es, meine Angebote zum Ausstieg aus den Fängen der Schlepper anzunehmen", berichtete Toé. „Wenn sich eine Frau entscheidet, sich helfen zu lassen, dann bekommt sie von mir kostenlose Unterstützung bei ihrer Weiterreise. Falls sie zurück in ihre

Heimat möchte, kann ich auch für diesen Fall ehrenamtliche Helfer vermitteln."

„Aber hier in Dirkou ändert sich nichts", mutmaßte Arthur.

„Hier im Ort ist das Prostitutionsgeschäft straff organisiert. Ich alleine kann da nicht wirklich etwas ausrichten. Und die Behörden wollen das Problem nicht sehen oder profitieren selbst am Elend der Flüchtlinge."

„Weiß man, wer der Kopf dieser Gangster hier in Dirkou ist?"

„Es ist eine Frau. Sie nennt sich Madame Makanda. Sie hat früher selbst als Prostituierte gearbeitet. Als sie zu alt für diese Arbeit wurde hat sie mit Cleverness und Skrupellosigkeit die früheren Bosse beseitigt und das Geschäft selbst übernommen. Nun geschieht hier in Dirkou nichts Illegales mehr, ohne dass Madame Makanda ihre Finger im Spiel hat."

„Ich würde diese Dame gerne einmal treffen. Glaubst du, dass das möglich wäre?"

„Wenn du nicht selbst ein Geschäftspartner oder ein wichtiger Kunde bist, dann hast du keine Chance auf ein Treffen mit ihr. Wenn du Glück hast, dann kannst du sie vielleicht einmal zu Gesicht bekommen, wenn sie mit einem ihrer Leoparden spazieren geht."

„Mit einem Leoparden?"

„Ja. Sie hält sich mehrere dieser Raubkatzen als Haustiere. Man sagt, sie vertraue ihnen mehr als ihren Leibwächtern."

„Wie alt ist diese Madame Makanda?"

„Ich vermute, dass sie bereits über 50 ist. Genau weiß das sicher niemand. Seit sie die Geschäfte selbst leitet, hat sie enorm an Gewicht zugenommen. Das macht die Einschätzung noch schwieriger."

„Wohnt sie hier in Dirkou?"

„Ja, aber da kommt niemand hin. Ihr Haus ist mit Zäunen und Mauern gesichert. Sie vertraut niemandem, außer ihren Leoparden."

„Kommt sie auch manchmal in das Bordell, wo du von ihren Leuten zusammengeschlagen wurdest?"

„Man sagt, dass sie einmal in der Woche, zusammen mit einem ihrer Leibwächter, mehrere Frauen persönlich zu den Offizieren der nahegelegenen Garnison bringt. Einmal habe ich einen solchen Transport zufällig gesehen."

„Weißt du auch, an welchem Wochentag diese Transporte stattfinden?"

„Ich glaube, es war an einem Dienstag. Ich kann aber nicht sagen, ob es immer derselbe Wochentag ist.“

„Dann haben wir ja noch Zeit“, erklärte Arthur geheimnisvoll.

„Zeit? Wofür? Was hast du vor?“, erkundigte sich Toé erstaunt.

„Zeit, um einen Plan zu schmieden, wie wir es den Frauen leichter machen, sich von Madame Makanda loszusagen.“

„Das ist weitaus schwieriger, als du es dir vorstellst. Der Juju-Schwur gibt Madame Makanda eine enorme Macht.“

„Mit Madame Makanda würde auch ein großer Teil der Macht verschwinden? Richtig?“

„Ja. Aber Madame Makanda hat sich gegen jeden Gegner behaupten können. Keine Behörde und auch keine Konkurrenten aus den eigenen Reihen konnten ihr etwas anhaben.“

„Aber wenn sich ein Gottesmann wie du und ein motivierter Helfer wie ich zusammentun, dann wird uns schon etwas einfallen.“

„Du denkst doch nicht an ein Attentat. Wenn Madame Makanda erschossen wird, dann müssten die Frauen das ausbaden. Sie hat in diese Richtung vorgesorgt. Das gäbe ein schreckliches Blutbad. Außerdem wäre ein Mord eine Sünde gegen Gottes Gebot.“

„Niemand möchte Madame Makanda erschießen oder sonst Hand an sie legen“, beruhigte Arthur Toé. „Ich werde einmal Makandas Bar im Auge behalten. Dabei wird mir schon etwas einfallen.“

Arthur besuchte am Abend die Bar, die in ihren Hinterzimmern ein Bordell betrieb. Seine Kleidung war durch die Strapazen der letzten Wochen stark zerschlissen und die Haut war durch die unbarmherzige Sonne Afrikas dunkel gebräunt. Zwar sah man ihm deutlich an, dass er ein Europäer war, doch seine äußere Erscheinung vermittelte den Anschein, er sei ein heruntergekommener Abenteurer. Die ideale Klientel dieser Bar.

Er bestellte sich den billigsten Wodka, der zu haben war und sah sich um. Der dunkle Gastraum wirkte schmutzig und verwahrlost. Die Farbe blätterte von den Wänden und das uralte Inventar hatte sichtlich schon manche Kneipenschlägerei erlebt. Mehrere Männer saßen in Begleitung von dienstbaren Frauen an den Tischen. Es roch nach Alkohol, Zigarettenrauch und Schweiß. Der Barkeeper stellte ihm den Wodka auf die Theke und winkte eine der Frauen herbei. Mit einem süffisanten Lächeln fragte er: „Möchten Sie außer ihrem Drink noch eine weitere Spezialität unseres Hauses genießen?“ Dann zeigte er auf die junge Frau, die jetzt hinter Arthur stand.

Es war Mariam.

Jetzt, da Arthur mit Mariam und Adama in einem Reisebus durch die Schweiz fuhr, wollte er das alles hinter sich lassen. Was er in Afrika erlebt hatte, sollte abgeschlossen sein, so dachte er. Aber wenn Rowdys sich einen Spaß daraus machten, Frauen wie Mariam mit dem Begriff „Hure“ zu beleidigen, dann waren seine Erinnerungen so lebendig, als wären die Ereignisse in Dirkou erst gestern geschehen.

Der Reisebus passierte inzwischen ungehindert die Grenze von der Schweiz nach Deutschland. Wenige Minuten später kamen sie in Konstanz an.

Auf dem Busbahnhof herrschte ein reges Treiben. Ein halbes Dutzend weiterer Fernreisebusse wartete auf neue Fahrgäste oder ließ neu angekommene Reisende aussteigen. Mariam, Adama und Arthur verließen erschöpft den Bus. Der Fahrer hatte inzwischen den unteren Stauraum geöffnet und lud die Rucksäcke und Taschen aus. Mariam und Adama konnten recht schnell ihr Gepäck entgegennehmen. Während Arthur nach seinem Rucksack griff, beobachtete er in den Augenwinkeln die drei Lästermäuler, die inzwischen auch erschöpft von der Reise zu sein schienen. Noch hatte keiner der Männer nach den Energydrinks gegriffen. Jeder nahm seine Utensilien an sich und schaute nach, dass nichts fehlte.

Arthur und seine beiden Schützlinge machten sich etwas abseits von dem Bus bereit, um in Konstanz eine Bleibe für die Nacht zu suchen. Noch immer beobachtete Arthur den Rucksack der Rowdys, an dem der präparierte Energydrink steckte.

Jetzt nahm der Kerl, der Mariam mehrmals „Sharmuta“ genannt hatte, die Flasche von seinem Rucksack und schraubte den Verschluss auf. Arthur konnte aus der Entfernung nur wenig sehen. Bemerkte der Mann, dass die Flasche schon einmal geöffnet worden war? Offensichtlich schöpfte er keinen Verdacht. Mariam und Adama waren mit ihrem Gepäck beschäftigt, so dass sie nicht wahrnahmen, dass Arthur zu dem Bus hinüber starrte.

Nun setzte der Mann an, aus der Flasche zu trinken. Ohne abzusetzen leerte er den gesamten Inhalt der 0,5-Liter-Flasche. Auf Arthurs Mine machte sich ein Grinsen bemerkbar. Es dauerte keine fünf Sekunden, da wurde dem Mann klar, dass etwas mit dem angeblichen Energydrink nicht stimmte. Er wurde hektisch und die Männer um ihn herum ebenso.

„Was macht man, wenn man Reinigungsmittel geschluckt hat?“, flüsterte Arthur lautlos.

Der Mann, der die Flasche geleert hatte, übergab sich.

„Man übergibt sich auf keinen Fall“, führte Arthur seinen stummen Kommentar fort. „Wenn man sich erbricht, dann kommt trotzdem nur ein Bruchteil des Reinigungsmittels heraus. Aber die Speiseröhre bekommt doppelt so viel ätzende Flüssigkeit ab.“

Der Mann kniete auf dem Boden und würgte ununterbrochen. Seine Kumpanen riefen lautstark auf Arabisch nach Hilfe. Der Fahrer telefonierte.

„Ruhe bewahren und den Notarzt konsultieren“, setzte Arthur mitleidslos sein Selbstgespräch fort. Inzwischen waren auch Mariam und Adama auf das Geschehen aufmerksam geworden. Sie wollten hineilen, aber Arthur hielt sie zurück. „Da könnt ihr nicht helfen.“

Mit einem seiner Finger im Hals würgte der Mann, um die ätzende Flüssigkeit heraus zu bekommen. Arthur kommentierte dessen hilflose Versuche weiter lautlos. „Aktives Erbrechen ist auch aus einem anderen Grund gefährlich.“

Der Mann bekam nun offensichtlich Atemprobleme. Er fing an zu Husten und rang nun auch nach Luft.

„Beim Erbrechen kann die ätzende Flüssigkeit auch in die Lunge gelangen. Das führt dort zu weiteren Schädigungen, die zu einer Anschwellung der Luftröhre führen können.“ Arthur nahm das Geschehen vor sich wie ein minuziös geplantes Schauspiel wahr. Alles verlief so, wie er es beabsichtigt hatte.

Sichtlich geschwächt von seinen Würgeversuchen und der immer stärker werdenden Atemnot kauerte der Mann auf dem Boden. Die darumstehenden Männer wurden immer lauter und gestikulierten wild in der Luft herum. Mariam und Adama war klar, dass sie nicht helfen konnten, also beteten sie. Arthur wartete, dass die geschwollene Luftröhre dem Mann jede Atemluft nahm und er vornüber kippen würde. Das ließ aber einige Minuten auf sich warten. Im Todeskampf bohrte das Opfer seine Fingernägel tief in den Hals, als wolle er sich die Kehle aufreißen, um wieder Luft zu bekommen. Doch das waren vergebliche Versuche. Als die abgeschnittene Luftzufuhr dem Sterbenden endlich das Bewusstsein nahm, fiel er nach vorne, blieb zuckend liegen und starb in dem Moment, als in der Ferne die Sirene eines Rettungswagens zu hören war.

Ein Großteil der Männer verließ nun eilends den Ort des Geschehens, um nicht ins Licht der Behörden zu gelangen. Auch Arthur trieb seine beiden Freunde an, sich vom Bus zu entfernen.

„Wir müssen los. Für das arme Schwein können wir nichts tun“, meinte er.

„Wird er Hilfe bekommen? Kam der Rettungswagen wegen ihm?“

„Klar“, antwortete Arthur. „Alles ist gut.“

24

Marera hatte in Deutschland eine Wohnung bezogen. Als Hohepriesterin der Arnhátongemeinschaft verfügte sie über umfangreiche finanzielle Mittel und wichtige Kontakte. Diese Kontakte hatte sie auch genutzt, um vor etwa einem Jahr auf unkomplizierte Weise von Mali nach Deutschland zu übersiedeln.

Um möglichst schnell nach Deutschland einreisen zu können, setzte sie sich von Mali aus mit Mittelsmännern der Sekte in Verbindung, die bereits in Deutschland lebten und auch die deutsche Staatsbürgerschaft besaßen. Von einem dieser Glaubensbrüder ließ sie sich dann offiziell nach Deutschland einladen. Dabei musste sich der Einladende verpflichten, für alle aufgrund des Aufenthaltes Mareras in Deutschland entstehenden Kosten, beispielsweise die Aufwendungen für mögliche Krankenbehandlungen und Rückführung in ihr Heimatland, aufzukommen. So erhielt sie ein Visum, das ihr zunächst ermöglichte, sich 90 Tage in Deutschland aufzuhalten. Ziel des Aufenthaltes war es, sich in Deutschland einen Mann aus der Arnhátongemeinschaft auszusuchen, der die deutsche

Staatsangehörigkeit besaß. Den heiratete sie umgehend, um eine dauerhafte Aufenthaltsgenehmigung zu bekommen. Die Ehe bestand dann nur auf dem Papier, da sie nur den Zweck erfüllen sollte, Marera einen sicheren Wohnsitz in Deutschland zu ermöglichen. Für ihr Privatleben brauchte sie keinen Partner. Ihr gesamtes Leben hatte sie in den Dienst für die Arnhátonsekte gestellt. Für einen Lebenspartner war da kein Platz.

Nun war sie offiziell mit einem gleichaltrigen Mann malischer Herkunft verheiratet. Er sah ausnehmend attraktiv aus und hatte eine sehr repräsentative Statur. Auch intellektuell war er eine gute Partie. Aber das Bett würde er niemals mit ihr teilen. Weder war sie verliebt in ihn, noch weckte er sexuelle Bedürfnisse in ihr. Er war einfach das Mittel zum Zweck.

Salifu, so hieß Mareras frisch angetrauter Gatte, wusste, auf was er sich einließ. Er verehrte sie als Anführerin seiner Religionsgemeinschaft und war nun bereit, die Scheinehe einzugehen, um ihr den dauerhaften Aufenthalt in Deutschland zu ermöglichen. Insgeheim hoffte er, Marera würde im Laufe der Zeit ihre Meinung ändern und Gefühle für ihn entwickeln. Aber er wusste, dass im Moment nichts darauf hindeutete.

Dass auch der jüngste Versuch, Lauras Kind zu entführen, fehlgeschlagen war, ließ Marera nicht ruhen. Stundenlang analysierte sie mit drei ihrer Vertrauten die spärlichen Informationen, die sie über das Scheitern der Aktion hatte. Offenbar waren die Versuche an völlig unvorhersehbaren Umständen missglückt. Und über den Verbleib der beiden Männer, die den letzten Entführungsversuch ausführen sollten, wusste man gar nichts. Sie waren einfach vom Erdboden verschwunden. Das Auto, mit dem sie vor Lauras Wohnung geparkt hatten, stand noch zwei Tage dort, bis Marera es abholen ließ. Sie fragte sich, ob die Männer abtrünnig geworden waren. Das hielt sie aber für unwahrscheinlich. Bisher gehörten sie zu den zuverlässigsten Glaubensbrüdern. Auch schloss sie aus, dass sie nach einem gescheiterten Entführungsversuch nun in den Händen der Polizei sein könnten. Bei den Behörden hatte sie Mittelsmänner, die ihr davon berichtet hätten. Am wahrscheinlichsten schien ihr die Theorie, dass es Laura irgendwie gelungen sein könnte, die Täter zu überwältigen und dass nun in der Wohnung die Leichen der beiden Arnhátongläubigen lagen.

Seit einigen Tagen ließ Marera Lauras Wohnung überwachen. Das geschah zwar mit relativ primitiven Mitteln, da die Sekte nach der Zerstörung der Zentrale in Mali erst wieder Geld beschaffen musste, aber wenn Laura zwei Leichen aus dem Haus schaffen wollte, dann würde man das mitbekommen.

„Wir sollten zusätzlich noch einen Beobachter in der direkten Umgebung von Laura Roth positionieren", schlug einer von Mareras Vertrauten vor. Ein junger Mann, Anfang Zwanzig.

„In der direkten Umgebung?", hakte Marera nach.

„Am besten direkt in ihrer Wohnung."

„Sprichst du von Kameras?", mutmaßte Marera.

„Ja, auch. Aber wir bekämen mehr heraus, wenn einer unserer Leute eine Liaison mit Laura einginge. Sicher würde sie ihm Dinge erzählen, die den Verbleib unserer Leute aufklären könnten und womöglich auch, warum die bisherigen Versuche, Echnaton zurückzuholen, scheiterten. Aber der größte Vorteil dieser Vorgehensweise ist, dass unser Mann so nah an Echnaton und Laura herankäme, dass ein Scheitern praktisch unmöglich ist."

„Aber wenn unser Mann enttarnt wird, dann führen seine Spuren zu uns", gab ein älterer Vertrauter zu bedenken. „Es kann doch nicht so schwierig sein, ein kleines Kind zu entführen. Wenn der Junge erst einmal aus Deutschland herausgeschafft ist, haben die deutschen Behörden doch praktisch keine Chance mehr, ihn aufzuspüren."

„Eine plumpe Entführung ist schon mehrmals fehlgeschlagen", stellte Marera fest.

„Aber auch eine Liaison muss darauf hinauslaufen, dass wir den Jungen gegen den Willen seiner Mutter zu uns holen. Letztendlich wird das Kind entführt. Warum sollten wir mit einer vorgetäuschten Liebesbeziehung Zeit verlieren?"

„Weil wir dann genau im richtigen Moment zuschlagen können", erklärte der junge Mann. „Ich gehe davon aus, dass unsere bisherigen Bemühungen deshalb keinen Erfolg hatten, weil wir den richtigen Moment verpassten."

„Das ist ein überzeugendes Argument." Es war Marera anzusehen, dass sie den Plan favorisierte. „Gibt es weitere Bedenken, gegen diesen Plan?"

Niemand meldete sich.

„Dann wird das jetzt unsere zukünftige Vorgehensweise sein", entschied Marera. „Sucht einen Mann in Lauras Alter, dem wir vertrauen können. Und forscht nach, welche Art von Männern sie bevorzugt. Falls ihr herausfindet, dass sie im Moment schon eine Beziehung hat, dann schafft den Kerl beiseite."

Laura hatte keine Liaison. Aber sie sehnte sich danach, einen Menschen in ihrer Nähe zu spüren. Ihren Sohn in den Armen zu halten, erfüllte sie mit tiefer Zufriedenheit, aber die Geborgenheit, die sie nur in den Armen eines Mannes fühlen konnte, fehlte ihr.

Die Junggesellen in ihrem Bekanntenkreis hatten meist andere Interessen, als bei der Erziehung fremder Kinder zu helfen. Und diejenigen, die signalisierten, dass sie nicht nur für Laura ein Partner sein wollten, sondern auf für Thomas eine Vaterrolle einnehmen würden, waren nicht Lauras Typ. Sie hatte es nicht eilig bei der Wahl eines neuen Mannes an ihrer Seite.

25

Tiān machte die aktuelle Entwicklung Sorge. Als Schutzengel durfte er in Lauras Leben nur eingreifen, wenn es dem eigentlichen Plan Gottes für ihr Leben diente. Wenn sie aber selbst Entscheidungen traf, die diesem Plan zuwider liefen, dann war er machtlos. Hilflos musste er mitansehen, wie Marera ihre Pläne umsetzte und nach einem Schönling suchte, der sich in Lauras Leben einschleichen könnte. Gottes Plan war es, dass Laura nicht auf diese Falle hereinfallen sollte, aber letztendlich lag die Entscheidung, wie sie auf die Versuchung reagierte, bei Laura. Wenn es dem Arnhátonagenten gelang, Lauras Herz zu gewinnen, dann war auch Tiān machtlos. Gegen Lauras ausdrücklichen Willen durfte auch er nicht handeln. Das wäre ein größerer Verstoß als die Beseitigung der beiden Attentäter, denn die Entscheidungen in ihrem Leben treffen die Menschen selbst. Und dann müssen sie auch die Konsequenzen tragen.

Dieser Umstand, dass er hilflos mitansehen musste, wenn Menschen falsche Entscheidungen trafen, schmerzte Tiān oftmals sehr. Nicht selten waren es Entschlüsse, die den ganzen Lebensweg eines Menschen in die falsche Richtung lenkten. Die tragischsten Fehlentscheidungen spürte er bei Liebenden, die sich eigentlich nicht mehr hätten begegnen dürfen. Menschen, die von Gott füreinander bestimmt waren, aber deren Wege von dunklen Mächten aneinander vorbei geleitet wurden. Wenn sich zwei dieser Menschen, die sich nie kennenlernen durften, dann doch einmal begegneten, war es für Tiān beinahe unerträglich, zu sehen, welches Glück sie verpasst hatten. Der Unterschied zwischen Gottes eigentlichem Plan und der oft elenden Wirklichkeit war meist immens.

Dass die Arnhátonsekte nun mit Lauras Herz spielen wollte, war für Tiān besonders hart, da er wirkliche Liebe für Laura empfand. Er genoss jeden Augenblick, den er in ihrer Nähe sein konnte. Aber auch ein Engel wie er konnte nicht ununterbrochen bei ihr sein. In den Momenten, wenn er gegen Dämonen kämpfte, um Laura zu beschützen, musste er sich von ihr entfernen. Dabei spürte er die grausame Macht der Zeit. Er spürte, wie sehr die Zeit ohne sie schmerzte.

Auch war Tiān nicht ausschließlich für Laura zuständig. Engel hatten auch zusätzliche Pflichten. Dabei konnte es sogar vorkommen, dass es bei der Erfüllung der einen Aufgabe zu Verspätungen bei einer anderen Pflicht kam. Tiān fiel es manchmal schwer, seine Prioritäten nicht ausschließlich auf Laura zu setzen. Dass in der Welt alle Ereignisse an den linearen Ablauf der Zeit gebunden waren, war ein Segen und ein Fluch zugleich. Einerseits machte es die schönen Augenblicke zu etwas wunderbar Kostbarem, andererseits schmerzten die Momente, in denen er Laura vermisste, umso mehr. Und wenn er mit anderen Aufgaben beschäftigt war, befürchtete er oft, doch einmal zu spät zu kommen, wenn es darum ging, Laura zu beschützen.

In der Bibel kann man vom Propheten Daniel lesen, der eine Begegnung mit einem Engel hatte, der erst 21 Tage lang eine andere Aufgabe erledigen musste, bevor er sich Daniels Gebetsanliegen widmen konnte. Im zehnten Kapitel des Danielbuchs fragt er im siebzehnten Vers: „Wie kann ein kleiner Mensch wie ich mit einem so mächtigen Engel sprechen?“ Zuvor hatte der Engel begründet, warum es drei Wochen bis zu seinem Erscheinen gedauert hatte. In Vers 13 können wir lesen: „Aber der Fürst des Perserreiches trat mir entgegen und hat mich 21 Tage lang aufgehalten. Dann kam Michael, einer der höchsten Engelfürsten, mir zu

Hilfe, sodass ich mich dort losmachen konnte."

Fēi war Tiān oftmals eine große Hilfe, wenn es darum ging, die Gefühle für Laura zu verarbeiten. Sie wussten zwar, dass Engel eigentlich emotional Abstand zu den Menschen haben sollten, aber sie mussten sich eingestehen, dass auch Engel nicht unfehlbar sind. Um dennoch als fehlbare Engel vor Gott bestehen zu können, mussten auch sie das Gnadenangebot Gottes annehmen. Jesus Christus ist nicht nur für die Sünden der Menschen gestorben, sondern für die Sünden der gesamten Schöpfung. Und jeder, der an Jesus Christus als Teil des dreieinigen Gottes glaubt und für sich in Anspruch nimmt, dass Jesus anstelle der Sünder für ihn starb, darf mit der Vergebung Gottes rechnen. Zwar weiß auch der Teufel, dass sich Gott als Vater, Sohn und Heiliger Geist geoffenbart hat, doch er will nicht Jesu Opfertod anerkennen, so dass Gottes Gnade nicht für ihn gelten kann.

Fēi war fasziniert davon, wie viele Gefühle Tiān entwickeln konnte, wenn er voll Begeisterung von Laura berichtete. Wie er in seiner Arbeit als Schutzengel aufging. Und er freute sich auch mit Fēi, als sie ihm davon erzählte, dass ihr Schützling Harald nach den Gesprächen mit Vera einen ersten Zugang zum christlichen Glauben gewonnen hatte.

„Ich hoffe, dass Harald bald eine Entscheidung für Jesus Christus trifft", berichtete Fēi.

„Das würde die wichtigste Entscheidung in seinem Leben sein."

„Und Laura? Wird sie sich für Jesus entscheiden?", fragte Fēi interessiert.

„Da habe ich Hoffnung. Ich glaube daran."

Fēi schmunzelte. „Du hast Glaube. Du hast Hoffnung. Und Liebe hast du zudem auch noch."

26

Hagen, der sich jederzeit in die Datenbanken des Rates der Fürsten einloggen konnte, hatte Arthurs Weg von Mali nach Deutschland am Bildschirm begleitet. Auf einer digitalen Landkarte betrachtete er am Monitor die Position seines Freundes.

„Willkommen im Land der Dichter und Denker“, murmelte er. „Und viel Glück. Du wirst es brauchen.“ Eigentlich wollte Hagen keinen Kontakt mehr zu Arthur aufnehmen. Irgendwo in den Rechenzentren des Rates der Fürsten wurde jedes Telefongespräch, jede E-Mail, jede Kurznachricht gespeichert. Und wenn die Algorithmen der Großrechner eine Auffälligkeit bei der Kontaktaufnahme feststellten, waren sowohl Arthur als auch er in Gefahr. Arthur, weil dessen neue Identität auffliegen könnte, Hagen, wegen seines Doppelspiels.

Für Hagen war es ein Leichtes, die Adresse von Laura ausfindig zu machen. Er wusste aber auch, dass es für Arthur ungleich schwieriger sein würde, nach seiner Enkeltochter zu suchen. Mit einem bangen Gefühl tippte er Lauras Namen in ein digitales Formular ein, setzte ein paar Häkchen vor eine Anzahl von Auswahlmöglichkeiten und bekam einen Augenblick später die Adresse von ihr angezeigt. Einen Moment überlegte er dann, ob er Arthur die Anschrift mitteilen sollte oder nicht. Wenn der Rat der Fürsten das mitbekam und daraufhin weiterforschte, war sein Leben in Gefahr. Man würde darauf kommen, dass er Arthur gerettet hatte, als man ein Flugzeug auf das Arnhátonzentrum stürzen ließ. Ans Licht würde auch kommen, dass er Arthur eine neue Identität verschafft hatte. Und auch wegen der falschen Zahlen bei der Vorbereitung des G20-Gipfels würde er sich verantworten müssen. All das sprach dagegen, dass er Arthur half.

Und trotzdem holte er sein Smartphone heraus und schrieb eine SMS an Arthur. Außer Lauras Namen und ihrer Adresse hatte die Nachricht keinen weiteren Inhalt. Bevor er sie abschickte, dachte er noch einen atemlosen Moment darüber nach, ob es auch richtig war, dann tippte er auf „senden“.

Die Nachricht war übermittelt. Nun musste er noch in den Datenbänken des Rates der Fürsten dafür sorgen, dass eine zufällig ausgewählte Person als Absender galt. Zwar konnte auch diese Fälschung aufgedeckt werden, wenn eine Überprüfung gründlich genug vollzogen würde. Aber das hielt Hagen im Moment für unwahrscheinlich. Mit wenigen Klicks hatte er seine Spuren verwischt. Das Gefühl, seinem Freund Arthur geholfen zu haben, war gut. Und auch die Tatsache, dass er dem Rat der Fürsten einen weiteren Nadelstich zugefügt hatte, fühlte sich nicht schlecht an.

Zufrieden über seine kleinen Aktionen des Widerstands, widmete er sich wieder den Aufgaben, die ihm die Vorgesetzten zugeteilt hatten. Er sollte die Sicherheitskonzepte der Polizei auf mögliche Lücken hin untersuchen. Da auch in den deutschen Behörden nur die Spitzenfunktionäre vom Rat der Fürsten und den anderen Geheimorganisationen wussten, gab es immer wieder Aspekte des G20-Treffens, die die Sicherheitskräfte nicht wissen konnten. Während der Gipfeltage sollte es einen Konzertabend in der Elbphilharmonie geben. Geplant war eine Aufführung von Ludwig van Beethovens 9. Symphonie mit der „Ode an die Freude".

Das fast zweihundert Jahre alte Werk wurde 1824 in Wien uraufgeführt und Preußens König Friedrich Wilhelm III. gewidmet. Seit 1972 dient es als Europa-Hymne und ihr Text suggeriert, man würde gegen Machtmissbrauch ankämpfen. Zeilen wie „Alle Menschen werden Brüder ... seid umschlungen, Millionen ... diesen Kuss der ganzen Welt" stehen von Jahr zu Jahr konträrer zur vom Rat der Fürsten geprägten Wirklichkeit. Karl Marx empfand Beethovens 9. Symphonie als eine „feierliche Messe" irdischer Weltfreude. Richard Wagner lobte den Appell an die humanistischen Ideale „Freiheit, Gleichheit und Brüderlichkeit" als „Schrei universeller Menschenliebe". Sie ist das einzige Werk, das er neben seinen Opern auf dem Bayreuther Festspielprogramm dulden ließ. Das Apartheidsregime im ehemaligen Rhodesien erwählte die Neunte als Nationalhymne. In der Sowjetunion untermalte sie die Oktoberrevolution. Man erzählt sich, Stalin hätte sie als „die richtige Musik für die Massen" bezeichnet. Natürlich wurde sie auch für Hitlers Geburtstag gespielt. Während des Zweiten Weltkriegs erklang sie als Durchhalteklassik aus den deutschen Volksempfängern. Mit diesem Werk, das niemanden unberührt lässt, kann man jede Philosophie und Weltanschauung verkaufen. Natürlich machte auch der Rat der Fürsten sich das zunutze.

Hagen sollte nun die Konzepte zur Abschirmung der Elbphilharmonie auf Sicherheitsmängel untersuchen. Das im November 2016 fertiggestellte Konzerthaus in Hamburg war zu dem Zweck, die Führer der reichsten Länder der Welt sicher unter einem Dach unterzubringen, nahezu ungeeignet. Anschläge waren nur mit größtem Aufwand zu vereiteln. Aber all diese Bedenken im Vorfeld hatte der Rat der Fürsten beiseite gewischt, da alle Prioritäten auf der Demonstration der eigenen Macht lagen.

Lustlos studierte Hagen die vorgelegten Sicherheitskonzepte. Auf dem Papier klangen alle Pläne zu einer reibungslosen Durchführung perfekt. Doch jedes Mal, wenn sich Hagen die Baupläne des Gebäudes ansah, schüttelte er den Kopf.

„Jede Dorfwiese ist besser zu schützen als dieses Konzerthaus", murmelte er. „Das Gebäude ist eine Falle. Eine Falle für zwanzig Regierungschefs."

27

Nach der Ankunft des Fernbusses aus Italien, mit dem Arthur zusammen mit Adama und Mariam nach Deutschland gereist waren, hatte Arthur darauf gedrängt, so schnell wie möglich den Busbahnhof zu verlassen. Er wollte keinesfalls mit dem Ableben des Mannes in Verbindung gebracht werden, den er mit WC-Steinen vergiftet hatte. Also führte er seine beiden Freunde durch mehrere Stadtteile hindurch, bis sie zu einem weiteren Busbahnhof kamen. Arthur riet seinen Schützlingen, von dort bis nach Bayern weiter zu fahren. Der Freistaat war für dessen wirtschaftliche Stärke bekannt und auch dafür, dass die Betreuung der enormen Zahl von Flüchtlingen in diesem Bundesland besser funktionierte als in anderen Bundesländern.

Auf dem Weg zu dem Busbahnhof erreichte ihn Hagens SMS. Misstrauisch betrachtete Arthur die Nachricht mit Lauras Adresse. Die Telefonnummer des Absenders war ihm unbekannt, aber er ahnte, dass es sein Freund Hagen sein musste. Allerdings ging er auch davon aus, dass es eine Falle des Rates der Fürsten sein könnte. Doch er verwarf diesen Gedanken. Sicher hätte die Geheimorganisation einen effektiveren Weg gefunden, um ihn unschädlich zu machen. „Lauras Adresse in Babelsgrund", stellte er fest. „Wie ich vermutet hatte."

Adama und Mariam baten Arthur darum, so lange wie möglich bei ihm zu bleiben. Das bedeutete, dass sie sich erst in Hessen als Flüchtlinge registrieren lassen wollten, obwohl Bayern die Flüchtlingshilfe besser organisierte. Da sie in Deutschland keine Verwandten hatten, war es ihnen egal, in welchem Bundesland sie untergebracht werden sollten, solange sie in Arthurs Nähe waren, der versprochen hatte, sich auch weiterhin um sie zu kümmern.

Also besorgten sie sich Tickets nach Frankfurt. Wie bereits in Mailand, so zahlte Arthur auch hier die Fahrkarten für seine Freunde. Mariam bedankte sich mit einer freundschaftlichen Umarmung. Unwillkürlich dachte Arthur an seine erste Begegnung mit ihr in Mali, damals vor sechs Monaten in Dirkou, als er in Makandas Bar nach einer Möglichkeit suchte, Frauen aus einem dortigen Prostitutionsring zu helfen. Mariam musste dort ihren Körper verkaufen, da sie sich, wie viele andere, bei Schleppern verschuldet hatte. Auch damals fiel sie Arthur um den Hals, aber nur, da sie ihn als potentiellen Freier animieren sollte. Schon bei dieser Begegnung hatte Arthur bemerkt, wie anziehend Mariam war, auch wenn eine ständige Traurigkeit ihre Augen umgaben. Ihr natürliches Lächeln und die Art, wie sie sich bewegte, ließen ihn damals für einen Augenblick vergessen, dass sie nicht freiwillig als Prostituierte arbeitete.

Damals, in Makandas Bar, hatte sie ihren weichen Körper fest an Arthur gedrückt, während sie ihm leise eindeutige Angebote ins Ohr flüsterte. Arthur war bei ihrem ersten Zusammentreffen zum Schein darauf eingegangen, um Informationen zu bekommen. Angerührt hatte er sie nicht, was die Zuhälter natürlich nicht erfahren durften, da es Mariam sonst als schlechte Dienstleistung ausgelegt worden wäre. Und das wurde von Makanda meist mit Prügel bestraft.

Als Arthur mit Mariam in einem kahlen, kleinen Raum, der zu Makandas Bar gehörte, alleine war, wollte die junge Frau erst Arthur keine Auskünfte geben. In ihren Augen war eine tief verwurzelte Angst vor den Schleppern und den anderen Ausbeutern zu sehen. Daraufhin holte Arthur weitere Geldscheine hervor und mit jeder weiteren Banknote wuchs die Hoffnung in ihr, sich doch ein paar Wochen früher von ihren Peinigern freikaufen zu können. Sie wusste zwar, dass es ein lebensgefährliches Spiel war, Makandas Geheimnisse zu verraten, doch auch jetzt hatte sie sich noch nicht mit ihrem Schicksal abgefunden. Auch wenn der Juju-Zauber nach wie vor wie ein Damoklesschwert über ihr schwebte.

Arthur bekam die Informationen, die er wollte und verließ die Bar wie ein zufriedener Bordellkunde. Als er wieder zurück bei Pfarrer Toé war, berichtete er von dem, was er in Erfahrung bringen konnte.

„Morgen wird es wieder einen Transport mit Frauen für die Garnison geben. Die junge Frau, die ich befragen konnte, wird selbst eine der Mädchen sein, mit denen die Offiziere ihren Spaß haben sollen."

„Die Frau hatte wirklich den Mut, dir davon zu erzählen?", hakte Toé nach.

„Anfangs nicht", gestand Arthur. „Aber ich hatte wohl Glück, dass der Juju-Zauber nicht jede Hoffnung getötet hatte."

„Dir ist schon bewusst, dass du die Frau damit in noch größere Gefahr gebracht hast? Ich hoffe, das war nicht alles an Informationen, die du bekommen konntest."

„Nein. Wir hatten uns recht lange unterhalten. Und ich glaube, sie hat sogar Vertrauen zu mir gefasst. Dabei hat sie mir detailliert berichtet, wie der Transport morgen stattfinden wird."

„Ich frage mich trotzdem, wie du den Frauen nun helfen willst. Selbst wenn du die Frauen rettest, die morgen zur Garnison gebracht werden, so ändert das langfristig gar nichts. Makanda wird ihr Geschäft weiter betreiben."

„Lass mich einfach machen, Toé. Makanda ist nicht unsterblich."

In Toés Gesicht war deutlich Besorgnis zu sehen. „Wenn Makanda einem Anschlag zum Opfer fällt, müssen das die Frauen in der Bar büßen. Das weißt du. Und wenn du dir hier in Dirkou eine Waffe besorgen willst, dann ist Makanda die erste, die das erfährt."

„Um Makanda aus dem Weg zu räumen, brauche ich keine Waffe. Und auch Makandas Leibwächter und die Leoparden werden sie nicht schützen können."

Toé war deutlich anzumerken, dass das, was Arthur andeutete, nicht mit dem Gebot der christlichen Nächstenliebe vereinbar war. „Ich glaube nicht, dass du mir mehr sagen solltest", stellte er fest. „Aber, was immer du auch vorhast, wenn du danach beichten möchtest, dann stehe ich dir jederzeit zur Verfügung."

„Darauf komme ich morgen zurück", wiegelte Arthur ab.

„Aber über die Frauen sollten wir noch reden. Es wird nicht damit getan sein, dass du sie aus Makandas Haus holst. Der Juju-Zauber wird auch danach noch Macht über sie haben."

„Gibt es da nichts, was man machen kann, damit sie sich nicht auf ewig den Schleppern verpflichtet fühlen?"

„Manche Frauen sind zu einer sehr drastischen Maßnahme bereit. Aber die, die das dann durchstehen, werden wirklich frei."

„Das macht Hoffnung. Was muss ich mir denn unter dieser Maßnahme vorstellen?"

„Ein Ritual, das für alle Beteiligten sehr schwer sein wird."

„Ein Ritual? Du meinst sicher ein christliches Ritual?"

Toé nickte. „Ja. Gegen den Juju-Zauber kann nur eines helfen."

Arthur ahnte, was Toé meinte, aber er wartete, bis der Priester es selbst aussprach.

„Ein Exorzismus."

Dass Mariam jetzt hier mit ihm und mit Adama durch Deutschland reiste, war damals alles andere als absehbar. Arthur hoffte, dass die junge Frau hier ein völlig neues Leben würde beginnen können. Und auch Arthur selbst wünschte sich sehr, dass mit seiner neuen Identität als Jérôme Dumont auch ein ruhigeres Leben auf ihn wartete. Dass er, kurz nachdem er wieder deutschen Boden betreten hatte, schon erneut ein weiteres Mordopfer auf seinem Gewissen hatte, wurde ihm in Augenblicken wie diesen schmerzhaft bewusst. Reue empfand er trotzdem nicht. Alles, was ihm jetzt durch den Kopf ging, war nur ein Gedanke: „Niemand soll Mariam je wieder eine Hure nennen."

28

Saul wusste von Phánuëls Fähigkeit, da Ndré ihm davon berichtet hatte, bevor Saul zu Eric und Vera geschickt wurde. Ndré, der die gesamte Zeit, vom Beginn der Zeitrechnung bis in die Endzeit, miterlebt hatte, wusste von der Begabung des Kindes und dessen Rolle in der Heilsgeschichte. Er hatte dieses Wissen auch an Saul weitergegeben, ihn jedoch angewiesen, das Wesentliche für sich zu behalten, da diese Informationen die Zeitlinie beeinflussen und ungeahnte Paradoxien entstehen lassen konnten.

Eric und Vera waren anfangs etwas verunsichert, dass Saul ihnen nicht sofort gesagt hatte, dass er Kenntnisse über die Familie hatte. Sie spekulierten, mit welchen Informationen der Zeitreisende sonst noch käme, wenn ein Leugnen unausweichlich würde. Nach kurzer Zeit kehrte Veras ursprüngliches Vertrauen wieder zurück. Eric blieb jedoch seit diesem Zeitpunkt reserviert gegenüber Saul. Das änderte sich auch in den nächsten Tagen nicht. Eric sah keinen einsehbaren Grund dafür, dass Saul seine Informationen aus der Zukunft zurückhielt.

„Das Zeitkontinuum wird allein schon dadurch vehement durcheinandergebracht, dass jemand durch die Zeit in die Vergangenheit reist“, argumentierte Eric immer wieder.

„Entscheidend ist, welchen Einfluss man auf die Zeit hat, in die man zurückreist“, kam dann stets die Antwort Sauls.

„Wie willst du den Einfluss auf die Menschen dieser Zeit begrenzen, wenn wir seit Tagen für dich Bibeln beschaffen? Man kann doch nicht sagen, dass nur unsere Familie davon betroffen ist. Durch die Anrufe, die ich für dich gemacht habe, sind den Verlagen vielleicht andere Anrufe entgangen. Oder es könnte auch sein, dass ich durch meine Bestellungen irgendeinen Verlag vor dem Konkurs gerettet habe. Und das alles hat dann auch wieder neue Auswirkungen. Da ist es doch lächerlich, wenn du mir erzählst, dass wir eigentlich nicht wissen dürften, dass du von Phánuëls Fähigkeit weißt.“

„Ndré wusste, dass ihr Fragen nach der Zukunft eures Sohnes stellen würdet. Aber ihr dürft euer Handeln nicht davon abhängig machen, was ihr über die Zukunft wisst. Die Prophezeiungen in der Bibel sind deshalb so verschlüsselt, damit sich nur die Menschen davon beeinflussen lassen, die sie in der rechten Weise interpretieren können.“

Eric war sichtlich verärgert. „Und du glaubst, das kann ich nicht?“, fragte er provozierend.

„Ganz im Gegenteil“, erwiderte Saul. „Du wirst die Zeichen nicht übersehen, da du auf dem richtigen Weg bist. Das hat dir schon Ndré geschrieben, als du in Bamako warst. Aber du solltest dich von dem leiten lassen, was die Bibel über die Zukunft sagt, nicht von dem, was ich dir sagen könnte.“

„Wir sollen dir also helfen, dürfen aber keine Fragen stellen“, fasste Eric trotzig zusammen. „Und es wäre ein Fehler, wenn du uns etwas über die Zukunft unseres Sohnes sagst?“

Saul wusste, dass Eric sich in einen Zorn hineinsteigerte, der eine sachliche Diskussion bald unmöglich machen würde. „Die Zukunft eures Sohnes liegt in Gottes Hand.“

„Unser Sohn hat eine besondere Gabe. Es gibt niemanden, der uns sagen könnte, wie wir damit umgehen sollen, da es einen solchen Fall noch nie gegeben hat. Habt ihr nie daran gedacht, dass es vielleicht Gottes Wille sein könnte, dass du uns mit deinem Wissen über die Zukunft helfen sollst?“

„Ndré hat es so entschieden. Ich darf nicht darüber reden.“

Eric wurde jetzt laut. „Ndré ist wohl inzwischen so etwas wie ein Gott für euch in der Zukunft. Die anderen haben diesen Gog. Ihr habt Ndré. Er denkt scheinbar für euch, weil ihr das Denken verlernt habt. Ich glaube, da überschätzt ihr Ndré gewaltig. Wenn er wirklich so weise wäre, wie ihr meint, dann hätte er sich nicht so viele Narben eingefangen. Offensichtlich hat er manchmal nicht gewusst, wann es besser ist, sich herauszuhalten.“

Saul bemühte sich, nicht ebenfalls einen aggressiven Ton anzuschlagen. „Du weißt, dass Ndré für unseren Glauben gelitten hat. Öfter, als du es dir vorstellen kannst. Du darfst das nicht in den Schmutz ziehen.“

Eric machte die stoische Ruhe Sauls rasend. „Ndrés absolute Autorität anzuzweifeln ist scheinbar so etwas wie Blasphemie für dich und deine Endzeitkrieger. Wenn er nicht meiner Familie oder mir helfen will, dann ist euer Zukunfts-Ndré nur ein alter Mann für mich, der scheinbar schon zu lange lebt.“

Jetzt wurde auch Saul laut. „Du weißt gar nichts über Ndré. Du meinst vielleicht, ihn zu kennen, weil du ihn ein paar Mal gesehen hast. Aber da hast du ja nicht einmal erkannt, dass du da einen Jünger Jesu vor dir hattest. Du bist nur ein dummer Mann, der noch einen weiten Weg vor sich hat, bis er dort ist, wo er das entfalten kann, was Ndré in ihm sieht. Selbst wenn es darum geht, ein paar Bibeln zu besorgen, dann bist du schon überfordert. In einer Zeit, in der Millionen von Bibeln gedruckt werden, kann es doch nicht so schwierig sein, 5.000 Exemplare zu kaufen. Wenn du wirklich erkannt hättest, welche Kraft in Gottes Wort wohnt, dann könntest du auch das Geld auftreiben, um nicht die billigsten Bibeln nehmen zu müssen. Ndré muss wirklich eine göttliche Eingebung gehabt haben, um gerade dich mit dieser Aufgabe zu betrauen. Nach meinem menschlichen Ermessen bist du nämlich völlig ungeeignet dafür."

Diese verletzenden Worte Sauls brachten Eric nun völlig aus der Fassung. Voller Wut trat er dicht an den Zeitreisenden heran und stieß ihn mit aller Kraft gegen die Brust. Erschrocken taumelte Saul einige Schritte zurück.

„Raus aus meinem Haus", brüllte Eric so laut, dass Vera im oberen Stockwerk es hören musste.

„Du willst Gottes Plan wegen deiner beschissenen Eitelkeit sabotieren?", schrie Saul zurück.

„Wenn jemand wie du in diesen Plan involviert ist, dann kann es nicht Gottes Plan sein. Das Schicksal der Christenheit hängt nicht davon ab, ob ich einen Haufen Bibeln einweiche."

„Du willst offensichtlich nicht das große Ganze sehen. Warum beißt du dich an Kleinigkeiten fest?"

„Phánuëls Fähigkeit ist keine Kleinigkeit. Und du sagst uns nur das, was du nicht verheimlichen kannst. Dir kann ich nicht vertrauen." Wieder gab Eric Saul einen kräftigen Stoß.

Jetzt hatte auch Vera das Wohnzimmer betreten. „Was ist denn hier los? Seid ihr verrückt geworden?"

„Ich habe keine Lust mehr auf diesen Zeitreise-Scheiß. Wenn Saul nicht meine Mitarbeit genügt, dann soll er sich die Bibeln doch selbst kaufen und mit seiner Waschmaschine abzischen."

Saul schwieg und war sichtlich bemüht, sich zu beruhigen.

„Es geht wieder um Sauls Wissen über die Zukunft Phánuëls? Richtig?", kombinierte Vera.

„Wir wissen nicht wirklich, wer Saul ist. Wir sollen ihm vertrauen, aber er vertraut uns nicht so weit, dass er sagen würde, was er weiß. Da spiele ich nicht länger mit. Ich will, dass er abhaut." In seinem Zorn griff er nach einem Glas vom Tisch und warf es in eine Ecke des Zimmers. Dort zersprang es in unzählige Scherben.

Vera begriff, dass Erics Gefühle die Überhand gewonnen hatten. Entschlossen trat sie an ihn heran, legte ihre Arme um seinen Hals und drückte ihn liebevoll an sich. Im ersten Moment wehrte sich Eric gegen diesen offensichtlichen Versuch, ihn ohne wirkliche Argumente zu überzeugen, doch Veras Nähe ließ ihn ruhiger werden.

Gerade wollte Eric wieder seine Wut in Worte fassen, da verschloss Vera seinen Mund mit einem leidenschaftlichen Kuss. Sie wusste, dass er in diesem Moment mehr als alles andere das Gefühl brauchte, geliebt zu sein. Saul war es etwas peinlich, dies mitansehen zu müssen, doch beneidete er Eric in diesem Moment für dessen Glück, eine solche empathische Frau an seiner Seite zu haben. Noch immer hatte Saul Mühe, Erics Bemerkungen über Ndré nicht persönlich zu nehmen. Er wusste, dass die Differenzen zwischen ihm und Eric nicht einfach durch Veras Eingreifen aus der Welt geschafft werden konnten.

Aber ohne Vera wäre seine Mission jetzt an Erics Zorn gescheitert.

29

Harald befand sich mit Sandrine und weiteren Kollegen wieder einmal in einer Redaktionskonferenz. Auch heute machten die Ereignisse im Vorfeld der Großveranstaltung die Arbeit der Medien nicht einfacher. Demonstrationen von Globalisierungsgegnern lenkten die Aufmerksamkeit auf Themen, die die Spitzenpolitiker gerne umgangen hätten. Radikale und gewalttätige Gruppen, die sich unter die friedlichen Demonstranten mischten, erregten mit medienwirksamen Exzessen zwar vorübergehend Medieninteresse, verwirkten aber die Sympathien der Öffentlichkeit dadurch, dass sie über das Ziel hinausschossen. Der Redaktionsleiter des „Frankfurt Global Newstime Magazine“ musste nun entscheiden, aus welchem Blickwinkel man berichtete. Ausführungen über die Anliegen der friedlichen Demonstranten gaben Angriffsfläche, dass man die Gewalt der radikalen Einzeltäter verharmlose. Aber ebenso falsch wäre es, detailliert über die Chaoten zu berichten, da es den Initiatoren der Demos nicht gerecht würde. Und ausführliche Artikel, die beide Seiten berücksichtigten, fanden meist keine Leser. Zu kompliziert sind die Sachverhalte bei globalen Zusammenkünften wie dem G20-Gipfel.

Haralds Gedanken schweiften ab. Immer öfter sah er zu Sandrine, die neben ihm stand. Hin und wieder machte der Chefredakteur während seiner Ansprache einen Scherz. Darüber schmunzelte sie, wie die meisten Anwesenden und stieß dabei Harald freundschaftlich an. Harald genoss diese winzigen Momente, in denen er spürte, dass es neben der hässlichen, harten Realität und den Schrecken der übernatürlichen Welt noch eine Wirklichkeit gab, die sanft, friedlich und voller Leben war. Die Wirklichkeit der Existenz seiner lebensfrohen, unkomplizierten Kollegin Sandrine.

Harald fragte sich, ob das was er inzwischen für sie fühlte, mehr war als Kollegialität. Ob es Zuneigung war? Vielleicht sogar Verliebtheit? Die Worte des Redaktionsleiters bekam er nun minutenlang überhaupt nicht mehr mit. Die ganze Welt schien sich für einige Augenblicke nur noch auf Sandrine zu verdichten.

Erst als einer der Kollegen Harald direkt ansprach, wurde er aus seinen Gedanken herausgerissen.

„Sorry. Dazu kann ich im Moment nichts sagen“, antwortete Harald ausweichend. Er hatte weder die Frage noch die These des Vorredners mitbekommen.

„Das bekommen wir hin“, übernahm Sandrine, zur großen Erleichterung Haralds, das Gespräch. „Wir haben schon in diese Richtung recherchiert. Ich gehe davon aus, dass wir bis heute Abend ein Konzept erstellen können.“

Sandrines Antwort stellte den Redaktionsleiter zufrieden und so ging die Konferenz zum nächsten Tagespunkt über. Nach dem Treffen nahm Sandrine Harald beiseite und fragte besorgt: „Was war denn da mit dir los? Hast du wieder Geister gesehen?“

„Ja. Es war heftig“, log Harald. Er hielt es für besser, ihr zu einem anderen Zeitpunkt seine Zuneigung zu gestehen. Außerdem sollte sie nicht den Eindruck haben, dass die gemeinsame Arbeit unter seinen Gefühlen litt.

„Meinst du, du wirst die Geistergeschichten im Griff haben, wenn wir in Hamburg über den Gipfel berichten?“, hakte sie nach.

„Ganz sicher. Mach dir da keine Gedanken“, wiegelte er ab.

Erleichtert tippte sie sanft auf seine Brust. „Das will ich hoffen. Ich möchte mit keinem anderen Kollegen dort hinfahren.“ Diese Worte taten Harald gut, auch wenn er wusste, dass das nur Sandrines liebevolle, kollegiale Art war, ihn zu motivieren.

Den Rest des Tages verbrachten sie damit, zu recherchieren, Kontaktleute anzurufen, Texte zu vergleichen und aufzubereiten, die eigenen Zeitpläne für die Gipfelwoche dem offiziellen Ablauf anzupassen und schließlich alles in einem verständlichen Konzept zu präsentieren. In zwei Wochen sollte der Gipfel stattfinden. In einer Woche würden sie zusammen nach Hamburg reisen.

Nun begann die heiße Phase.

Als Harald am Abend wieder zurück in sein Einfamilienhaus kam, das nur er bewohnte, wurde ihm bewusst, wie leblos doch alle Räume waren, wenn dort niemand auf ihn wartete. Zwar hatte er durch seinen früheren Beruf als Kriegsreporter selten eine längere Beziehung zu einer Frau gehabt, da er immer in gefährlichen Gegenden unterwegs war, doch seit er von den Mächten der jenseitigen Welt geplagt wurde, wollte er es erst recht niemandem zumuten, das Leben mit ihm zu teilen. Jetzt aber kamen ihm diese Räume, in denen er alleine lebte, derart trostlos vor, dass er am liebsten das Haus wieder verlassen hätte. Doch er wusste, dass er den Abend nutzen musste, um sich zu erholen. Er brauchte seine Kräfte für die Vorbereitungen der Berichterstattung zum G20-Gipfel. Und während des Gipfeltreffens würde es erst recht keine Minute der Erholung geben.

Er überlegte einen Augenblick, ob er den Abend für einen Trainingslauf nutzen sollte. Der Halbmarathon würde direkt nach dem Gipfeltreffen stattfinden. Jede Trainingseinheit wäre notwendig, um eine passable Zeit zu erreichen. Wenn er aber ehrlich zu sich selbst war, dann musste er sich eingestehen, dass er an dem Firmenlauf nur mitmachte, weil er dabei auch Sandrine nahe sein konnte. Ohne sie hätte er für den Lauf niemals zugesagt.

Während des Abendessens fiel sein Blick auf eine Bibel, die ihm Vera in den letzten Tagen geschenkt hatte. Er fand Veras Geste, ihm durch dieses Geschenk zu zeigen, dass sie an seinem seelischen Wohl interessiert war, sehr wohltuend, aber er erwartete nicht, dass die jahrtausendealten Texte wirklich Einfluss auf sein Leben haben könnten. Fast mitleidig schlug er das Buch auf und blätterte einige Augenblicke darin. Während seine Hände im Sekundentakt die Seiten weiterblätterten, bemerkte er, dass die Engel und Dämonen, die ihn stets umgaben, in Bewegung gerieten. Welche Veränderungen sich bei den flüchtigen Wesen konkret ergaben, konnte er nicht sagen. Es fiel ihm nur eine gesteigerte Unruhe auf. Das erinnerte ihn an das, was er erlebt hatte, wenn er ein Gotteshaus betrat.

„Diese Bibel macht euch scheinbar verrückt“, flüsterte er und hielt das Buch trotzig in die Höhe.

„Wenn euch das Buch so wichtig ist, dann holt es euch doch“, rief er nun laut und schleuderte die Bibel auf eine Gruppe Dämonen. Wie erwartet flog das Buch durch die geistigen Wesen hindurch und prallte gegen die Wand.

„Lasst mich doch endlich in Ruhe“, schimpfte er resigniert und hob die Bibel wieder auf. Erleichtert stellte er fest, dass sie keine wirklichen Schäden abbekommen hatte.

„Mein Gott“, redete er nun weiter und wusste selbst nicht, ob er da bewusst zum Gott der Christen sprach oder nur ein Selbstgespräch führte. „Ich habe keine Ahnung, ob da irgendetwas Wahres drin steht. Aber wenn ich Engel und Dämonen sehe, die wohl ein Teil deiner unsichtbaren Welt sind, dann muss es dich wohl wirklich geben.“

Ohne es selbst zu bemerken, war er mit geschlossenen Augen auf die Knie gesunken, hatte die Bibel auf den Boden gelegt und die Hände gefaltet. „Gott, du weißt, dass ich das alles nicht sehen will. Ich bitte dich, nimm diesen Blick in deine unsichtbare Welt weg von mir. Ich ertrage das nicht mehr.“ Für einen Augenblick kam er sich wie ein dummes kleines Kind vor, das an Märchen glaubte. Warum sollte Gott ihn von etwas befreien, das er inzwischen schon seit Jahren mit sich trug?

„Oder ...“, fuhr er fort. „Mach zumindest, dass Sandrine dasselbe für mich fühlt, das ich für sie empfinde. Wenn sie meine Gefühle erwidert, dann kann ich dieses Leben besser ertragen.“ Einige Augenblicke versuchte er noch vergeblich eine Flut wilder Gedanken zu ordnen, dann kam ein kraftloses „Amen“ über seine Lippen. Ängstlich öffnete er die Augen und schaute, ob wider erwarten die Dämonen verschwunden waren.

Sie waren noch da. Zahlreicher als zuvor. Aggressiver als zuvor. Näher als zuvor.

Fēi stand unsichtbar hinter Harald und hätte ihn in diesem Moment am liebsten tröstend umarmt. Doch das könnte er so real spüren, wie die

Umarmung einer Menschenfrau. Deshalb war es keinem Engel erlaubt, einem Menschen so nahe zu kommen. Ohne einen konkreten Befehl dazu durfte sich kein Engel in dieser Form offenbaren.

Fēi freute sich über Haralds erstes ernsthaftes Gebet seit Jahren. Und sie hatte ihm auch gewünscht, dass sein Gebetsanliegen erfüllt würde, aber sie wusste, dass es in dieser Form nicht geschehen konnte. Und das schmerzte sie. Es schmerzte sie sogar doppelt. Zum einen, da sie Haralds seelisches Leiden in aller Intensität wahrnahm, zum anderen, da sie sich in diesem Moment unendlich machtlos fühlte. Als Schutzengel wollte sie heilend auf Haralds Leben einwirken. Erst recht, wenn er seit Jahren wieder sein erstes Gebet sprach. Und trotzdem waren ihr die Hände gebunden. Genauso wie er, konnte sie nur abwarten.

30

Auf der Fahrt nach Frankfurt waren in dem Fernreisebus nur wenige Fahrgäste, bei denen Arthur vermutete, sie könnten Asylsuchende sein. Adama und Mariam fielen durch ihre Hautfarbe deutlich auf. Erleichtert nahm Arthur zur Kenntnis, dass sich in diesem Bus keine extrovertierten Gestalten befanden, die seine Nerven strapazierten. Die Stimmung unter den Fahrgästen war eher ruhig, fast totenstill.

Als Mariam ihn irgendwann einmal leise fragte, ob die anderen Reisenden vielleicht deshalb so schweigsam waren, weil sie Adama und Mariam als störend empfänden, wiegelte Arthur entschieden ab.

„Die Deutschen brauchen sehr lange, bis sie aus sich heraus gehen. In einem Bus, wenn alle anderen Fahrgäste zuhören, machen das nur wenige“, erklärte er.

Durch das Fenster betrachteten sie die Landschaft am Rande der Autobahn. Kornfelder zogen vorbei. Industrieanlagen. Und irgendwann auch Gewächshäuser, in denen Arthur Blumen vermutete.

„Ob es dort auch Herbstzeitlose gibt?“, fragte er sich.

„Herbstzeitlose“ nennt man ein krautiges und hochgiftiges Zwiebelgewächs, das den lateinischem Namen Colchicum autumnale trägt. Sein

Aussehen ähnelt stark den Krokus- oder Safranpflanzen. Oft werden die Blätter der Pflanze auch mit Bärlauch verwechselt. In den Blüten und Zwiebeln der Herbstzeitlose ist eine hohe Konzentration des Zellgifts und Alkaloids Colchicin enthalten, das für Menschen und viele Tierarten hochgiftig ist. Eine Vergiftung durch die Herbstzeitlose zeigt sich an Symptomen wie Übelkeit, Erbrechen, Schwindel, Angstgefühl und Bewusstseinsstörungen. Erfolgen nicht sofort Gegenmaßnahmen, kann der Verzehr der Pflanze zum Tod durch Kreislaufversagen führen.

In Dirkou hatte Arthur einige dieser Gewächse an schattigen Stellen wachsen sehen. Wie bei fast allen giftigen Pflanzen kann man auch bei den Herbstzeitlosen die Wirkstoffe in der richtigen Konzentration zu Heilzwecken nutzen.

Um Madame Makanda zu beseitigen, hatte Arthur damals die Herbstzeitlose einsetzen müssen. Aber er hatte die Menschenhändlerin damit nicht vergiftet. Arthur hatte einen anderen Plan gehabt. Und dazu sammelte er so viele Blüten und Zwiebeln der Herbstzeitlose, wie er finden konnte.

Dann lieh er sich von Pfarrer Toé Dembélé ein Auto, um die Strecke von Dirkou bis zur Garnison abzufahren. Mit dem uralten Pick-up ging es nur langsam auf dem kaum erkennbaren Pfad voran. Der Weg führte durch sandiges Gelände, vorbei an einigen nackten Felsen, in deren Schatten robuste Wüstenpflanzen ein karges Dasein fristeten. Unterwegs entdeckte er auch einen verendeten Schakal, den er auf die Ladefläche des Pick-ups lud. Er würde dafür noch Verwendung haben. Als in einiger Entfernung die Häuser der Garnison sichtbar wurden, blieb er stehen, um nicht von den Wachen entdeckt zu werden. Niemand durfte wissen, dass er diese Strecke auskundschaftete.

Zufrieden drehte er den Wagen und machte sich auf den Heimweg. Unterwegs merkte er sich eine Stelle des Weges, die für seinen Plan geeignet war. Er würde noch ein paar weitere Vorbereitungen machen müssen, damit er am morgigen Tag dem Unwesen Makandas ein Ende machen konnte.

Am nächsten Abend startete Madame Makandas Transport in Richtung Garnison. An Bord des Kleinbusses waren außer Makanda selbst, noch ihre zwei Leoparden, ihr Leibwächter, der auch als Fahrer fungierte, sowie drei junge Frauen, die den Offizieren ihre Liebesdienste anbieten sollten. Eine von ihnen war Mariam. Auch wenn die Leoparden äußerst friedlich wirkten, so schüchterten die Tiere die Frauen unangenehm ein. Makanda genoss deren Angst. Das Gefühl der Macht über die Raubkatzen und über die Menschen in ihrer Umgebung erfüllte sie mit tiefer Zufriedenheit. In den vergangenen Jahren hatte sie schon mehrmals Frauen, die einen Aufstand anzetteln wollten, den Leoparden zum Fraß vorgeworfen. Vor den Augen der restlichen Zwangsprostituierten ließ sie die Opfer bei lebendigem Leib zerfleischen. Diese blutigen Machtdemonstrationen erschreckten selbst einige ihrer treuesten Bediensteten, aber letztendlich festigte es ihre Position als unangefochtene Herrscherin der Prostitutions- und Menschenschmugglerszene in diesem Teil der Sahara.

Die Passagierkabine des Kleinbusses hatte nur eine Sitzbank und auf der saßen Makanda und ihre zwei Leoparden, denen sie die Namen Kera und Sini gegeben hatte. Die drei Frauen mussten sich auf den Boden hocken. Sie pressten ihre Rücken an die Kabinenwand, um wenigstens etwas Halt während der ruckeligen Fahrt zu haben. Kleidung hatten sie kaum an.

Während Makanda unentwegt ihren Lieblingsleoparden kraulte, schaute sie aus dem Seitenfenster und beobachtete die Landschaft. Eigentlich hasste sie dieses karge Wüstenklima. Ihre Kindheit und Jugend hatte sie im Süden Malis verbracht. Damals musste sie auf den Baumwollfeldern der Großgrundbesitzer arbeiten. Selbst in den wenigen Jahren, in denen sie eine Schule besuchen durfte, wurde sie immer wieder von den Lehrern auf die Baumwollfelder geschickt, anstatt dass Unterricht stattfand.

Die gerissenen Unternehmer der Umgebung hatten damals ein perfides System erschaffen, um beinahe kostenlos an Arbeitskräfte zu kommen. Sie spendeten scheinbar großzügig Bücher und Unterrichtsmaterial an die Schulen, handelten aber mit den Schulleitern im Verborgenen aus, dass die Schüler während der Erntezeit auf den Feldern arbeiteten. Natürlich floss dabei Bestechungsgeld. Das war für die Unternehmer wesentlich billiger, als wenn sie reguläre Arbeiter hätten bezahlen müssen. Für die Schüler waren es immer anstrengende, verlorene Tage, die letztendlich als Unterrichtszeit fehlten.

Als Makanda zu alt für die Schule war, schickte ihre Familie sie zur

Arbeit zu den Großgrundbesitzern. Auch jetzt musste sie für einen Hungerlohn auf den Baumwollfeldern schuften. Die Arbeit war anstrengend und ständig wurde sie von ihren männlichen Vorgesetzten angemacht. Anfangs war es ihr unangenehm, doch mit der Zeit gewöhnte sie sich daran. Und als sie den Männern signalisierte, dass sie gegen eine entsprechende Bezahlung auch ausgesprochen entgegenkommend sein konnte, startete sie einen lukrativen Nebenerwerb.

Irgendwann kam ihre Familie hinter ihr Gewerbe und sie wurde aus der Sippe und der Dorfgemeinschaft verstoßen. Also verließ sie ihr Heimatdorf im Süden und suchte in der Hauptstadt Bamako ihr Glück. Da sie weder naiv noch dumm war und es verstand, ihren Körper für ein Maximum an Geld zu verkaufen, gelang es ihr, in den nächsten Jahren nicht nur ein finanzielles Polster anzulegen, sondern auch wertvolle Kontakte zu knüpfen. Mit Hilfe dieser Beziehungen konnte sie in der Szene dann sogar aufsteigen, um nicht mehr selbst Kunden bedienen zu müssen.

Allerdings war ihre neue Position als Puffmutter umkämpft. Nach nicht einmal einem Jahr schaffte es eine andere Frau durch Intrigen ihr ihren Platz streitig zu machen. Der Konflikt gipfelte schließlich darin, dass Makanda ihrer Rivalin mit eigenen Händen die Kehle durchschnitt. Zwei weitere Jahre konnte sie dann ihre Position verteidigen, dann wurde sie selbst Opfer eines Anschlags. Den überlebte sie zwar, entschloss sich aber, Bamako zu verlassen.

In den folgenden Jahren musste sie zwar selbst anschaffen gehen, aber sie kämpfte sich im Prostitutionsgeschäft wieder nach oben. Nun war sie hier in Dirkou die unangefochtene Herrscherin der örtlichen Szene. Ihr Wort war Gesetz. Und wer ihr ihren Platz streitig machen wollte, bezahlte dies mit seinem Leben.

Während Makanda nun die Angst der Frauen in dem Kleinbus genoss, steuerte der Fahrer das Auto über die unwegsame Piste. Als das Tempo wesentlich langsamer wurde, fragte sie den Mann nach dem Grund.

„Hier liegt etwas am Wegrand“, kam nur die knappe Antwort.

„Was denn?“, hakte Makanda nach.

„Eine Tasche und ein totes Tier“, erklärte der Fahrer.

„Sonst nichts?“

„Noch ein paar blutige Kleidungsstücke. Das kann man aber von hier aus nicht richtig erkennen.“

Makanda überlegte einen Moment, dann befahl sie: „Halt an!“

Der Fahrer stoppte das Fahrzeug und Makanda betrachtete die Tasche mit dem toten Schakal und den Stofffetzen durch das Seitenfenster des Kleinbusses. Währenddessen behielt der Fahrer eine Hand an seiner schussbereiten Pistole.

„Steig aus und sieh nach, was in der Tasche ist“, wies sie ihren Leibwächter an. Der Gedanke, dass die Tasche voller Geld sein könnte, euphorisierte die Menschenhändlerin.

„Das könnte eine Falle sein“, gab der Mann zu bedenken.

„Das könnte aber auch einfach eine gute Gelegenheit sein, eine Tasche voller Geld abzugreifen. Du bist bewaffnet. Stell dich nicht so an“, wies Makanda den Fahrer zurecht.

„Wenn da jemand darauf wartet, mich zu erschießen, dann stehen sie hier ganz ohne Leibwächter“, erklärte der Fahrer. „Sie sollten die Tasche von einer der Frauen holen lassen.“

Makanda war amüsiert von der Vorsicht ihres Bodyguards. Mehrmals hatte er in den letzten Jahren ihr Leben gerettet. Sie respektierte seine Meinung.

Mit einer schnellen Bewegung öffnete sie die Seitentür des Busses und wies Mariam an, die Tasche zu holen. Sichtlich beunruhigt verließ die Frau das Auto und ging vorsichtig auf die Tasche zu. Dabei sah sie sich immer wieder ängstlich um. Noch bevor sie die Stelle erreichte, sprang einer der Leoparden aus dem Fahrzeug und näherte sich dem toten Schakal. Makanda rief das Tier zurück, aber es reagierte nicht auf seine Herrin. Mariam dachte einen Moment, das Tier würde sie angreifen und stieß einen grellen Schrei aus. Das wiederum irritierte die Raubkatze, die das mit einem aggressiven Fauchen beantwortete.

Bei dem Schakal angekommen, schnupperte der Leopard an dem Kadaver. Wieder brüllte Makanda dem Tier zu, dass es zurück ins Auto kommen sollte, doch ohne Erfolg.

„Hol endlich die Tasche“, rief sie nun Mariam zu, die sich aus Angst vor dem Leoparden nicht weiter der Stelle nähern wollte.

„Mein Gott. Bin ich denn nur von Idioten umgeben“, fluchte Makanda, sichtlich verärgert. „Hol endlich die Tasche. Sonst sorge ich wirklich dafür, dass er dich frisst.“

Immer noch voller Panik näherte sich Mariam ein weiteres Stück. Der Leopard leckte nun am Blut des toten Schakals und sah sich erneut wieder nach Mariam um. Die streckte vorsichtig ihren rechten Arm aus. Noch fehlten ihr fast zwei Meter bis zur Tasche. Der Leopard fletschte die Zähne und sie wich wieder ein Stück zurück.

„Wenn die Männer in der Garnison nicht auf dich warten würden, dann wärst du jetzt tot“, schimpfte Makanda und wuchtete ihren schweren Körper aus dem Kleinbus. „Alles muss man selber machen.“

Der Leopard leckte weiter an dem toten Tier und biss auch ein Stück aus dessen Fleisch. Das interessierte Makanda aber nicht. Sie wollte nur die Tasche holen. Der zweite Leopard folgte ihr.

Als sie an Mariam vorbei ging, gab sie ihr einen brutalen Stoß in den Rücken. „Du nutzloses Stück Scheiße.“ Mariam taumelte und fiel auf den staubigen Boden. Währenddessen hatte auch der zweite Leopard den Kadaver erreicht und leckte ebenfalls an dem Blut. Der erste Leopard stellte offenbar Ansprüche an seine Beute und fauchte seinen Rivalen herrisch an. Der fauchte zurück und schnappte sich ebenfalls einen Bissen des Schakals. Das motivierte den ersten Leoparden wiederum ebenfalls noch einmal in das tote Fleisch zu beißen.

Makanda griff nach der Tasche und schleuderte sie nach Mariam, die immer noch am Boden lag. „Wenn ich dir sage, du sollst die Tasche holen, dann holst du sie in Zukunft. Verstanden? Jetzt bring sie in den Bus und setz dich auch wieder rein. Mit deiner Angst hast du mich schon viel zu viel Zeit gekostet.“

Mariam rappelte sich auf und ging zurück zum Bus. Nun wandte Makanda ihre Aufmerksamkeit ihren Leoparden zu. Die stritten noch immer um den toten Schakal.

„Hört damit auf“, befahl sie den Tieren. „Zurück in den Bus.“ Doch die Raubkatzen zeigten noch immer keine Reaktion.

„Verdammte Scheiße. Was ist denn heute nur los?“ Makanda verlor die Geduld. Genervt fasste sie nach dem Halsband des ersten Leoparden und versuchte ihn von seiner Beute wegzuziehen. Doch das Tier ließ nicht locker. Auch ein zweiter Versuch scheiterte. Der Bodyguard, der das Geschehen vom Fahrersitz aus beobachtete, ahnte, was nun kommen würde.

„Ali. Komm her und hilf mir“, rief Makanda ihm zu.

Der Mann zögerte und Makanda rief erneut: „Komm her!“

Mit seiner Pistole in der Hand öffnete er die Fahrertür und folgte der Anweisung.

„Steck die Pistole weg!“, befahl Makanda. „Du willst doch wohl nicht auf meine Lieben schießen.“

„Ihre Leoparden sehen heute sehr aggressiv aus“, stellte der Fahrer fest.

„Sie beißen nur, wenn ich es ihnen befehle. Also komm her und hilf mir.“

Mit sichtlichem Widerwillen schob der Bodyguard seine Waffe zurück ins Holster und näherte sich zögernd den Tieren, die noch immer um das letzte Fleisch stritten. „Die beiden hören doch nur auf Sie. Ich kann Ihnen doch nicht wirklich helfen.“ In den Worten des Mannes sprach die blanke Angst. „Lassen Sie mich doch einfach aus dem Spiel.“

„Halt den Mund und pack mit an!“ Makanda zerrte nun wie wild an dem Halsband des ersten Tiers. „Wenn wir ihn hier zurückschaffen, folgt der andere ihm.“

In dem Moment, als der Mann mit seiner linken Hand zupacken wollte, drehte der Leopard den Kopf und biss zu. Mit einem panischen Schrei zog der Bodyguard den Arm zurück und starrte entsetzt auf den Armstumpf, aus dem eine pulsierende Blutfontäne spritzte. Die Raubkatze hatte die Hand abgebissen. Makanda stand ungläubig erstarrt daneben und war zu keiner Regung fähig. Der Bodyguard machte einige Schritte nach hinten, während das Tier, immer noch kauend, ihm folgte. Langsam wich der Schrecken von dem Mann und ihm wurde klar, dass er gleich erneut angefallen werden würde. Hektisch griff er nach seiner Pistole. Doch gerade als er sie hervorgeholt hatte, sprang ihn der Leopard an und warf ihn zu Boden. Im nächsten Augenblick vergruben sich die Zähne des Raubtiers im Hals des Mannes. Der konnte zwar noch einen Schuss abfeuern, aber beim nächsten Biss des Leoparden brach bereits sein Schädel und so blieben ihm weitere Schmerzen erspart.

Das verwundete Tier schien die Schussverletzung gar nicht zu bemerken. Immer wieder vergrub es seine Zähne im Fleisch des Toten. Makanda beobachtete das Geschehen ungläubig und nahm nur schemenhaft den zweiten Leoparden wahr, der sich ihr näherte. Erst als er ein knurrendes Geräusch von sich gab, wurde ihr bewusst, dass ihr das gleiche Schicksal wie ihrem Bodyguard drohen konnte.

„Ruhig, Kera. Ganz ruhig“, versuchte sie beschwichtigend auf den sich nähernden Leoparden einzureden. Doch der näherte sich unbeeindruckt. Kurz warf sie einen Blick zu dem Kleinbus in etwa 10 Metern Entfernung. Dort hatten sich die Frauen eingeschlossen und beobachteten ängstlich, was sich außerhalb abspielte.

Makanda erkannte, dass sich das Tier nicht durch gutes Zureden besänftigen ließ. Nun versuchte sie es mit Autorität:

„Platz, Kera!“, rief sie laut und bestimmt. Dabei machte sie einen Schritt auf den Leoparden zu. Der schien für einen Moment unschlüssig zu sein und machte eine Seitwärtsbewegung.

„Bleib stehen!“, befahl sie erneut und unterstrich ihre Anweisung mit einer herrischen Geste. Erneut wirkte das Tier unschlüssig. Makanda nutzte diesen Moment der Unsicherheit, um sich langsam weg von der Raubkatze zu bewegen, zurück zum Kleinbus. Dort angelangt stellte sie fest, dass die Frauen in ihrer Angst alle Türen verschlossen hatten.

„Macht die Tür auf! Sofort!“, schrie Makanda laut und grell. In ihrer Stimme lag blanke Panik. Zwei der Frauen im Auto sahen unbeeindruckt durch die Fensterscheibe. Sie hatten keine Absicht, ihre Peinigerin zu retten. Die dritte Frau jedoch schien unentschlossen. Makanda erkannte, dass sie ihrer Anweisung Folge leisten wollte, aber von den beiden anderen Frauen abgehalten wurde.

„Denkt an euren Juju-Schwur!“, brüllte Makanda. Das teuflische Juju-Ritual hatte schon oft den Willen der Frauen gebrochen. Und auch jetzt bewirkte es bei der Unentschlossenen, dass sie sich körperlich gegen die beiden anderen zur Wehr setzte.

Makanda trommelte auf das Seitenfenster des Kleinbusses, während der Leopard immer näher kam. Im Auto entstand inzwischen ein Handgemenge zwischen den Frauen.

„Macht auf. Oder ich lasse euch die Haut abziehen, wenn wir hier rauskommen!“, drohte Makanda lautstark. In wenigen Sekunden würde die Raubkatze sie erreicht haben. Wieder trat sie mit einem lauten Schrei auf den Leoparden zu. Jahrelang hatte das Tier sie als ihre Herrin akzeptiert. Nie hätte sie damit gerechnet, dass es einmal derart rebellieren würde.

Offenbar machte Makandas Schrei Eindruck auf den Leoparden. Er drehte sich unschlüssig im Kreis. Aber das Auto blieb noch immer verschlossen.

„Macht auf! Euer Eid wird sonst eure Familien ins Unglück stürzen.“ Nichts ist in den afrikanischen Gesellschaften wirksamer als diese Drohung, das wusste Makanda.

Im Kleinbus kämpfte Mariam mit der anderen Frau darum, dass die Tür verschlossen bleiben sollte. Es reichte allerdings nur eine Sekunde, in der die Frau, die immer noch unter Makandas Einfluss stand, den Türgriff der Schiebetür zu fassen bekam, um die Tür zu öffnen.

Makanda schob die Tür weiter auf, um ins Auto zu kriechen. Mariam versuchte noch sie zurückzustoßen, was aber nicht gelang. Bevor die Frauen die Tür wieder schließen konnte, hatte der Leopard den Kleinbus erreicht und war, mit ausgefahrenen Krallen, ebenfalls in den Fahrgastraum gesprungen. Die tödlichen Pranken rissen sofort einer der Frauen das Gesicht weg. Makanda rief dem Tier nutzlose Befehle entgegen. Sie hatte jede Autorität verloren. Während die Raubkatze ihre Zähne tief ins Fleisch der zweiten Frau vergrub, versuchte Mariam ins Cockpit des Busses zu gelangen. Dazu musste sie über den leblosen Körper der Frau steigen, der nun das Gesicht fehlte. Makanda und die Frau, die sie hereingelassen hatte, schrien wie am Spieß. Irgendetwas hielt Mariam fest. Sie wusste nicht, ob es eine der Frauen war, oder die Tatze des Leoparden oder ob sie einfach nur irgendwo eingeklemmt war. Blut spritzte ihr ins Gesicht. Die Raubkatze befand sich in einem Tötungsrausch, der nicht mehr aufzuhalten war.

Die Flucht über die Seitentür war Mariam nicht möglich. Da hätte sie am Leoparden vorbei gemusst. Also versuchte sie noch immer auf die Vordersitze zu kommen. Jetzt hielt sie nichts mehr und sie stemmte sich über die Sitze. Die Krallen des Tieres streiften sie an der Schulter, trafen aber letztlich Makandas rechtes Auge. Es wurde herausgerissen, bevor sie auch nur die Bewegung wahrgenommen hatte.

Als Mariam den Beifahrersitz erreicht hatte, atmete sie einen Moment auf. Sie wusste, dass es nur ein minimaler Erfolg war. Noch war sie nicht gerettet.

Noch immer kämpfte Makanda mit dem Leoparden. Die beiden anderen Frauen waren inzwischen tot. Ihr verbliebenes Auge war blutunterlaufen. Mehrere Bisse und Krallenhiebe hatten ihren Körper zu einer blutigen Masse werden lassen. Ihre Schreie waren nun völlig unartikuliert. Irgendwie war ihr es gelungen, wieder aus dem Auto zu kommen, doch sofort hatte das Tier sie von hinten angesprungen und zu Boden geworfen. Regungslos und wimmernd blieb sie auf der Erde liegen, das Gesicht im Staub. Der Leopard stützte sich mit den beiden Vorderpfoten auf ihre blutigen Schultern und fauchte.

Der andere Leopard kam inzwischen angetrottet. Ihm war deutlich anzumerken, dass der Schuss aus der Pistole ihn sehr stark verletzt hatte. Mariam beobachtete die Szene vom Beifahrersitz aus. Sie wusste, dass ihre einzige Chance, hier lebend herauszukommen, die war, dass sie an die Pistole des toten Bodyguards kam. Jedoch genoss sie es, ihre Peinigerin in den Klauen ihres Lieblingsleoparden zu sehen. Sie ahnte, dass es gleich zum tödlichen Biss kommen musste. Mit einer Faszination, die sie selbst erschreckte, wartete sie auf diesen Moment.

Die beiden Leoparden kommunizierten scheinbar miteinander. Offenbar war die Rivalität gewichen. Immer noch die Krallen im Fleisch Makandas machte der Unverletzte seinem angeschossenen Artgenossen Platz, so dass Makandas Hüfte frei lag. Das schwache Tier schleppte sich herbei und machte eine devote Geste. Dann setzte es zu einem Biss in Makandas Fleisch an. Im selben Moment vergrub die unverletzte Raubkatze ihre Zähne in den Nacken der Frau.

Im nächsten Moment war Makanda tot.

Mariam hatte jetzt nur wenige Augenblicke, um zur Pistole zu gelangen. Während die Leoparden Makanda zerfleischten, rannte sie zu dem toten Bodyguard und nahm ihm die Pistole aus der Hand. Sie hoffte, dass die Waffe noch schussbereit war, denn den Umgang mit einem solchen Werkzeug hatte sie niemals gelernt.

„Ihr oder ich“, sagte sie immer wieder zu sich. „Ihr oder ich.“ Trotz des Blutbads, das sie gerade erlebt hatte, würde es ihr nicht leicht fallen, auf die Tiere zu schießen. Immerhin waren es die Raubkatzen, die gerade die Frau getötet hatten, die für das Elend von unzähligen Flüchtlingsfrauen verantwortlich war. Und wenn Mariam jetzt nicht schoss, dann war sie höchst wahrscheinlich das nächste Opfer der Leoparden.

Sie versuchte ruhig zu atmen. Mit beiden Händen fasste sie die Pistole und hob die Arme, um so gut zu zielen, wie es ihr möglich war.

Noch immer hatten die Tiere ihre Mäuler im Fleisch Makandas. Scheinbar bemerkten sie Mariam überhaupt nicht mehr. Sie ging bis auf etwa acht Meter an die Leoparden heran und zielte auf den Kopf des Unverletzten. Der riss grunzend weitere Stücke aus Makandas Schulter und sah dann, mit Fleischfetzen im Maul, zu Mariam hoch. Die Blicke der beiden trafen sich. Dann drückte Mariam ab.

Sie konnte nicht erkennen, wo sie das Tier getroffen hatte, aber der Schuss war perfekt. Leblos sackte die Raubkatze über den kaum erkennbaren Überresten Makandas zusammen und blieb regungslos liegen. Sie war sofort tot. Der andere Leopard ahnte wohl, dass er gegen Mariam keine Chance hatte und setzte an, davon zu laufen, aber nach wenigen Metern brach auch er zusammen. Mariam vermutete, dass das Tier starke Schmerzen hatte. Sie folgte ihm und spürte seltsamerweise überhaupt keine Angst mehr.

Der Leopard atmete schwer und röchelnd. Er lag auf der Seite und Mariam konnte die Wunde in der Brust erkennen. Verwirrende Gefühle machten sich in ihr breit. Wut, Trauer und sogar so etwas wie Mitleid mit dem Tier. Sie stand jetzt so hinter der Raubkatze, dass sie für das geschwächte Tier mit den Tatzen nicht erreichbar war. Sie roch den Atem des Leoparden und beobachtete, wie sich die Muskeln bei jedem Atemzug bewegten. Das Fell war blutverschmiert.

Tausendmal hatte sie in den vergangenen Jahren vor Angst gezittert, wenn Makanda die Frauen mit den Tieren bedroht hatte. Jetzt wünschte sie sich, sie könnte dem Tier helfen. Doch das war ausgeschlossen. Sie konnte nur dessen Leid verkürzen.

Mit Tränen der Wut und des Mitleids kniete Mariam sich hinter den Kopf des Tieres und legte ihre Hand an dessen Hals. Sie spürte, wie das Leben langsam aus dem Körper wich. Trotzdem wollte sie das Tier mit einem Gnadenschuss erlösen. In der rechten Hand hielt sie die Pistole, während sie mit der Linken das Fell des Halses sanft streichelte. Dann setzte sie die Pistole an den Hinterkopf des Leoparden. Dessen Atmung wurde immer schwacher. Ein Geräusch kam aus der Kehle des Tieres. Schwach, kaum hörbar. Aber Mariam wusste, dass es ein Abschiedsgruß sein sollte. Dann hörte die Atmung auf. Der Körper der Raubkatze entspannte sich und sie wusste, dass der Gnadenschuss nicht mehr nötig war.

Erst jetzt überkam Mariam eine unendliche Erschöpfung. Erst jetzt nahm sie das Blut wahr, das scheinbar die gesamte Fläche füllte. Erst jetzt wurde ihr bewusst, dass sie die einzige Überlebende dieses Alptraums war.

Mit einem lauten Schluchzer begann sie hemmungslos zu weinen. Auf dem Boden sitzend lehnte sie sich an den Rücken des toten Leoparden und ließ ihren Tränen freien Lauf. So saß sie einige Minuten inmitten des blutigen, fast surrealen Szenarios.

Mariam ahnte nicht, dass Arthur daran beteiligt war, dass die Leoparden nicht mehr zu beherrschen waren. Kurz vor dem Morgengrauen hatte er den Kadaver des Schakals mit den Blüten und Zwiebeln der Herbstzeitlosen präpariert und an dieser Stelle ausgelegt. Er hatte sich auch alte Kleidung besorgt und eine Tasche, die er hier als Köder für Makanda abgelegt hatte. Zwar hätte es sein können, dass der Fahrer diese Finte einfach ignorierte, aber laut Pfarrer Toé standen die Chancen nicht schlecht, dass Makanda leichtsinnig genug war, die Tasche an sich zu nehmen.

Als die Leoparden das Fleisch des Schakals fraßen, schluckten sie auch die Bestandteile der Herbstzeitlosen. Das Gift der Pflanze löste bei den Großkatzen Angstgefühl und Bewusstseinsstörungen aus und machte sie unberechenbar. Das hatte schlussendlich die Wirkung, die Arthur beabsichtigte. Die Raubtiere richteten ein Blutbad an. Dass die Frauen in dem Fahrzeug die Türen öffneten und dann auch noch angegriffen wurden, gehörte nicht zu Arthurs Plan.

Mariam saß immer noch bei dem toten Leoparden auf der Erde, als Arthur hinter einem Sandhügel hervortrat. Er hatte aus sicherer Entfernung die Ereignisse beobachtet. Als Mariam ihn bemerkte, sprang sie auf und richtete die Pistole auf ihn.

Mit erhobenen Händen kam Arthur auf sie zu. „Ich will Dir nur helfen“, erklärte er. „Scheinbar ist hier etwas Schlimmes passiert.“

Mariam erkannte Arthur, aber einen Zusammenhang mit dem Gespräch, das sie am Tag zuvor mit ihm hatte, sah sie nicht. In ihren Augen war es purer Zufall, dass sich die Tiere gegen die Menschen wandten. Immer noch zielte sie auf den alten Mann. „Was machst du hier?“, wollte sie wissen.

„Ich habe mich verlaufen“, log Arthur. „Ich hätte mich wohl nicht so weit aus Dirkou entfernen sollen. Scheinbar bin ich dann irgendwann in die völlig falsche Richtung gegangen. Zum Glück habe ich euch getroffen. Sonst wäre ich wahrscheinlich in der Wüste verdurstet." Er sah sich um und versuchte überzeugend entsetzt zu wirken. „Was ist denn hier passiert. Das sieht ja grauenhaft aus. Bist du verletzt?"

Erst jetzt bemerkte sie, dass einer der Leoparden sie an der Schulter erwischt hatte. „Ja. Ich glaube schon. Es ist wohl nicht so schlimm. Aber ..." Für einen Moment fehlten ihr die Worte. „Aber die anderen sind alle tot."

Wie zufällig trat Arthur zu der Leiche Makandas, die immer noch unter dem toten Leoparden lag. „Ist das Mama Makanda?", fragte er, als ob es ihn überraschen würde.

Mariam nickte.

„Was ist passiert?", fragte Arthur, während er von einem leblosen Körper zum anderen ging. Er stellte fest, dass niemand mehr lebte.

„Die Leoparden waren plötzlich völlig unkontrollierbar. Sie haben einfach jeden angegriffen, der in ihre Nähe kam", berichtete Mariam.

„Du hast überlebt. Und nur das zählt", erklärte Arthur. „Das ist jetzt deine Chance."

„Meine Chance?", fragte Mariam ungläubig.

„Deine Chance, aus dieser Hölle zu entfliehen, in der du in den letzten Jahren gefangen warst."

„Ja", antwortete Mariam mit schwacher Stimme. „Vermutlich ist das jetzt meine Chance zu fliehen. Aber der Juju-Fluch wird mich einholen."

Arthur schüttelte den Kopf. „Nein. Kein Fluch kann dich einholen, weil es so etwas wie Flüche nicht gibt. Das sind alles nur Psycho-Tricks von dieser Verbrecherbande, die dich gefügig machen sollen."

„Du verstehst das nicht", widersprach Mariam. „Du kennst nicht die Macht der Juju-Priester. Jeder in diesem Teil Afrikas hat schon einmal die Gewalt der Flüche zu spüren bekommen."

Arthur war von Pfarrer Toé, in den letzten Tagen, darauf vorbereitet worden, dass die Frauen sich dem Juju-Eid beinahe ewig verpflichtet fühlten. „Die Macht von Jesus Christus ist größer", erklärte er, obwohl er selbst nicht an das glaubte, was er da gerade sagte.

Resigniert meinte Mariam: „Euer Gott mag euch vielleicht Häuser und Autos und Essen im Überfluss schenken, aber gegen Flüche ist auch er machtlos."

„Pfarrer Toé sieht das anders. Er hat schon viele Flüche brechen können."

„Er ist ein guter Mann", gab Mariam zu. „Aber auch er kann nicht mehr, als für mich zu beten."

„Vielleicht haben seine Gebete ja bewirkt, dass Mama Makanda heute gestorben ist!"

„Möglich", erwog Mariam.

„Und er kann mit Sicherheit noch viel mehr für dich tun. Wenn du wirklich an diesen Fluch glaubst, dann wird er auf jeden Fall derjenige sein, der dir helfen kann, den Fluch loszuwerden."

„Seine Gebete bewirken Wunder!"

„Du hast dieses Wunder erlebt", bekräftigte Arthur und fühlte sich selbst ein wenig wie ein Prediger.

„Dann soll Pfarrer Toé den Fluch brechen. Sonst war alles umsonst."

„Wir werden nicht mit diesem Auto zurückfahren können. Man würde uns mit dem Tod Makandas sofort in Verbindung bringen, wenn wir in Dirkou damit gesehen werden", meinte Arthur.

Arthur griff nach seinem Handy und rief Pfarrer Toé Dembélé an. Als er am frühem Morgen den Köder mit dem vergifteten Schakal ausgelegt hatte, entschied er sich für diesen Ort, da er hier noch Mobilfunknetz hatte. Das brauchte er, um den Pfarrer zu kontaktieren, wenn er abgeholt werden wollte. Ursprünglich hatte er gehofft, alle drei Frauen retten zu können. Nun war es nur Mariam, die überlebt hatte.

„Hallo Toé. Du kannst mich und Mariam jetzt abholen. Makanda ist jetzt kein Problem mehr."

„An dem Ort, den du heute Morgen genannt hast?", fragte Toé kurz.

„Ja. Alles wie geplant", bekräftigte Arthur.

„Ich komme." Dann legte Toé auf. Er wollte so wenig wie möglich über Arthurs Vorgehen wissen. Wichtig war nur, dass Mariam bald ein neues Leben anfangen konnte.

„Er wird bald hier sein", versuchte Arthur Mariam aufzumuntern. Sie stand jetzt mit dem Rücken zu ihm.

„Du bist so naiv, alter Mann", hörte er Mariam sagen, doch ihre Stimme klang auf einmal völlig fremd. Es war die kratzige Stimme eines höhnischen Mannes. „Glaubst du wirklich, dass ich den Körper dieser Frau so einfach verlassen werde?“

Arthur war erschreckt und verwirrt. Die Stimme passte überhaupt nicht zu Mariam. Die drehte sich langsam um und eine verzerrt grinsende Fratze sah ihn an. Entfernt waren darin noch Mariams Gesichtszüge zu erkennen. „Du glaubst, der gute Toé muss nur mal der kleinen Mariam seine verschwitzten Hände auflegen und dann wäre sie frei. Nichts hast du verstanden. Gar nichts.“

Arthur trat entsetzt einen Schritt zurück. Er fragte sich, ob Mariam hier einen absurden Scherz machte. Doch die Aggressivität mit der die Person, die von ihr Besitz ergriffen hatte, ihn anfauchte, ließ ihn diese Vermutung schnell vergessen. Wer da jetzt zu ihm sprach, war auf jeden Fall nicht Mariam.

„Dieser Körper hat mir in den letzten Monaten so viel Vergnügen gemacht“, erklärte die Fratze. „Die vielen Männer, die so großen Spaß mit ihr hatten. Glaubst du wirklich, dass ich das aufgeben werde?“ In Mariams Hand war noch immer die Pistole. Der Dämon, der von Mariam Besitz ergriffen hatte, ließ sie die Waffe auf Arthur richten und befahl mit gutturaler Stimme: „Los. Geh zu Makanda. Wir werden uns jetzt ein Festmahl gönnen.“

Arthur hob instinktiv die Hände und überlegte fieberhaft, wie er mit der Situation umgehen sollte. Alles deutete für ihn darauf hin, dass Mariam unter einer Persönlichkeitsspaltung litt. Offenbar hatte etwas in ihr die Kontrolle übernommen, das das Gegenteil ihres eigentlichen Charakters war, so schien es ihm.

„Ich verstehe nicht, was Du vorhast, Mariam. Das bist doch nicht du, die da spricht“, versuchte er an ihr eigentliches Naturell zu appellieren.

„Ich habe Hunger. Und ich will, dass Du jetzt mit mir speist.“

Arthur ahnte nicht im Mindesten, was jetzt folgen sollte. „Mariam. Ich kann verstehen, dass Du Makanda gehasst hast. Aber, was immer du auch vorhast, bitte nimm wieder Vernunft an.“

Mariam, beziehungsweise der Dämon in ihr, warf irre den Kopf in den Nacken. „Warum redest du zu Mariam? Die Schlampe ist doch gar nicht hier. Nenn mich einfach Gion. Und jetzt geh endlich zu Makanda.“ Immer noch hielt der Dämon die Pistole auf Arthur. Der folgte langsam der Anweisung und bewegte sich in Richtung der Leiche.

„Was hast du vor?“, fragte Arthur, immer noch ahnungslos.

„Du hast doch bestimmt auch Hunger, alter Mann. Und hier ist so viel totes Fleisch. Es wäre doch schade, wenn es umkommt.“

„Willst du das Fleisch der Leoparden braten?“

Der Dämon lachte. „Du glaubst wirklich, dass Mariam schizophren sei. Du glaubst, wenn wir jetzt etwas essen, dann können es nur die Tiere sein.“

„Tu das nicht, Mariam.“ Arthur ahnte jetzt, was der Dämon meinte. Ihm wurde übel.

„Mariam hat mit all dem hier überhaupt nichts mehr zu tun.“ Mit der Pistole machte Gion eine Handbewegung, die signalisierte, dass Arthur näher an Makandas Leiche gehen sollte. „Wir werden jetzt gemeinsam dafür sorgen, dass der Tod Makandas nicht völlig sinnlos war.“ Mit einem widerlichen Grinsen fügte er noch an: „Wir werden sie jetzt essen.“

„Ich werde niemals Menschenfleisch essen“, erklärte Arthur und suchte vergeblich nach einer Möglichkeit, der besessenen Mariam die Pistole zu entwenden, aber der Dämon hielt sie mit einer übermenschlichen Präzision immer auf seinen Kopf.

„Doch, das wirst du. Denn du willst leben. Das fühle ich.“

„Was hast du davon, dass du mich dazu zwingen willst?“

„Ich habe meinen Spaß, wie seit tausenden von Jahren schon.“

Immer noch konnte Arthur diesen Hinweis auf den uralten Dämon nicht einordnen. „Wieso tausende von Jahren?“

„Weil ich nicht Mariam bin“, schrie der Dämon jetzt lautstark. „Diese Menschenfrau ist nur ein Spielzeug, in das ich eingefahren bin. Wieso willst du das nicht begreifen?“

Für einen Moment fühlte sich Arthur nicht mehr hilflos. Was auch immer mit Mariam war, man konnte doch noch unkontrollierte Reaktionen hervorrufen. Zumindest Zorn.

„Also gut. Du nennst dich jetzt Gion und möchtest Menschenfleisch essen“, versuchte Arthur das Geschehen herauszuzögern. In etwa zwanzig Minuten musste Pfarrer Toé hier eintreffen. Dann ergaben sich neue Möglichkeiten.

„Knie dich hin“, befahl der Dämon.

Während Arthur sich umständlich niederkniete, griff die besessene Mariam nach dem Leopardenkadaver und schleuderte ihn mit übermenschlicher Kraft in Richtung des Autos. Mit einem lauten Krachen knallte das tote Tier gegen das Blech und blieb im Staub liegen.

Nun war die Leiche Makandas mit den vielen offenen Wunden deutlich zu sehen. Aus dem klaffenden Loch in der Hüfte quollen Blut und Eingeweide. Im Nacken klafften blutige Halswirbel und Schulterknochen hervor. Der linke Arm und der rechte Unterschenkel waren nur noch eine blutige Masse.

Arthur hatte sich so weit entfernt wie möglich von dem blutigen Gesicht Makandas mit dem fehlenden Auge positioniert. Der Anblick war selbst für ihn fast unerträglich. Erinnerungen an seinen ersten Mord kamen in ihm auf. Er befand sich jetzt neben ihrem blutigen Bein.

Die besessene Mariam kniete auf der anderen Seite der Leiche, vor dem zerfleischten Arm. Immer noch zeigte die Pistole auf Arthurs Kopf. „Greif zu. Das Essen ist angerichtet."

Arthur verharrte regungslos. Er war nicht einmal zu einer Antwort fähig.

„Soll ich dir zeigen, wie man Fleisch ist?" Der Dämon hob Makandas Arm nach oben, da die Leiche auf dem Bauch lag, in eine anatomisch unmögliche Position. Knochen knackten. Dann biss er in das blutige Fleisch und riss mit den Zähnen einen Bissen heraus. „Hast du noch nie Fleisch gegessen?", fragte er höhnisch. Die Fratze war nun blutverschmiert, dass sich Arthur schon wegen des Anblicks beinahe übergeben musste.

„Ich bin kein Tier, das Menschen frisst. Du wirst mich erschießen müssen."

„Ach ja. Ich vergaß. Menschen fressen nur Tiere." Immer noch kauend redete der Dämon weiter. „Menschen sind ja ach so edel, dass sie alles fressen, außer ihren Artgenossen. Wenn sie seit Jahrhunderten Tiere auf qualvolle Weise halten und töten, dann haben sie keinerlei Gewissensbisse. Aber wenn sie auch nur einen Bissen Menschenfleisch essen sollen, dann lassen sie sich lieber erschießen. Ach, wie halten sich die Menschen doch für so anständig."

„Die menschliche Rasse wäre schon ausgestorben, wenn wir nur aus Kannibalen bestehen würden."

„Die menschliche Rasse ist die größte Plage für diesen Planeten und gehört ausgerottet.“ Der Dämon vergrub erneut seine Zähne in den Arm und riss ein weiteres Stück Fleisch heraus. Das spuckte er in seine linke Hand und warf es Arthur zu. „Iss endlich. Ich weiß, dass du dich nicht erschießen lassen wirst.“

Arthur tat gelassen. „Ich bin alt. Lange werde ich sowieso nicht mehr leben.“

„Ich weiß, dass du deine Enkeltochter noch sehen willst.“ Gion hielt die Pistole jetzt so, dass die Mündung Arthurs Stirn berührte. „Friss oder stirb. Jetzt.“

Arthur wusste, dass sein Gegenüber recht hatte. Durch die vielen Morde, die er in seinem Leben begehen musste, hatte er schon so oft gegen die Regeln des menschlichen Zusammenlebens verstoßen, dass es jetzt nicht mehr darauf ankam, ob er nun auch noch Menschenfleisch aß oder nicht. Er musste hier einfach nur lebend herauskommen, damit er Laura wieder gegenübertreten konnte.

Zögernd griff er nach dem blutigen Fleischbrocken. Er versuchte, sich vorzustellen, dass es Schweinefleisch sei.

„Was würde denn jetzt besser sein, wenn es Schweinefleisch wäre?“, fragte der Dämon. Arthur kam es vor, als hätte er seine Gedanken gelesen.

„Dann wäre ich kein Kannibale.“

„Ist ein Schweinefleischesser denn ein besserer Mensch, als jemand, der das Fleisch von einer Person isst, die sowieso schon tot ist? Diese Frau musste nicht während ihres gesamten Lebens ohne Sonnenlicht auskommen. Sie wurde nicht in einem engen Pferch gehalten.“

„Ich bin natürlich gegen Massentierhaltung“, versuchte Arthur zu diskutieren, um abzulenken.

„Natürlich!“, spottete der Dämon. „Und jetzt stopf das Fleisch endlich in deinen Mund.“

Arthurs Ekel ließ ihn würgen. Er hatte schon viel Blut und viele Leichen gesehen, aber dazu konnte er immer Abstand halten. Das rohe Menschenfleisch einfach zu schlucken, war für ihn bisher undenkbar gewesen.

Er nahm das Fleischstück zwischen Daumen und Zeigefinger, schloss die Augen und steckte es in den Mund. Es war zu groß, um es einfach herunterzuschlucken, also musste er kauen. Das Gefühl, in die zähe Masse zu beißen war widerlich. Wieder würgte er.

„Jetzt bloß nicht kotzen, Arthur." Gion biss erneut in Makandas Arm. „Das würde doch den guten Geschmack versauen."

Während Arthur hilflos kaute, setzte der Dämon seine Ausführungen zum Fleischkonsum fort. „Gott hat den ersten Menschen nur die Pflanzen zur Nahrung gegeben. Das kann man sogar heute noch in 1. Mose 1,30 nachlesen: ‚Und Gott sprach: Seht da, ich habe euch gegeben allerlei Kraut, das sich besamt, auf der ganzen Erde und allerlei fruchtbare Bäume, die sich besamen, zu eurer Speise'."

„Was interessiert es dich, was in der Bibel steht? Dort wird bestimmt nicht befohlen, Menschenfleisch zu essen."

„Du glaubst, du kannst mit diesem Pfarrer Toé einen Dämonen aus Mariam austreiben. Du kannst nicht einmal deine Gier nach Fleisch im Zaum halten. Der Satan hat es geschafft, dass die Menschheit seit Jahrtausenden die Tierwelt grausam knechtet und sich trotzdem einredet, sie sei die Krone der Schöpfung. Und das, obwohl es schon im ersten Kapitel der Bibel steht, wie es sein soll."

Die besessene Mariam stand jetzt auf und trat hinter Arthur. „Satan hat diese Schöpfung zu einer Welt gemacht, in der der Stärkere den Schwächeren unterwirft und frisst." Mit übermenschlicher Kraft drückte der Dämon jetzt Arthurs Gesicht in die klaffende Wunde von Makandas Unterschenkel. „Jetzt friss endlich Deinesgleichen!"

Arthur hatte das Gefühl, sein Kopf wäre in einem Schraubstock. Der Dämon ließ nicht eher los, bis er nach Luft ringend sich wandt. „Gib endlich zu, dass Satan der Mächtigere ist!"

Bisher erschien Arthur die Tatsache einer wirklichen Besessenheit als abwegig und unwissenschaftlich. Aber was auch immer da von Mariam Besitz ergriffen hatte, wollte offensichtlich einen mächtigen Satan propagieren.

Arthur wischte sich das Blut aus dem Gesicht. „Du bist einfach nur ein krankes Stück Scheiße. Diese Welt ist schlecht. Ja. Und die Menschen sind Raubtiere und machen diesen Planeten kaputt. Ja. Aber nicht weil irgendein Satan so mächtig ist, sondern weil die Menschen eben so sind, wie sie sind."

Mariam kniete sich jetzt links neben Arthur und ließ die Pistole über dessen Rücken gleiten, als würde sie ihn streicheln. „Willst du denn nicht sehen, dass Satan der eigentliche Herrscher ist? Er ist der Fürst dieser Welt. Nur dadurch, dass die Menschen sich gegen Gott aufgelehnt haben, sind sie von Früchtesammlern zu der Spezies geworden, die diesem Planeten ihren Stempel aufdrückt."

„Das, was ich hier sehe, ist Wahnsinn. Wenn der Satan etwas damit zu tun hat, dann ist er offenbar wahnsinnig."

„Du meinst, wenn die Menschen das Geschäft mit dem Blut und der Qual der Tiere hübsch verbergen und ihr Fleisch industriell vom Supermarkt holen, dann ist das normal und gesund? Aber wenn dieses Fleisch hier vor dir noch einmal einen Zweck erfüllen soll, dann sei das Wahnsinn?" Der Dämon griff nun in die Beinwunde vor ihnen und riss ein Stück Muskelfleisch heraus, als seien die Fingernägel aus messerscharfen Klingen. „Iss das. Du wirst schon auf den Geschmack kommen."

Der Dämon hielt Arthur das Fleisch direkt vor den Mund. Die Pistole hielt er ihm an den Hinterkopf. „Das Fleisch oder der Tod. Du hast die Wahl." Bevor Arthur ein Wort sagen konnte, stopfte die besessene Mariam ihm den Brocken in den Mund. Arthur verschluckte sich und musste husten. Dabei hielt der Dämon ihm trotzdem die Hand vor den Mund, damit er das Fleisch nicht ausspuckte.

Mariam stand wieder auf und fuhr mit ihrer blutigen Hand über Arthurs Glatze. „Warum wehrst du dich so sehr dagegen, einfach der Vernunft zu folgen? Wenn man Tiere essen kann, warum dann nicht auch Menschen? Glaubst du wirklich, ihr wärt so anders als die Tiere? Ich meine, davon abgesehen, dass ihr alles versklavt oder zerstört, was sich in eurer Umgebung befindet."

„Vielleicht ist das ja ein Merkmal des Teufels."

„Ah, endlich!" Jubel lag in Gions Stimme. „Endlich siehst du die Zusammenhänge. Die Menschheit versklavt und zerstört, weil sie sich der Macht Satans unterworfen hat. Du hast deine Lektion gelernt."

„Ich habe nichts von dir gelernt", widersprach Arthur.

„Doch, das hast du. Ob du nun willst oder nicht." Der Dämon in Mariam lachte. „Wir werden noch viel Spaß miteinander haben."

In der Ferne war Motorengeräusch zu hören. Pfarrer Toé kam mit dem Geländewagen.

„Wir sehen uns dann später. Takk Fyrir Síðast – Danke für neulich!

Danke für letztes Mal!", verkündete der Dämon durch Mariams Mund, dann sackte die Frau zusammen. Sie war bewusstlos. Arthur überprüfte die Atmung. Sie war noch am Leben. Gion hatte scheinbar den Körper wieder Mariam überlassen.

Pfarrer Toé stellte seinen Geländewagen neben dem anderen Auto ab und stieg mit entsetztem Gesicht aus. Das Blut an Arthur und Mariam gab ein grauenvolles Bild ab. Dazu die Leichen der anderen Personen. Toé murmelte Gebete, als er zu den beiden ging. Ohne Fragen zu stellen griff er unter die Arme der bewusstlosen Mariam. Arthur nahm ihre Beine. Gemeinsam legten sie sie auf den Rücksitz von Toés Wagen. Dann stiegen auch sie ein.

„Es ist etwas anders gelaufen, als ich geplant hatte", erklärte Arthur.

Pfarrer Toé reagierte nicht. Er murmelte weiter seine Gebete und fuhr los.

Jetzt, Monate später und auf der Fahrt nach Frankfurt, saßen Mariam und Adama im Fernreisebus neben ihm und waren voller Hoffnung in Deutschland ein neues Leben beginnen zu dürfen. Jetzt hatten sie mit ihrem alten Leben abgeschlossen. Jetzt war Mariam ein neuer Mensch. Doch dafür hatte sie noch einiges über sich ergehen lassen müssen.

Hier im Bus fragte sich Arthur, ob er irgendwann auch ein neuer Mensch werden könnte. Ob er vielleicht einmal der Mensch werden würde, den er seiner Enkeltochter zeitlebens vorspielte.

Laura kannte ihn nur als den netten alten Mann, der angeblich Privatdetektiv war. Der niemals etwas Ungesetzliches gemacht hatte. Der schon gar nicht Dutzende von Menschen getötet hatte. Von seinem Leben als Auftragskiller für den „Rat der Fürsten" wusste Laura nichts und durfte das auch niemals wissen.

Arthur fragte sich nun, ob der Mord an dem Mitreisenden, mit Hilfe der Toilettensteine, der letzte Mord in seinem Leben sein würde? Wäre er wirklich fähig, in Zukunft wie ein „normaler" Mensch zu handeln?

Er wusste, dass ein solcher Paradigmawechsel nur mit enormer Kraft gelingen würde. Mariam war das gelungen. Warum sollte das nicht auch ihm gelingen? Mariam war nun Christin. Das war sie an dem Tag, als sie sich das erste Mal begegneten, nicht. Mariam betete nun, wenn ihr etwas auf dem Herzen lag, weil sie damit rechnete, dass Gott ihr half. Diesen Glauben hätte Arthur auch gerne gehabt. Er wusste, dass das ihm helfen könnte, ein neuer Mensch zu werden.

Fast unmerklich faltete er die Hände und schloss die Augen. Lautlos formulierte er Worte, die niemand hören sollte. Tränen quollen aus seinen geschlossenen Augen. Wenn es einen Gott gab, der ein wirklich neues Leben schenken konnte, dann würde Arthur ihm sein zerbrochenes Leben bringen.

Dann könnte Gott etwas völlig Neues daraus machen.

31

Es war Sonntagvormittag und Laura besuchte ebenso wie Eric und Vera den Sonntagsgottesdienst der Christengemeinde Babelsgrund. Auch Saul war dabei. Es war das erste Zusammentreffen von Laura und Saul. Laura war sehr gespannt auf den Mann aus der Zukunft und etwas enttäuscht, als er nun vor ihr stand. In den Spielfilmen, die sie gesehen hatte und die das Thema „Zeitreisen" hatten, waren die Protagonisten meist starke, gutaussehende Männer. Saul hatte nur eine durchschnittliche Statur. Aber immerhin strahlte er eine unerklärliche Exotik aus. Irgendwie merkte man ihm an, dass er von einem ganz anderen Ort kam.

Saul war sehr ergriffen von der Tatsache, dass er nun einen Gottesdienst besuchen konnte, der nicht heimlich stattfinden musste, wie in der Zeit aus der er kam. Hier in Babelsgrund durften sich, wie in ganz Europa, die Christen ungestört zu ihren Gottesdiensten treffen. Für Saul ein völlig ungewohnter Umstand.

Auch für die vielen Flüchtlinge unter den Gottesdienstbesuchern war es eine wohltuende Freiheit, einen christlichen Gottesdienst zu besuchen. Die Christengemeinde Babelsgrund hatte es sich seit Beginn der Flüchtlingskrise zur Aufgabe gemacht, denjenigen christlichen Flüchtlingen, die von Abschiebung bedroht waren, Kirchenasyl anzubieten. Das hatte sich in den Flüchtlingsunterkünften herumgesprochen, so dass die Gemeinde schnell zu einem Hotspot für Asylsuchende geworden war. Die christliche Gesinnung der Geflüchteten zeigte sich auf sehr unterschiedliche Weise. Manchen war ihr Glaube an den dreieinigen Gott so wichtig, dass sie es in Kauf nahmen, von ihren muslimischen Familien verstoßen zu werden. Andere betraten nach der Zeit des Kirchenasyls nur noch ein christliches Gotteshaus, um bei Helfern nach weiterer Unterstützung zu fragen. Viele kamen regelmäßig zu den Sonntagsgottesdiensten. Einem Teil davon war es sogar ein Bedürfnis, sich an Aufgaben in der Gemeinde zu beteiligen.

Der Christengemeinde Babelsgrund war es ein Anliegen, dass sich die neuen Gottesdienstbesucher schnell heimisch in der evangelikalen Gemeinde fühlten. Deshalb organisierte man Simultanübersetzer, die die Predigt während des Gottesdienstes direkt in die Sprachen Arabisch und Bambara übersetzten. Auch Bibeltexte, die mittels eines Beamers an eine Leinwand projiziert wurden, hatte man in diese Sprachen übertragen. Die Anzahl der Erwachsenentaufen war seit der Durchführung der Kirchenasyle sprunghaft angestiegen.

Saul war begeistert davon, dass die Christengemeinde Babelsgrund den verfolgten Glaubensgeschwistern auf diese Weise half. In der Zeit, aus der er kam, war es überlebensnotwendig, dass die Christen füreinander einstanden. Er saß zwischen Vera und Laura in einer der hinteren Reihen in dem großen Gottesdienstsaal.

Eric konnte Saul noch immer nicht unbefangen gegenübertreten. Nach wie vor wurmte es ihn, dass Saul nichts darüber sagen wollte, wie Phánuël's Zukunft aussehen würde. Welche Rolle sollte das Kind mit den übersinnlichen Fähigkeiten in Gottes Plan für die Endzeit haben? Wenn Saul nicht ihm helfen wollte, warum sollte er dann Saul beistehen?

Eric hatte das Bedürfnis, dem Zeitreisenden auszuweichen. Da man aber trotzdem gemeinsam den Gottesdienst besuchen wollte, entschied Eric, dass er mit Phánuël und Lauras Sohn Thomas in einem Raum bleiben wollte, der extra für Eltern mit Kleinkindern errichtet worden war. Hier konnten die Kleinen unter der Aufsicht der Angehörigen, auf dem Boden spielen, während auf einem großen Bildschirm der Gottesdienst übertragen wurde. Dieses Angebot wurde von zahlreichen Familien genutzt, da sowohl die Kinder ihren Spaß mit Gleichaltrigen hatten, als auch die Erwachsenen so am Gemeindeleben teilhaben konnten.

Eric gelang es nur schwer, der Predigt zu folgen. Während Phánuël und Thomas mit Bauklötzen auf dem Boden spielten und gelegentlich auch mit anderen Kindern interagierten, beobachtete Eric die beiden Jungen unentwegt. Immer wieder fragte er sich, ob es die richtige Entscheidung gewesen ist, Phánuëls Gabe dem Rest der Welt zu verheimlichen. Wäre es wirklich so nachteilig, wenn jeder davon wüsste? In der heutigen Mediengesellschaft würde der Junge pausenlos der Öffentlichkeit ausgeliefert sein. Eine halbwegs normale Jugend könnte er dann nicht erwarten. So viel stand fest.

Aber ist die Alternative denn besser? Kann ein kleines Kind denn wirklich eine solche Fähigkeit verheimlichen? Muss nicht irgendwann alles auffliegen? Diese Fragen ließen Eric nicht los. Kein Gespräch mit Vera, kein Gebet und auch kein stundenlanges Nachdenken brachte ihm eine Antwort.

Und dieser Mann aus der Zukunft wollte dazu nicht ein Wort sagen.

Unter den Gottesdienstbesuchern war auch Jafar Najafi, ein Malier, der sich als verfolgter Christ ausgab, um in Deutschland Asyl zu erhalten. Er war von Marera zur Christengemeinde Babelsgrund geschickt worden, um mit Laura anzubendeln. Jafar war nur wenig älter als sie, sprach ein ausgezeichnetes Deutsch mit einem entzückenden Akzent und verfügte über ein unwiderstehliches Lächeln. Da er zu der Volksgruppe der Tuareg gehörte, war seine Haut wesentlich heller als die der Malier aus der Mitte oder dem Süden des westafrikanischen Landes. Die Arnháton-Sekte hoffte, dass der junge Mann Lauras Herz gewinnen könnte. Deshalb versuchte sie nun, Jafar als sinnsuchenden Flüchtling in die Christengemeinde Babelsgrund einzuschleusen. Es war sein erster Besuch in diesem Gotteshaus, und bisher hatte er Laura von Ferne beobachtet. Vor dem Gottesdienst konnte er nur feststellen, dass Laura lebhafte Gespräche mit Saul geführt hatte. Natürlich wusste er nicht, wer oder was Saul war. Nur dass er einige Jahre älter als Laura war, war offensichtlich. Jafar fragte sich, in welcher Beziehung Laura zu Saul stand. Der begeisterte Blick, mit dem sie ihn anstrahlte, ließ vermuten, dass es mehr als höfliche Wertschätzung war.

Jafar hatte den Gottesdienst und das Gemeindeleben in der letzten Stunde interessiert verfolgt. Christliches Grundwissen hatte er sich kurz vor seiner Ausreise aus Mali angelesen. Er stammte aus einer Familie, die schon vor seiner Geburt dem Arnháton-Glauben anhing. Um in Deutschland Asyl zu bekommen, gab er bei den Behörden an, in Mali als Christ verfolgt zu werden. Auf seinen Arnháton-Glauben konnte er sich nicht berufen, da die Sektenleitung noch im Untergrund bleiben wollte, bis Echnaton zum erwachsenen Mann herangereift war.

Bei vielen Männern und Frauen in der Christengemeinde Babelsgrund nahm er dieselbe Hingabe an ihren Glauben wahr, wie er es bei seiner Arnháton-Gemeinschaft erlebte. Neben dem Willen, einem großen Gott zu dienen, fiel ihm auch die Herzlichkeit und Liebe auf, mit der sich die Gläubigen hier begegneten. Aber er glaubte auch, unter den Anwesenden einige Menschen zu erkennen, denen er einen ernsthaften Glauben nicht wirklich abspüren konnte. Da er zeitlebens selbst seinen eigenen Glauben an den altägyptischen Gott Aton verbergen musste und immer gezwungen war, sich als frommer Moslem auszugeben, kannte er die unbewussten Zeichen, die jemand sendete, der in Wirklichkeit ein ganz anderer war.

„Ihr glaubt, euer christlicher Gott kann die Welt retten“, dachte Jafar jetzt. „Aber das kann nur Aton, durch seinen Hohepriester Echnaton.“

Nach dem Gottesdienst unterhielt er sich mit den anderen Flüchtlingen auf Bambara. Schließlich wollte er nicht auffallen. Dabei behielt er aber immer Laura im Auge, die sich, mit ihrem Sohn Thomas auf dem Arm, mit Saul lebhaft unterhielt. Die Arnháton-Gemeinschaft hatte ihm eine Fülle von Informationen über sie gegeben, doch erst heute sah er sie das erste Mal leibhaftig. Sie gefiel ihm. Ihr langes, schwarzes Haar war verführerisch. Die Art, wie sie ihrem Sohn über den Kopf strich, wirkte unglaublich sanft und liebevoll. Die Freude, mit der sie Saul ansah, ließ auf eine ungemeine Begeisterungsfähigkeit schließen. Jafar würde es nicht schwerfallen, ihre Nähe zu suchen.

Während er sich mit einem Malier unterhielt, fragte er diesen, ob er Näheres über Laura wusste und erfuhr, dass Laura einmal in der Woche Flüchtlinge bei Behördenangelegenheiten unterstützte. Außerdem berichtete der Malier ihm, dass für diese Gruppe Betreuer gesucht wurden, die die Sprache der Bambara beherrschten, um besser mit den Asylsuchenden kommunizieren zu können.

„Eine bessere Chance, um unauffällig mit Laura in Kontakt zu treten, kann ich wohl nicht bekommen“, dachte Jafar. „Ich werde anbieten,

Übersetzungsarbeit zu leisten."

Es dauerte noch etwa eine Stunde, bis Laura das Gotteshaus wieder verließ. Fast die gesamte Zeit verbrachte sie mit Saul. Sie zeigte ihm alle Räume des Gebäudes und erklärte ihm, was die Christengemeinde Babelsgrund von anderen christlichen Gemeinden unterschied, aber auch, welche Gemeinsamkeiten es gab. Saul verstand nur einen Bruchteil von dem, was Laura ihm erklärte. Zu fremd war ihm diese Zeit und damit auch die Kultur, in die die Gemeinde eingebettet war. Und trotzdem hörte er ihr begeistert zu.

Vera bemerkte, dass Laura im Moment nur Augen für den Zeitreisenden hatte und nahm ihr Thomas ab, unter dem Vorwand, dass er mit Phánuël spielen sollte. Eric unterhielt sich derweil mit anderen Männern bei einem Glas Wasser. In einem Nebenraum wurden für die Gottesdienstbesucher kalte Getränke und heißer Kaffee angeboten. Ihm fiel natürlich auch auf, wie Laura Saul anstrahlte. Und das steigerte seine momentane Abneigung gegenüber dem Zeitreisenden. Er wurde von Minute zu Minute unruhiger. Als kaum noch Leute im Gemeindehaus waren, aber Laura immer noch in das Gespräch mit Saul vertieft war, nahm Eric Vera beiseite und erklärte: „Ich möchte gehen. Laura kann Saul ja später zu uns nach Hause bringen."

Vera zuckte mit den Schultern. „Okay."

Sie brachten Thomas zurück zu Laura und gaben ihr kurz Bescheid, dass sie Saul später mitnehmen solle. Laura war erfreut darüber, noch einige Minuten mit Saul verbringen zu können.

Während der Fahrt nach Hause war Eric sehr wortkarg. Vera kannte ihn gut genug, um zu erkennen, dass der Streit mit Saul noch immer an ihrem Mann nagte.

Kurz bevor sie an ihrem Haus ankamen, begann Eric damit, seinen Unmut darüber zu äußern, dass Laura und Saul sich so ausführlich unterhielten.

„Wir dürfen nicht zulassen, dass Saul Laura in seine Pläne involviert", meinte Eric, während er das Auto in die Hofeinfahrt fuhr.

„Ich glaube nicht, dass er Laura in irgendetwas hineinzieht. Er hat sich von ihr nur unsere Gemeinde erklären lassen." Vera hatte keine Lust, sich auf das Thema einzulassen. Sie wollte vielmehr die wenigen Minuten, bis Saul vor der Tür stand, angenehmer nutzen.

„Wir müssen dafür sorgen, dass Laura und Saul sich nie mehr begegnen“, schlug Eric vor. Er parkte das Auto und stellte den Motor ab.

„Hast du Angst, dass sich die beiden verlieben und viele kleine Kinder machen“, flachste Vera. „Würde das die Zeitreisepolizei überhaupt erlauben?“ Sie grinste schelmisch, während sie Phánuël aus dem Kindersitz nahm.

„Du nimmst meine Bedenken nicht ernst!“, beschwerte sich Eric.

Vera sah Eric liebevoll an. „Laura ist die einzige außer uns, die davon weiß, dass Saul aus der Zukunft kommt. Wir sollten froh darüber sein, dass sie uns die Möglichkeit gibt, endlich ein paar Minuten für uns zu haben.“

„Da siehst du´s. Auch du bist froh darüber, wenn er mal nicht da ist.“

„Ich bin froh, dass ich dich gleich ein paar Minuten nur für mich habe. Und das am helllichten Sonntagmittag.“

Eric öffnete die Haustür und als die Drei im Haus waren, fasste Vera, immer noch Phánuël auf dem rechten Arm, Eric mit der linken Hand.

„Mitkommen!“, befahl sie Eric.

Eric folgte. „Wir sollten noch über Saul und Laura reden!“

„Sollten wir erst viel, viel später!“, widersprach sie.

„Aber wir müssen das klären.“ Eric gab nicht auf.

„Erst viel, viel später!“

Inzwischen hatten sie die erste Etage erreicht und Vera schob Eric ins Schlafzimmer. „Nicht weglaufen!“ Dabei zwinkerte sie ihm verführerisch zu. Dann brachte sie Phánuël in das angrenzende Kinderzimmer und setzte ihn in das Gitterbett.

„Schön brav sein“, befahl sie und legte ihm ein halbes Dutzend Stofftiere in das Bett. „Mami und Papi sind jetzt ganz lieb zueinander.“

Dann verschwand sie noch kurz im Badezimmer, um blitzschnell wieder im Schlafzimmer zu sein.

„Das ist doch jetzt kein wirklich guter Zeitpunkt“, protestierte Eric.

„Mund halten. Dich hat niemand gefragt“, erwiderte sie mit gespielter Strenge. Dann schlang sie ihre Arme um seinen Hals und küsste ihn, dass er beinahe vergaß zu atmen.

Veras Lippen ließen ihn spüren, wie sehr sie nach ihm dürstete. Ihre Zunge umspielte die seine, dass jeder Versuch, nun einen klaren

Gedanken zu fassen, im Keim erstickt wurde. Vera ließ keinen Zweifel daran, dass sie Eric begehrte und nun auch von ihm begehrt werden wollte.

Sie schob ihn zum Bett und ließ ihn auf die weiche Matratze fallen. Noch immer stehend zog sie ihr Kleid aus, ebenso ihren Slip. Während Eric versuchte, seinen Gürtel zu öffnen, begann er irgendetwas zu sagen, aber bevor er die Worte wirklich artikulieren konnte, hatte sie sich auf seinen Bauch gesetzt und ihre rechte Hand auf seine Lippen gelegt.

„Jetzt wird nicht geredet.“ Dann küsste sie ihn erneut. Anschließend stieg sie wieder vom Bett, um sich selbst um das Öffnen von Erics Gürtel zu kümmern. Dabei sah sie ihn mit einem strengen Lächeln an: „Nicht vergessen. Nicht reden. Nur küssen.“

Schnell hatte Vera Eric von seinen Beinkleidern befreit und legte sich wieder zu ihm. Abermals küssten sie sich, und Vera kannte ihn gut genug, dass er jetzt, genauso wie sie, nur noch von dem Wunsch beherrscht war, Liebe zu geben und Liebe zu empfangen.

Es dauerte noch etwa eine dreiviertel Stunde, bis Laura und Saul an der Haustür klingelten. Vera und Eric kosteten jede Minute dieser Zeit aus. Sie sogen die gegenseitige Nähe in sich auf wie die Luft zum Leben. Sie versanken in der Lust aneinander, als wäre der Begriff „ein Fleisch werden“ nur für sie geschaffen worden. Die Gefühle, die die beiden in diesen Momenten empfanden, waren kaum mit Worten zu beschreiben.

Auch wenn sie diese Zeit heute intensiv nutzten, so war sie doch, wie meist, viel zu kurz. Als die Haustürklingel ertönte, zog Eric schnell seine Jeans und ein Hemd an, um die Tür zu öffnen. Laura sah sofort, in welchem Zustand Eric war. In den letzten Monaten hatte sie bereits mehrmals mitbekommen, wie spontan Vera bei der Nutzung von Möglichkeiten war.

„Ich hoffe, wir kommen nicht zu früh“, schmunzelte Laura, nachdem sie sich verabschiedet hatte, und fügte noch anzüglich hinzu: „Und ihr seid hoffentlich auch nicht zu früh gekommen!“

32

An diesem Sonntagabend hatten sich Harald und Sandrine zu einem Trainingslauf verabredet. In ihrer schicken Laufkleidung trafen sie sich auf einem Parkplatz am Ufer des Mains und machten erst einmal einige Dehnübungen. Dann programmierte jeder seine Fitness-Smartwatch. Man hatte sich darauf geeinigt eine Strecke von 15 Kilometern zu laufen. Nachdem beide die Startknöpfe ihrer Uhren gedrückt hatten, ging es los.

Der Weg führte am Main entlang in Richtung Frankfurt. Es war ein sonniger Abend, und viele andere Menschen nutzten die asphaltierte Uferstrecke für Abendspaziergänge, Radtouren oder um Hunde auszuführen. Immer wieder mussten sie Passanten überholen oder Radfahrern ausweichen. Trotz alledem war es ein angenehmer Lauf für beide. Sie unterhielten sich entspannt, und Harald gelang es recht gut, die Dämonen zu ignorieren.

Der Sonnenuntergang machte aus dem Abendhimmel ein richtiges Gemälde. Prächtiges Rot und intensives Gelb färbten die zarten Wolken zu einer Komposition, an der sich kaum jemand sattsehen konnte. Harald spürte Kräfte wie schon lange nicht mehr. Das erste Mal seit Wochen war das Training für ihn mehr Spaß als Qual. Und dass er sich bei dem Tempo noch bequem unterhalten konnte, war ideal. Er erzählte von seinem Studium, und heute fielen ihm eine Unzahl von lustigen Anekdoten ein, die er während dieser Zeit erlebt hatte. Immer wieder musste Sandrine herzhaft lachen, was für ihn das schönste Geräusch der Welt war.

Nach etwa 7,5 Kilometern kehrten sie um und liefen den gleichen Weg zurück. Für die insgesamt 15 Kilometer brauchten sie etwas mehr als 90 Minuten und dann waren sie nun doch außer Atem und recht durchgeschwitzt. Aber Harald war beinahe glücklich. Das Laufen hatte ihm richtig gut getan. Die Engel und Dämonen nahm er kaum wahr. Auch Sandrine sah erschöpft, aber glücklich aus. Spontan nahm sie Harald in ihre Arme.

„Das war ein guter Lauf“, meinte sie. „Ich bin froh, dass du mit mir trainierst.“

Harald war überrascht, dass Sandrine ihm so nahe kam. Nach einem

Moment des Zögerns legte auch er seine Arme um sie. „Das Training mit dir ist auch mir sehr wichtig", erwiderte er.

Immer noch etwas außer Atem löste sich Sandrine aus der Umarmung, ließ aber ihre Hand auf Haralds Schulter. „Gemeinsam werden wir beim David-Goldheimer-Run dem Frankfurt-Global-Newstime-Magazine alle Ehre machen", erklärte sie mit einem bezaubernden Lächeln.

Harald wusste für einen Augenblick nicht, was er sagen sollte. Sandrines Hand fühlte sich auf seiner Schulter so unglaublich gut an und in ihrem Lächeln wäre er am liebsten versunken. Sie schien wirklich gerne in seiner Nähe zu sein.

Sandrine war in den letzten Monaten einer der wenigen Hoffnungsschimmer in seiner Existenz. Mit ihr konnte er sich vorstellen, dieses Leben unter Engeln und Dämonen ertragen zu können. Und offensichtlich suchte sie auch seine Nähe, dachte er.

Alles schien nun so, als müsse er nur diese Chance jetzt nutzen, um seine Gefühle zu gestehen. Sicher würde sie ihm antworten, dass sie das selbe auch für ihn empfand, erwartete er.

Er nahm sie wieder vorsichtig in seine Arme und flüsterte ihr ins Ohr: „Ich liebe dich."

Für einen Moment schien sie regungslos, dann löste sie sich aus der Umarmung und fragte: „Wie, bitte?"

Harald wiederholte: „Ich liebe dich." Und weiter führte er aus: „Ich möchte immer bei dir sein. Wir wären ein gutes Paar."

Sandrine schien äußerst überrascht über Haralds Geständnis. „Also … Danke. Das schmeichelt mir sehr. Aber an so etwas habe ich überhaupt nicht gedacht. Ich meine, wir arbeiten zwar gut zusammen, aber du und ich als Paar ...? Auf die Idee wäre ich niemals gekommen."

Sandrine griff etwas mitleidig nach Haralds Hand. Der hatte das Gefühl, er müsse sich rechtfertigen: „Ich verehre dich schon seit Monaten und hatte nie den Mut es dir zu sagen. Und in letzter Zeit hatte ich den Eindruck, dass ich dir auch nicht egal bin."

Sandrine schien zu schmunzeln. Harald wollte aber nicht die Hoffnung aufgeben, dass sie seine Gefühle doch erwiederte. Sie nahm seine Hand nun in beide Hände und meinte mit Bedauern in ihrer Stimme: „Es tut mir leid, wenn ich dir durch irgendetwas Hoffnungen gemacht habe.

Ich arbeite wirklich gerne mit dir. Und dass wir zusammen trainieren, finde ich absolut toll. Aber mehr empfinde ich leider nicht für dich, da will ich ganz ehrlich sein."

Harald hatte das Gefühl, als hätte ihm jemand mit voller Wucht in den Magen getreten. Die Euphorie, die er vor einer Minute noch so intensiv gespürt hatte, war mit einem Mal völlig verflogen. Unbewusst griff er auch mit seiner zweiten Hand nach Sandrines Händen, als ob er seinen Wunschtraum irgendwie festhalten könnte.

„Ich habe alles nur missverstanden?", fragte er kaum hörbar.

Sandrine nahm ihn wieder in die Arme. „Vielleicht habe ich unbewusst Signale gesendet, die du missverstehen musstest. Ich mag dich als Kollegen. Aber ich bin definitiv nicht verliebt in dich."

„Ich bleibe dabei. Wir wären ein tolles Paar."

Mit einem unsicheren Lächeln schüttelte sie den Kopf. „Das glaube ich leider nicht."

„Weil ich Dämonen sehe?", fragte er trotzig. „Ich hatte den Eindruck, damit kannst du umgehen."

Sandrine sah ihn liebevoll an. „Nein. Das hat damit gar nichts zu tun. Ich glaube einfach nicht, dass wir füreinander geschaffen sind."

Harald spürte Zorn in sich aufkommen. Er glaubte ihr nicht, dass sein Problem mit den Visionen nichts mit ihrer Abfuhr zu tun hatte. Er unterdrückte aber sein Bedürfnis, das Dämonen-Thema weiter auszudiskutieren. Ihm war klar, dass er auf diese Weise ihr Gefühlsleben nicht würde ändern können.

„Lass uns trotzdem weiter gute Freunde und Kollegen bleiben. Du bist der beste Kollege, den ich mir vorstellen kann."

„Aber leider nicht mehr als ein Kollege", stellte er bitter fest.

Es war Sandrine anzumerken, dass sie, egal aus welcher Sicht sie die Situation sah, keine andere Antwort geben konnte. „Nein. Mehr nicht. Aber als Kollege bist du mir unendlich wichtig."

Harald kam sich in diesem Moment einfach nur töricht vor. Er fragte sich, wie er nur glauben konnte, dass Sandrine ihn mit seinem Dämonen-Problem lieben konnte. Er konnte sich ja nicht einmal selbst lieben. Er löste seine Hände aus ihren Händen und trat einen Schritt zurück.

„Vergessen wir´s einfach. Es war nur dumm von mir. Es tut mir leid, dass ich dich in diese Situation gebracht habe."

„Das muss dir nicht leid tun. Wir kriegen das hin, dass wir gute Freunde bleiben. Da bin ich mir ganz sicher."

„Ja. Das kriegen wir hin." Harald klang alles andere als überzeugend. In ihm herrschte ein Gefühlschaos, das unzähmbar zu sein schien. Aber er wollte es sich nicht anmerken lassen.

„Kriegst du das wirklich hin?", fragte Sandrine mitfühlend. Eigentlich wollte sie Harald nicht in diesem niedergeschlagenen Zustand nach Hause fahren lassen, aber sie wusste, dass sie daran nur wenig ändern konnte. Und jede weitere Zuwendung ihrerseits würde ihm nur unnütze Hoffnungen machen.

„Klar kriege ich das hin. Wieso auch nicht." Mehr als Floskeln fielen Harald nun nicht mehr ein. Er wollte nun nur noch nach Hause. Dabei empfand er keine Wut gegenüber Sandrine. Irgendwie glaubte er, verstehen zu können, dass er niemals als Lebenspartner für sie in Frage käme. Eine so tolle Frau wie Sandrine würde sicher jederzeit einen Besseren finden.

Er nahm zum Abschied Sandrine noch einmal in die Arme. Sie erwiderte das unsicher und sie verabschiedeten sich. Jeder stieg in sein Auto und niemand war glücklich über den Stand der Dinge.

Auf der Fahrt nach Hause spürte Harald einen unbändigen Zorn in sich aufkommen, über die Dämonen, die ihm ein normales Leben unmöglich machten, über den Tag in Ai Khanoum, an dem er sie das erste Mal sah, über die Mächtigen in dieser Welt, die für Konflikte wie in Ai Khanoum verantwortlich waren. Wäre die Bundeswehr nicht in Afghanistan stationiert, dachte er jetzt, so hätte er auch nicht darüber berichtet. Und dann hätte er auch niemals diese Visionen bekommen.

Und dann, da war er sich sicher, hätte Sandrine ihn auch lieben können.

Fēi spürte Haralds Wut und Verzweiflung in aller Intensität. Selten ging ihr das Leid eines Menschen derart nahe. Sie erfüllte schon seit über dreitausend Jahren ihre Aufgabe als Schutzengel. Dabei hatte sie praktisch jede Form des menschlichen Elends miterlebt und mitgelitten. Schreckliche Kriege musste sie mit ihren Schützlingen durchleben, Hungersnöte und Krankheiten. Doch am schwersten war es meist, wenn die Menschen nicht Schäden am eigenen Leib verarbeiten mussten, sondern einen geliebten Menschen verloren oder von ihm getrennt wurden. Nichts lähmte die Menschen so sehr, wie die unerfüllte Sehnsucht nach einem Menschen, für den man sein Leben geben würde.

Fēi hatte Menschen erlebt, die ihre Kinder verloren. Liebespaare, die getrennte Wege gehen mussten, obwohl sie sich sicher waren, dass sie füreinander bestimmt waren. Freunde, die füreinander durchs Feuer gegangen wären, wurden durch schreckliche Fügungen auseinandergerissen. Der Schmerz solcher Ereignisse verblasste oft auch nach Jahren nicht. Und all das hatte Fēi ebenfalls durchleben müssen.

Am eindrücklichsten hatte sie in Erinnerung, wie Maria von Magdala, die sogenannte Maria Magdalena, während der Passion Christi und in den beiden Tagen danach litt. Außer ihr, Johannes als Einzigem der Jünger und Jesu Mutter Maria, hatte damals, vor zweitausend Jahren, niemand aus dem Kreis der Anhänger Jesu die Stärke gehabt, dem Leiden Christi beizuwohnen. Nur diese drei hatten mehr Liebe als Angst, um in seinen schwersten Stunden bei Jesus zu sein. Nur diese drei hätten, wenn es möglich gewesen wäre, aus Liebe ihr Leben für Jesus gegeben. Umso mehr hatte es diese drei damals geschmerzt, mitanzusehen, wie der, dem all ihre Liebe galt, schuldlos am Kreuz starb.

Damals war Fēi der Schutzengel von Maria Magdalena. Sie hatte miterlebt, wie sie Jesus mit ihren Tränen die Füße wusch. Sie war dabei, als er sie dann in den Kreis seiner Jünger einlud. Hatte die Erleichterung mitspüren dürfen, als sie begriff, dass Jesus ihre Schuld vergab. Hatte ihre Liebe gespürt, zu dem Mann, der nicht nur ihr Erlöser war, sondern der Erlöser der ganzen Welt.

Und dann an dem Freitag, als alles verloren schien, als Jesus starb, fühlte Fēi Marias Magdalenas Schmerz. Einen Schmerz, wie er nicht hätte größer sein können. Doch dieser Schmerz gab ihr auch die Kraft, sich mit anderen Frauen um die rituelle Totensalbung zu kümmern. Dabei fand sie nur ein leeres Grab vor und begegnete als erste dem auferstandenen Christus. Sie hielt ihn zunächst für einen Gärtner. Erst als Jesus sie beim Namen nannte, erkannte sie ihn. Erst in diesem Moment durfte Maria Magdalena wieder das Glück spüren, dem Mann zu begegnen, den sie als Erlöser der Welt verehrte. Und Fēi fühlte auch dann mit ihr.

Haralds Hoffnung, ein halbwegs normales Leben führen zu können, war zerstört. Sein Leben lag in Trümmern, so fühlte es sich an. Die

Dämonen, die er sah, wirkten doppelt so grausam. Er war kaum fähig, klar zu denken. Suizid schien ihm für einen Moment, eine Lösung zu sein. Aber er verwarf den Gedanken wieder. Die Wut über diejenigen, die mit ihren Kriegen das Elend in dieser Welt entfachten, war größer als sein Selbstmitleid.

Fēi kam von hinten an ihn heran, denn nur so ist es den Engeln erlaubt, sich den Menschen zu nähern. Sie hoffte, dass er ihre Anwesenheit spüren könnte, dass sie ihm ein Trost wäre. Doch Haralds Wut überdeckte jede weitere Empfindung. Gerne wäre sie jetzt vor ihn getreten, damit er sie mit seiner außergewöhnlichen Wahrnehmung hätte sehen können, aber das durfte sie nicht.

Harald weinte vor Zorn, und auch Fēi rannen unsichtbare Tränen über das Gesicht.

„Nicht aufgeben, Harald!“, dachte Fēi. „Maria Magdalena hatte alles verloren und doch auch alles wiedergewonnen. Nicht aufgeben!“

33

Weder zur Zeit von Eric noch in der Endzeit, aus der Saul kam, wusste man, wer die Zeitmaschine entwickelt hatte oder wie sie im Innersten funktionierte. Dieses Wissen ist, nachdem man 144 jüdische Kinder erfolgreich damit gerettet hatte, verloren gegangen. Nicht einmal Ndré hätte es sagen können. Alles, was die Menschen, die später damit zu tun hatten, recherchieren konnten, waren die Anleitungen zur Bedienung. Aber mehr war auch nicht nötig.

Der eigentliche Erfinder der Zeitmaschine hieß Johann Wartau und wurde 1886 in Frankfurt am Main geboren. 1904 begann er in Freiburg im Breisgau das Studium der Physik und schloss es 1909 erfolgreich ab. Danach leistete er einen einjährigen Militärdienst beim 5. Badischen Infanterie-Regiment und nahm anschließend eine Stelle als Assistent von Wilhelm Conrad Röntgen in München an. Parallel arbeitete er an der Erforschung der drahtlosen Telegrafie, einer neuen wissenschaftlichen Abteilung.

Zu dieser Zeit erfuhr er durch amerikanische Kollegen, die ebenfalls in München dozierten, von den Forschungen Nikola Teslas, der sich, neben vielen weiteren Forschungsgebieten, ebenfalls mit Wechselstrom und elektrischen Schwingungen befasste. Es entstand eine für beide Seiten fruchtbare Korrespondenz. Begegnet waren sich die beiden Wissenschaftler allerdings nie.

Johann Wartau war in einer christlichen Familie aufgewachsen. Seine Eltern hatten in ihm eine tiefe Verbundenheit zur Bibel erwachsen lassen. Selbst bei seinen wissenschaftlichen Forschungen entdeckte Wartau immer den Fingerabdruck Gottes in allen Dingen.

Als das Jahr 1914 Europa in einen Weltkrieg stürzte, wechselte er an die preußische Akademie der Wissenschaften nach Berlin, wo man seine Arbeit außerordentlich schätzte. Seine Entdeckungen auf dem Gebiet der drahtlosen Telegrafie waren inzwischen kriegswichtig, da sie viele offensichtliche Vorteile boten. Die Kommunikation mit Schiffen auf der offenen See war nun von hoher strategischer Bedeutung. Und auch bei den Landstreitkräften bot die Möglichkeit der Funkübertragung vielfältige Einsatzmöglichkeiten. Jedoch gab es auch Nachteile. Häufige Störanfälligkeit und niedrige Übertragungskapazität gegenüber der kabelgebundenen Telegrafie ließen nicht verbergen, dass diese Technik noch in den Kinderschuhen steckte. Um weite Entfernungen zu überbrücken, wurde anfangs enorm viel Energie benötigt.

1918 war Deutschland nach dem verlorenen Weltkrieg wirtschaftlich ruiniert, und es wurde schwer für Wartau, finanzielle Mittel für seine Forschungen zu bekommen. Doch privat durfte Johann Wartau das Glück erleben, seine große Liebe, eine Künstlerin, die sich auf Landschaftsmalerei spezialisiert hatte, zu heiraten. Aus der zeitlebens glücklichen Ehe mit seiner Frau Carla ging drei Jahre später eine Tochter hervor.

Mit großer Mühe konnte er die Entscheidungsträger der jungen Weimarer Republik für seine wissenschaftlichen Theorien begeistern. Inspiriert von Einsteins Relativitätstheorie forschte Wartau an den Verknüpfungen von Raum und Zeit. Einstein hatte erklärt, dass die Zeit langsamer vergeht, je schneller man sich bewegt. Wartau arbeitete nun daran, Objekte einer simulierten Beschleunigung auszusetzen. Dies war nur möglich, indem er mit unterschiedlichen Arten von Strahlung experimentierte. Dabei kamen ihm seine Kontakte zu Nikola Tesla und Wilhelm Conrad Röntgen zugute. Da Geschwindigkeit die Bewegung in Relation zu einem sich ausbreitenden Universum darstellt, kann man sie auch innerhalb einer „Strahlenblase“ simulieren, wenn man herausgefunden hat, welche Komponenten universal maßgebend sind. 1927 gelang Wartaus Team diese Entdeckung. In einem Glasbehälter konnten die Forscher eine 1-Mark-Münze, der damaligen Währung Reichsmark, fünf Sekunden in die Zukunft schicken. Dabei verschwand die Münze und tauchte erst nach fünf Sekunden wieder auf. Zu diesem Zeitpunkt war zwar noch nicht bewiesen, dass es sich um eine Zeitreise handelte, aber nach Wartaus Berechnungen war keine andere Erklärung möglich. Die damalige Regierung ordnete an, dass keine Forschungsergebnisse veröffentlicht werden durften, da man befürchtete, dass die Siegermächte im Zuge der Reparationszahlungen Ansprüche darauf erheben könnten. Zu dieser Zeit hofften die Wissenschaftler noch auf einen späteren Ruhm. Eine Hoffnung, die sich nie erfüllen sollte.

Nach der Machtübernahme der Nationalsozialisten 1933 wurden nach und nach alle jüdischen Wissenschaftler aus dem Institut entfernt und das Projekt, an dem Wartau und sein Team arbeiteten, blieb ein Geheimprojekt.

Da die Familie Wartau keine Kontakte zu von den Nationalsozialisten geächteten Gruppen oder Personen hatte, blieb sie von politischen Nachstellungen verschont. Zudem waren die wissenschaftlichen Erfolge Johann Wartaus von enormer Wichtigkeit für das Regime.

Der Zwiespalt zwischen seiner Begeisterung als Forscher und seinen Bedenken bezüglich der Verwendungsmöglichkeiten seiner Ergebnisse brachte ihn nun in einen Gewissenskonflikt. Jedoch wollte er sich weder vom Nationalsozialismus vereinnahmen lassen noch distanzieren. Solange man seine Familie nicht antastete, waren für ihn nur die Rahmenbedingungen seiner Arbeit maßgeblich. Und die waren ideal.

1938 gelang es dem Team zum ersten Mal, erfolgreich ein Säugetier in die Zukunft zu schicken. Bei dem Hund hatte man eine Bestrahlung angesetzt, die zu 89% aus einfachen Protonen bestand. Heliumkerne, auch Alpha-Teilchen genannt, machten etwa 10% aus, und der Rest bestand aus Kernen höherer Elemente. Der Dackel verschwand in dem „Zeitbecken“, wie man den Prototyp der Zeitmaschine zunächst nannte, und tauchte sieben Minuten später wieder auf. Hätte es sich nicht um einen Zeitsprung gehandelt, wäre der Hund ertrunken. Man konnte einen einzigartigen Erfolg feiern.

Dieser Durchbruch brachte Begehrlichkeiten der Nazi-Diktatur mit sich. Von nun an hieß das Ziel, das man den Wissenschaftlern stellte, einen Menschen durch die Zeit zu schicken. Ein Jahr später gelang auch dies. Doch waren die Zeitsprünge auf wenige Stunden begrenzt. Dass die sogenannten „Freiwilligen" bei den ersten menschlichen Testversuchen in Wirklichkeit politische Gefangene waren, konnte Wartau nur ahnen.

1943 stellten sich enorme Erfolge bei der Entwicklung der Zeitmaschine ein. Es gab kaum noch menschliche Verluste bei den Experimenten. Inzwischen konnte man relativ sicher Menschen etwa 10 Tage in die Zukunft schicken. Bei größeren Zeitsprüngen gab es entweder schwere körperliche Schäden bei den Versuchspersonen oder die Reisenden verschwanden und tauchten nie wieder auf.

Die NS-Führung befahl nun, mit dem gesamten Projekt und allen Mitarbeitern aus Sicherheitsgründen von Berlin nach Frankfurt umzuziehen. Dort bezog man versteckte Kellerräume auf einem Gerbereigelände. So konnten die Forschungen weitestgehend verborgen bleiben. Das Zeitreiseprojekt war enorm wichtig für die Weltherrschaftspläne der Nationalsozialisten.

Von Januar bis März 1944 gab es mehrere Luftangriffe der Alliierten auf Frankfurt. Zwar waren dabei im Vergleich zu den Angriffen auf andere deutsche Großstädte relativ wenig Todesopfer zu beklagen, aber fast die gesamte Alt- und Neustadt wurde zerstört oder beschädigt. Nur wenige Gebäude blieben unversehrt. Auch andere Stadtteile wie die um den Anlagenring gelegenen Stadtviertel Nordend, Ostend oder Oberrad wurden stark zerstört.

Johann Wartaus unterirdischer Forschungskomplex wurde ebenfalls stark beschädigt. Die wesentlichen Gerätschaften blieben aber heil. Unverzüglich machte sich Wartau in dieser Nacht auf, um nach seiner Frau und seiner Tochter zu sehen. Am Wohnhaus seiner Familie angekommen, musste er feststellen, dass alles den Spreng- und Brandbomben zum Opfer gefallen war. In dem Gebäude gab es keine Überlebenden. Erst Tage später grub man die bis zur Unkenntlichkeit verbrannten Leichen aus.

Der Verlust seiner Familie traf Johann Wartau tief. Wie betäubt kam er mit seinen Mitarbeitern den Anweisungen seiner Vorgesetzten nach, nun erneut mit der Forschungsstätte umzuziehen. Diesmal nach

Darmstadt. Die erste größere Version der Zeitmaschine ließ man dabei in Frankfurt. Ein neues, verbessertes Modell schaffte man mit allen Zusatzgerätschaften an den neuen Standort.

Aber auch dort ließen weitere Luftangriffe nicht auf sich warten. In der sogenannten „Brandnacht" auf Darmstadt, vom 11. auf den 12. September 1944, wurde das dichtbesiedelte Stadtzentrum, insbesondere die mittelalterliche Altstadt, weitgehend zerstört. Mit 234 Bombern erprobte die britische Royal Air Force damals eine verheerende neue Zerstörungstaktik. Zuerst hatte man tausende Sprengbomben sowie mehrere hundert Luftminen abgeworfen. Durch die Druckwellen der Explosionen rissen die Dächer der Wohngebäude auf. Danach wurden mehr als 250.000 Elektron-Thermitstäbe über den beschädigten Häusern abgeworfen, die nun in die geborstenen Dachstühle der Gebäude fielen und diese in kürzester Zeit in ein Feuerinferno versetzten. Dabei wurde auch das gesamte Forschungsgelände der Zeitreisewissenschaftler zerstört.

Als Johann Wartau am nächsten Morgen dazu abkommandiert wurde, zusammen mit anderen Bewohnern die Opfer zu bergen, bot sich ihm ein Bild des Grauens. Er hatte noch in keiner Weise den schrecklichen Tod seiner Familie verkraftet, und der Anblick der weiteren unzähligen Toten ließ ihn an allem zweifeln, was ihm bisher etwas bedeutete. Das Konzept der Alliierten, durch großflächige Angriffe auf die Zivilbevölkerung, deren Moral zu brechen ging auf.

Johann Wartau begann das deutsche Regime zu hassen und war nun auch fähig, sich in das Elend der Menschen einzufühlen, die bisher unter der Nazi-Diktatur zu leiden hatten. Jetzt wollte er helfen, verfolgte Menschen in Sicherheit zu bringen. Er traf Deutsche, die Juden vor den Behörden verbargen. Dabei waren unzählige Kinder. Über die Grenzen konnte man sie nicht bringen, da sie vorher entdeckt worden wären.

In Johann Wartau reifte der Gedanke, die Kinder mit der ersten Version der Zeitmaschine, von dem Frankfurter Kellerversteck aus, in die Zukunft zu schicken. Das schien ihm der einzige Weg zu sein, dem Horror der damaligen Zeit zu entfliehen.

Es gelang ihm, 144 Kinder zu der Zeitmaschine zu schaffen. Dabei waren nur eine Handvoll Erwachsener eingeweiht. Die Zeitreise war ein Wagnis. Sie hätte auch den Tod der Kinder bedeuten können. Aber in diesen Jahren bedeuteten auch die Entdeckung oder weitere Bombenangriffe den Tod. Also schickte er die Kinder in die Zukunft. Er war sich sicher, dass das Naziregime irgendwann in der Zukunft beseitigt sein müsse.

Die Zeitreise gelang. Alle 144 Kinder kamen heil in einer weit entfernten Zukunft an. In einer Zeit, in der sich die letzten biblischen Prophezeiungen erfüllen sollten. Auf die 144 Kinder wartete eine Zeit, in der sich die Wunder Gottes offenbarten.

Johann Wartau reiste nicht selbst in die Zukunft. Er wollte die Zeitmaschine zerstören, bevor sie von den Nazis genutzt werden konnte. Jedoch wurden er und seine Helfer vorher verhaftet und wegen Volksverrat hingerichtet. Das Geheimnis der funktionierenden Zeitmaschine gaben sie niemals preis.

34

Die Bürotürme von Frankfurt am Main boten Arthur ein sehr vertrautes Bild. Den größten Teil seines Lebens hatte er dort gewohnt. Dort befand sich auch der Hauptsitz des Rates der Fürsten. Dort hatte er in den vergangenen Jahrzehnten die Mordaufträge erhalten, die ihn in fast alle Länder Europas, und auch auf andere Kontinente, geführt hatten.

Als er zusammen mit Adama und Mariam, in der Nähe des Frankfurter Hauptbahnhofs, an dem Fernbusgelände ankam, hatte er für einen Moment das Gefühl, er wäre niemals fort gewesen. Dann wurde ihm aber schnell wieder bewusst, dass er nun nicht mehr ein gutbezahlter Killer war, sondern praktisch ein Obdachloser, der sich zusammen mit zwei Flüchtlingen auf dem Weg nach Babelsgrund befand. Also war die Großstadt nur eine Durchgangsstation auf seiner Reise zu seiner Enkeltochter.

„Es wird nur noch etwa eine Stunde dauern, bis wir mit der S-Bahn Babelsgrund erreicht haben“, erklärte er den beiden Afrikanern. „Dort solltet ihr euch als Flüchtlinge registrieren lassen.“

Er selbst würde sich in Babelsgrund dann in einem Obdachlosenheim einquartieren. Später würde er auch die notwendigen Formalitäten erledigen, um auf seinen neuen Namen Sozialleistungen und eine französische Altersrente zu beziehen. Irgendwann könnte er dann einmal ein

Leben als unauffälliger Rentner leben. Aber bis dahin war noch viel zu klären. Ganz oben auf seiner To-Do-Liste stand das Wiedersehen mit Laura, die nichts von seiner Heimkehr nach Deutschland ahnte.

In den letzten Tagen, die er gemeinsam mit Laura in Mali verbrachte, hatte sie begeistert der Taufe von Sagara Diakité beigewohnt. Arthur stand damals religiösen Dingen immer skeptisch gegenüber. Dass er einmal mit einem katholischen Pfarrer zusammenarbeiten würde, um einen Fluch zu bekämpfen, hätte er sich früher nicht träumen lassen. In Dirkou, vor einigen Monaten, hatte er aber auch das erleben dürfen.

Als damals Pfarrer Toé Arthur und Mariam von dem Ort abholte, an dem Makandas Leoparden ein Blutbad angerichtet hatten, fuhr er die beiden direkt zu sich nach Hause. Während der Fahrt sprach er kein Wort, sondern murmelte ununterbrochen Gebete. Tief in seinem Inneren bereute er, Arthurs Bekanntschaft gemacht zu haben. In den gewaltsamen Tod von Mama Makanda, ihrem Bodyguard und zwei weiteren Frauen verwickelt zu sein, war für ihn äußerst beängstigend.

Mariam befand sich noch immer bewusstlos auf dem Rücksitz. Arthur versuchte vergeblich, einen Dialog in Gang zu setzen. Da Toé nur unentwegt vor sich hin murmelte, während er das Auto steuerte, startete Arthur einen Erklärungsmonolog: „Mariam hat berichtet, dass die Leoparden über die Menschen hergefallen sind. Nur mit verdammt viel Glück hat sie überlebt."

Einen kurzen Moment schaute Toé zu Arthur auf den Beifahrersitz, dann starrte er wieder auf die Piste.

„Ich kam erst dazu, als schon alle tot waren", fuhr Arthur fort. „Wie das alles im Einzelnen abgelaufen ist, kann ich nicht aus eigener Erfahrung berichten."

Wieder kam von Toé keine Reaktion.

Arthur wusste dass das viele Blut an ihm und Mariam Fragen aufwarf. „Mariam stand wohl unter Schock. Sie hat sich dann ziemlich merkwürdig verhalten, was ja verständlich ist. Sie hat sich dann an Makandas Leiche vergriffen und das auch von mir gewollt. Es sieht wohl alles blutiger aus, als es letztlich war."

Toé war deutlich anzumerken, dass er erkannte, dass Arthurs Erklärungen in hohem Maße schöngefärbt waren. Er wollte aber erst einmal eine Zeit im Gebet verbringen, bevor er sich auf ein Gespräch mit den beiden einließ. Im Laufe seines Dienstes als Geistlicher in Dirkou hatte er schon viele Dinge erlebt, die ihm deutlich machten, dass der Teufel am Werk war. Doch jetzt konnte er das Wirken der satanischen Mächte förmlich spüren.

Erst als sie Toés Haus erreicht und den Geländewagen im ummauerten Innenhof abgestellt hatten, war der Pfarrer wieder bereit zu sprechen. „Du hast niemanden erschossen, Arthur?“

„Nein“, beteuerte der alte Mann mit einer ausladenden Geste. „Ich hatte ja schon berichtet, dass die Leoparden außer Kontrolle geraten sind.“

„Und du hast auch sonst an niemanden Hand angelegt?“

„Ich bin erst dazu gekommen, als nur noch Mariam gelebt hat.“

Toé öffnete die Tür zur hinteren Sitzbank und beide wuchteten die bewusstlose Mariam aus dem Auto. Aus der Haustür kam Toés Haushälterin. Als sie das viele Blut sah, hielt sie ihre Hände vor den Mund, um einen Entsetzensschrei zu unterdrücken. Die beiden Männer trugen Mariam ins Haus und legten sie in einem fast leeren Zimmer auf eine blanke Matratze. Dort stellte der Gottesmann die nächste Frage: „Wieso seid ihr beide so blutverschmiert?“

Arthur wusste, dass er hierbei die Wahrheit sagen musste, auch wenn sie noch so unwahrscheinlich klang. „Nachdem ich zu dem Ort des Geschehens gestoßen bin, konnte ich noch ein paar Sätze mit Mariam völlig normal reden. Aber dann war sie plötzlich ein völlig anderer Mensch. Es war, als wäre etwas in Mariam gefahren, und hätte ihre Persönlichkeit ausgetauscht.“

Toé ging mit Arthur aus dem Zimmer und schloss hinter sich ab. „Erzähl weiter!“

„Sie wusste Dinge über mich, die sie nicht wissen konnte. Sie wollte mich davon überzeugen, dass Satan mächtiger ist als jeder andere. Dann hat sie das Fleisch der toten Makanda gegessen. Und sie hat verlangt ...“ Arthur blieben die Worte im Halse stecken. Ihm wurde wieder übel.

„Sie wollte, dass du auch deren Fleisch isst. Richtig?“

Arthur nickte. „Sonst hätte sie mich erschossen.“

Toé überlegte einen Moment, dann sagte er: „Das was da in Mariam war, hätte dich nicht erschossen.“

„Meinst du wirklich?", fragte Arthur erstaunt. „Sie erschien mir sehr entschlossen."

In Gedanken versunken meinte Toé: „Es hätte dich nicht erschossen. Es hätte dich bei lebendigem Leib gefressen."

Pfarrer Toé ließ sich alles, was Arthur mit Mariam erlebt hatte, erzählen. Er fragte nach den kleinsten Details. Jede Bewegung und jedes Wort schien für ihn wichtig zu sein. Arthur sah keinen Grund, ihm etwas von dieser Begebenheit zu verheimlichen. Solange er nicht nach der Vorbereitung von Makandas Ableben gefragt wurde, blieb er bei der Wahrheit.

Am Schluss des Gesprächs fragte Arthur: „Glaubst du, dass sie sich wieder erholt?"

„Wenn wir ihr dabei helfen, dann findet sie wieder zu sich selbst."

„Vielleicht sollte ihr ein Arzt oder ein Psychologe helfen."

„Ich habe nicht nur Theologie, sondern auch Psychologie studiert", erklärte Toé. „Aber das, was sie braucht, sind weder Medikamente noch therapeutische Gespräche. An diesem Punkt kann ihr nur noch ein Exorzismus helfen."

Arthur hatte geahnt, dass Toé zu diesem Schluss kommen würde. Trotzdem weckte diese Aussage ein Unbehagen in vielerlei Hinsicht. Bisher hatte er Exorzismus für ein überholtes Ritual gehalten. Psychologie und Medizin hatten in seinem Weltbild den Glauben an satanische Mächte ersetzt. Doch das, was er heute mit Mariam erlebt hatte, erschien ihm nun doch nicht mit reiner Wissenschaft erklärbar zu sein.

Aber wenn er nun akzeptierte, dass ein dämonisches Wesen von Mariam Besitz ergriffen hatte, dann machte ihm dieser Gedanke nicht weniger Angst, als die Vorstellung, dass Mariam einen schweren psychischen Schaden hatte.

„Müssen nicht einige besonderen Dinge gegeben sein, dass man einen Menschen für besessen erklärt?", fragte Arthur.

„Ja, natürlich", bestätigte Toé. „Gemäß dem Rituale Romanum gibt es mehrere Merkmale einer teuflischen Besessenheit. Zum Beispiel, wenn einer ausführlich eine ihm unbekannte Sprache spricht oder versteht. Wenn er über Entferntes oder Verborgenes berichten kann, das seine Erkenntnis übersteigen würde. Oder wenn er eine Kraft aufweist, die über sein Alter und seinen Zustand hinausgeht."

„Und wieso meint eigentlich die Christenheit, dass sie Dämonen austreiben kann?"

„Weil davon schon in der Bibel berichtet wird. Bereits am Anfang des Neuen Testaments wird im Markusevangelium, gleich im ersten Kapitel von einem Exorzismus geschrieben. Ab Vers 23 können wir lesen: ..." Toé griff zu seiner Bibel, schlug sie auf und las vor: „Nun war da gerade in ihrer Synagoge ein Mann, der von einem bösen Geist besessen war. Der schrie plötzlich auf: ‚Was willst du von uns, Jesus von Nazaret? Bist du gekommen, uns zu vernichten? Ich weiß, wer du bist: Der Heilige Gottes.' Jesus befahl ihm da: ‚Verstumme und fahr aus von diesem Menschen!' Darauf zerrte der böse Geist den Mann hin und her und verließ ihn mit einem lauten Schrei."

„Na gut." Arthur wirkte nicht überzeugt. „Das ist jetzt nur eine Bibelstelle. Jesus ist ja nicht als Exorzist bekannt geworden."

„Das ist nur eine von vielen Bibelstellen", korrigierte Toé. „Es gibt noch unzählige Weitere: Lukas 4,41: Von vielen fuhren auch die Dämonen aus; Lukas 6,18: Die von unreinen Geistern umgetrieben wurden, die wurden gesund; Lukas 7,21: Viele wurden gesund von Krankheiten und Plagen und bösen Geistern; Lukas 8,2: Dabei waren etliche Frauen, die er gesund gemacht hatte von bösen Geistern; Lukas 13,32: Siehe, ich treibe Dämonen aus und mache gesund." Dann fügte er noch an: „Und das waren noch nicht alle Bibelstellen."

„Okay. Jesus hatte Dämonen ausgetrieben. Warum sollten aber Menschen wie du und ich das machen können?"

„Weil Jesus diesen Auftrag an seine Nachfolger weitergegeben hat. In Lukas 9,1 können wir lesen: Er rief aber die Zwölf zusammen und gab ihnen Gewalt und Macht über alle Dämonen und dass sie Krankheiten heilen konnten."

Toé schien sehr überzeugt zu sein, von dem, was er Arthur sagte. Das weckte in Arthur die Hoffnung, dass der Pfarrer Mariam helfen könne.

„Wenn ich dich richtig verstehe, Toé, dann bist du der Meinung, dass durch das Juju-Ritual ein Dämon in Mariam gefahren ist. Solange dieser Dämon immer wieder von ihr Besitz ergreift, wird sie nie wieder von dem Juju-Zauber frei sein. Aber du hast vor, an ihr einen Exorzismus durchzuführen und willst damit dafür sorgen, dass dieser Dämon sie in Ruhe lässt."

Toé bestätigte: „Das ist zwar sehr kurzgefasst, aber grundsätzlich richtig."

„Müsstest du nicht einen Bischof oder sonst einen Vorgesetzten hinzuziehen?"

„Auch da hast du recht. Aber dafür haben wir jetzt nicht die Zeit. Es wird nicht lange dauern, bis man Makandas Ableben bemerkt haben wird. Und dann wird man nach Mariam suchen. Selbst wenn Mariam jetzt bereit wäre, zusammen mit dir Dirkou zu verlassen, so würde die Erinnerung an den Schwur sie in kurzer Zeit wieder zu den Menschenhändlern zurücktreiben. Das musste ich in den letzten Jahren leider schon bei vielen Frauen erleben."

„Du wirst also keinen Bischof kontaktieren, aber trotzdem selbst den Exorzismus ausführen?"

„Richtig. Aber ich werde nicht nach dem Rituale Romanum vorgehen. Ich habe mit meiner eigenen Methode auch Erfolge erzielen können."

„Deine eigene Methode?"

„Die Bibel berichtet, wie gesagt, von einigen Situationen, in denen böse Geister ausgetrieben wurden. Da haben wir genug Rüstzeug, um gegen Mariams Dämon vorzugehen. Nichts ist mächtiger als Gottes Wort. Und wenn du mir hilfst, dann werden wir auch Mariam von dem Dämon befreien können, der von ihr Besitz ergriffen hat. Natürlich werde ich zuvor Mariams Einverständnis einholen. So wie du ihren Zustand beschreibst, zeigt sich der Dämon nicht permanent. Ich bete dafür, dass sie begreift, welche Chance sich hier bietet."

„Aber wie sollte ich dir helfen können? Ich bin wahrlich kein Mann Gottes."

„Der Dämon hat sich dir schon einmal gezeigt. Wenn wir mit unserer Arbeit beginnen, wird er sich erneut zeigen, weil er meint, er sei unbesiegbar. Dich hält er für einen Verbündeten, und deshalb will er dich beeindrucken und wird leichtsinnig. Das werden wir ausnutzen. Wenn du dann im richtigen Moment die Worte wiederholst, mit denen Jesus in der Bibel die Dämonen ausgetrieben hat, werden sie ihn umso heftiger treffen, da sie von dir kommen."

„Mein Vorteil ist also, dass ich kein Mann Gottes bin?“

„Du bist mehr ein Mann Gottes, als es dir zum jetzigen Zeitpunkt bewusst ist. Aber es ist wirklich von enormen Nutzen, dass der Dämon in Mariam das noch nicht sieht.“

„Welche Worte hatte Jesus denn gesprochen, um einen Dämon zu vertreiben?“

„Im Markusevangelium, im ersten Kapitel, befiehlt Jesus einem bösen Geist: ‚Schweig und fahr aus von diesem Menschen!‘ Daraufhin hat der Dämon diesen Menschen verlassen. Natürlich werden wir mehr tun müssen, als einfach nur einmal diese Worte zu sagen. Ich werde viele der anderen Bibelstellen rezitieren und du wirst deinen Satz immer wieder wiederholen müssen. Es wird ein Kampf werden. Ein Kampf, wie du ihn noch nie erlebt hast.“

35

Laura war überwältigt von ihren Gefühlen. Sie hatte sich in Saul verliebt. Und das auf den ersten Blick. Die wenigen Minuten im Gottesdienst hatten gereicht, dass sie den Zeitreisenden einfach nicht mehr aus dem Kopf bekam. Alles an ihm faszinierte sie. Die Art, wie er redete, wie er sie ansah, wie er Fragen stellte. Und auch, wie er über seinen Glauben redete. Dadurch bekam die Botschaft der Bibel plötzlich eine völlig neue Bedeutung für sie. Wenn ein Mann aus der Zukunft in unsere Zeit reiste und ihr von dem Eintreffen der biblischen Prophezeiungen berichtete, dann gab es keinen Grund mehr für sie, an der Wahrheit der Bibel zu zweifeln.

Saul hatte ihr gegenüber nur vage Andeutungen gemacht, in welcher Weise das Endzeitgeschehen dort eintraf, doch da Laura praktisch kein Bibelwissen hatte, war bereits das mehr als faszinierend. Zudem schien er auch außerordentlich gut mit Kindern wie Thomas oder Phánuël umgehen zu können. Der Gedanke, dass er in wenigen Tagen wieder zurück in seine Zeit reisen würde, machte Laura traurig.

Sie versuchte, sich immer wieder klar zu machen, dass es völliger Unsinn sei, sich in diesen Mann zu verlieben. Eine eventuelle Beziehung hätte keine Basis. Er musste zurück in seine Zeit, da er dort dringend gebraucht wurde. Und sie würde sich niemals selbst in diese Zeitmaschine setzen, schon gar nicht zusammen mit ihrem Sohn.

„Vergiss Saul", sagte sie sich immer wieder. „Wenn du Gefühle für ihn entwickelst, dann leidest du nur." Aber es war schon zu spät. Sie hatte sich bereits in ihn verliebt. Und das erzeugte bei ihr sowohl Angst als auch ein Gefühl überirdischer Seligkeit.

Saul ging es ähnlich. Die Art, wie Laura ihn anstrahlte, ließ ihn für einen Moment vergessen, dass er in einer der wichtigsten Missionen der Menschheit unterwegs war. Und trotzdem hatte er in ihrer Nähe das Gefühl, dass er nicht nur geboren wurde, um durch die Zeit zu reisen, sondern auch um den Rest seines Lebens mit ihr zu verbringen.

Auch er versuchte, sich bewusst zu machen, dass jetzt weder die Zeit noch der Ort war, um eine Liebesbeziehung einzugehen. Wenn er, zusammen mit 5000 Bibeln, in die Zeitmaschine steigen würde, dann wäre da kein Platz mehr, um sie und ihren Sohn mitzunehmen. Und bis die Zeitmaschine für eine weitere Reise präpariert wäre, würde zuviel Zeit vergehen, als dass man in dasselbe Zeitkontinuum gelangen würde. Neue Ereignisse würden neue Zeitlinien entstehen lassen, so dass sie nicht mehr dieselben wären, wenn sie in der Zukunft aufeinandertreffen.

Beide hatten sich noch nicht ihre Gefühle gegenseitig gestanden. Beide versuchten, auf ihren Verstand zu hören und sich nicht von Emotionen leiten zu lassen. Doch beide spürten auch eine unbändige Sehnsucht auf ein Wiedersehen.

Laura suchte nach einem Grund, um Saul so schnell wie möglich begegnen zu können. Da es inzwischen Montag war und Vera an ihrem Arbeitsplatz sein musste, rief sie Eric an, um ihm anzubieten, auf Phánuël aufzupassen, während er an der Beschaffung der restlichen Bibeln arbeitete.

„Das musst du nicht. Du hast sicher mit deinem Studium genug zu tun. Saul kümmert sich schon um Phánuël", erklärte Eric und fügte noch in bitterem Ton an: „Er macht das ganz prima."

„Aber ich kann ja Tom mitbringen. Dann können die beiden Jungs miteinander spielen", ergänzte Laura.

„Saul wird das bestimmt nicht recht sein", log Eric. Er versuchte, zu vermeiden, dass sich Saul und Laura wiedersahen.

„Ich finde, es ist wichtig für Tom und Phánuël, dass sie lernen, miteinander umzugehen. Meinst du nicht? Sie sollen doch keine verwöhnten Einzelkinder werden“, legte Laura nach.

„Du wirst keine Ruhe geben, bis du hier Kindermädchen spielen kannst. Stimmt´s?“ Eric versuchte, einen lustigen Ton anzuschlagen. Trotzdem war nicht zu überhören, dass er sich in die Ecke gedrängt fühlte.

„Sei doch froh, dass sich so viele Menschen um Phánuël kümmern wollen.“

„Wahrscheinlich hast du recht“, bestätigte Eric. „Also, wenn du jetzt vorbeikommen möchtest, dann kannst du das gerne tun.“

Laura jubelte innerlich. „Ich fahr sofort los.“

Als Laura mit Tom vor Erics Tür stand, klopfte ihr Herz, als hätte sie ihr allererstes Date. Sie hatte eine Tasche mit Unmengen von Spielzeug dabei. Die Kinder sollten sich auf keinen Fall langweilen oder unleidlich werden. Wenn sie jetzt endlich wieder Zeit mit Saul verbringen konnte, dann sollte sie nicht damit verdorben werden, dass die Jungs nicht zu bändigen wären.

In der Haustür erschien Eric. Er ahnte natürlich, dass es Laura weniger um die Kinder ging als um Saul. Vera hatte ihn aber am Vortag eindringlich gebeten, dass er sich nicht als Sittenwächter aufspielen sollte. Wenn sich Saul und Laura gut verstanden, dann hätte er das zu akzeptieren.

„Komm rein“, bat Eric. „Du kennst dich ja aus. Ich muss noch ein paar Anrufe machen. Und wahrscheinlich kommt auch gleich eine Lieferung mit Bibeln.“

„Schön, dass es doch noch geklappt hat.“ Laura hoffte inständig, dass Saul noch immer bei Phánuël wäre. Sie wandte ihren Blick an Eric vorbei, auf der Suche nach ihm.

„Phánuël ist mit Saul im Garten. Geh am besten direkt durch das Wohnzimmer nach draußen. Möchtest du etwas trinken?“

„Ja, gerne. Einfach etwas Wasser.“

Eric reichte ihr eine Flasche mit kohlensäurefreiem Wasser und ging wieder in sein Arbeitszimmer.

Laura öffnete die große Schiebetür aus Glas, um auf die Terrasse zu gelangen. Von dort aus konnte sie im Garten Phánuël sehen, der in einer kleinen Sandkiste saß und spielte. Saul kniete daneben und reichte dem Jungen eine Plastikschippe. Als Saul Laura kommen sah, erstrahlte ein Lächeln auf seinem Gesicht. Er stand auf und ging ihr entgegen.

„Schön, dass ihr kommen konntet“, grüßte Saul. Er konnte seinen Blick nicht von Laura lösen. Mit ihrem Sohn auf dem Arm wirkte sie wie die Verkörperung der idealen Frau und Mutter.

„Ich muss doch jede Minute nutzen, die du noch in unserer Zeit bist“, erklärte Laura unverblümt.

„Ich kann leider im Moment nichts weiter tun, als zu warten, bis Eric alle Bibeln für den Transport zusammen hat. Da kann ich mich nur nützlich machen, indem ich auf Phánuël aufpasse.“

„Das können wir ja jetzt zusammen machen.“ Laura setzte Tom zu Phánuël in die Sandkiste und stellte die Wasserflasche neben sie ins Gras. „Die Jungs vertragen sich zum Glück immer prächtig.“

„Wir können uns hier an den Gartentisch setzen“, schlug Saul vor. „Von hier aus haben wir die Kinder im Blick.“

„Aber gerne“, bestätigte Laura. Sie spürte, wie schwer es ihr fiel, in Sauls Anwesenheit einen klaren Gedanken zu fassen. Saul war zwar acht Jahre älter als sie, und sie kannte ihn erst seit kurzer Zeit, aber trotzdem spürte sie eine Vertrautheit, die nicht von dieser Welt zu kommen schien.

„Du kannst gut mit Phánuël umgehen, hat Vera mir gesagt. Hast du in der Zeit, aus der du kommst, eigene Kinder?“, erkundigte sich Laura.

„Nein. Sonst hätte ich mich wahrscheinlich auch nicht für das Zeitreiseprojekt gemeldet. Wenn man nicht innerhalb eines bestimmten Zeitfensters zurückreist, dann kann es passieren, dass man nicht mehr in dem Zeitkontinuum ankommt, in dem man gestartet ist. Und dann würden meine potentiellen Kinder mich niemals wiedersehen. Das ist alles wesentlich einfacher, wenn man keine eigenen Kinder hat.“

„Du wärst sicher ein guter Vater.“ In Gedanken fügte Laura noch an, dass er sicher auch ein guter Vater für Tom sein würde.

Nur mit Mühe gelang es Saul, Phánuël nicht aus den Augen zu verlieren. Lauras Anwesenheit nahm fast seine gesamte Aufmerksamkeit in Anspruch. Er genoss ihren Anblick, ihre Stimme, jede ihrer Bewegungen.

„Ich hoffe, dass ich einmal das Glück haben werde, eigene Kinder großziehen zu dürfen."

„Und was ist mit einer Frau? Bist du verheiratet?" Laura hoffte inständig, dass er ihre Frage verneinen würde.

„Nein." Sauls Blick wurde traurig. „Nein. Meine Frau ist drei Jahre vor meiner Reise hierher gestorben. Die Schergen des Magog haben sie umgebracht. Und dreißig weitere Christen auch an diesem Tag. In meiner Zeit muss man täglich damit rechnen, dass man umkommt."

„Dass tut mir leid", antwortete Laura. Doch insgeheim jubelte sie. „Und auch sonst bist du nicht in festen Händen?"

„Nach dem Massaker an meiner Frau und den anderen Christen, habe ich mich ganz dem Kampf gegen den Magog gewidmet. Das bringt noch zusätzliche Gefahren mit sich. Das möchte ich keiner Frau antun. Deshalb habe ich mich entschlossen, alleine zu bleiben." Doch seit er Laura getroffen hatte, war er sich nicht mehr sicher, ob das auch zukünftig die richtige Entscheidung wäre.

„Das heißt, du hast dich seitdem nicht mehr verliebt?"

„Ja. Ich habe mich bewusst nicht mehr verliebt, weil es nicht vernünftig wäre." Während Saul dies aussprach, wurde ihm bewusst, wie absurd das Wort „vernünftig" klang, wenn es um Liebe ging.

„Vernünftig zu bleiben ist wichtig", bestätigte Laura. „Gerade jetzt, wo du so einen wichtigen Auftrag hast."

Beide nickten. Doch beide dachten in diesem Moment, dass das was sie fühlten, mächtiger war als jede Vernunft. Und trotzdem befahlen sie sich, vernünftig zu bleiben und dem jeweils anderen nichts von den eigenen Gefühlen zu erzählen.

„Wie lange kennst du Eric und Vera schon?", wechselte Saul das Thema.

„Etwa zweieinhalb Jahre. In Mali habe ich mit Vera bei den Vereinten Nationen gearbeitet. Eric und ich wurden dort von einer Sekte entführt. Aber wir konnten uns befreien", berichtete Laura. Mehr wollte sie nicht über diese Wochen in Mali erzählen. Sie hatte das Bedürfnis, nach vorne zu blicken, nicht zurück.

Beide schwiegen einige Augenblicke. Es schien ihnen so unnütz zu sein, über etwas anderes als ihre Gefühle zu reden. Und doch hielten sie es für falsch, ihre Herzen zu öffnen.

„Phánuël und Tom wirken wie Brüder“, bemerkte Saul. „Sie sehen sich zwar nicht ähnlich, aber sie scheinen einander perfekt zu verstehen.“

„Ja. Sie sind wirklich gute Freunde, fast wie Brüder.“ Laura erinnerte sich, dass die Jungs beinahe verwandt waren. Eric war Phánuëls Vater. Und mit Erics DNA wurden fehlende Elemente der DNA Echnatons ausgebessert, mit der Tom geklont wurde. In gewisser Weise war Eric auch Toms Vater. Laura ersparte sich, Saul diesen Umstand zu erklären. Ein solches Gespräch hätte die schöne Atmosphäre zerstört.

Um nicht erneut in Schweigen zu verfallen, stellte Saul fest: „Ihr habt viele Insekten, hier in euerer Zeit.“ Er hatte in den letzten Tagen fasziniert im Garten der Harders Ameisen, Käfer und Bienen beobachtet.

„Bei euch gibt es nicht so viele davon?“, wunderte sich Laura und sah zu einem Beet hinüber, wo Vera Astern, Glockenblumen und Prachtkerzen angepflanzt hatte. Dort tummelten sich unzählige Bienen.

„Man kann sie nur in sehr abgelegenen Gegenden beobachten. Die älteren Christen meiner Zeit erzählen, dass vor etwa dreieinhalb Generationen das Aussterben vieler Insekten begonnen hat. Etwa zur gleichen Zeit, als Gog erschaffen wurde.“

„Dreieinhalb Generationen? Wie lange soll das sein?“

„Über den Zeitraum, der einer Generation entspricht, gibt es unterschiedliche Auffassungen. Aber man kann sich etwa daran orientieren, wie im Buch Hiob eine Generation berechnet wird. Dort kann man in Hiob 42,16 lesen, dass Hiob nach den bekannten Ereignissen noch hundertvierzig Jahre lebte und seine Kinder und Kindeskinder bis in die vierte Generation erlebte. Wenn Hiob in den 140 Jahren vier weitere Generationen mitbekommen hat, dann kann man 140 durch vier teilen und bekommt 35 Jahre pro Person. Eine Generation entspricht also etwa einem Zeitraum von 30 bis 35 Jahren.“

„Dreieinhalb Generationen sind demnach auf jeden Fall mehr als 100 Jahre.“

„Ja. Die dreieinhalb Generationen werden ebenfalls in der Bibel erwähnt. In Daniel 7,25 steht: ‚Und ein Herrscher wird Worte reden gegen den Höchsten und wird die Heiligen des Höchsten verfolgen; und er wird danach trachten, Festzeiten und das Gesetz zu ändern, und sie werden in seine Hand gegeben werden für eine Zeit und zwei Zeiten und eine halbe Zeit.‘ Viele Ausleger sehen in den erwähnten Zeiten jeweils eine Generation.“

„Und du verstehst das so, dass Gog als einer der Widersacher Gottes in diesen dreieinhalb Generationen regiert?“

„Ja. Den genauen Zeitraum in Jahren kann allerdings niemand sagen, da Gog und der Magog alles tun, um die Jahre vor dem großen Krieg im Dunkeln des Vergessens zu verbergen. Nach dem Krieg hat Gog eine neue Zeitrechnung beginnen lassen.“

„Hat das große Insektensterben vielleicht etwas mit diesem verheerenden Krieg zu tun?“

„Dieser Krieg war erst etwa fünfzig Jahre vor meiner Zeit. Aber die alten Geschichten sprechen, wie gesagt, von dreieinhalb Generationen. Der Beginn des Insektensterbens müsste also in eurer Zeit beginnen.“

Laura nickte verstehend. „Seit ein paar Jahren wird in den Medien wirklich von einem Insektensterben berichtet. In den letzten Jahrzehnten ist die Zahl der Bienenpopulationen in Europa und den USA dramatisch gesunken. Beispielsweise ist von den über 500 Wildbienenarten in Deutschland die Hälfte vom Aussterben bedroht. Das wird fatale Folgen haben, denn Bienen sind ja eigentlich die wichtigsten Blütenbestäuber und damit entscheidend für das Ökosystem. Die globale Landwirtschaft und Lebensmittelproduktion würde ohne sie nicht funktionieren.“

„Wir mussten in den letzten Jahrzehnten eine völlig neue Form der Landwirtschaft etablieren. Ohne Insekten können sich Pflanzen, die auf Fremdbestäubung angewiesen sind, nur schwer vermehren“, erklärte Saul.

„Und zur selben Zeit, wie das Insektensterben begann, wurde auch dieses mächtige Wesen namens Gog erschaffen?“

„Ja. So wird es unter den Christen seit Generationen erzählt“, bestätigte Saul.

„Dann bedeutet das, dass vielleicht gerade jetzt, irgendwo auf der Welt, Menschen damit beschäftigt sind, ein Wesen zu erschaffen, das in gar nicht so ferner Zukunft, die Welt beherrschen wird.“

„Das wäre möglich. Aber lass uns über etwas Schöneres reden. Das, was geschehen ist, lässt sich nicht ändern.“

„Ja. Viel wichtiger ist unsere Zukunft.“ Während Laura dies aussprach, betonte sie das Wort „unsere“ unüberhörbar. Auch Saul versetzte allein die Vorstellung einer gemeinsamen Zukunft in eine wohlige Euphorie.

„Ja. Wir sollten an unsere Zukunft denken“, sagte er leise, stand auf und trat einen Schritt auf Laura zu. Laura erhob sich ebenfalls und beide sahen sich tief in die Augen. Sie bemerkten nicht, dass Phánuël nach der Wasserflasche griff und mittels seiner speziellen Gabe das Wasser nun vor sich in der Luft formte. Tom sah dabei fasziniert zu und berührte das in der Luft schwebende Wasser immer wieder mit den Fingerspitzen.

„Eine Zukunft ...“, begann Saul, aber er verbot sich, weiterzureden.

„Eine Zukunft kann es für mich nur mit dir geben.“ Laura sprach aus, was beide nun dachten.

Saul legte seine Arme sanft um Laura. „Vergangenheit, Gegenwart oder Zukunft. Da, wo du bist, da ist meine Zeit.“ Nach einem winzigen Moment des Zögerns berührten sich ihre Lippen und verschmolzen zu einem Kuss, der beide jeden Gedanken an Endzeit, globale Gefahren und Alltagsprobleme vergessen ließ. Sie spürten, dass sie sich gegenseitig den Glauben, die Liebe und auch die Hoffnung geben konnten, die sie gerade so sehr benötigten wie niemals zuvor.

Lauras Nähe fühlte sich für Saul unglaublich vertraut an. So, als würde ihm von höheren Mächten etwas geschenkt werden, dass seit ewigen Zeiten zu ihm gehörte. Das Zusammensein mit Laura empfand er genau so, wie er sich die Umarmung mit der Frau seiner Träume immer gewünscht hatte.

Auch Laura spürte eine unendliche Geborgenheit in Sauls Armen. Es war unvergleichbar mit allem, was sie bis jetzt erlebt hatte. Hier küsste sie nicht irgendeinen Freund oder Partner. Hier küsste sie den Mann, für den sie geboren wurde. Jeder Tag ihres Lebens war nur eine Vorbereitung gewesen für diesen Moment, der der Anfang einer großen Liebe sein sollte.

Keiner der beiden hätte sagen können, wie lange der Kuss gedauert hatte. Sie hielten sich fest, als wollten sie sich nie wieder voneinander lösen. Als Laura die Augen öffnete, brauchte sie einen Moment, um sich daran zu erinnern, wo sie sich befand. Nach und nach kam die Erinnerung, dass sie hier in dem Garten der Harders waren. Sie spürte Sauls Arme und Hände und genoss es unendlich.

Irgendetwas kam ihr jetzt in diesem Garten ungewöhnlich vor. Zuerst wusste sie nicht, was es war, aber dann erkannte sie es.

Sie sah zum Sandkasten, wo sich Tom und Phánuël gegenüber saßen. Zwischen ihnen war etwas, was Laura zuerst nicht bemerkte, da es durchsichtig war. Aber beim genauen Hinsehen erkannte sie, dass sich eine etwa zwei Meter hohe, halbkreisförmige, hauchdünne Wasserwand zwischen ihnen befand. In gewisser Weise schien Phánuël die Wand aufrecht zu halten und Tom patschte mit seinen Händen immer wieder freudig dagegen. Die beiden Jungs spielten mit dem Wasser, das an keine Naturgesetze gebunden zu sein schien, völlig unbekümmert.

„Träume ich?", fragte Laura leise und löste sich sanft von Saul.

Der erkannte jetzt auch, dass Phánuël die Wasserflasche genutzt hatte, um seine Fähigkeiten einzusetzen. „Phánuël ist ein besonderes Kind", erklärte er. „Gott wird ihn gebrauchen, wenn er alt genug ist."

„Was macht er da?", fragte sie verwundert. Trotz aller Überraschung streichelten ihre Hände immer noch über Sauls Arme.

„Phánuël hat die Gabe, Wasser zu kontrollieren. Er kann es formen, wie du oder ich beispielsweise ein Teig formen könnten. Aber mit Wasser hat er natürlich mehr Möglichkeiten."

„Muss ich mir Sorgen um Tom machen?"

„Nein. Phánuël wird Tom niemals Schaden zufügen. Das kann ich dir versichern."

„Das ist ein Wunder", erklärte Laura mit fester Stimme.

„Ja. So kann man das nennen." Saul nahm Laura erneut in die Arme und fügte noch an: „Aber du bist für mich ein noch größeres Wunder."

36

Am nächsten Arbeitstag versuchten Harald und Sandrine so normal wie möglich miteinander umzugehen. Doch irgendwie fühlte sich nun jedes Wort und jeder Dialog gezwungen und hölzern an. Sandrine versuchte, sich ungezwungen zu präsentieren, aber beiden war klar, dass jeder noch immer an Haralds Liebesgeständnis dachte.

Harald fühlte sich nun bei allem, was er tat, fehl am Platz. Er fühlte sich schuldig, dass nun die Zusammenarbeit mit Sandrine belastet sei. Sandrine empfand das wesentlich weniger schlimm, als es in Haralds Wahrnehmung war. Sie hatte keine Zweifel daran, dass man in wenigen Tagen zu der alten Unbefangenheit zurückfinden würde.

Während des Tages baute sich in Harald eine wachsende Wut auf, die ihm fast die Luft zum Atmen nahm. Das Gefühl, völlig aus der Welt gefallen zu sein, schmerzte ihn unsäglich. Dass Sandrine, die für ihn der Inbegriff der Liebe und Hoffnung war, seine Liebe nicht erwiderte, ließ ihn an allem zweifeln, was ihm das Leben hätte erträglich machen können.

In der Wut, die ihn nun beherrschte, mischte sich das Verlangen nach Rache. Keine Vergeltung an Sandrine. Die verehrte er nach wie vor unendlich. Aber er wollte diejenigen, die er für seinen Schmerz verantwortlich machte, spüren lassen, was er nun erleiden musste. Und das waren die Führer der Nationen, die für Profit das Glück der Bevölkerung opferten. Die Staatsoberhäupter, die ihre Macht zugunsten derer nutzten, die sich mit Krieg und Elend die Taschen füllten. Die Regierungschefs, die Afghanistan seit Jahrzehnten zum Spielball der Großmächte gemacht haben. Die sein Leben zerstört hatten und ebenso das Leben von Millionen Menschen.

Und über diese mächtigen Männer und Frauen sollte er nun für das „Frankfurt Global Newstime Magazine" berichten. Das kam ihm in diesem Moment unglaublich absurd vor.

Aber in ihm wuchs nun der Gedanke, dass sein Beruf ihm auch die einmalige Möglichkeit bot, ein Zeichen zu setzen. Ein Zeichen, das niemand auf der Welt ignorieren konnte. Ein Zeichen, das seinen Schmerz über seine unerwiderte Liebe in angemessener Weise zeigte. In einem Meer von Blut. Durch einen Anschlag auf die Staatsoberhäupter des G20-Gipfels.

Mit einem Mal kam ihm das Szenario eines Anschlags völlig logisch und unausweichlich vor. Wer, wenn nicht diese abgehobenen Politiker sollten für sein verlorenes Leben büßen? Welches Recht hätten diese menschenverachtenden Staatsmänner, auch nur noch einen Tag zu leben?

Harald erinnerte sich an sein Gespräch mit Vera, als er ihr von seinen Visionen berichtete. Was hatte sie damals gemeint, warum es so viele Dämonen in der Nähe von Gotteshäusern gibt und so wenige beispielsweise bei den Politikern? Weil der Teufel seine Armee der Finsternis besonders oft dorthin sendet, wo es Menschen gibt, die Gott folgen. Wo die Menschen dem Satan schon verfallen sind, da muss er nicht mehr kämpfen.

Wenn er die Staatsführer journalistisch begleitete, dann sah er dort wirklich merklich weniger Dämonen. Alles gab auf einmal einen Sinn für ihn. Eine schlimmere Zusammenrottung von Übeltätern als dieser G20-Gipfel konnte es nicht geben. Dort musste er sein Zeichen setzen.

Die gesamte Nacht brütete er über einem Plan, wie er während des Gipfels so viele Spitzenpolitiker wie möglich umbringen könnte. Dabei gelang es ihm sogar, seine Visionen für einige Momente zu ignorieren. Ihm war klar, dass es wohl während der Gipfel-Tage das bestbewachte Areal der Welt sein würde. Aber durch sein berufliches Hintergrundwissen kannte er auch die sicherheitstechnischen Schwachstellen der Megaveranstaltung. Sicherheit wurde großgeschrieben, aber ebenso der Komfort der Teilnehmer. Und als Journalist hatte er besondere Möglichkeiten, den Politikern nahe zu kommen. Schließlich wollten die Staatslenker ihre absurden Entscheidungen der Öffentlichkeit in ihrem Sinne verkaufen. Da wurden die zugelassenen Reporter in gewissem Grade hofiert.

Zunächst musste sich Harald entscheiden, in welcher Weise er einen Anschlag verüben könnte. Es sollten so viele Oberhäupter wie möglich sterben. Also schieden Waffen wie Pistolen oder Messer aus. Zu schnell könnte man auch ihn eliminieren. Auch Giftgas kam nicht in Frage. Die Zusammenkünfte erfolgten in großen Sälen. Die benötigte Menge wäre kaum unbemerkt an den Anschlagsort zu transportieren. Harald entschied sich für einen Sprengstoffanschlag. Es war weltweit die effektivste Methode, große Mengen von Menschen in kurzer Zeit zu schädigen. Während seiner Zeit als Kriegsberichterstatter hatte er Erfahrung sammeln müssen mit den unterschiedlichsten Arten von Sprengstoffen und deren Wirkung.

Auch musste er sich für einen Ort entscheiden, der dafür geeignet war. Er ging das geplante G20-Programm durch und stellte zufrieden fest, dass sich dort etwas befand, dass sich praktisch auf dem Teller anbot: die Elbphilharmonie. Am 07. Juli würden sämtliche Spitzenpolitiker dort einer Aufführung von Beethovens 9. Symphonie lauschen. Angekündigt war, dass wirklich alle dort sein sollten. Und die Architektur des Gebäudes war nicht besonders stark auf den Aspekt Sicherheit ausgelegt. Wichtiger waren Komfort und Repräsentation.

Wenn es ihm gelang, dort eine wirkungsvolle Explosion zu erzeugen, die das gesamte Gebäude der Elbphilharmonie zum Einsturz brächte, dann würden im Idealfall alle Staatsoberhäupter unter Schutt und Asche begraben. Der Gedanke erfüllte ihn mit tiefer Zufriedenheit.

Harald dachte zunächst daran, mit einer Sprengstoffweste die Explosion auszuführen, doch war ihm schnell klar, dass er auch als Journalist damit niemals unentdeckt durch die Kontrollen kommen würde. Akribisch ging er in Gedanken alle Arten von Sprengmitteln durch, die er während seiner Kriegsberichterstattungen kennengelernt hatte. Aber alle zeitgenössischen Sprengstoffe hatten letztlich den Nachteil, dass sie von ausgebildeten Spürhunden erkannt würden.

Nach Stunden nächtlichen Grübelns entschied er sich in den Morgenstunden für den einzigen Stoff, der für seinen Plan in Frage kam. Nitroglycerin.

Nitroglycerin ist bei Raumtemperatur eine geruchlose, farblose und kaum wasserlösliche Flüssigkeit. Dieser Sekundärsprengstoff, der selbst keine Initialsprengung braucht, um zu detonieren, hat eine Schlagempfindlichkeit, die bei 0,2Nm liegt. Das bedeutet, man könnte ihn zur Detonation bringen, wenn man einen 2-kg-Fallhammer aus einem Zentimeter Höhe fallen ließe. Diese extreme Empfindlichkeit ist auf einen Sauerstoffüberschuss zurückzuführen. Die Detonationsgeschwindigkeit beträgt 7600 m/s und bei der Explosion oder dem Zerfall entsteht nichts weiter als Kohlendioxid, Wasser, Stickstoff und Stickstoffmonoxid.

Aufgrund der Geruchlosigkeit und der Farblosigkeit wäre der Flüssigsprengstoff schwer aufzuspüren, wenn man ihn in der Elbphilharmonie deponieren könnte, bevor das Areal weiträumig zur Sicherheitszone erklärt werden würde. Später könnten die Spürhunde soviel schnüffeln wie sie wollten, bei Raumtemperatur würden sie nicht mehr wahrnehmen als bei simplem Wasser.

Nur die Herstellung und der Transport würden sich schwieriger gestalten. Er müsste Salpetersäure und Glycerin kontinuierlich in einem gekühlten Rohrsystem mischen. Die Synthese von Nitroglycerin erfordert besondere Sorgfalt. Sowohl eine ungewollte Detonation als auch die toxischen Eigenschaften des fertigen Endstoffes machen die Herstellung lebensgefährlich.

Und selbst wenn er das Nitroglycerin unbeschadet in seinem Haus herstellen könnte, würde der Transport die nächste Herausforderung darstellen. Jede Erschütterung des hochexplosiven Stoffes könnte zur Detonation führen. An jedem Punkt seines Plans würde sein eigenes Leben in Gefahr sein.

„Mein Leben ist kein Leben mehr. Ich wäre lebendiger, wenn ich tot wäre“, hörte er sich selbst sagen. „Jemand muss dieser Verbrecherbande von Staatsführern zeigen, dass sie nicht allmächtig sind. Sie bezeichnen sich als die Großen Zwanzig, aber sie sind auch nur sterbliche Menschen. Ich werde ihnen zeigen, wie sterblich sie sind.“

37

Mittwochs traf sich Laura bisher immer, um mit weiteren Helfern die Flüchtlinge, die sich zur Christengemeinde Babelsgrund zugehörig fühlten, bei ihren bürokratischen Herausforderungen zu unterstützen. Nur an diesem Mittwoch erschien Laura nicht zu diesem Treffen. Sie wollte jede freie Minute mit Saul verbringen.

Als Jafar an dem Mittwoch die Gruppe aufsuchte, war er sehr enttäuscht, Laura dort nicht anzutreffen. Jedoch bemerkte er eine andere, ihm bekannte Person: Eric. Der half ebenfalls dabei Übersetzungsarbeit zu leisten. Nicht alle Flüchtlinge aus Mali beherrschten die französische Sprache, mit der man mit vielen Helfern hätte kommunizieren können. Zwar ist Französisch die Amtssprache in Mali, aber nur 15 Prozent der Einwohner Malis beherrschen sie auch. Noch immer wird sich dort überwiegend in den etwa 30 Sprachen der verschiedenen Ethnien verständigt.

Eric beherrschte die Grundzüge des Bambara, das auch als Bamanankan bezeichnet wird. Es ist die Sprache der größten malischen Volksgruppe. In der Christengemeinde Babelsgrund half er dabei, den Flüchtlingen Dokumente zu übersetzen, die für ihren Aufenthalt in

Deutschland wichtig waren. Meist ging es um Formalitäten, seltener um hochwichtige Angelegenheiten, die ihren Status als Asylsuchende positiv oder negativ beeinflussten. Doch fast immer waren die Malier aufgeregt, wenn sie ein neues behördliches Schreiben erhielten, denn immer schwebte das Damoklesschwert über ihnen, dass ihr Asylantrag abgelehnt werden könnte und sie in ihre Heimat abgeschoben werden würden. Mali belegte beim Weltverfolgungsindex für Christen im Jahre 2017 den Platz 17. Das bedeutet, dass es auf der Welt nur 16 weitere Länder gab, in denen Christen massiver verfolgt wurden als in Mali. Für malische Flüchtlinge, die in Europa zum Christentum konvertiert sind, konnte eine Abschiebung in ihr Heimatland eine Gefahr für Leib und Leben bedeuten. Besonders der Norden des Landes war noch immer von muslimischen Extremisten durchsetzt.

Seit Beginn der Flüchtlingskrise 2015 waren die zuständigen Ämter zunehmend überfordert und die Dauer der Asylverfahren zog sich immer weiter in die Länge. Das verschlimmerte die psychische Belastung der Asylsuchenden enorm. Die Ungewissheit ihrer Situation und die damit verbundenen Einschränkungen in einem scheinbar reichen Land, vermittelte ihnen den Eindruck, hier ebenso auf der Verliererseite zu stehen.

Auch Eric hoffte bei jedem Schriftstück, das man ihm reichte, dass es sich nicht um einen Ablehnungsbescheid handeln würde. Zudem wurde ihm immer wieder schmerzlich bewusst, wie kompliziert das Amtsdeutsch ist. Anfangs versuchte er noch, seinen Schützlingen jeden einzelnen Satz der Bescheide zu übersetzen, was sich aber immer deutlicher als unmöglich herausstellte. Inzwischen gab er nur den Inhalt kurzgefasst weiter, soweit er ihn verstanden hatte. Oftmals war es nötig, sich noch mit einem Juristen zu beraten, um das Geschriebene richtig zu interpretieren.

Als nun Jafar und Eric zusammentrafen, war Eric sehr erfreut, einen weiteren Helfer im Team zu haben. Jafar beherrschte zwar nicht die Bambara-Sprache, dafür aber das Tamascheq der Tuareg aus dem Norden Malis. Die deutsche Sprache beherrschte er ausreichend, was von enormen Vorteil war. Jafar musste zunächst einige Formulare in Bezug auf Datenschutz unterzeichnen. Dann durfte er auch nur in Anwesenheit von Eric arbeiten und bei den Gesprächen mit den Flüchtlingen auch nur, wenn diese ausdrücklich zugestimmt hatten, dass er den Schriftverkehr übersetzte.

Eric überwachte Jafars Übersetzungsarbeit, so gut er das ohne eigene Tamascheq-Kenntnisse konnte, und war begeistert, mit welchem Einfühlungsvermögen Jafar arbeitete. Sein erster Eindruck war überaus positiv.

Die ersten Klienten hatten nur einige Papiere mitgebracht, deren Inhalt einfach zu übersetzen war. Jafar arbeitete deren Anliegen der Reihe nach ab. Recht schnell konnte er den jungen Männern helfen. Der darauf folgende Flüchtling, der Jafar und Eric zugeteilt wurde, war ebenfalls kaum zwanzig Jahre alt. Er schien stark nervös zu sein und signalisierte brennende Ungeduld. Dabei sprach er einen wilden Mix aus Deutsch, Tamascheq und Bamanankan. Offenbar verband er wichtige Entscheidungen mit dem Inhalt des gelben Kuverts, das er Eric reichte. Der las es kurz durch und versuchte erst einmal einen neutralen Gesichtsausdruck zu machen. Dann gab er das Schreiben an Jafar weiter und zeigte auf einzelne Textpassagen, die ihm besonders wichtig schienen. Der Klient fragte immer wieder auf Deutsch nach. Dabei wurde deutlich, dass er die deutsche Sprache nur minimal beherrschte. Ein solches Amtsschreiben war für ihn ohne professionelle Hilfe kaum verstehbar.

Als auch Jafar alles durchgelesen hatte, wurde ihm klar, dass es sich um die Ablehnung eines Asylantrags handelte. Nun war es die Aufgabe der Helfer, dem jungen Mann, dessen Nerven bereits jetzt blank lagen, die Tatsache zu vermitteln, dass er binnen einer bestimmten Frist das Land zu verlassen hätte.

Eric wusste, dass solche endgültigen Ablehnungsbescheide gewöhnlich auch an die zuständigen amtlichen Betreuer in Kopie versandt wurden. Die konnten dann auch besser über die juristischen Auswirkungen informieren. Die Hilfe der Christengemeinde Babelsgrund sollte grundsätzlich eher den Alltag im Umgang mit den Behörden unterstützen. In Härtefällen zog die Gemeinde auch mal befreundete Anwälte hinzu.

„Soll ich dem Mann den vollständigen Inhalt ins Tamascheq übersetzen?“, fragte Jafar Eric.

„Ich nehme an, dass ihn vorerst keine Details interessieren“, entgegnete Eric. „Lass mich das erst mal mit Bamanankan probieren. Wir werden ihm auch seelsorgerliche Betreuung anbieten. Später werden wir versuchen, ob ein Anwalt noch etwas bewirken kann.“

Eric sprach dem Flüchtling zunächst sein Bedauern aus, bevor er ihm erklärte, dass es sich um einen Ablehnungsbescheid handelte. Gewöhnlich waren die Betroffenen zunächst einmal so schockiert, dass sie kaum Regung zeigten. Doch der junge Mann hatte scheinbar schon mit einer Abschiebung gerechnet und sich in eine Wut hineingesteigert, bevor er den Brief an Eric übergeben hatte. Er begann laut zu fluchen und benutzte dabei einen Bambara-Dialekt, der für Eric unverständlich war. Eric redete beruhigend auf ihn ein, was aber keinerlei Wirkung zeigte.

Die anderen Menschen in dem Raum blickten nun erschrocken auf den Wutentbrannten. Eine junge Frau ahnte Schlimmes und ging vorsorglich aus dem Zimmer. Jafar, der die Tiraden des Mannes auch ohne Bamanankan-Kenntnisse verstand, versuchte jetzt, die Wogen auf Tamascheq zu glätten, was jedoch kontraproduktiv wirkte. Der Mann stieß ihn grob zu Seite.

„Wir werden dir weiterhin helfen", erklärte Eric auf Bamanankan. „Solange du nicht abgeholt wurdest, gibt es immer noch eine Chance."

Aber der Mann ließ sich nicht beruhigen. Wütend trat er gegen einen Stuhl, der dann einige Meter durch den Raum flog. Ein anderer Flüchtling kam nun herbei und versuchte sich ebenfalls als Vermittler. Auch er wurde grob fortgestoßen. Die Hoffnungslosigkeit und Wut richtete sich gegen alles, was ihn umgab.

„Gott lässt dich nicht alleine. Und wir auch nicht", sagte Eric ihm zu. Er hoffte, den jungen Christen, daran zu erinnern, dass Gott auch aus den aussichtslosesten Situationen herausführen kann. Doch der Mann hatte inzwischen jede Kontrolle über sich verloren.

„Alles Lüge. Ihr schickt mich zurück und lasst mich sterben", schrie er, wieder auf Bamanankan.

Jafar trat einen Schritt auf ihn zu und sagte betont ruhig; „Beruhige dich. Du bist hier unter Freunden. Wenn dir jemand helfen will, dann diese Leute hier."

Mit geballter Faust antwortete der Flüchtling: „Du bist auch nur ein nützlicher Idiot, der den weißen Europäern hilft, uns loszuwerden. Spiel dich nicht auf."

Für einen Moment fühlte Jafar sich persönlich getroffen und ging nun zum verbalen Gegenangriff über. „Mach dich nicht lächerlich, schwarzer Mann."

Das brachte den Asylsuchenden nun völlig außer Fassung. Er stürzte sich auf Jafar und schlug ihn mit der Faust ins Gesicht. Der versuchte den Angreifer auf Abstand zu halten, was aber unmöglich war. Da er immer neue Schläge zu spüren bekam, schlug er nun selbst zurück. Eric und der weitere Flüchtling versuchten nun, die Kämpfenden zu trennen. Sie griffen nach den Armen des Schlägers, bekamen sie aber nicht zu fassen. Für einen Moment schien sich der Abgewiesene zu beruhigen, doch Jafar sagte nun etwas auf Tamascheq, dass ihn erneut provozierte. Wieder warf sich der Mann auf Jafar. Diesmal ging Eric dazwischen.

„Schluss jetzt. Oder wir holen die Polizei", rief Eric laut.

Der Flüchtling zeigte auf Jafar. „Dann können die auch ihn mitnehmen. Oder steht diese Ratte vielleicht auf der Lohnliste der Abschiebepolizei?"

„Europa kann froh sein, wenn du weg bist", meinte Jafar, der jetzt auch außer sich war. Diese Provokation ließ den Flüchtling jede Schranke vergessen. Bevor Eric ihn aufhalten konnte, schlug er wieder auf Jafar ein. Und als Eric erneut dazwischen ging, bemerkte er eine enorme Menge Blut auf Jafars Brust.

„Was ist denn jetzt los?", flüsterte Eric entsetzt. Dann bemerkte er ein Messer in der Hand des Flüchtlings. Da jetzt auch die anderen Personen im Raum die Waffe entdeckten, waren nun bestürzte Schreie zu hören.

„Du willst den Helden spielen, weißer Mann? Dann zeig mal, ob du genauso bluten kannst, wie dein Laufbursche", meinte der Asylant zynisch.

„Mach dich nicht unglücklich. Leg das Messer weg", erklärte Eric ruhig und bestimmt. Dann wendete er sich dem blutenden Jafar zu. Der hatte einen tiefen Stich in den Unterbauch bekommen.

Der Mann mit dem Messer wies Eric an: „Lass deinen Neger bluten, sag ich dir. Geh weg da."

„Er braucht Hilfe. Ich rufe einen Krankenwagen." Er griff nach seinem Handy.

Ohne eine weitere Warnung trat der Bewaffnete nun von hinten an Eric und stieß ihm das Messer in die rechte Niere. „Du sollst ihn bluten lassen, hab ich dir gesagt." Mit einem Schmerzensschrei ging Eric in die Knie. Erneut stach der Angreifer auf Erics Rücken ein. Und als er am Boden lag noch ein weiteres Mal.

Nun fassten sich die anderen Männer im Raum ein Herz und überwältigten gemeinsam den Täter. Irgendjemand hatte inzwischen die Polizei gerufen, die wenige Minuten später eintraf. Kurz danach kam auch ein Krankenwagen. Jafar war nicht lebensgefährlich verwundet. Aber Eric war so schwer verletzt, dass der Notarzt um sein Leben kämpfen musste. Die Stiche hatten nicht nur eine Niere geschädigt, sondern auch wichtige Arterien verletzt. Als die beiden Rettungswagen das örtliche Krankenhaus erreichten, standen Erics Überlebenschanchen schlecht. Ganz schlecht.

Phánuël wurde während dieser Ereignisse von Saul glücklicherweise zuhause betreut. Bisher hatte Eric seinen Sohn oft mit zu den Treffen mit den Asylsuchenden genommen. Doch da sich Saul nützlich machen wollte, musste Phánuël von all dem nichts mitbekommen. Laura war währenddessen natürlich auch bei Saul.

Vera wurde an ihrem Arbeitsplatz benachrichtigt, während man Eric operierte. Sie vergewisserte sich, dass ihr Sohn bei Saul gut aufgehoben war und bat, dass man für Eric betete. Dann fuhr sie unter Tränen in die Klinik. Die Vorstellung, dass Eric diesen Angriff nicht überleben könnte, versetzte sie in schiere Panik. Eric war ein Teil von ihr, er war ihr Leben. Zusammen mit ihm machte alles, was sie taten, einen Sinn. Er war sowohl ihr zweites Ich, als auch ihre perfekte Ergänzung. Es gab nur wenig, dass ihr völlig unverzichtbar schien, und Eric zu verlieren war absolut undenkbar.

Doch jetzt musste sie damit rechnen, dass er, trotz seiner besonderen Heilungskräfte aus dem Dogonland, sterben könnte. Man hatte ihr berichtet, dass er durch mehrere Stiche in den Rücken schwer verletzt wurde. Sie wusste, dass Erics Möglichkeiten der Selbstheilung keine Wunder vollbringen konnten. Auch wenn sie nun vor Angst und Verzweiflung kaum einen klaren Gedanken fassen konnte, betete sie ununterbrochen. Eric durfte ihr einfach nicht genommen werden.

Als sie in der Klinik ankam, wurde Eric noch operiert. Ebenso Jafar, doch der war eindeutig außer Lebensgefahr. Vera suchte nach Personal, das ihr Auskunft geben sollte, fand aber niemanden, der Zeit für sie hatte. Man wies sie an, dass sie auf dem Flur, außerhalb des OP-Bereichs, warten solle. Wenn es etwas Neues gäbe, würde man sie benachrichtigen. Wie lange die OP dauern könne, wusste niemand.

Während sie dort wartete, flehte sie Gott an, Eric zu retten. Sie hätte alles getan und alles versprochen, wenn man ihr die Gewissheit geben könnte, dass dieser Alptraum ein gutes Ende fände.

Während sie so verzweifelt da saß, stieg in ihr das unbestimmte Gefühl auf, dass Eric sie jetzt ganz besonders brauchte. Aber sie konnte nicht bei ihm sein. Und was hätte sie tun können? Die Ärzte mussten jetzt all ihre Kunst anwenden, um ihn wieder zusammenzuflicken.

Doch das Gefühl, dass Eric ohne sie nicht überleben würde, ging nicht weg. Nein, es wurde immer stärker. Sie wollte jetzt bei ihm sein. Wollte ihm all ihre Lebenskraft und ihre Energie geben. Ihre Nähe, ihre Liebe. Seit sie ein Paar waren, waren sie keine getrennten Individuen mehr. Sie waren eins. Eine Schöpfung, verteilt auf zwei Körper. Und jetzt litt ein Körper. Und ohne den anderen würde er nicht überleben.

Sie suchte eine Krankenschwester und als sie sie fand, bat sie eindringlich, Eric sehen zu dürfen.

„Das ist unmöglich während der OP. Bitte haben sie Geduld“, bekam sie als Antwort. Das Personal war es gewohnt, dass sich Angehörige sorgten. Und natürlich sprach jede Vernunft dagegen, dass Vera während der Operation zu Eric wollte.

„Sie müssen mich zu ihm lassen. Sonst wird er sterben“, erklärte Vera erneut.

„Die Ärzte tun alles, was möglich ist. Wenn sie fertig sind, können Sie sicher zu ihm. Sie können jetzt nichts für Ihren Mann tun.“

„Ich muss bei ihm sein. Bitte!“, flehte Vera.

Die Krankenschwester ließ sich nicht erweichen. Vera ging zurück zu den Stühlen vor dem OP-Bereich, setzte sich und betete weiter. Vor ihrem geistigen Auge sah sie nun den Operationstisch mit Eric und dem OP-Team. Es sah alles nicht nach Routine aus. Sie wusste nicht, wie eine solche OP verlaufen sollte, aber das, was sich in ihrem Kopf abspielte, hatte einen ganz schlechten Verlauf.

„Er braucht mich“, dachte sie. „Er braucht mich, wie noch nie!“

Das, was sie nun mit geschlossenen Augen vor sich sah, kam ihr vor, als wäre sie wirklich bei Eric im Operationssaal. Dort überstürzten sich die Ereignisse. Eric hatte extrem viel Blut verloren. Die Ärzte versuchten, das mit Blutkonserven zu kompensieren, doch sein Kreislauf war erheblich destabilisiert. Mehrmals versagten seine Organe und er musste zwischenzeitlich sogar reanimiert werden.

Erics körpereigenen Fähigkeiten der Selbstheilung, die er seit der Begegnung mit dem Alien beim Dogonvolk hatte, halfen ihm hier wenig, da seine Verwundungen zu gravierend waren. Die Messerstiche hatten wichtige Blutgefäße durchtrennt, so dass sein Körper nicht gleichzeitig alle Heilungsmechanismen angehen konnte. Doch von diesen Details wussten die Mediziner natürlich nichts. Verzweifelt versuchten sie alles Menschenmögliche, damit ihr Patient nicht starb.

Das Menschenmögliche reichte aber in diesem Fall nicht aus. Wieder zeigten die Monitore einen Herzstillstand, von Medizinern auch Asystolie genannt, an.

Entgegen dem, was oft im Fernsehen durch Arztserien dargestellt wird, kann eine Asystolie nicht durch Defibrillation therapiert werden, da für deren Funktionieren zumindest noch eine irreguläre Herztätigkeit vorhanden sein muss, die im Idealfall wieder gleichgerichtet werden kann. Die medikamentöse Maßnahme erfolgt mit Adrenalin, was bei Eric jetzt aber auch keine Wirkung mehr zeigte.

Die Flatline im EKG zeigte an, dass trotz aller ärztlichen Kunst Erics Herz nicht mehr schlagen wollte. In wenigen Minuten würde der letzte Rest von Leben Erics Körper verlassen.

Vera verfolgte das Geschehen, während sie mit geschlossenen Augen im Gang saß. Und trotzdem war sie auf eine unsichtbare Weise bei Eric. Ohne dass es die Ärzte wahrnahmen, hielt sie seine Hand und strich ihm über sein Gesicht.

„Sollen wir eine neue Gabe Adrenalin verabreichen?“, fragte ein Assistenzarzt hilflos.

„Wir werden noch einen Versuch machen“, erklärte der leitende Arzt. „Doch es ist wahrscheinlicher, dass eine solche zusätzliche Dosis einen Menschen eher umbringt, als dass sie ihn rettet. Aber da der Mann praktisch tot ist, haben wir nichts zu verlieren. Bei diesem erheblichen Blutverlust ist es schon fast unerklärbar, dass der Patient nicht schon früher verstarb.“ Eine OP-Schwester reichte ihm eine Adrenalinspritze, die er direkt in Erics Herz verabreichte.

Einen kurzen Moment zuckte Erics Körper, dann lag er wieder leblos da. Das EKG zeigte wieder die grausame Flatline. Das Leben wollte nicht wieder in Eric zurückkehren.

Vera, die immer noch im Geiste dabei stand, wollte schreien vor Panik und Schmerz. Verzweifelt beugte sie sich über Erics Kopf. „Du darfst nicht sterben“, flüsterte sie in sein Ohr. Niemand außer ihm konnte es hören. Niemand konnte Vera sehen. „Du weißt, dass ich Dich brauche. Du weißt, dass ich Dich liebe. Du kannst mich nicht alleine lassen.“ Sie strich ihm über sein Gesicht und küsste ihn auf den leblosen Mund. Lange und unendlich zärtlich. Mit einer Liebe, die allen Regeln und Gesetzen dieser Welt trotzte. Dann flüsterte sie weiter: „Du bist mein zweites Ich. Wir sind eins. Ich liebe dich unendlich.“ Unsichtbare Tränen rannen über ihre Wangen und benetzten Erics Gesicht. „Du musst leben, Eric.“ Wieder küsste sie ihn und betete, wie sie noch nie im Leben gebetet hatte.

Gerade wollte der leitende Arzt Erics Todeszeitpunkt verkünden, da erklang über die Überwachungslautsprecher ein erlösendes Piepsignal. Erics Herz schlug wieder und am Monitor waren wieder die charakteristischen gezackten Kurven zu sehen.

Vera hielt noch immer Erics Gesicht in beiden Händen. „Danke, großer Gott, dass du Eric gerettet hast“, betete sie.

„So spät hat das Adrenalin noch nie gewirkt“, meinte der Arzt und fügte noch an: „Da hat noch irgendetwas anderes geholfen.“

38

In Babelsgrund begleitete Arthur seine beiden afrikanischen Schützlinge in eine Aufnahmeeinrichtung für Flüchtlinge. Die Unterkunft, in der nun Adama und Mariam die nächsten Tage verbringen sollten, befand sich in einer ehemaligen US-Kaserne. Seit die amerikanischen Streitkräfte 2009 ihre letzten Einheiten aus Babelsgrund abgezogen hatten, wurden die hinterlassenen Kasernen und Grundstücke nur sehr zögerlich zu neuen Zwecken genutzt. Um der großen Zahl der Asylsuchenden 2015 und in den Folgejahren Herr zu werden, bot es sich an, die immer noch leerstehenden Gebäude entsprechend umzufunktionieren.

Nach dem Ende der Ost-West-Konfrontation in den 1990er Jahren reduzierten die NATO-Verbündeten ihre militärische Präsenz in Deutschland tiefgreifend. Die USA bauten ihre Truppen zwischen 1990 und 2000 von mehr als 200.000 auf etwa 70.000 Soldaten ab. Belgien und Kanada verlegten ihre in Deutschland stationierten Einheiten nahezu vollständig in ihre Heimatländer.

Arthur versprach Adama und Mariam, auch weiterhin zur Seite zu stehen. Jedoch musste er sich zunächst bei den Behörden als Jérôme Dumont melden, um dessen Sozialleistungen in Anspruch nehmen zu können. Dies würde mit einigem bürokratischen Aufwand verbunden sein, besonders da er seine Ansprüche von Deutschland aus an das französische Sozialsystem richten musste. Aber er wollte auf jeden Fall in Deutschland bleiben. Hier lebte seine Enkeltochter Laura, und der Kontakt zu ihr durfte nicht abreißen. Sobald er eine Bleibe in Babelsgrund gefunden hatte, wollte er sich bei ihr melden.

Er hoffte inständig, dass Laura die Entführung durch die Arnháton-Sekte inzwischen mental gut verarbeitet hatte. Dass er ihr in den letzten Monaten nicht beistehen konnte, hatte ihn anfangs selbst schwer belastet. Als er sich im Gebiet des Dogonvolkes verstecken musste, war er zur Untätigkeit verurteilt. Das war damals eine äußerst ungewohnte Situation für ihn.

Auch Arthurs Trennung von Adama und Mariam fiel jetzt allen nicht leicht. Zusammen hatten sie viel durchgemacht. Besonders Mariams Schicksal ging Arthur sehr nahe. In Afrika hatte er geholfen, sie aus teuflischen Bindungen zu befreien. Bis dahin hatte er nicht an die leibhaftige Existenz des Teufels geglaubt, doch seit den Ereignissen in Dirkou war er sich sicher, dass der Satan existiert. Aber auch, dass man ihn mit Gottes Hilfe bekämpfen kann.

Als Arthur vor einigen Monaten in Dirkou miterleben musste, wie die damals besessene Mariam ihn zwang, Menschenfleisch zu essen, war ihm bewusst geworden, dass die größte List des Teufels darin bestand, die Menschen glauben zu machen, dass er nicht existiert. Nachdem Pfarrer Toé Dembélé ihn und Mariam vom Platz des blutigen Geschehens abgeholt hatte, kümmerte sich der Gottesmann rührend um die Frau.

Als Mariam wieder erwacht war, zeigte sich der Dämon zunächst nicht. Sie erinnerte sich jedoch bruchstückhaft an die Geschehnisse. Aber die Erinnerungen wirkten fremd, eher wie ein Alptraum.

Im Beisein von seiner Haushälterin und Arthur erklärte Pfarrer Toé Mariam, dass sich durch den Juju-Zauber ein Dämon in ihr manifestierte, der sowohl für die Bindung an die Menschenhändler als auch für die Taten wie den kannibalistischen Akt verantwortlich war. Mariam schien nicht überrascht zu sein über Toés Ausführungen. Sie wusste einiges über das Christentum. In ihrem Heimatdorf war sie in eine christliche Schule gegangen und hatte dort ein Grundwissen über Jesus und die Bibel bekommen. Trotzdem hatte ihre Familie sie gedrängt, am traditionellen animistischen Glauben festzuhalten. Gehorsam fügte sie sich damals. Auch als sie sich entschlossen hatte, den Weg nach Europa anzutreten.

Jetzt erinnerte sie sich an alles, was man sie in der Schule über Jesus gelehrt hatte und sie setzte nun alle Hoffnung darauf.

„Vertreiben Sie den Dämon“, bat sie nun. „Befreien Sie mich von dem Juju-Zauber, dass ich von allen Bindungen erlöst bin. Dann werde ich mein Leben voll und ganz Jesus Christus schenken.“

Toé war erleichtert über Mariams Einsicht, aber er gab auch zu bedenken: „Der Dämon wird dich nicht kampflos ziehen lassen. Der Exorzismus wird dich an die Grenze von dem bringen, was du ertragen kannst.“

„Ich will frei sein. Dafür werde ich alles ertragen“, antwortete Mariam und im selben Augenblick war eine Wesensänderung zu erkennen.

Der Dämon zeigte sich in ihr und verzerrte ihr Gesicht zu einer hässlichen Fratze. Ihre Stimme war nicht mehr wieder zu erkennen: „Ihr wollt mir mein Spielzeug wegnehmen? Ihr glaubt, ihr könnt mich mit ein paar lächerlichen Worten aus einem alten Buch vertreiben? Fickt euch. Ihr werdet alles nur schlimmer machen.“

Arthur war entsetzt über das urplötzliche Erscheinen des Dämons. Toé hingegen war alles andere als überrascht. „Mit der Hilfe des Allmächtigen werde ich auch dieses Kind Gottes befreien. Der Glaube ist ein scharfes Schwert, das auch die finstersten Mächte besiegt.“

Der Dämon in Mariam lachte auf eine ekelerregende Weise und spuckte Toé ins Gesicht. „Ich kenne deine Schwächen, Mensch. Dein übertriebenes Mitleid wird dich zu Fall bringen. Und dann werde ich dich diese Frau fressen lassen, so wie ich den alten Mann dazu gebracht habe, Makanda zu fressen.“

Arthur spürte auf einmal eine Eiseskälte in dem Raum. Er vermied den Blickkontakt mit der besessenen Mariam. Das höhnische Grinsen war unerträglich.

„Wir müssen sie ins Praetorium bringen“, befahl Toé. Mit Praetorium meinte er einen Raum, den er speziell für Rituale wie den Exorzismus vorbereitet hatte. Es war der ehemalige Innenhof des Hauses, der nachträglich überdacht wurde. Durch die umliegenden Zimmer war das Praetorium weitgehend schallgeschützt, so dass keine Nachbarn auf die Exorzismen aufmerksam wurden. Durch eine kleine Öffnung in der Decke fiel nur wenig Licht in den Raum. Die Wände waren über und über mit herausgetrennten Bibelseiten tapeziert. Einzelne Bibelverse hatte er in riesigen Buchstaben darüber geschrieben. Sowohl Verse aus dem Neuen Testament, als auch aus Jesaja 12,2: „Siehe, Gott ist mein Heil. Ich vertraue und erschrecke nicht. Denn meine Stärke und mein Lied ist Gott, der HERR. Er wurde mir zum Heil.“ Während Toé, dessen Mitarbeiterin Aïssata und Arthur die um sich schlagende Mariam ins Praetorium brachten, versuchte der Dämon nun eine neue Strategie. Statt zu spotten, täuschte er nun vor, dass Mariam um Mitleid bettelte: „Lasst mich los. Ich ertrage das nicht. Bringt mich zurück in Makandas Bar. Ihr bringt mich um!“

„Hör nicht darauf“, wies Toé Arthur an. „Der Teufel weiß, dass unser Mitleid unsere schwächste Stelle ist. Das ist nicht Mariam, die da spricht. Das ist der Dämon.“

In einer Ecke des Praetoriums lag ein totes Lamm. In der gegenüberliegenden Ecke waren einige Wolldecken gestapelt. Ansonsten befanden sich nur zwei Stühle in der Raummitte.

Als sie den Raum betraten, entdeckte der Dämon sofort das tote Lamm am Boden und ließ Mariam darauf zu eilen. Als wäre sie halb verhungert, kniete sie vor dem Tier, krallte ihre Finger in das Fell und vergrub ihre Zähne in dessen Bauch, um ihn aufzureißen. Nach mehreren Ansätzen hatte sie es geschafft. Mit beiden Händen riss sie die blutige Öffnung auf, um an das Herz des Tieres zu gelangen.

Arthur wandte den Blick angeekelt ab. Er wollte nicht sehen, wie Mariam in die blutigen Innereien griff, das Herz mit den Blutgefäßen herauszerrte und sie mit ihren Zähnen abtrennte. Er wäre am liebsten geflohen, doch er wusste, er wurde gebraucht, um zu helfen.

Als Mariam alle Venen und Arterien abgebissen hatte, sah sie mit dem Herz in der Hand nach oben und schrie entsetzt auf. Erst jetzt hatte sie ein metallenes Kreuz auf Kopfhöhe in der Ecke entdeckt. Toé hatte das Lamm und das Kreuz absichtlich so positioniert, um den Dämon vor dem Symbol der Christenheit knien zu lassen.

Mit lauter Stimme befahl Toé: „Ausgeburt des Teufels. Du sollst vor dem Kreuz des Erlösers knien. Du sollst deine Knie beugen, denn nur Jesus Christus gebührt alle Ehre.“

Wutentbrannt darüber, dass er ausgetrickst wurde, schleuderte der Dämon das blutige Herz in Richtung des Pfarrers. Er verfehlte ihn aber und es klatschte an Arthurs Brust.

Mariam stand auf und stapfte den Männern entgegen. Ihre Bewegungen waren fremdartig mechanisch, ihr Gesicht voller Blut des Lammes. Mit gutturaler Stimme schrie sie: „In mir ist die Macht Satans. Ihr sollt vor mir knien!“

Toé griff nach seiner Bibel und hielt sie ihr entgegen. Mit drohender Stimme zitierte er aus dem Johannesevangelium: „Im Anfang war das Wort, und das Wort war bei Gott, und das Wort war Gott. Dieses war im Anfang bei Gott. Alles wurde durch dasselbe, und ohne dasselbe wurde auch nicht eines, das geworden ist. In ihm war Leben, und das Leben war das Licht der Menschen. Und das Licht scheint in der Finsternis, und die Finsternis hat es nicht erfasst.“

Arthur fragte unsicher: „Ist das jetzt mein Einsatz?“

„Noch nicht“, flüsterte Toé. „Aber halte die Bibel bei dir, die ich dir gab. An ihr kommt der Dämon nicht vorbei.“

Weiter kämpfte Toé mit Bibelzitaten gegen den Dämon, diesmal aus dem Epheserbrief: „Legt die Rüstung an, die Gott für euch bereithält; ergreift alle seine Waffen! Damit werdet ihr in der Lage sein, den heimtückischen Angriffen des Teufels standzuhalten. Setzt den Helm der Rettung auf und greift zu dem Schwert, das der Heilige Geist euch gibt; dieses Schwert ist das Wort Gottes.“

„Schweig!“, schrie der Dämon und ließ Mariams Finger in ihren eigenen Hals krallen. „Wenn du weiter diese Worte verkündest, dann werde ich Mariam sich selbst die Halsschlagadern öffnen lassen.“

„Du willst verhandeln? Du Brut Satans“, fragte Toé.

„Lass uns reden. Reden könnt ihr Menschen doch so endlos lange.“

„Verlasse Mariam, dann müssen wir nicht reden.“

„Was liegt dir denn an dieser Frau, dass du sogar bereit bist, dich mit den Mächten der Finsternis anzulegen?“, fragte der Dämon mit gespielter Unwissenheit. „Bist du geil auf sie? Willst du sie besteigen? Hoffst du darauf, dass du sie ficken kannst, wenn du den Juju-Zauber besiegt hast?“

„Jeder Sieg gegen die Gefolgschaft des Teufels ist für mich die allerhöchste Befriedigung. Wenn du Mariam verlassen hast, werde ich den nächsten Dämon aus dem nächsten Opfer vertreiben. Und danach den Nächsten. Und danach wieder den Nächsten. Ich werde niemals aufgeben.“

„Was macht dich denn so sicher, dass du es nicht bist, der besessen ist?“ Der Dämon ließ Mariam jetzt mit fast normalen Gesichtszügen reden. Nur das Blut des Lammes in ihrem Gesicht und an ihren Händen gab ihr ein schauriges Aussehen. „Vielleicht machst du den ganzen Exorzismus-Hokuspokus ja, um die Menschen erst recht wahnsinnig zu machen.“

„Du hast Mariam schon wahnsinnige Dinge tun lassen. Ich habe die Medizin dagegen. Gottes Wort wird sie heilen.“

„Gottes Wort. Gottes Wort. Gottes Wort“, spottete der Dämon. „Kannst du nicht mal auch ein eigenes Wort sagen?“

„Gottes Wort ist das Schwert, das dich zur Strecke bringt. Beuge dich vor dem Erlöser Jesus Christus und fahre aus von diesem Kind Gottes!“

Der Dämon lachte schauerlich. „Deshalb hast du alle Wände mit Bibelseiten tapeziert. Du glaubst, dass mich ein paar Seiten Papier besiegen könnten?“

„Du kennst die Macht der Bibel“, erklärte Toé siegessicher.

„Dann pass mal auf!“ Mit einem unheimlichen Zischen entzündeten sich alle Bibelblätter an den Wänden und die Flammen verzehrten in kürzester Zeit das Papier. Für einen Moment war der Raum hell erleuchtet. Der Brandgeruch lag unangenehm in der Luft. Glücklicherweise hatte sonst nichts Feuer gefangen. „Soviel zu deiner Wanddekoration. Du langweilst mich mit deinen kindischen Versuchen, ein Exorzist zu sein.“

Das hatte Toé bisher noch nicht erlebt. Vor den Bibeltexten an den Wänden hatten die Dämonen bislang immer gehörigen Respekt. Dass der vor ihnen stehende Dämon sie sogar durch Feuer vernichten konnte, zeigte, dass er wohl mächtiger war als alle anderen zuvor. Trotz allem traute er sich scheinbar nicht die Bibeln in den Händen von Toé, Aïssata und Arthur ebenfalls zu entzünden.

„Euer Gott ist tot“, höhnte der Dämon. „Ich habe ihn vor zweitausend Jahren ans Kreuz schlagen lassen. Ihr verschwendet euer Leben, wenn ihr nicht eurem Glauben abschwört.“

Toé antwortete auch jetzt mit einem Bibelvers: „Aber da mir Hilfe von Gott zuteilwurde, so stehe ich fest bis zu diesem Tag und lege Zeugnis ab vor Kleinen und Großen und lehre nichts anderes, als was die Propheten und Mose gesagt haben, dass es geschehen werde: nämlich, dass der Christus leiden müsse und dass er als der Erstling aus der Auferstehung der Toten Licht verkündigen werde seinem Volk und allen Nationen.“

Zornig schrie der Dämon über dieses erneute Bibelzitat auf. Und was dann geschah, raubte Arthur den Atem. Toé und Aïssata schienen weniger überrascht zu sein.

Die besessene Mariam erhob sich von dämonischen Kräften getragen eine Körperlänge in die Luft. Ihr Gesicht erschien jetzt, trotz der dunklen Hautfarbe, bleich und aufgedunsen. Ihre Augen blickten voller Hass auf die drei Menschen unter sich. „Wenn ihr noch einmal die Bibel zitiert, werde ich Mariam die Eingeweide aus ihrem Bauch herausreißen. Ich werde ihr Blut auf euch regnen lassen. Noch ein Wort aus diesem Buch und sie ist tot.“

Toé flüsterte zu Arthur: „Er blufft. Lass dich davon nicht beeindrucken. Jetzt haben wir ihn soweit. Ich werde ihn weiter das Wort Gottes spüren lassen. Und du bestätigst es immer wieder mit einem lauten ‚Schweig und fahr aus von diesem Menschen!‘. Bist du bereit?“

Arthur nickte. „Ich bin bereit.“

Toé streckte wieder seine Bibel der Besessenen entgegen und rezitierte: „Jesus rief seine Jünger zusammen und gab ihnen Gewalt und Macht über alle Dämonen.“ Dann sah er zu Arthur, der nun seinen kurzen, aber wichtigen Satz zu dem Dämon sagte: „Schweig und fahr aus von diesem Menschen!“

Mariams Körper, der immer noch schwebte, wurde nun von der teuflischen Macht unnatürlich nach hinten gebogen. „Ich werde Mariam jeden Knochen im Leib brechen, wenn ihr nicht aufhört.“

„Das wird er nicht. Er ist ein Lügner. Achte nicht auf ihn, Arthur“, erklärte Toé und fuhr fort: „Die von unreinen Geistern umgetrieben wurden, die wurden gesund."

Laut befahl Arthur dem Dämon: „Schweig und fahr aus von diesem Menschen!" Da bemerkte er, dass Blut aus Mariams Mund rann.

Toé meinte nur: „Weitermachen!" Mit fester Stimme rief er: „Siehe, Jesus treibt Dämonen aus und macht gesund!"

Und sofort fügte Arthur an: „Schweig und fahr aus von diesem Menschen!"

Die satanischen Mächte ließen Mariam vor Schmerzen schreien. Arthur wäre gerne weggelaufen, doch er wusste, dass sie nur gemeinsam diesen Teufel besiegen konnten. Der Blutstrom aus Mariams Mund verstärkte sich. Es rann über ihr Kinn, tropfte auf ihr Kleid. Dort sammelte sich eine derartige Menge, dass es weiter auf den Boden tropfte. Arthur zweifelte, dass Mariam das überleben würde, doch Aufgeben war keine Option.

„Jesus gebietet auch den unreinen Geistern, und sie gehorchen ihm!", rief Toé und Arthur ergänzte wieder.

„Die unreinen Geister sahen Jesus, fielen vor ihm nieder und schrien: Du bist Gottes Sohn!", zitierte Toé und Arthur rief seinen Satz. Das wiederholte sich immer und immer wieder. Der Dämon behielt Mariam in der Luft und verdrehte ihren Körper als wolle er ihr die Glieder ausreißen. Ihr Blut tropfte in immer größeren Mengen. Dabei schrie sie und bettelte, dass Toé und seine Helfer aufhören sollten.

Toé hörte nicht auf. Arthur sagte weiter seinen Vers. Und Aïssata betete unaufhörlich. Mariam starb nicht. Toé hatte die Situation richtig eingeschätzt. Jedoch konnte sich Arthur in diesem Moment nicht vorstellen, dass Mariam aus diesem Martyrium ohne bleibende Schäden herauskommen würde. Und noch war nicht zu erkennen, dass der Dämon aufgab.

Immer wieder und wieder wiederholte Toé seine Bibelstellen. Der Dämon wurde immer wütender und grausamer. Der Gottesmann wusste, dass sein Gegner nun zum finalen Angriff übergehen würde.

Mit einer blitzschnellen Bewegung schwang Mariam aus der Luft hinunter, direkt vor Arthur. Nur wenige Zentimeter vor seinem Gesicht blieb sie stehen und sah ihm direkt in die Augen. Mit zischender Stimme meinte der Dämon: „Was schlägst du dich auf die Seite von diesem Schwanzlutscher? Du hast nie an Gott geglaubt. Warum hältst du dich nicht raus?"

Arthur erstarrte. Das zu einer Fratze verzerrte Gesicht Mariams wirkte schmerzhaft schauerlich. Er spürte, wie seine Knie weich wurden. Ebenso die Muskeln seiner Arme. Ohne es zu bemerken ließ er die Bibel, die er die ganze Zeit in seiner rechten Hand gehalten hatte, fallen.

„Nein! Nicht!“, schrie Toé. Er wusste, dass Arthur jetzt ohne Schutz war.

Der Dämon ließ Mariam irre grinsen. „Gib mir deine Zweifel und lass mich in deine Seele.“ Aus Mariams weit geöffnetem Mund kroch ein Schatten, wie klebriger, schwarzer Rauch. Er schwebte einen Moment zwischen den Köpfen, dann drang er in Arthurs Mund und verschwand tief in seinem Inneren.

Mariams Körper erschlaffte, aber sie stand noch immer aufrecht. Toé griff nach dem Silberkreuz, das an einer Kette an seinem Gürtel hing, und trat von hinten an sie heran. Er legte seinen linken Arm um ihre Hüfte, um sie davor zu bewahren, nach hinten zu kippen und auf den Boden zu schlagen. Mit dem Kreuz in der Hand legte er auch seinen rechten Arm um sie und drückte das silberne Metall auf ihr Herz.

„Aïssata. Geh zu Arthur!“, befahl Toé. Sie folgte dem Beispiel des Pfarrers und umschlang in gleicher Weise Arthur. Als sie ihr Silberkreuz auf sein Herz drückte, schrie Arthur auf und der Schatten entwich aus seinem Mund. Der Dämon wollte zurück in Mariams Körper, doch offenbar gelang es ihm nicht. Mit hektischen Bewegungen setzte der Schatten immer wieder an, in ihren Hals zu gelangen. Dabei zuckte Mariam, als würden Krämpfe sie plagen.

„Jesus Christus, schütze diese Kinder Gottes. Schicke diesen Teufel zurück in die Hölle, wo er hingehört“, beteten Toé und Aïssata laut.

Der Schatten versuchte nun erneut, in Arthur einzufahren, doch solange das Kreuz auf seinem Herzen war, war dies offenbar unmöglich. Er umrundete die Gruppe mehrere Male, dann schwebte er zu dem toten Lamm in der Ecke. Dort fuhr er in den Mund des Tieres und verschwand.

„Wir müssen die Kreuze auf den Herzen lassen“, erklärte Toé. Währenddessen bewegte sich das Lamm. Steif und mechanisch versuchte es, auf die Beine zu kommen. Nach einigen Ansätzen gelang es. Aus der Wunde in seinem Bauch quollen Innereien und Blut. Es versuchte,

Schritte zu machen, doch die Koordination funktionierte nicht. Seine Beine knickten um oder stapften rückwärts.

Es war kein echtes Leben in dem Tier, nur der Dämon, der die tote Hülle besetzt hatte. Das Lamm warf sich auf die Seite, zuckte und strampelte mit den Beinen. Dann gab es ein Fauchen von sich, das direkt aus der Hölle zu kommen schien. Es riss das Maul auf, weiter als jede Anatomie es zulassen könnte. Blut sprudelte heraus und schließlich entwich der Dämon auch wieder hieraus.

Der Schatten zischte durch den Raum, wie eine Fledermaus. Mehrere Runden drehte er so, stieg immer höher und floh durch die Öffnung in der Decke.

Toé und Aïssata wussten, dass sie jetzt die Silberkreuze wieder von den beiden Bewusstlosen nehmen konnten. Vorsichtig legten sie die Körper auf dem Boden ab. Arthur hatte seine sichtbaren Spuren von dem Kampf mit dem Dämon abbekommen. Mariams Körper war von dem Dämon derart malträtiert worden, dass selbst Toé Zweifel hatte, ob sie jemals wieder ein normales Leben führen könne.

Aber das Wichtigste war, dass der Dämon vertrieben wurde und damit der Juju-Zauber keine Macht mehr hatte. Wenn Mariam aufwachte, wäre sie frei. Frei für ein neues Leben.

39

Während Vera bei Eric im Krankenhaus darauf wartete, dass er aus der Narkose aufwachte, war Laura mit Tom bei Saul im Haus der Harders, um Phánuël zu betreuen. Die Gefühle in Laura fuhren Achterbahn. Einerseits war sie überglücklich, dass Saul ihre Zuneigung erwiderte. Andererseits machte ihr die Sorge um Eric zu schaffen. Noch wusste sie nicht, ob er überleben würde oder nicht. Zudem hatte sie noch nicht die Erkenntnis verdaut, dass Phánuël eine Fähigkeit hatte, die weit über das ging, was mit naturwissenschaftlichen Mitteln zu erklären war.

Aber in ihrem Gefühlschaos überwog die Glückseligkeit, dass der Mann, dem all ihre Liebe galt, ebenso empfand. Beide spürten eine Verbundenheit, wie sie sie noch nie gespürt hatten. Sie wussten nicht, wie sie nun die gemeinsame Zukunft gestalten sollten. Aber sie waren sich sicher, dass Gott einen gemeinsamen Weg für sie beide finden würde.

Es war Abend und sie hatten gerade die beiden Jungs zu Bett gebracht, da rief Vera an, um ihnen die freudige Nachricht mitzuteilen, dass Eric außer Lebensgefahr war. Laura rannen vor Erleichterung Tränen übers Gesicht. Vera ließ bei ihrem Anruf die dramatischen Details, die sich im OP abgespielt hatten, aus und berichtete nur, dass die Rettungsoperation gelungen sei. Sie erklärte, dass sie die Nacht im Krankenhaus verbringen wolle und bat Laura und Saul, auch weiterhin auf Phánuël aufzupassen. Beide antworteten nachdrücklich, dass das überhaupt kein Problem sei und ihnen bewusst ist, dass Eric nun Vera ganz besonders brauchte.

Nach dem Telefonat setzten sich Laura und Saul an den Küchentisch und beteten für Eric. Aber auch für die unzähligen anderen Dinge, die im Moment noch ungeklärt waren. Da war zum Beispiel die Beschaffung der Bibeln, die die Zeitreise antreten sollten. Oder die Frage nach dem Umgang mit Phánuëls übernatürlicher Fähigkeit. Ebenso Toms Zukunft und dass die Arnháton-Sekte fern bleiben würde. Von den geheimen Aktionen der Arnhátonleute ahnte Laura noch nichts. Sie betete auch für ihren Großvater. Und natürlich baten sie Gott auch darum, dass er ihnen zeigte, wie ihre Liebe eine Zukunft haben kann.

Sie beteten abwechselnd und nachdem sie am Schluss ihre Gespräche mit Gott mit einem kraftvollen „Amen“ bestätigten, gingen sie rüber ins Wohnzimmer. Dort setzten sie sich auf die Couch, kuschelten sich aneinander und genossen die Nähe.

„Warum bleibst du nicht einfach hier in unserer Zeit?“, fragte Laura.

Saul hatte geahnt, dass Laura irgendwann diese Frage stellen würde. „Weil ich in der Endzeit gebraucht werde. Mein Körper verkraftet die Zeitreisen so gut wie kein anderer. Es würde Monate dauern, bis man jemanden gefunden hätte, dessen Zellen ähnlich resistent sind wie die meinen.“

„Aber völlig unersetzbar bist du nicht?“

„Nein. Aber die Zeit, die benötigt wird, um mich zu ersetzen, ist extrem wertvoll. Und man verlässt sich darauf, dass ich nicht einfach hierbleibe.“

„Könntest du nicht einfach zwanzig Jahre hierbleiben und dann die

Zeitmaschine so einstellen, dass du zu dem Zeitpunkt dorthin zurückkehrst, wo du eigentlich landen willst?“

Saul schmunzelte. „Ein guter Gedanke. Aber die Rückreisekoordinaten wurden bereits von den Wissenschaftlern in meiner Zeit eingegeben. Ich kann nur die Zeitmaschine in Betrieb setzen, wenn ich zurückreisen will. Außerdem ist für den genauen Zeitpunkt meiner Ankunft in meiner Ursprungszeit noch wichtig, dass ich nicht mehr als 32 Tage hierbleibe. Sollte ich länger bleiben, schwankt die Ankunftszeit exponentiell. Das bedeutet zum Beispiel, dass, wenn ich einen Tag länger bleibe, ich nicht mehr am Ursprungstag ankomme, sondern etwa eine Woche früher oder auch eine Woche später. Bleibe ich zwei Tage länger, schwankt der Ankunftszeitraum etwa um 40 Tage. Und mit jedem Tag, den ich länger bleibe, wird die Schwankung wesentlich größer. Würde ich ein Jahr hierbleiben, dann wäre der Schwankungszeitraum größer, als wahrscheinlich die Zeitmaschine existiert. Man spekuliert, dass ich dann in einem temporären Nichts lande. Was auch immer das bedeutet.“

„Das ist wirklich schwer zu verstehen“, seufzte Laura.

„Kurz gefasst heißt das, ich kann nur bis zu 32 Tage bleiben. Andernfalls scheitert die Mission oder ich sterbe. Beides wollen wir nicht.“

„Auf keinen Fall“, bestätigte Laura.“ Sie zog seinen Kopf zu sich und küsste ihn. Sie weigerte sich, an den Tag zu denken, an dem er zurück in seine Zeit reisen würde. Für sie gab es nur das Jetzt und Hier.

„Mit mir gibt es keine Zukunft“, flüsterte Saul resigniert.

„Doch“, widersprach Laura. „Wir können sie nur noch nicht sehen. Aber bis dahin haben wir die Gegenwart.“ Sie änderte ihre Sitzposition, so dass sie beide Arme um seinen Hals schlingen konnte. Wieder küsste sie ihn, und das fühlte sich für beide vollkommen gut und richtig an.

„Was, wenn es für uns nur eine Chance gibt und wir sie nicht erkennen?“, fragte Saul.

„Gott wird sie uns zeigen. Und jetzt möchte ich, dass du weder an die Zukunft denkst, noch an die Vergangenheit. Ich möchte, dass du jetzt voll und ganz bei mir bist.“ Ein weiterer Kuss besiegelte Lauras Worte und Saul sank rücklinks auf die Couch, so dass Laura nun auf ihm lag. Der Duft ihrer Haut war unwiderstehlich, und ihre Küsse ließen ihn wirklich Zeit und Raum vergessen. Seine Hände strichen über ihr Haar, ihren Hals, ihren Rücken, ihre Hüfte. Und auch Lauras Hände konnten und wollten von Saul nicht lassen. Jede ihrer Berührungen ließen ihn spüren, dass Gott diese Frau für ihn geschaffen hatte. Und dass Gott ihn durch die Zeit geschickt hatte, damit er ihr seine Liebe geben konnte.

40

Für Harald war es nicht schwer, die Grundbestandteile zu besorgen, um damit in seinem Haus selbst Nitroglycerin herzustellen. Glyzerin bekam er problemlos in der Apotheke. Schwefelsäure konnte er im Restaurierungs- und Handwerksbedarf besorgen. Für die konzentrierte Salpetersäure musste er zwar nach einem Händler im Darknet suchen, aber auch das war machbar.

Als er die Chemikalien in seinem Haus nach einer Anleitung, die er sich aus dem Internet besorgte, zusammenmischte und bei konsequenter Einhaltung von vorgegebenen Temperaturen zur Reaktion brachte, schwitzte er sprichwörtlich Blut und Wasser. Im Bewusstsein, dass der kleinste Fehler eine katastrophale Wirkung haben könnte, generierte er zunächst eine winzige Menge des flüssigen Sprengstoffs, die etwa der eines Schnapsglases entsprach. Dann machte er mit Hilfe eines alten Smartphones und einer Münze einen ersten Versuch in einem einsam gelegenen Stück Wald.

Um das Nitroglycerin zu transportieren, füllte er es in einen kleinen Luftballon ab. Dabei achtete er darauf, dass sich keine Luft mehr in dem Ballon befand. Dann steckte er den Ballon in eine bauchige Wasserflasche. So war die Sprengflüssigkeit durch das umgebende Wasser vor harten Schlägen geschützt.

In dem abgelegenen Gelände legte er das alte Smartphone waagerecht auf den Boden und präparierte das Display mit Klebeband so, dass man darauf die Flüssigkeit aus dem Luftballon gießen konnte, ohne dass es an den Seiten herunterlief. Dann legte er vorsichtig eine 10-Cent-Münze hinein. Mit klopfendem Herzen entfernte er sich so weit, dass er gerade noch die Stelle sehen konnte, wo er das Arrangement abgelegt hatte.

Dann wählte er mit seinem üblichen Handy die Nummer des präparierten Smartphones.

Ein lauter, scharfer Knall ertönte. Die Vibration des Mobiltelefons beim Klingeln ließ die Münze im Nitroglycerin tanzen, was zu winzigen Erschütterungen führte. Diese reichten aus, um eine Detonation herbeizuführen. Er hatte es geschafft. Aus mehr oder weniger gewöhnlichen Bestandteilen hatte er eine Konstruktion entwickeln können, die ihm erlaubte, eine ferngesteuerte Sprengung herbeizuführen.

Als er nach den Überresten des zerstörten Handys suchte, war so gut wie nichts mehr zu finden. Die Sprengkraft der relativ kleinen Menge Nitroglycerin war verheerend. Noch weitaus verheerender würde es sein, wenn er zwei volle Liter in der Hamburger Elbphilharmonie zur Explosion brächte.

Fēi, Haralds Schutzengel, betrachtete dessen Anschlagsvorbereitungen mit verzweifelter Sorge. Sie wusste, dass hinter seinen Plänen keine rationale Entscheidung stand, sondern Trauer, Wut und Schmerz. Sie wusste, dass er niemals Genugtuung spüren würde, selbst wenn sein Anschlag gelänge und alle zwanzig Staatsoberhäupter dabei umkämen. Und sie spürte Haralds Leid und die große Leere in ihm, weil er die Hoffnung aufgegeben hatte, jemals einen Menschen zu finden, der bereit war, sein Schicksal zu teilen.

Als Schutzengel war es ihr zwar erlaubt, unauffällig in sein Leben einzugreifen, aber die Visionen von der jenseitigen Welt durfte sie ihm nicht nehmen. Das widerspräche dem Grundgedanken, dass Engel nur im Verborgenen wirken durften. Also beschränkte sie sich darauf, dass sie ihm dadurch half, dass er nicht durch Unfälle oder ähnliches Schaden nahm. Bei der Herstellung des Sprengstoffs sorgte sie mehrmals unbemerkt dafür, dass es nicht zu ungewollten Explosionen kam. Wenn Harald alleine war, konnte sie problemlos einwirken. Wenn er später im Beisein vieler anderer Personen das Nitroglycerin transportieren würde, war es schwieriger, die Naturgesetze zu manipulieren, ohne dass es auffiel. Erkennbare Wunder wären ihr unmöglich, selbst wenn es Haralds Tod bedeutete.

Von diesen Engelstaten bekam Harald nichts mit, da Fēi ja immer hinter ihm bleiben musste. Als sich Harald am folgenden Tag daran machte, zuhause das Nitroglycerin in größeren Mengen zu produzieren, glaubte er, ein begabter Chemiker zu sein, aber nur dank seines Schutzengels flogen sein Haus und der Rest der Nachbarschaft nicht in die Luft.

An seinem Arbeitsplatz erschien Harald mehrmals verspätet und wirkte auch auffällig unmotiviert. Hätte er nicht bereits die Akkreditierung für seine Journalistentätigkeit bei dem G20-Gipfeltreffen, so hätte die Chefredaktion den Auftrag zur Berichterstattung an einen anderen Mitarbeiter vergeben. Sandrine versuchte zwar, seine Nachlässigkeiten vor den Kollegen zu beschönigen, doch Haralds Wesensänderung war unübersehbar. Zu seinem Glück wäre der Antrag auf eine Neuakkreditierung eines anderen Kollegen zu zeitaufwändig und zu umständlich. Also fand sich die Redaktion damit ab, dass Harald zu diesem Zeitpunkt nicht der vorbildliche Mitarbeiter war, wie man ihn sonst kannte. Man hoffte, dass er zu seiner alten Form zurückfände, wenn er vor Ort in Hamburg wäre.

Doch für Harald war seine journalistische Tätigkeit nur das Mittel zum Zweck. Und der Zweck war für ihn, die großen Führer dieser Welt mit einer gigantischen Explosion umzubringen. Diesem Plan ordnete er alles unter. Ohne die Aussicht auf Heilung und Liebe hatte sein Leben keine Bedeutung mehr für ihn. Und ebenso hatte der Tod seine Bedeutung verloren.

41

Es dauerte noch bis zum nächsten Morgen, bis Eric wieder bei Bewusstsein war. Vera blieb die ganze Zeit an seinem Bett, hielt seine Hand und gab immer wieder dem Bedürfnis nach, zärtlich über seinen Arm oder sein Gesicht zu streicheln. Als er aufwachte, weinte sie vor Glück. Die Erleichterung, dass ihre große Liebe wieder auf dem Weg der Besserung war, überwältigte sie. Bevor er ein Wort sagen konnte, nahm sie sein Gesicht in ihre Hände und bedeckte es mit unzähligen Küssen.

Eric war schwach und unglaublich müde. Trotzdem genoss er Veras Nähe und ihre Liebesbezeugungen. Er wusste, dass es für sie unerträglich gewesen wäre, hätte er die Attacke nicht überlebt. Allein deshalb war er froh, nicht gestorben zu sein.

Eigentlich hätte Vera jetzt dem Krankenhauspersonal mitteilen müssen, dass Eric wach war, aber sie wollte erst noch ein paar gemeinsame Minuten miteinander verbringen, bevor sie es meldete. Sie setzte sich so an seine Bettkante, dass sie halb bei ihm lag. Ihre Lippen berührten seine Wangen. Er hatte nicht die Energie, ihre Liebkosungen zu erwidern, aber sie gaben ihm Kraft und Zuversicht. Er hatte zwar nicht mitbekommen, dass nur ihre Liebe ihn davor bewahrt hatte, auf dem OP-Tisch zu sterben, aber er war sich auch jetzt sicher, dass er immer noch lebte, da sie einen gemeinsamen Lebensweg vor sich hatten.

Nur fünf Minuten hatte Vera still bei ihrem Mann liegen wollen, doch war ihr Bedürfnis, ihm ihre Nähe zu schenken, derart übermächtig, dass sie sich erst nach zwanzig Minuten von ihm losriss, um einer Krankenschwester zu melden, dass Eric erwacht war. Wenig später wurde Eric weiteren Untersuchungen unterzogen. Ein Arzt sah sich schmunzelnd seine Werte an.

„Sie sind ein medizinisches Phänomen", erklärte der Arzt. „Als sie hier eingeliefert wurden, sah es sehr schlecht um sie aus. Ich würde sogar sagen, es sah außerordentlich schlecht um sie aus."

„Ich erinnere mich nur daran, dass jemand in meinen Rücken gestochen hat", erwiderte Eric.

„Ihre rechte Niere wurde stark geschädigt. Und auch wichtige Blutgefäße hatte der Täter durch weitere Stiche erheblich verletzt. Es stand wirklich schlimm um sie, als sie auf dem OP-Tisch lagen. Eigentlich konnten wir nichts mehr für sie tun. Dass unser letzter Versuch, ihr Herz wieder zum Schlagen zu bringen, erfolgreich war, gleicht einem Wunder.

Vera, die noch immer Erics Hand hielt, bestätigte: „Manchmal muss Gott Wunder tun, damit die Liebe siegt."

„Schade, dass ich meinen anderen Patienten nicht einfach eine Portion Liebe verschreiben kann", scherzte der Arzt. „Das würde meine Arbeit erheblich einfacher machen."

Der Mediziner war zwar mit Erics Heilungsverlauf sehr zufrieden, aber es war trotzdem noch lange nicht abzusehen, wann er von der Intensivstation in die reguläre Station verlegt werden könnte. „Sie sollten jetzt nach Hause gehen und sich ausruhen, Frau Harder. Ihrem Mann geht es den Umständen entsprechend gut. Jetzt müssen Sie Kraft schöpfen."

Eric nickte bestätigend.

„Ich werde erst einmal Laura und Saul anrufen, damit sie sich nicht weiter Sorgen machen. Und dann noch die Mitarbeiter der Flüchtlingshilfe, die alles miterlebt haben."

„Delegieren Sie so viel wie möglich", riet der Arzt. „Sie können sich nicht um alles kümmern."

„Lassen Sie mich noch eine halbe Stunde bei meinem Mann sein. Dann fahre ich bestimmt nach Hause", versprach Vera.

Natürlich fuhr Vera erst nach einer vollen Stunde heim.

Als Laura und Saul den erlösenden Anruf von Vera bekamen, rannen Laura Tränen der Erleichterung übers Gesicht. Zusammen mit Eric hatte sie vor zwei Jahren schwere Stunden in der Arnháton-Zentrale überstanden. Das hatte zusammengeschweißt. Eric war seitdem so etwas wie ein großer Bruder für sie. Nicht mehr, aber auch nicht weniger. Hätte sie gegenwärtig nicht sowieso bereits in Sauls Armen gelegen, so wäre sie spätestens jetzt von ihm tröstend in die Arme genommen worden.

Eineinhalb Stunden später traf Vera dann zuhause ein. Jetzt erzählte sie die Geschehnisse Laura und Saul ausführlich. Dabei vergossen die Frauen viele Tränen. Auch Saul bekam feuchte Augen, aber nur deshalb, weil es ihn an den Tod seiner Frau durch die Schergen des Magog erinnerte. Zu Eric hatte er keine emotionale Verbundenheit aufbauen können. Erics Drängen nach Informationen über die Zukunft, besonders was Phánuël betraf, machten eine wirkliche Freundschaft zwischen den beiden Männern schwer. Außerdem hatte Saul in seiner Zeit, der Endzeit, mit all ihrer Gewalt und Verfolgung der Christen, wesentlich schlimmere Dinge miterleben müssen.

Danach nahm Vera ein Schlafmittel und versuchte zu schlafen. Das gelang nicht sofort, aber irgendwann fiel sie in einen traumlosen Schlaf. Als sie wieder erwachte, war es früher Nachmittag. Laura und Saul hatten Pfannkuchen als Mittagessen zubereitet. Vera verspeiste sie als Frühstück. Währenddessen telefonierte sie mit Eric. Er war immer noch schwach, doch auf dem Weg der Besserung. Weiterhin staunten die Ärzte über seine Genesung. Auch Laura ließ sich das Telefon geben und führte ein aufmunterndes Gespräch mit Eric. „Dürfen wir dich besuchen?", fragte sie am Schluss.

„Aber gerne", kam die spontane Antwort. Dass sie mit „wir" auch

Saul gemeint hatte, kam Eric nicht in den Sinn. Dann hätte er vielleicht mehr gezögert.

Eine Stunde später trafen die drei Erwachsenen mit den beiden Jungs im Krankenhaus ein. Eric hatte bereits Besuch von zwei Freunden aus der Christengemeinde Babelsgrund. Als die Stationsschwester Erics Besuchergruppe auf dem Flur kommen sah, erklärte sie zunächst, dass in Erics Zustand ein derartiger Trubel nicht zu verantworten sei. Glücklicherweise verabschiedete sich das befreundete Paar gerade und erklärte sich bereit, auf Tom und Phánuël aufzupassen.

„Schön, dass ihr da seid“, begrüßte Eric seine drei neuen Besucher. „Sogar Saul ist mitgekommen“, fügte er noch hinzu. Saul bemerkte zwar Erics versteckte Spitze, aber er schenkte ihm sein schönstes Lächeln.

„Gott segne dich, Bruder im Herrn. Ich freue mich, dass Gott dich trotz allem bewahrt hat“, erklärte Saul ehrlich.

„Es hätte wirklich schlimmer kommen können“, bestätigte Eric.

„Wie geht es diesem Jafar?“, fragte Saul interessiert.

„Die Reimanns, die gerade hier waren, haben mir berichtet, dass er zwar einen tiefen Stich in den Unterbauch bekommen hat, aber dass es gute Chancen gibt, dass er keine bleibenden Schäden davonträgt. Außer einer großen Narbe natürlich. Aber dass bekommen nur diejenigen zu sehen, denen er sich ohne Hemd zeigt.“

„Ich werde ihn nachher auch mal besuchen“, meinte Vera, die inzwischen auf der Bettkante saß und Erics Hand hielt.

„Habt ihr schon die Web-Videos gesehen, die seit gestern ins Netz gestellt wurden? Ich bin inzwischen ein kleiner Internetstar“, scherzte Eric.

„Hat jemand die Messerstecherei gefilmt?“, fragte Vera mit Abscheu in ihrer Stimme. „Das möchte ich gar nicht sehen.“

„Nein. Aber vieles von dem, was danach passiert ist. Ich war da bereits ohne Bewusstsein und hab‘ das gar nicht mehr mitbekommen. Wie der Täter festgehalten wurde. Das Erscheinen der Polizei. Mein Abtransport mit dem Rettungswagen.“

„Und? Hast du schon jede Menge Klicks?“, flachste Laura.

„Immerhin ein paar tausend. Ich frage mich, wer so etwas aufnimmt und hochlädt.“

„Vielleicht hilft es ja der Polizei“, meinte Laura.

„Die Filmer hatten wohl eher Sensationsmache im Sinn.“ Eric griff nach seinem Smartphone und rief einen der Filme auf.

„Will ich gar nicht sehen.“ Vera schüttelte sich und ging zum Fenster. Dort konnte sie Tom und Phánuël mit den beiden Erwachsenen sehen. Das beruhigte sie.

Das Web-Video dauerte nur zwei Minuten. Vera zuliebe zeigte Eric auch keinen weiteren Film. Er berichtete nur: „Wenn man bei den Suchmaschinen die Begriffe ‚Messer‘ und ‚Babelsgrund‘ eingibt, bekommt man etwa 10 Videos angezeigt.“

„Was sind Suchmaschinen?“, fragte Saul. Dieser Begriff existiert in seiner Zeit nicht. Und das dort gebräuchliche Äquivalent zum Internet hat einige gravierende Unterschiede.

Eric rief bei seinem Smartphone im Webbrowser die Startseite auf. Dort erschien die spartanisch gestaltete Seite der Suchmaschine mit dem großen „G“.

„Grundsätzlich ist das ein Programm, das auf eine Suchanfrage eine Liste von Ergebnissen liefert“, erklärte Eric. „In Bezug auf das Internet sind Suchmaschinen Webseiten, auf denen man Begriffe eingeben kann. Diese Suchmaschinen zeigen dann Links zu Internetseiten an, die je nach Suchalgorithmus, als relevant für den Suchbegriff angesehen werden.“

„Aber wer entscheidet, welche Antwort relevant ist?“, hakte Saul nach.

„Meist durchforsten Suchmaschinenbetreiber mit eigenen Programmen das Internet und legen die ermittelten Daten in einem Index auf ihren Computern ab. Gibt ein Internetnutzer einen Suchbegriff oder auch eine formulierte Frage ein, werden mit Hilfe ausgeklügelter mathematischer Formeln dann in Sekundenschnelle die Webseiten gefunden, die die gesuchten Begriffe beinhalten. Seit einigen Jahren kann die Eingabe sogar per Sprachsteuerung gemacht werden. Das bedeutet, dass der Suchende nicht einmal mehr schreiben können muss.“

Saul hatte Mühe, den Ausführungen Erics zu folgen. Die von ihm verwendeten Begriffe waren ihm nicht vertraut. „Du redest von mathematischen Formeln. Heißt das, Suchmaschinen rechnen nur?“

„In gewisser Weise ja. Aber um die höchst unterschiedlichen Daten, die ermittelt werden, richtig einschätzen zu können, ist so etwas wie eine künstliche Intelligenz erforderlich."

„Und diese Suchmaschine, die du dort auf deinem Smartphone aufgerufen hast, ist so eine künstliche Intelligenz?"

„Ja", bestätigte Eric. „Da man nicht jede mögliche Anfrage im Vorhinein programmieren kann, werden die Programme so konzipiert, dass die Suchmaschinen selbstständig dazulernen können und selbst entscheiden können, welche Ergebnisse sie für relevant halten."

„Dann haben Suchmaschinen großen Einfluss auf das, was von den Menschen, die etwas im Internet suchen, gefunden wird", resümierte Saul.

„Nicht nur durch die Suchergebnisse", ergänzte Eric. „Die Nutzer lassen sich von Suchmaschinen, wie dieser hier ... ." Eric zeigt auf das „G" auf seinem Handy. „... auch Landkarten anzeigen, oder Inhalte von Büchern. Aber am häufigsten suchen sie natürlich nach Antworten aus dem Internet."

„Wer in eurer Zeit etwas wissen möchte, stellt also seine Frage an diese Suchmaschine und lässt sie sich von ihr beantworten." Sauls Gesichtszügen war anzusehen, dass er einen Zusammenhang erkannt hatte, der ihm bisher verborgen war.

„Das ist äußerst bequem." Eric ahnte, dass Saul nun etwas Unangenehmes anmerkte. „Siehst du ein Problem darin, dass Bildung so leicht zugänglich ist?", fragte er sichtlich genervt.

„Ich sehe einen Zusammenhang zu dem großen Antwortgeber in meiner Zeit. Allerdings steht dort das große ‚G' nicht für eine Suchmaschine, sondern für Gog."

„In der Weltsprache der Endzeit bedeutet ‚Gog' soviel wie ‚suchen und finden' hast du gesagt, Saul", erinnerte sich Vera.

„Ja. Gog ist eine künstliche Intelligenz und beherrscht die Menschheit. Aber die Menschen lassen sich das gerne gefallen, da er auch alle ihre Fragen beantwortet und ihnen alle Entscheidungen abnimmt. Das halten sie für eine Vorbedingung des globalen Friedens."

„Kommunizieren die Menschen auch wie wir über ein Smartphone mit eurem Gog?", fragte Eric, jetzt weniger genervt und mit mehr Interesse.

„Gog lässt jedem Neugeborenen ein elektronisches Element in die rechte Hand implantieren. Damit kann man mit Gog sprechen, wie mit einem Menschen. Das ist ähnlich wie die von dir beschriebene Eingabe per Sprachsteuerung, nur dass kein Smartphone benötigt wird. Das Äquivalent wurde bereits eingepflanzt. Das Aktivierungswort, das gesprochen werden muss, um eine Anfrage zu stellen, ist dreimal die Zahl 6. Also 6-6-6."

Vera griff nach ihrer Bibel und schlug sie beim dreizehnten Kapitel der Offenbarung auf. Dann las sie vor, was dort stand: „Und es gelang obendrein, dem Bild des Tieres Leben zu verleihen, sodass das Bild des Tieres sogar redete und befahl, dass alle getötet wurden, die das Bild des Tieres nicht anbeteten. Und es bewirkte, dass allen, den Kleinen und den Großen, den Reichen und den Armen, den Freien und den Unfreien, ein Malzeichen gegeben wird auf ihre rechte Hand oder auf ihre Stirn, dass niemand kaufen oder verkaufen kann als nur derjenige, der das Malzeichen hat oder den Namen des Tieres oder die Zahl seines Namens. Doch um es zu erkennen, ist Weisheit nötig! Wer das Verständnis hat, der ermittle die Zahl des Tieres, denn es ist die Zahl eines Menschen, und seine Zahl ist 666."

„Du hast nichts von dem Zeichen auf der Stirn erzählt", gab Eric zu bedenken. „Vielleicht ist das mit der rechten Hand ja ein Zufall."

Saul schüttelte den Kopf. „Wer sich als Erwachsener im Sinne des Gog als würdig erweist, das heißt, ihm besonders aufopferungsvoll dient, der kann sich eine direkte neuronale Verbindung zu Gog ins Hirn transplantieren lassen. Wer das bei sich vornehmen lässt, bekommt die Zahl 666 auf die Stirn tätowiert. Für den Anhänger Gogs ist das ein Ehrenzeichen."

„Wer sich so etwas ins Hirn pflanzen lässt, kann dann praktisch auf dem Gedankenweg mit Gog kommunizieren?" Eric schauderte bei dieser Vorstellung.

„Ja. Es ist die direkteste Verbindung, die möglich ist."

„Das Tier aus der Offenbarung, dem Leben verliehen worden ist, das ist diese synthetische Intelligenz mit dem Namen Gog", begriff Eric. „Für die damaligen Schreiber war ein Computer etwas nicht Vorstellbares. Dieses künstliche Bewusstsein wurde deshalb als ein Tier beschrieben, da es ja definitiv kein Mensch ist, aber so etwas wie künstliches Leben besitzt."

„Und es gelang obendrein, dem Bild des Tieres Leben zu verleihen, sodass das Bild des Tieres sogar redete und befahl, dass alle getötet wurden, die das Bild des Tieres nicht anbeteten“, wiederholte Saul den Bibeltext. „Es gibt Visualisierungen von Gog, also Bildschirmanimationen. Seine Anhänger beten diese digitalen Shows förmlich an. Für die Christen, die diesen Kult nicht mitmachen, bedeutet das, dass sie ins Exil flüchten und um ihr Leben bangen müssen.“

Vera starrte auf das Display von Erics Smartphone. Leise flüsterte sie: „Wie sehr haben wir unser Leben jetzt schon dieser Suchmaschine anvertraut?“

42

In Babelsgrund quartierte sich Arthur in einem Übergangswohnheim der Ökumenischen Wohnungslosenhilfe ein. Da er sich seit dem Aufenthalt in Catania auf Sizilien nicht mehr rasiert hatte und auch nichts besaß, außer dem was er am Leib trug und in seinem Rucksack hatte, gehörte er praktisch zur Klientel des Obdachlosenheims. Zur Anmeldung reichte die Vorlage seines neuen Ausweises aus.

„Herzlich willkommen, Herr Dumont“, wurde Arthur begrüßt, nachdem er bei einem älteren Mitarbeiter die Formalitäten erledigt hatte. Es klang für ihn noch immer ungewohnt, mit diesem Namen begrüßt zu werden.

„Danke. Ich bin sehr froh, hier erst einmal ein Obdach zu finden“, gab Arthur ehrlich zurück.

„Können wir ihnen sonst noch irgendwie helfen? Wir bieten auch Erstberatung zu existenzsichernden Maßnahmen an. Oder Beratung zu sozialrechtlichen Fragen. Wenn es nötig ist, vermitteln wir auch den Kontakt zu anderen Hilfeeinrichtungen.“

„Nein, danke“, winkte Arthur ab. „Es ist schon eine große Hilfe, wenn ich hier ein Zimmer für die nächsten Tage habe.“

„In Ihrem Alter möchten wir es Ihnen nicht zumuten, dass Sie nur in den Nachtstunden aufgenommen werden. Allerdings können wir Ihnen diesen Service nur für drei Wochen bieten. Danach müssen Sie eine neue

Lösung finden. Aber auch dabei können wir Ihnen helfen. Aber das hat Ihnen sicher schon mein Kollege erklärt."

„Das ist wirklich sehr freundlich."

„Ich führe Sie jetzt zu Ihrem Zimmer. Bitte folgen Sie mir."

Mit einem Fahrstuhl fuhren Sie in den dritten Stock des Hauses. Dort war ein heller Flur mit vielen Türen. Wie in einem Hotel war jede Tür mit einer Nummer versehen. Der Mitarbeiter schloss die Nummer 318 auf und wies noch einmal auf die Hausordnung hin.

Das Zimmer war klein, hatte aber alles, was man brauchte. Sogar eine eigene Dusche. Arthur war zufrieden. Es sollte ja nur vorübergehend sein. Spätestens in ein paar Wochen würden seine Rentenansprüche geregelt sein. Und, was ihm dringlicher war, dann wäre er wieder mit seiner Enkeltochter Laura vereint.

Als der Mitarbeiter das Zimmer verlassen hatte, stellte Arthur den Rucksack in eine Zimmerecke und legte sich auf das Bett. Sein Blick fiel auf die Gideon-Bibel, die sich auf dem Nachttisch befand. Die ökumenischen Betreiber der Einrichtung hatten ein solches Exemplar in jedes Zimmer gelegt. Arthur nahm sie und schlug das erste Kapitel des Markusevangeliums auf. Dort suchte er den 25. Vers. Es war die einzige Bibelstelle, die er kannte. „Jesus bedrohte den Dämon und sprach: Schweig und fahr aus von diesem Menschen!", las er laut vor. Es war der Vers, den er bei Mariams Exorzismus wieder und wieder aufgesagt hatte. So lange, bis der Dämon Mariam verließ. Ein Erlebnis, das er nie vergessen würde. Auch wenn Arthur in vielen Dingen immer noch nach seinen eigenen Regeln lebte, war er sich jetzt doch bewusst, dass die Bibel mehr war als irgendein beliebiges Buch.

Nachdem der Dämon aus Mariam ausgefahren war, damals in Dirkou, gab es noch viel zu erledigen. Man musste für sie einen Platz bei den Schleppern organisieren, die die Flüchtlinge nach Libyen brachten. Von dort sollte es über das Mittelmeer nach Europa gehen.

Aber Makandas Einfluss reichte natürlich auch bis zu den Betreibern der LKWs, die mehr als gut an den Flüchtlingstransporten verdienten. Doch Pfarrer Toé hatte auch dafür eine Lösung. Er besaß etwa zwei Dutzend Ausweise von Migranten, die den Transport nach Dirkou in den vergangenen Jahren nicht überlebt hatten. Nicht immer überstanden die Menschen die kraftzehrenden Fahrten von den umliegenden Ländern bis hierher. Um die Toten kümmerte sich meist niemand. Gewöhnlich wurden die Leichen vor der Stadt einfach von den Fahrzeugen geworfen. Die Polizei suchte diese Orte nur auf, wenn es konkrete Suchanfragen gab. Freiwillige wie Toé begruben diese bedauernswerten Menschen. Manchmal fand man bei den Toten Ausweise. Toé gab die Papiere in aller Regel bei den Behörden ab. Doch für Fälle wie diesen erlaubte er sich auch Ausnahmen.

Unter den gesammelten ID-Cards suchte Toé einen mit einem Foto heraus, das Mariam ähnlich sah. Ihren echten Ausweis hatte sie Makanda aushändigen müssen. Irgendwann könnte sie bei einer malischen Botschaft einen neuen Ausweis beantragen. Jetzt aber musste so schnell wie möglich die Ausreise aus dem Machtbereich Makandas in die Wege geleitet werden. Auch wenn Makanda inzwischen tot war, was möglicherweise ihre Leute noch nicht entdeckt hatten, geschah in diesem Ort nichts, in dem sie nicht ihre Finger hatte. Abgesehen von dem, was Toé in Gottes Namen tat.

Mariam war voller Energie. Sie fühlte sich frei und war mit einem Tatendrang gesegnet, der keine Grenzen zu kennen schien. An den Exorzismus konnte sie sich nicht erinnern, aber sie wollte jede Einzelheit darüber wissen. Geduldig berichtete Toé ihr die Details.

„Mit der Bibel habt ihr den Dämon besiegt?“, resümierte sie, als Toé geendet hatte.

„Ja. Das Wort Gottes ist die beste Waffe, die wir haben.“

„Und dieses Wort Gottes kann mich auch beschützen, wenn der Dämon wiederkommt?“, fragte sie unsicher.

„Wenn du dich für Jesus Christus entscheidest, dann triffst du auch eine Entscheidung gegen den Satan. Das ist dein bester Schutz.“

Mariam horchte einen Moment in sich hinein. „Dann steht meine Entscheidung fest. Ich möchte mein Leben Jesus anvertrauen. Ich möchte, dass er in mir wohnt. Ich entscheide mich, ihn als meinen Erlöser anzunehmen.“

Toé spürte, dass Mariam diese Worte ernst meinte. Mit einem Lächeln sagte er nur: „Halleluja. Lobet Gott.“

Mariam hatte während ihrer Schulzeit mehr über den christlichen Glauben erfahren als die meisten europäischen Jugendlichen. Doch eine

Entscheidung hatte sie nie treffen wollen. Jetzt war es ihr ein Herzensanliegen. Jetzt hatte sie am eigenen Leib den Kampf der überirdischen Mächte um die Seelen der Menschen erfahren müssen.

„Ich möchte, dass du mich taufst, Toé. Und zwar heute noch."

„Dann kannst du deine Weiterreise als Kind Gottes antreten. Ich werde alles vorbereiten. Sei gesegnet."

Mariam rannen Tränen der Freude übers Gesicht. „Ich vermag ALLES durch den, der mich stark macht. Jesus Christus", zitierte sie den Philipperbrief der Bibel.

Wenige Stunden später hatte Toé alles vorbereitet. Die Taufe fand im Arbeitszimmer des Pfarrers statt. Außer ihm und Mariam waren nur noch Aïssata und Arthur anwesend. Wieder weinte Mariam vor Rührung. Nach katholischen Ritus goss der Pfarrer geweihtes Wasser dreimal über den Kopf Mariams und sprach die Taufformel: „Ich taufe dich im Namen des Vaters und des Sohnes und des Heiligen Geistes."

Sogar Arthur spürte, dass hier für Mariam etwas Elementares stattfand. Auch er hätte in diesem Augenblick gerne eine Lebenswende vollzogen, doch wie so viele in ähnlichen Situationen schob er die eigene Umsetzung vor sich her.

Nach der Taufe blieb zum Feiern keine Zeit. Der nächste Flüchtlingstransport sollte bei Anbruch der Nacht starten. Toé packte einen Rucksack mit den verschiedensten Utensilien voll, die Mariam würde brauchen können. Er gab ihr auch etwas Geld. Sogar Arthur bekam einige Lebensmittel für den weiteren Weg.

„Ich werde euch nicht zu dem Treffpunkt der Schlepper begleiten können", erklärte Toé. „Das würde auffallen. Ich werde beten, dass der Transport nicht wegen Makandas Tod gestoppt wird."

In Arthurs Gesicht war große Sorge zu lesen. Mariam war zuversichtlicher. „Wenn Gott für uns ist, wer kann wider uns sein?", zitierte sie wieder die Bibel.

Am Abend fand sich Arthur mit Mariam an einem vereinbarten Treffpunkt nördlich des Ortes ein. Einige andere Reisewillige waren bereits dort. Arthur entdeckte auch Adama. Sie hatten in den letzten Tagen keinen Kontakt zueinander gehabt. Arthur hatte nicht einmal damit gerechnet, ihn je wiederzusehen. Als sie sich begegneten, erinnerte sich Arthur, dass auch Adama ein gläubiger Christ ist. Er fragte sich insgeheim, ob er ähnliche Kämpfe hatte mitmachen müssen wie Mariam.

Bis die Fahrt losging, vergingen noch fast zwei Stunden. Das Warten zerrte an Arthurs und Mariams Nerven. Wenn jetzt die Leute Makandas erschienen, wären alle Bemühungen, Mariam zu befreien, in Gefahr. Doch weder Polizei, noch die Schergen der verstorbenen Gangsterchefin tauchten auf.

Als der Transport losging, war es bereits dunkel. Wieder mussten sich die Passagiere auf der Ladefläche einrichten. Bis zur libyschen Grenze mussten sie mit mehreren Kontrollen rechnen. Jedes Mal würden die Kontrollposten Schutzgeld verlangen. Wenn die Reisenden nicht genug zahlten, drohten Prügelstrafen, oder man wurde einfach in der Wüste ausgesetzt. Mit Geländewagen hätte man die Posten umfahren können, mit dem LKW hatte man dazu keine Chance. Die Migranten waren auf Gedeih und Verderb den Schleppern und Streckenposten ausgeliefert.

Außer Mariam war nur eine weitere Frau in der Reisegruppe. Sie hieß Fatima und Mariam versuchte, mit ihr ein Gespräch anzufangen, aber die Frau zeigte offen, dass sie daran kein Interesse hatte. Also hielt Mariam sich weiter an Arthur.

In Babelsgrund fehlte es Arthur, sich mit Mariam und Adama auszutauschen. Man hatte so viel miteinander erlebt, dass man sich fast familiär verbunden fühlte. Doch keine Bindung würde jemals so stark sein wie Arthurs großväterlichen Gefühle zu Laura. Durch seinen Freund Hagen hatte er ihre Adresse in Babelsgrund. Noch heute wollte er sie aufsuchen. Doch vorher musste er sich seine Haare schneiden lassen und den Bart stutzen. So wie er jetzt aussah, würde sie ihn kaum erkennen.

43

Harald kam mit der Herstellung der enormen Menge an Nitroglycerin gut voran. Allerdings war durch die Dämpfe, die bei den Arbeiten entstanden, sein Keller nur noch mit Atemschutzmaske betretbar. Doch das störte ihn zunächst nicht. Er war nicht fähig, über den Zeitpunkt des

Anschlags hinauszudenken, auch wenn er nicht vorhatte, dabei selbst sein Leben zu opfern.

Er stellte die zwei Liter reines Nitroglycerin in kleinen Einheiten von jeweils 200 Millilitern her. Zwei Nächte schlief er kaum, da er ständig am Produzieren war. Er vermischte, erhitzte und kühlte die Ausgangsstoffe, bis er sie zu dem hochgefährlichen Sprengstoff aufbereitet hatte. Oftmals war das Arbeiten mit der Gasmaske fast unerträglich. Er schwitzte, sah manchmal kaum etwas, wenn die Sichtgläser beschlugen und auch das Gewicht der Maske ließ mit der Zeit die Nackenmuskulatur verspannen. Außerdem war das Atmen mühsam und die Halteriemen hinterließen unangenehme Abdrücke.

Und zu alledem war es auch eine enorme psychische Anstrengung, über Stunden hinweg, trotz ständiger Dämonenvisionen, so konzentriert zu bleiben, dass man keinen tödlichen Fehler machte. Doch Harald sah es als Lebensaufgabe, die Hamburger Elbphilharmonie mitsamt den Politikern zum Einsturz zu bringen. Selbst der Kampf der Engel mit den finsteren Mächten wurde da fast nebensächlich.

Als er die letzte Teilmenge fertig und sie in eine 0,2 Liter Plastikflasche abgefüllt hatte, legte er sie in eine mit Wasser gefüllte Kunststoffwanne. Dort befanden sich auch die anderen neun Flaschen mit dem Nitroglycerin.

Er betrachtete die so harmlos wirkenden Flaschen. In ihnen ruhte die Macht, die Welt aus den Angeln zu heben. Eine lieblose Welt, die es nicht verdiente, weiter zu existieren, so sah er es. Eine Welt, die gegen ihre Führer aufbegehren müsste. Für ihn gab es keine Alternative zu seinem Vorhaben.

Er hatte lange darüber nachgedacht, auf welchem Weg er das Nitroglycerin an den Anschlagsort transportieren sollte. Am nächsten Tag würde er mit Sandrine nach Hamburg fliegen, da dort im Vorfeld des G20-Gipfels den akkreditierten Journalisten eine Besichtigung der Räumlichkeiten ermöglicht wurde. Für die Hamburger Elbphilharmonie sollte es im Anschluss kostenlose Tickets geben. Das war für seinen Plan eine willkommene Chance, die teuflische Flüssigkeit in der dortigen Tiefgarage zu platzieren. Die wirklich strengen Sicherheitsüberprüfungen würden erst später, eine Woche vor dem Gipfeltreffen, beginnen.

Um das Nitroglycerin an den Wachleuten vorbeizuschmuggeln, hatte Harald verschiedene Möglichkeiten ins Auge gefasst und wieder verworfen. Zuerst wollte er eine Jacke mit Flüssigkeitskammern präparieren, doch die Gefahr, dass der Sprengstoff bei einer heftigen Berührung detonierte, war zu groß. Auch das Verschlucken der Flüssigkeit in Kondomen kam bei der Menge von zwei Litern nicht in Frage. Er entschloss sich, dass er die zwei Liter in vier Wasserflaschen von jeweils 0,5 Litern abfüllte und darauf vertraute, dass er sie als Getränkeflaschen unauffällig mitführen konnte. Solange noch keine Spitzenpolitiker vor Ort waren, sollte das möglich sein.

Natürlich würde er mit den Flaschen nicht per Flugzeug reisen können. Doch sein Arbeitgeber hatte bereits Tickets für die Flüge nach Hamburg gekauft.

„Treffen wir uns am Flughafen?“, fragte Sandrine am Tag vor dem Abflug.

„Klar. Ich werde rechtzeitig zum Check-in dort sein“, meinte Harald, doch er wusste, dass er auf keinen Fall den Flug nehmen würde. Mit dem Nitroglycerin, verteilt auf vier Flaschen, wollte er die Reise mit dem eigenen Auto antreten. Im Kofferraum verstaute er das gefährliche Gut in der Plastikwanne, die jetzt nicht mit Wasser gefüllt war, sondern mit Wolldecken, die von allen Seiten desaströse Stöße abdämpfen sollten.

Kurz vor Sandrines Start rief er sie an und teilte ihr die Ausrede mit, dass er den Flug nicht erreichen würde, da man bei ihm eingebrochen hätte. Er versprach, mit dem Auto nachzukommen.

„Nimm doch einfach das nächste Flugzeug“, schlug Sandrine vor. „Ich bin sicher, für den Chef ist das kein Problem. Der Verlag wird´s zahlen.“

„Lieber nicht. Ich fahr die Strecke einfach mit meinem Wagen. Ich werde auf jeden Fall rechtzeitig zur Journalistenführung da sein.“

„Fahr vorsichtig“, mahnte Sandrine. „Du hast in den letzten Tagen gar nicht gut ausgesehen.“

Für einen winzigen Augenblick dachte Harald wieder, dass Sandrines Mitgefühl mehr als kollegiales Interesse sein könnte, aber dann wurde ihm erneut bewusst, dass sie vor wenigen Tagen ja deutlich erklärt hatte, dass sie keine tieferen Gefühle für ihn empfand.

„Klar. Ich will ja lebend ankommen“, antwortete er. „Ich werde so vorsichtig fahren, wie ich noch nie in meinem Leben gefahren bin.“

Harald fuhr schon um 06:00 Uhr morgens los. Auf der Fahrt nach Hamburg nahm Harald jede Unebenheit der Straße extrem intensiv wahr. Erst jetzt fiel ihm auf, wie oft es auf den deutschen Autobahnen ausgebesserte Stellen gab. Und jeder kleine Stoß fuhr ihm durch Mark und Bein. Er fuhr meist nur 90 km/h schnell und wurde oft von LKWs überholt, auch wenn diese eigentlich nur 80 km/h fahren durften. Dabei hielt er immer einen sehr großen Abstand zum Vordermann, damit er keine plötzlichen Bremsmanöver riskierte.

Trotz aller Vorsicht, gab es während der stundenlangen Fahrt mehrere Situationen, in denen er doch stärker bremsen musste, als ihm lieb war. Jedes Mal blieb ihm dann die Luft weg und er erwartete, dass nun sein Auto in die Luft flog. Doch immer blieb er bewahrt. Auch deshalb, weil Fēi unbemerkt eingriff.

Das Hotel von Sandrine und Harald befand sich in der Nähe der Messehallen, die als Veranstaltungsort des G20-Gipfels dienten. Um dort hinzugelangen, musste Harald quer durch Hamburg. Zwar konnte er auch hier eine Autobahn nutzen, aber dort herrschte Hochbetrieb. Durch den Berufsverkehr und auch durch liegengebliebene Fahrzeuge bildete sich, kurz bevor er sein Ziel erreichte, ein kilometerlanger Stau. Nun ging es nur noch im Schritttempo voran. Harald musste ständig beschleunigen und bremsen.

„Ein mörderisches Verkehrsaufkommen“, flüsterte er vieldeutig vor sich hin. „Wenn die alle wüssten, in welcher Gefahr sie sich befinden, nur weil sie neben mir fahren.“

Als er, nach mehr als sieben Stunden Fahrt, bei seinem Hotel ankam, war er schweißgebadet. Seine Hände schmerzten von dem verkrampften Halten des Lenkrads. Auch sein Rücken tat weh. Seine Nerven lagen blank.

Das Auto mit dem Nitroglycerin ließ er in der hoteleigenen Tiefgarage. Der Mann an der Rezeption war überaus nett. Trotzdem ging er Harald mächtig auf den Keks. Er musste sich jetzt erst einmal regenerieren. Die Fahrt war wesentlich anstrengender gewesen, als er erwartet hatte.

In seinem Zimmer legte er sich auf das Bett und schloss die Augen. Die Ruhe war wohltuend, auch deshalb, da er mit geschlossenen Augen keine Dämonenkämpfe sah. Seine Gedanken kreisten um sein Auto, das jetzt für jeden, der in dessen Nähe kam, zu einer tödlichen Gefahr wurde. Auch zu einer Gefahr für Sandrine. Würde das Nitroglycerin jetzt explodieren, wäre auch Sandrine todgeweiht.

Bei seinen Anschlagsplänen hatte Harald immer nur daran gedacht, die verkommene Politikerkaste auszulöschen, wie er es sah. Gedanken an die weiteren Opfer hatte er bisher verdrängt. Jetzt, wo er Stunden äußerster Anspannung hinter sich hatte und auch mehrmals glaubte, die Fahrt nicht zu überleben, erinnerte ihn sein Gewissen an die kleinen Angestellten, die es im Umfeld der Prominenten zuhauf gab. Auch die würden sterben, wenn die Elbphilharmonie in sich zusammenfiel.

„Jedes Jahr kommen auf der Welt Millionen von Menschen wegen Hunger und Krieg ums Leben. Für die Öffentlichkeit sind das nur Zahlen in Statistiken. Und diese Statistiken werden auch nicht anders aussehen, wenn in Hamburg mal ein paar hundert Anschlagsopfer zu beklagen sind und nicht in Kabul“, sagte er sich. Er redete sich ein, dass es ihm nichts ausmachen würde, dass auch eine große Menge Unschuldiger das Leben verlöre. Aber ihm war klar, dass er nicht damit würde leben können, wenn auch Sandrine umkäme.

„Zu dem Abschlusskonzert sind nur ganz wenige Journalisten zugelassen“, beruhigte er sich. „Sandrine wird nicht dabei sein.“

Bei diesen Gedanken schlief Harald vor Erschöpfung ein. Erst der Klingelton seines Handys riss ihn aus dem Schlaf.

„Harald, du alter Schlawiner. Wieso schreibst du mir nicht, dass du angekommen bist?“, meldete sich Sandine, als Harald den Anruf entgegennahm. „Der Portier hat mir gesagt, dass du jetzt auf deinem Zimmer bist.“

Harald brauchte einen Moment, um zu sich zu kommen. „Entschuldige. Ich bin eingeschlafen.“ Er schaute auf seine Armbanduhr. „Oh, Mann. In zwei Stunden fängt die Pressekonferenz an.“

Verschmitzt wies Sandrine ihn an: „Dann mach dich mal ganz schnell hübsch, sonst schicken dich die G20er wieder weg. Sei in zwanzig Minuten am Hoteleingang. Ich habe ein Taxi bestellt.“

Immer noch ein wenig von der Müdigkeit benommen, duschte Harald schnell und zog sich neue Kleidung an. Genau zwanzig Minuten später stieg er zu Sandrine ins Taxi.

Die Fahrt zu den Messehallen, die den Journalisten als Veranstaltungsort des bevorstehenden Gipfeltreffens dienen sollten, dauerte zwar nur fünf Minuten, aber da der Verlag die Kosten trug, ließen sich Harald und Sandrine es sich nicht nehmen, diesen Komfort zu nutzen.

In der Einladung zu der Pressekonferenz stand, dass die Berichterstatter im Anschluss an den offiziellen Teil ein kostenloses Ticket für ein Konzert des NDR-Elbphilharmonie-Orchesters am gleichen Abend bekommen würden. Dieser Umstand war ein wichtiges Element in Haralds Plan.

Die Pressekonferenz selbst bestand zunächst aus einer pompösen Multimediashow. In einem aufwändig animierten 25-minütigen Film wurden die Räumlichkeiten des Messezentrums und die damit verbundenen Möglichkeiten der Zusammenkünfte präsentiert. Konferenzsäle aller Größenordnungen boten den Spitzenpolitikern, aber auch den unzähligen Unterhändlern die Gelegenheiten zu vertraulichen Gesprächen. Dabei standen naturgemäß Sicherheit der Teilnehmer und ein entsprechender Komfort stets an erster Stelle.

Nach der Multimediapräsentation hielten mehrere Redner noch Kurzvorträge, dann konnten die Journalisten Fragen stellen. Da der G20-Gipfel erst offiziell in zehn Tagen begann, waren von den 5101 zugelassenen Journalisten heute nur etwa 600 erschienen. Viele der Berichterstatter meldeten sich mit Fragen. Einigen Reportern war ihre äußerst kritische Haltung zu der Mega-Veranstaltung deutlich anzumerken. Doch ebenso deutlich war für Harald auch zu erkennen, dass die Verantwortlichen für die Öffentlichkeitsarbeit auf solche Fälle vorbereitet waren. Virtuos gelang es ihnen, die brisanten Themen zu umschiffen und die unbequemen Fragen mit nichtssagenden Phrasen zu beantworten.

Harald wurde immer unruhiger. Jeder Satz der Redner vor ihm auf der Bühne erschien ihm wie die Verhöhnung seiner Intelligenz. Er fragte sich, warum so viele hier im Saal diese Schönfärberei einfach hinnahmen. Für ihn waren die Ausführungen der G20-Mitarbeiter reine Propaganda. Sandrine bemerkte Haralds aufkeimenden Unmut. So kannte sie ihn bisher nicht. Als er seine Hand hob, um zu signalisieren, dass auch er eine Frage hatte, fragte sie ihn flüsternd: „Was wirst du fragen?"

„Lass mich mal machen", antwortete er kurz.

Sandrine ahnte, dass Haralds Meldung kontraproduktiv sein würde.

„Ich glaube, es ist besser, wenn ich die Fragen stelle. Nimm deine Hand besser runter."

„Wenn man die falschen Fragen stellt, wird man nicht die richtigen Antworten bekommen", philosophierte Harald.

„Wir berichten über Politik. Wir machen aber keine Politik. Vergiss das nicht", gab Sandrine zu bedenken.

Bevor Sandrine einen weiteren Einwand geben konnte, richtete der G20-Sprecher das Wort an Harald: „Ihre Frage bitte."

Harald holte tief Luft und bemühte sich einen sachlichen Ton anzuschlagen. „Warum tritt die Gruppe als Entscheider über die Weltpolitik auf, obwohl ihr die Legitimation dazu fehlt? Die G20 stehen außerhalb der multilateralen Ordnung. Sie stellen sich über die Vereinten Nationen. Sollten nicht bei global wichtigen Entscheidungen die Interessen aller 194 Länder dieser Welt berücksichtigt werden? Hier geht es doch nur um die der 20 reichsten Nationen." Haralds Tonfall zeigte unverkennbar Wut und Aggression. Sandrine wusste, welche Antwort jetzt kommen würde. Diese Frage wurde im Vorfeld oft an die Organisatoren gestellt.

Fast monoton erklärte der G20-Redner: „Die G20 bilden eine wichtige Ergänzung zum UN-System. Sie sind eine Unterstützung für jene Institutionen, die im Zeitalter der Globalisierung Nationalstaaten bei der Regulierung ihrer Beziehungen untereinander fördern. Die Vereinten Nationen repräsentieren Universalität, die G20 Effizienz. Die UN und die G20 können sich durch Synergieeffekte gegenseitig stärken. Die G20 können die Vereinten Nationen dadurch unterstützen, dass sie die unterschiedlichen Standpunkte zwischen den großen Mächten bei strittigen Fragen zusammenführen und Entscheidungsprozesse in der Weltorganisation vereinfachen."

„Bullshit", flüsterte Harald.

„Welche Antwort hast du denn erwartet? Wir sind nicht hier, um diesen Gipfel zu verhindern, sondern weil wir uns vorbereiten, um darüber zu berichten. Du bist nicht bei der Sache. Siehst du wieder zu viele Engel und Dämonen?"

„Ja. Das wird´s wohl sein", erklärte Harald unangenehm laut und stand auf. „Du bleibst sicher bis zum Schluss dieser Schmierenkomödie. Wir treffen uns im Hotel. Erzähl mir später, was ich wissen muss."

Sandrine war zunächst perplex, aber dann spürte sie Erleichterung, dass Harald in seinem Zustand keine wirklich gravierenden Fehler machte.

Als Harald am Ausgang das Halsband mit der Zugangsberechtigung für diesen Tag abgab, reichte ihm der Mann im schwarzen Anzug ein Ticket für die Elbphilharmonie. „Viel Vergnügen", wünschte er.

„Danke", antwortete Harald. „Die Elbphilharmonie sollte sich jeder mal ansehen. Es könnte für viele die letzte Gelegenheit gewesen sein."

44

Am nächsten Tag ging Vera wieder zur Arbeit. Sie nutzte dabei jede Gelegenheit, um mit Eric zu telefonieren. Es tat ihr gut, seine Stimme zu hören und sich zu vergewissern, dass es ihm ständig besser ging. Und doch war es schwer für sie, zu wissen, dass sie auch die nächste Nacht alleine in ihrem Bett verbringen musste. Er war ihr letzter Gedanke am Abend und ihr erster am Morgen. Sie brauchte seine Berührung, seinen Duft, seine Nähe - jeden Tag. Dass sie ihm in den nächsten Tagen nur als Besucherin nahe sein durfte, glich einer Gefängnisstrafe. Er fehlte ihr und das tat weh.

Natürlich brauchte sie es ebenso, Phánuël ihre Liebe und Zuwendung geben zu dürfen. Die Entscheidung, in ihrem Beruf zu bleiben und als Alleinverdienerin ihre Familie zu versorgen, war ihr damals nicht leicht gefallen. Doch sie durfte sich immer sicher sein, dass Eric ein unglaublich liebevoller Vater war, der dem gemeinsamen Sohn alle Zuwendung gab, die ein Baby und Kleinkind benötigte. Manchmal war sie sogar ein wenig eifersüchtig auf Eric, da er als Vater so perfekt seine Rolle ausfüllte, dass es für sie schwer war, eine ähnlich innige Beziehung zu Phánuël zu pflegen.

Dass Saul und Laura jetzt praktisch pausenlos für Phánuël da sein konnten, war ein wahrer Segen. Selbstverständlich bemerkte Vera, dass Lauras Engagement bei der Kinderbetreuung auch daher rührte, dass sie in Sauls Nähe sein wollte. Doch sie hatte niemals den Eindruck, dass die beiden dabei die Jungs aus den Augen verloren.

Inzwischen hatten sie ihr auch gestanden, dass Laura von Phánuëls besonderen Fähigkeiten wusste. Vera war deshalb überhaupt nicht besorgt, sondern eher erleichtert. Nun musste sie vor Laura kein Geheimnis mehr bewahren. Das erleichterte den Umgang miteinander ungemein.

Eric konnte zwar vom Krankenbett aus sich weiter um die Beschaffung der Bibeln für die Zeitreise kümmern, aber trotzdem mussten Laura und Saul die Lieferungen entgegennehmen. Außerdem würde man die Bücher in den nächsten Tagen auch zur Zeitmaschine transportieren müssen, damit sie ausreichend im aufbereiteten Wasser durchtränkt würden. Dafür musste ein Kleinbus angemietet werden. Das nahm Laura in die Hand. Am nächsten Vormittag wollte sie den Mietbus abholen, um mit Saul den Teil der Bibeln zur Zeitmaschine zu bringen, der bis jetzt geliefert wurde. Bisher waren das nur 2.900 Stück. Zwar wurden schon 3.500 Exemplare geliefert, aber bei zwei Lieferungen stellte sich heraus, dass das Papier eine völlige Durchtränkung mit Wasser so schlecht überstand, dass die Seiten völlig unbrauchbar waren.

„Leider wurden niemals Bibeln für genau diesen Zweck hergestellt“, meinte Laura. „Aber wenn die anderen Bibeln den Zeitsprung überstehen, dann hat sich deine Reise in unsere Zeit doch gelohnt.“

Saul nahm Laura in seine Arme und küsste sie. „Ich habe dich hier getroffen. Die Reise hat sich allein dadurch gelohnt. Und wir werden auch die restlichen Bibeln beschaffen können, damit wir den Menschen in meiner Zeit Hoffnung geben können.“

Laura, die ihre Arme um Sauls Hals geschlungen hatte, wollte ihn nicht mehr loslassen. Der Gedanke, dass er in wenigen Tagen für immer abreisen würde, erschien ihr so falsch und unsinnig. „Bleib hier bei mir“, sagte sie mit tränenerstickter Stimme. „Niemand kann unersetzbar sein. Du gehörst zu mir.“

Saul hatte einen dicken Kloß im Hals. „Wenn es Gottes Wille ist, dass wir uns nicht verlieren, dann wird er eine Möglichkeit schaffen. Wir müssen Gott vertrauen.“

„Und wenn es nicht Gottes Wille ist? Ist dann alles falsch, was wir fühlen?“ In Lauras Stimme klang Angst und Schmerz, bei dieser Vorstellung.

Saul nahm Laura noch fester in seine Arme. „Nein, es kann nicht falsch sein.“

Kindergebrabbel im Zimmer nebenan erinnerte die beiden daran, dass zu ihren Aufgaben auch die Betreuung von zwei quirligen Kleinkindern gehörte.

„Ich kümmere mich um die Jungs“, erklärte Laura und löste sich aus Sauls Armen.

„Ich muss noch bei mehreren Lieferungen der Bibeln die Cover entfernen. Die Seiten des Buchblocks sind zwar für unsere Zwecke geeignet, aber die Coverseiten würden das Wasser nicht annehmen.“ Es kostete Saul unendlich viel Kraft, Laura loszulassen, aber er war sich bewusst, dass ihre Pflichten nun an erster Stelle stehen mussten.

Am nächsten Morgen frühstückten Laura, Saul und Tom gemeinsam bei Vera und Phánuël. Laura hatte zwar mit Tom bei sich zuhause übernachtet, aber schon früh am Morgen stand sie vor Veras Tür. Es tat allen gut, den Tag gemeinsam zu beginnen.

Vera berichtete von Erics voranschreitender Genesung: „Vielleicht wird er schon heute von der Intensivstation auf die Normalstation verlegt. Die Ärzte kommen aus dem Staunen nicht mehr raus, wenn sie Erics Heilungsverlauf betrachten.“

„Sie haben keine Ahnung, dass Erics Selbstheilungskräfte durch den Kontakt mit dem außerirdischen Nommo-Wesen enorm gesteigert wurden?“, fragte Saul, der durch Ndré von Erics Begegnung mit Nommo-Tuwa wusste.

„Nein. Sie suchen noch nach herkömmlichen Erklärungen für Erics Genesung. Aber dass er nicht auf ihrem OP-Tisch verstorben ist, das bleibt für sie ein Wunder.“

„Das Wunder der Liebe“, ergänzte Laura. Dabei sah sie Saul an und griff nach seiner Hand.

„So wie bei euch beiden“, stellte Vera fest. Am vorangegangenen Abend hatte sie Laura darauf angesprochen, dass deren Zuneigung zu Saul inzwischen unübersehbar war. Sie hoffte nur, dass der Schmerz für die beiden nicht zu unerträglich werden würde, wenn der Tag des Abschieds käme.

„Wir werden heute schon mal den Kleinbus anmieten und ihn beladen“, kündigte Laura an. „Nach Mitternacht können wir dann die verwendbaren Bibeln zur Zeitmaschine bringen." Als sie in den letzten Tagen die Zeitmaschine aufgesucht hatten, mussten sie feststellen, dass sich immer wieder Spaziergänger in der Umgebung aufhielten. Die Anwesenheit eines Kleinbusses würde tagsüber zu viel Aufmerksamkeit erregen. Deshalb entschieden sie sich, den Bibeltransport nachts durchzuführen. Die Wahrscheinlichkeit, dann auf Passanten zu treffen, war wesentlich geringer.

„Laura und ich können die Bibeln heute Nacht alleine dorthinbringen", schlug Saul vor. „Du kannst bei den Jungs bleiben, Vera. Wir schaffen das zu zweit."

„Ja. Das ist wohl besser so", bestätigte Vera. „Die Arbeit im Verlag. Danach die Zeit im Krankenhaus. Und hier im Haus ist auch noch immer was zu tun. Da bleibt kaum Zeit für Phánuël."

„Ich bin froh, dass du deine Gemeindetermine für die Zeit abgesagt hast, in der Eric im Krankenhaus ist", meinte Laura. „Das würde sonst alles zu viel werden."

„Ich bin so froh, dass ihr hier seid und mir helft. Was würde ich nur ohne euch tun?"

„Ohne mich müsstest du keine Bibellieferungen annehmen", flachste Saul.

„Ohne dich wären viele Stellen aus der Offenbarung nur symbolische Beschreibungen für uns. Durch dich dürfen wir wenigstens ein kleinwenig von dem erfahren, was sie konkret bedeuten."

Saul war sich unsicher, ob er keinen Fehler gemacht hatte, als er von Gog und den anderen Dingen erzählte. „Für die Menschen eurer Zeit ist es nur wichtig, dass ihr wisst, dass alles, was an prophetischen Texten in der Bibel steht, auch eintrifft. Bleibt aufmerksam und achtet auf die Zeichen, die euch Gott senden wird. Und vertraut darauf, dass Gott auf eurer Seite ist."

„Ja. Gott ist auf unserer Seite. Eric wird bei allem, was uns widerfährt, immer am Ende doch bewahrt. Und er erholt sich jetzt sogar wunderbar schnell."

Laura hielt noch immer Sauls Hand. „Manchmal glaube ich wirklich, dass Gott uns Schutzengel schickt, die uns bewahren."

Vera dachte an Haralds Bericht über dessen Engelsvisionen und an Phánuëls Wassergebilde in Engelsform. Offensichtlich spielten Engel in

Gottes Heilsplan doch eine größere Rolle, als vielen Menschen bewusst war. „Eric hat sicher einen Schutzengel“, sagte sie mit fester Stimme. „Und wir auch.“

Tiān durfte die Liebe, die Laura für Saul so innig spürte, als Schutzengel miterleben. Endlich hatte Laura den Menschen getroffen, der für sie bestimmt war, der ihr all das geben sollte, was ein Mensch einem anderen Menschen geben konnte. Und Tiān hoffte inständig, dass Laura den Mut hatte, Gottes Plan zu erfüllen. Dann würden Laura und Saul auch eine gemeinsame Zukunft haben. Aber Gott hat den Menschen auch einen freien Willen gegeben und damit auch die Möglichkeit, einen Weg abseits von Gottes Plan zu gehen. Doch bis jetzt sah alles so aus, dass Laura und Saul ihre Chance auf ein gemeinsames Glück nicht verspielten.

Tiān konnte in eine wahre Euphorie verfallen, wenn er Fēi von Laura berichtete. Da er als Schutzengel auch alle Emotionen Lauras teilte, durfte er auch an dem stärksten aller menschlichen Gefühle teilhaben, wenn auch nicht in dem Maße, in dem Laura die Liebe zu Saul verspürte. Tiān berichtete voller Begeisterung, auf welch gutem Wege Laura sich befand und welche Freude es war, den Weg mit ihr zusammen zu gehen.

Leider konnte Fēi nicht mal ansatzweise ähnliche Berichte über Harald aufweisen. Täglich litt sie mit ihm über seinen Zorn auf die ganze Welt. Wie sehr hätte sie es ihm gegönnt, wenn er endlich Frieden fände, aber sie konnte im Moment nicht mehr tun, als ihn vor dem Allerschlimmsten zu bewahren. Natürlich wusste sie, dass ein Mensch jederzeit eine Chance hatte, seine Berufung zu finden, aber zur Zeit hatte Harald jede Hoffnung verloren und war dabei, die gesamte Menschheit ihrem Ende ein ganzes Stück näher zu bringen.

„Es tut so weh, das alles mitzuerleben“, gestand Fēi ihrem Engelskollegen.

„Harald sieht den Kampf, den Gottes Engel führen, und hat doch keinen rechten Glauben. Und er hat jede Hoffnung verloren“, stellte Tiān fest.

„Und Liebe hat er auch nicht gefunden“, ergänzte Fēi. „Also fehlen ihm Glaube, Liebe und Hoffnung. Kein Wunder, dass er meint, nichts mehr zu verlieren zu haben.“

„Und du fühlst all diese Verlorenheit mit ihm. Das ist hart für dich. Fürchterlich hart."

„Ja. Und dabei könnte alles so anders sein. Es könnte soviel besser sein. Harald ist im tiefsten Inneren so ein wunderbarer Mensch. Aber wenn er nicht bald wieder neue Hoffnung bekommt, dann wird er sich und die ganze Welt ins Unglück stürzen."

„Vielleicht ist das ja die Aufgabe, die Gott für ihn hat. Das Ende der Welt, wie die Menschen sie bis jetzt kennen, wird kommen. Das ist der Menschheit in der Bibel prophezeit. Niemand soll glauben, dass es nicht irgendwann ein Gericht geben wird."

„Aber das möchte ich mir nicht vorstellen", wiegelte Fēi ab. „Ich mag Harald viel zu sehr, als dass ich möchte, dass er derjenige sein sollte, der das Endgericht in Gang setzt."

„Du magst ihn wirklich." Tiān kannte dieses Gefühl, dass man für einen Menschen mehr sein wollte als ein gelegentlicher Nothelfer.

„Ja. Ich mag ihn. Vielleicht mehr als ich sollte."

„Solche Emotionen haben mich immer wieder in Schwierigkeiten gebracht. Du musst einen kühlen Kopf behalten, solange das noch geht."

„Das weiß ich. Und ich nehme mir jeden Tag neu vor, dass ich mich nicht zu sehr in Haralds Leben einmische. Ich weiß, dass er letztlich alleine für sein Leben verantwortlich ist." Sie sagte das mit einem Ton, der deutlich verriet, wie falsch sie diese Nichteinmischungsklausel in diesem Moment empfand.

„Du hast ihn sicher schon unzählige Male bewahrt. Damit hast du ihm alles gegeben, was du als Engel geben kannst."

„Aber er braucht mehr als Bewahrung", erklärte Fēi fast zornig. „Er braucht Glaube, Liebe und Hoffnung."

Kurz nach Mitternacht brachen Laura und Saul auf. Mit 2.900 Bibeln in dem Kleintransporter fuhren sie zu dem Ruinengelände, unter dem sich die Zeitmaschine befand. Um diese Zeit war das Gelände völlig verlassen. Mit dem Auto konnten sie nur bis zum Rand des Areals der ehemaligen Gerberei gelangen. Von dort mussten sie die Bibeln zu Fuß transportieren. Durch das unwegsame Gelände war es ein beschwerlicher Weg im Dunkeln. Die Bücher hatten sie in Kartons von jeweils etwa 20 kg Gewicht gepackt. Fast zwei Stunden lang mussten sie die Strecke durch das verwilderte Terrain und durch die unterirdischen Gänge immer wieder abgehen. Mehrmals stolperten sie, aber glücklicherweise ohne bleibende Schäden.

Das Wasser in der Zeitmaschine wirkte auf den ersten Blick unspektakulär, wie jedes andere Wasser auch. Doch wenn man mit der Hand dadurch fuhr, fühlte es sich leichter an als herkömmliches Wasser. Nachdem sie die Kartons mit den Bibeln neben der Zeitmaschine deponiert hatten, brachten sie sie auf die Metallbrüstung, neben den Einstiegsdeckel an der Oberseite des würfelförmigen Gebildes. Saul begann, seine Kleidung abzulegen, denn er würde gleich in den mit Wasser gefüllten Tank steigen und sich von Laura die Bibeln geben lassen. Die musste er sorgfältig unter Wasser auf dem Boden der Zeitmaschine stapeln.

„Zu den besonderen Eigenschaften dieses Wassers gehört es, dass es atembar ist“, erklärte Saul.

„Atembar?“, fragte Laura verwundert.

„Ja. Dieses Wasser ist für die menschliche Lunge zur Sauerstoffaufnahme nutzbar. Natürlich kann darin auch das CO_2 abgeatmet werden.“

„Das heißt, in diesem Wasser kann man nicht ertrinken?“

„Nein. Aber man muss die Atmung darin natürlich trainieren. Wenn man es nicht gewohnt ist, kann es eine normale Lunge überlasten. Für die Zeitreise muss man mehrere Minuten unter Wasser bleiben, bevor die wirkliche Reise beginnt. Deshalb ist diese besondere Eigenschaft des Wassers notwendig. Es hat noch etliche weitere Besonderheiten, aber das verstehen nur die Wissenschaftler in meiner Zeit.“

Saul hatte sich inzwischen bis auf die Unterhose ausgezogen und tauchte mit dem ersten Stapel Bibeln in den spärlich ausgeleuchteten Tank ab. Laura hatte ein beklemmendes Gefühl, als Saul unter Wasser verschwand. Unbewusst vergaß sie das Atmen, bis er wieder auftauchte. Mit der Flüssigkeit in der Lunge konnte er dann allerdings erst einmal nicht an der Luft atmen, so dass er mit dem nächsten Bücherstapel schnell wieder abtauchte. Eilig verstauten die beiden sämtliche Bibeln in dem Tank.

Das Wasser war kalt. Saul zitterte am ganzen Körper, als er fertig war. Als er den Zeit-Kubus verlassen hatte, legte Laura ein großes weißes Handtuch um ihn, nahm seinen Kopf in ihre Hände und sagte:

„Du kannst zwar nicht auf dem Wasser gehen, dafür aber unter Wasser atmen. Du bist mein Held.“ Dann folgte ein langer Kuss. Für einen Moment vergaß Saul, dass er erbärmlich fror. In Lauras Armen spürte er nur Wärme und Liebe.

Doch Laura wollte, dass Saul so schnell wie möglich wieder trockene Kleidung anzog, damit er sich nicht erkältete. Schweren Herzens löste sie sich von ihm und erklärte: „Du musst dich abtrocknen. Hier unten ist es wirklich fürchterlich kalt. Und du musst gesund bleiben.“

Saul zog sich um, und Laura ließ keinen Moment ihre Augen von ihm. Die beiden verband eine Vertrautheit, als hätten sie ein ganzes Leben gemeinsam verbracht. Sauls Proportionen waren anders, als die der Männer, mit denen Laura in der Vergangenheit eine Beziehung hatte. Saul wirkte wesentlich erwachsener und männlicher. Saul war einfach der Mann, der in jeder Hinsicht für sie geschaffen war. Das einzige Problem bestand darin, dass er aus einer anderen Zeit kam und dorthin zurückkehren musste.

Als Saul wieder angezogen war, machte er noch einige Einstellungen an der Zeitmaschine, die notwendig waren, damit die Durchtränkung der Bibeln auch optimal erfolgen konnte, dann machten die beiden sich wieder auf den Weg zu ihrem Auto.

Laura konnte den Gedanken nicht aus ihrem Kopf bekommen, wie schön es doch hätte sein können, wenn der Raum nicht so eiskalt gewesen wäre, als Saul durchnässt aus dem Tank kam. In Gedanken schmiegte sie sich an den nackten Körper ihres Liebsten und genoss es, ihn Haut an Haut zu spüren. Ihre Phantasie ließ ihr die Schamröte ins Gesicht treiben, was Saul allerdings auf dem stockdunklen Pfad zum Auto nicht bemerkte.

Am Fahrzeug angekommen, setzte sich Laura wieder ans Steuer und startete den Motor. Die Heizung schaltete sie ebenfalls an, aber machte weder das Licht an, noch fuhr sie los. Im Dunkeln griff sie nur nach Sauls Hand und saß so etwa eine Minute regungslos da. Sie wusste, dass sie jetzt eigentlich so schnell wie möglich wieder von hier verschwinden mussten, bevor noch irgendein nächtlicher Passant auf sie aufmerksam wurde. Aber in ihr brannte eine unbezwingbare Sehnsucht, Saul in ihre Arme zu schließen und ihm restlos alle Liebe zu geben, zu der sie fähig war. Ihr war klar, dass das jetzt weder der richtige Ort, noch die richtige

Zeit war, aber in dieser Dunkelheit wurde in ihr das Gefühl übermächtig, dass es in diesem Moment nichts anderes auf der Welt gab, als nur Saul und sie.

Laura stellte den Motor wieder ab. Saul hielt noch immer ihre Hand. Mit seiner anderen Hand berührte er ihre Wange. Im Dunkeln spürte sie, wie er sich zu ihr herüber beugte. Auch sie rückte ihm entgegen. Ihre Münder trafen sich und beide spürten, dass das was sie dem anderen geben konnten, auch genau das war, was der andere von Herzen begehrte. Lauras Küsse waren so zärtlich und doch so wild, dass Saul das Gefühl hatte, mit einem Engel durch das Universum zu schweben. Mit einem Arm umfasste sie seinen Kopf und strich ihm mit dem anderen durchs Haar, dass er sich wünschte, die Zeit würde für immer stillstehen. Lauras Hände glitten unter Sauls Hemd, und die Berührung seiner muskulösen Brust steigerte ihre Leidenschaft. Sie wollte ihn spüren, jeden Teil seines Körpers, der nur für sie gemacht zu sein schien. In der Dunkelheit sahen sie sich nicht, aber sie spürten einander, ließen ihre Hände wandern und hörten, wie ihr Atem immer leidenschaftlicher wurde. Mit jeder Bewegung ihrer Körper signalisierten sie dem anderen, dass sie genau das aus tiefster Seele brauchten, was sie sich gaben.

Laura kletterte auf Sauls Schoß, so dass sie sich nun direkt gegenüber befanden und noch intensiver spürten. Sauls Hände streichelten Lauras Bauch unter ihrem Shirt und bei jeder Liebkosung durchfuhr sie ein warmer Strom von Liebe und Leidenschaft, in dem sie vollends zerfloss. Es war, als hätte Saul hundert Hände, die an ihrem Körper immer wieder neue Stellen entdeckten, die ihr Glücksgefühl in neue Dimensionen hoben. Sie schmiegte sich an Saul so nah und fest wie es in dieser Position nur möglich war. Ihre Hände strichen wieder über seinen Kopf und für einen Moment verharrten beide regungslos.

Sie hörten einander atmen. Sie spürten, wie beide sanft bebten und leicht zitterten, vor Erregung und vor unfassbarem Glück. Es fühlte sich alles an, als sei es nicht von dieser Welt, als sei diese Schöpfung nur für diesen einen Augenblick geschaffen worden.

Nichts auf dieser Welt hätte jetzt die beiden auseinanderreißen können. Nichts war in diesem Moment wichtiger, als dem anderen das zu geben, was er begehrte.

Sauls Hände wanderten über Lauras Rücken und sie stöhnte bei jeder Berührung. Sie bedeckte sein Gesicht mit Küssen, knabberte an seinem Ohr, an seinem Hals. Er ließ seine Hände weiter nach unten gleiten und kam zu ihrem Hosenbund. Laura trug keinen Gürtel und das Material der Hose war sehr elastisch. Sauls Hand glitt behutsam unter den Bund und strich über Lauras Po.

Laura schob Saul sanft in eine rücklinks liegende Position und legte sich auf ihn. So konnte er noch bequemer seine Hände ihren Körper liebkosen lassen. Die Fenster des Kleinbusses waren inzwischen vom Schweiß der Liebenden beschlagen, aber das sah in der tiefen Dunkelheit niemand. Dieser Ort schien in diesem Moment außerhalb von Zeit und Raum zu stehen. Sie sahen nichts, doch sie spürten alles.

Weder Laura noch Saul hätten sagen können, wieviel Zeit sie so in der Dunkelheit verbracht hatten. Irgendwann lagen sie sich nur noch engumschlungen in den Armen und genossen das Gefühl, die engste Verbundenheit erlebt zu haben, zu der die menschliche Seele fähig ist.

Sie wussten, dass es unvernünftig gewesen ist, so lange hier mit dem Auto zu verweilen. Es war sogar gefährlich, so abgelegen und verwildert, wie das Gelände war. Und Sauls Zeitreisemission könnte sogar scheitern, wenn sie die Aufmerksamkeit von Passanten erregten. Aber Liebe und Vernunft haben nicht immer das gleiche Ziel.

Laura und Saul blieben bewahrt. Niemand entdeckte sie in dieser Nacht. Niemand wurde auf die Zeitmaschine aufmerksam. Sie wussten, dass dies ein weiterer Grund war, Gott zu danken. Und bevor sie losfuhren, beteten sie gemeinsam und dankten Gott für seinen Schutz.

Und für ihre Liebe.

45

In der Flüchtlingsunterkunft in Babelsgrund waren hauptsächlich Männer. Von den wenigen Frauen unter den Asylsuchenden kamen die meisten in Begleitung von männlichen Verwandten an. Allein reisende Frauen gab es nur sehr selten. Die sexualisierten Übergriffe in allen Bereichen einer Flucht hielten viele notleidende Frauen verständlicherweise davon ab, den Weg in eine bessere Zukunft zu versuchen.

Obwohl Mariam und Adama kein Paar waren, baten sie die Unterkunftsverwaltung darum, gemeinsam ein Zimmer beziehen zu dürfen. Durch die durchgestandenen Strapazen der vergangenen Wochen fühlten sie sich fast so verbunden, als wären sie verwandt. Zwar gab es vieles, was sie voneinander nicht wussten, aber das, was sie wussten, war genug, um den anderen als wichtigen Teil seines Lebens wahrzunehmen.

Da sie ganz neu in der Unterkunft waren, mussten sie noch viele Aufnahmeformalitäten erledigen. Glücklicherweise gab es Französisch sprechende Helfer, die ihnen beistanden und Regelungen erklärten, die für das Zusammenleben unter diesen schwierigen Umständen wichtig waren.

Am Abend waren sie wie erschlagen von den unzähligen Fragen, die sie beantworten mussten und den Erklärungen und Anweisungen, die man ihnen gab. Als sie wieder auf ihrem Zimmer waren, sendeten sie mit ihren Smartphones noch kurze Nachrichten an ihre Verwandten in Westafrika. Auch Arthur bekam eine Meldung, dass es ihnen den Umständen entsprechend gut ging. Danach machten sie sich bettfertig und gingen schlafen.

Zwar hatten sie in den vergangenen Wochen schon viele Nächte an den gleichen Orten oder in denselben Zimmern verbracht, jedoch waren sie dabei selten wirklich alleine. Jetzt, wo sie ein Zimmer wirklich für sich hatten, war die Situation plötzlich sehr ungewohnt. Auf einmal wirkte alles zu intim, schließlich waren sie kein Liebespaar. Sie wollten ja nur deshalb dieses gemeinsame Zimmer, da sie nicht mit völlig Fremden zusammen einquartiert werden wollten.

Beide zogen sich nacheinander in dem dazugehörenden Badezimmer um. Sehr förmlich sagten sie sich „Gute Nacht“ und legten sich in die Betten, die jeweils an den gegenüberliegenden Wänden des winzigen Raumes standen. Als sie das Licht gelöscht hatten, betete jeder für sich lautlos. Für einen Moment war erdrückende Stille, dann nahmen sie die Geräusche der anderen Bewohner des Hauses wahr. Wirkliche Privatsphäre gab es nicht. Die Geräuschkulisse erinnerte ständig daran, dass es in diesem Haus, und auch in den angrenzenden Gebäuden des ehemaligen Kasernenbereichs, hunderte anderer Menschen gab, die hier Glück und Frieden suchten.

„Wie wird es jetzt wohl Arthur gehen?“, fragte Adama in die Dunkelheit.

„Er hat geschrieben, dass er ein Zimmer in einem Obdachlosenheim bekommen hat. Es geht ihm sicher gut. Immerhin ist er in diesem Land zuhause und kennt die Sprache“, antwortete Mariam, die sehr froh war, noch ein paar Sätze mit Adama zu wechseln, bevor sie einschliefen.

„Arthur hat uns immer wieder davor gewarnt, den Versprechungen der Schlepper zu glauben, dass hier alles viel leichter wird als in unseren Heimatländern.“

„Dass hier jeder automatisch ein Haus, ein Auto und einen Job bekommt, ohne sich anstrengen zu müssen, habe ich nie geglaubt.“

„Aber die Augen der Flüchtlinge im Niger und in Libyen haben geleuchtet, wenn die Schlepper diese Lügen verbreitet hatten. Ich glaube, die meisten, die an der libyschen Küste in die Boote der Flüchtlingsmafia gestiegen sind, taten dies, weil sie sich an der europäischen Seite des Mittelmeers das Paradies versprochen hatten.“

Mariam erinnerte sich an die Gesichter der Menschen in Al-Chums: „Wer auf diesen Nussschalen die lebensgefährliche Reise von Libyen nach Italien antritt, glaubt entweder diesen Lügen oder er fürchtet in seiner Heimat um sein Leben. So wie wir, wegen unseres Glaubens an Jesus Christus.“

„Wären wir im Mittelmeer gestorben, dann wären wir jetzt bei Jesus“, stellte Adama fest.

„Sonst wäre ich in keines der Boote gestiegen“, bekräftigte Mariam.

Sie führten dieses Gespräch noch etwa zehn Minuten, dann versuchten sie zu schlafen. Beide hatten Mühe, das Gedankenkarussell im Kopf abzustellen, aber irgendwann gelang es und der Schlaf übermannte sie.

Etwa um 02:30 Uhr in der Nacht erwachte Mariam mit einem panischen Schrei. Adama hatte das in den letzten Wochen schon mehrmals miterlebt. Die traumatischen Erlebnisse auf der Flucht suchten Mariam immer wieder in ihren Träumen heim. Oft erlebte sie die gleichen grausamen Szenen wieder und wieder.

Adama machte Licht, damit Mariam deutlich sehen konnte, dass sie nun in Deutschland und in Sicherheit war. Dann ging er zu ihr ans Bett und nahm nur ihre Hand. Weitere Berührungen ließ sie nicht zu, aber diese körperliche Geste, dass ein Freund ihr zur Seite stand, beruhigte sie. Und nur Adama durfte ihr auf diese Weise Trost spenden.

Er ahnte nur, was Mariam alles durchmachen musste. Auf ihrem gemeinsamen Weg hatte sie nur gelegentlich Andeutungen gemacht. Wenn sie nach einem Alptraum wie diesem Beistand an seiner Hand suchte, rollte sie sich in Embryostellung zusammen und fasste Adamas Hand, als würde sie sonst ertrinken. So verharrten sie bis zu einer halben Stunde. Dann hatte sich Mariam meist so weit beruhigt, dass sie einen neuen Versuch starten konnte zu schlafen.

Adama kannte ihren Weg erst seit ihrer Begegnung in Dirkou. Da sie dort zusammen mit Arthur in den LKW eingestiegen war, war sie ihm von Anfang an aufgefallen. Und durch Arthur und ihren christlichen Glauben waren sie von Anfang an verbunden.

Nachdem sie damals Dirkou auf dem LKW der Schlepper verlassen hatten, machten die Fahrer, die sich abwechselten, nur sehr kurze Pausen, so dass die Passagiere auf der Ladefläche wie Vieh zusammengepfercht aushalten mussten. Sie waren kurz nach Sonnenuntergang gestartet, und Stunden später machte der Transport in einer Geröllwüste im Norden des Niger dann endlich Halt, um an diesem unwirtlichen Ort die Nacht zu verbringen. Dabei bestimmten die Fahrer, dass jeder seinen Schlafplatz in der Nähe des LKW wählen sollte und auch bei jedem Toilettengang mussten sich die Flüchtlinge wie Gefangene bei den Fahrern melden.

In der Hoffnung, das Schlimmste überstanden zu haben, ertrugen Arthur und Mariam die Schikanen der Schlepper. Adama wählte sein Nachtlager direkt neben Arthur und Mariam. Er erinnerte sich, dass Arthur bei dem letzten Reiseabschnitt gut zu ihm war. In seiner Nähe fühlte er sich sicher. Dadurch kam Adama auch mit Mariam ins Gespräch, und als sie einander ihren christlichen Glauben bekannten, sahen sie ihre Begegnung als göttliche Fügung. Von da an stand für sie fest, dass sie den zukünftigen Weg nach Europa zusammen und mit Arthur bestreiten wollten.

Die Nacht in der Geröllwüste war hart und wenig erholsam. Auf den harten Steinen war kaum an Schlaf zu denken. Die Fahrer schliefen abwechselnd in der Fahrerkabine. Einer bewachte immer die Gruppe der Flüchtlinge wie eine Herde, die zur Schlachtbank geführt werden sollte.

Am nächsten Morgen ging es früh los und 14 Stunden später erreichte der LKW die Stadt Madama, etwa 100 km vor der libyschen Grenze. Dort fuhr der Transport direkt in eine große Halle, die früher zu einem Armeekomplex gehört hatte. Jetzt hatten sich dort Schleuser einquartiert. Dort wurden die Flüchtenden in Nebenräume weitergeführt, in denen sich wenigstens einige Wolldecken und Matratzen befanden. Jedoch wurden den Menschen auch hier wieder Sonderzahlungen abverlangt. Arthur, Mariam und Adama durften sich Schlafplätze auf den Matratzen nehmen, da sie den Schleppern genug zahlten. Wer das nicht konnte oder wollte, musste auf dem harten Betonboden übernachten.

Mitten in der Nacht kam ein weiterer LKW in der großen Halle an. Er kam aus Libyen. Ursprünglich war er vor einigen Tagen in Tripolis gestartet und brachte Migranten, die aus den unterschiedlichsten Gründen die Weiterreise nach Europa nicht geschafft hatten, zurück nach Westafrika. Als man die erschöpften Menschen von der Ladefläche scheuchte, entstand plötzlich Tumult. Die Schlepper vermissten eine Person. Rabiat pferchte man die gescheiterten Flüchtlinge in einer Ecke der Halle zusammen und suchte nach einer verschwundenen Frau.

„Ich habe sie eben noch gesehen", erklärte einer der Schleuser. „Sie muss noch hier irgendwo sein."

„Wenn sie hier in Madama zu den Behörden geht, dann verdirbt sie uns die Kontakte zu den Grenzsoldaten, die wir schmieren", entgegnete ein anderer. „Wenn sie uns Schwierigkeiten machen will, müssen wir sie finden und liquidieren."

„Sie kann nicht weit gekommen sein. Wir müssen alles absuchen!"

Während einer der Schleuser die Gruppe verängstigter Passagiere mit vorgehaltenem Sturmgewehr bewachte, leuchteten seine fünf Kumpanen jeden Winkel der Halle mit Taschenlampen aus, jedoch ohne Erfolg.

„Wir müssen nachsehen, ob sie sich in den Nebenräumen versteckt. Das wäre fatal. Die Ausreisenden dürfen auf keinen Fall auf die Rückkehrer treffen", entschied der Anführer.

In dem Raum, in dem Arthur und seine Gruppe übernachteten, erschienen zwei Schlepper mit Gewehren und forderten die Männer und Frauen auf, sich an den Wänden aufzustellen. Dann sahen sie sich jeden einzelnen an. Keiner der Flüchtlinge verstand, worum es ging. „Sie ist nicht dabei“, mussten die Suchenden enttäuscht feststellen.

Da die gesuchte Frau nirgendwo zu finden war, entschied man eine Stunde später, die Suche aufzugeben. Letztendlich hatten die Schlepper eine bestens organisierte Struktur geschaffen, die eine einzelne Frau niemals ins Wanken bringen könnte.

Arthur und die anderen hatten nun Mühe, irgendwie wieder einschlafen zu können. Die Unruhe, die durch die Suchaktion geschaffen wurde, ließ sich nicht einfach abstellen.

Die Überheblichkeit und Menschenverachtung, mit der die Flüchtlinge behandelt wurden, entfachten in Arthur einen schwelenden Zorn. So konnte er erst recht nicht einschlafen. Er entschloss sich, einen Toilettengang zu machen. Dabei war die Bezeichnung Toilette stark übertrieben. Hinter dem Gebäude befand sich ein Loch, über das man in Sitzhöhe ein Brett gezimmert hatte. Das war für die unzähligen Flüchtlinge der Ort, um ihre Notdurft zu verrichten. Es stank dort entsetzlich, weshalb auch selten einer der Bewacher bei den Personen war, die dort hin mussten.

Arthur meldete sein Toilettenbedürfnis dem Schleuser an der Tür und konnte unbeobachtet zu dem Plumpsklo. Eine winzige Glühbirne beleuchtete den Ort unter freiem Himmel. Nachdem Arthur sich entleert hatte, bemerkte er einen Karton, der nicht größer war als ein Koffer. Er bewegte sich unmerklich. Arthur dachte zuerst, dass sich ein Tier dort eingenistet hatte, doch dann war eine Hand an einer Ecke zu sehen. Eine menschliche Hand.

„Da kann doch unmöglich ein Mensch drin stecken“, dachte Arthur und ging vorsichtig darauf zu. Ihm dämmerte es, dass die Schlepper womöglich jemanden gesucht hatten, der sich dort versteckte. Bevor Arthur den Karton erreichte, sprang eine Frau auf und rannte einige Meter weg. Offenbar war unter dem Karton eine Kuhle, die zusätzlichen Raum geboten hatte. So wirkte der Karton als Versteck zu klein, weshalb er nicht durchsucht wurde.

An der Ecke des Gebäudes blieb die Frau stehen. Ihr war klar, dass sie dort auch von anderen Schleppern entdeckt würde. Unsicher sah sie zurück zu Arthur. Der hob nur die Hände beschwichtigend und legte seinen Finger auf die Lippen, um zu signalisieren, dass er sie nicht verraten würde.

Die Frau kam zurück. Arthur blickte sich um. In der Dunkelheit war nicht zu erkennen, ob es einen sicheren Fluchtweg für sie gab. Aber wenn sie länger hierblieb, dann war die Gefahr für sie am größten.

„Weshalb versteckst du dich?“, fragte Arthur im Flüsterton.

„Diese Schleuser sind Menschenhändler. Als ich vor sechs Monaten von hier nach Libyen transportiert wurde, hat unser Fahrer uns nach etwa 150 Kilometern an eine Verbrecherbande verkauft. Der Fahrer hielt kurz hinter der Grenze und verhandelte etwas mit einer Gruppe Bewaffneter. Es sah so aus, als würde er sie kennen. Mit Waffengewalt zwangen sie uns Frauen, auf ein anderes Fahrzeug umzusteigen und brachten uns in ein Privatgefängnis. Unser eigener Fahrer hatte uns einfach verkauft. Dort schlugen sie uns, bis wir bewusstlos waren. Sie hingen die Mädchen und Frauen an den Armen auf und vergewaltigten uns in alle Körperöffnungen. Während diese Monster uns folterten, riefen sie unsere Familien an und ließen unsere Eltern unsere Schreie über die Telefone hören. So brachten sie die Verwandten dazu, Lösegeld zu schicken. Sie müssen verhindern, dass die anderen Frauen sich auf diese irrsinnige Flucht wagen!“

„Du musst von hier fliehen! So schnell wie möglich. Hier kann jederzeit ein Schlepper auftauchen!“

„Gibt es einen sicheren Weg von hier weg?“, fragte die Frau flehend.

„Ich bin mir nicht sicher ...“, begann Arthur, aber bevor er seine Vermutungen äußern konnte, war die Frau in der Dunkelheit verschwunden.

Als Arthur zurück in den Schlafraum ging, war er sich nicht sicher, wie er die neuen Informationen einordnen sollte. Natürlich hatte auch er von Gerüchten gehört, mit welchen grausamen Methoden die Verbrecherbanden vorgingen, aber aus dem Mund einer verängstigten Frau wirkte der Bericht noch eindringlicher und authentischer. Andererseits war nicht auf jedem Transport mit derartig menschenverachtender Grausamkeit zu rechnen. Sollte er Mariam sagen, dass alles, was sie bisher erlitten hatte, umsonst gewesen sei und sie nicht das letzte Stück nach Europa auf sich nehmen dürfe? Er dachte lange darüber nach, und als der Transport im Morgengrauen startete, entschloss er sich, Mariam nichts von der Begegnung zu erzählen. Mit zwei Frauen und 23 Männern auf der Ladefläche fuhr der LKW in Richtung Libyen los.

Am späten Nachmittag erreichten sie die Grenze. Die Worte der geflüchteten Frau gingen ihm nicht aus dem Kopf. Er hoffte inständig, dass er mit Mariam auf dem friedlichsten Flüchtlings-LKW unterwegs war, den Afrika je gesehen hatte. Doch als er jetzt am Führerhaus vorbei nach vorne sah, entdeckte er keinen Grenzposten, sondern nur einen Geländewagen, der dort zu warten schien.

„Das darf doch nicht wahr sein", dachte Arthur. „Das sieht ganz so aus, wie die Frau es heute Nacht beschrieben hat."

„Ist das dort vorne eine Grenzkontrolle an der libyschen Grenze?", fragte Mariam.

„Nein, das glaube ich nicht." Arthurs Stimme klang besorgt. „Und ich wünschte mir, ich würde mich irren." Er wusste, sie mussten jetzt schnell handeln, wenn sie Mariam und Fatima retten wollten. Laut sagte er zu allen Passagieren: „Dort vorne sind Kidnapper. Sie werden die beiden Frauen, die wir hier haben, entführen. Sie müssen sich hinter uns auf dem Boden der Ladefläche verstecken. Legt eure Jacken auf sie. So können wir wertvolle Zeit schinden."

Allen Passagieren stand die blanke Angst in den Augen, aber sie folgten Arthurs Anweisungen. Schnell versteckten sich die Frauen unter einem Berg von Textilien.

Der Fahrer drosselte das Tempo und fuhr langsam auf den Geländewagen zu. Die drei danebenstehenden Männer schienen den LKW zu erwarten. Sie trugen alle Maschinenpistolen. An ihren Gürteln hatten sie zusätzlich Macheten. Als der Laster hielt, ging einer zum Führerhaus, die anderen öffneten die hintere Ladeklappe und richteten die Gewehre auf die Passagiere.

„Die Frauen sollen runter vom LKW kommen!", befahl einer der Banditen, doch keiner der Flüchtlinge rührte sich.

„Gebt uns die Frauen, dann passiert den anderen nichts", wiederholte der Mann seinen Befehl. Währenddessen sah Arthur, wie der Fahrer mit einem der Banditen verhandelte. Offenbar stritten sie darüber, was mit den Männern passieren sollte.

„Wir haben hier keine Frauen auf dem Laster", erklärte einer der Flüchtlinge.

„Da hat uns euer Fahrer aber ganz was anderes erzählt", kam die Antwort.

„Er hat sich einfach geirrt“, meinte ein anderer Passagier.

„Sie sollen alle von der Ladefläche runterkommen“, befahl der Bandit, der mit dem Fahrer verhandelt hatte. Offenbar waren die beiden sich einig geworden.

„Die werden uns nicht leben lassen“, prophezeite Arthur jetzt laut. „Bleibt zusammen und hier auf dem Wagen, das ist unsere einzige Chance.“ Arthur wusste, dass die Männer nicht wild in die Menge schießen würden, da sie sonst die Frauen treffen könnten, die ihnen noch Lösegeld einbringen sollten. Außerdem würde der LKW beschädigt und der musste noch für weitere Transporte heil bleiben.

„Also gut. Holen wir uns erst mal die Frauen“, entschied der Banditenführer. Ein Bewaffneter setzte an, auf die Ladefläche zu klettern. Darauf hatte Arthur gewartet. Während der Mann sich hochzog, stürzte sich Arthur von der Ladefläche aus auf ihn und fiel mit ihm vom LKW. Dabei bemächtigte er sich des Sturmgewehrs. Die beiden anderen Banditen waren von Arthurs Aktion derart überrascht, dass sie erst einmal einige Schrecksekunden verdauen mussten. Als sie begriffen, was da geschah, zielten sie zwar auf den am Boden liegenden Arthur, wagten es aber nicht zu schießen, da der gefallene Bandit noch auf Arthur lag. Eine solche Rücksicht musste Arthur nicht nehmen. Er hatte mit dem Gewehr, dessen er sich bemächtigt hatte, freies Schussfeld und das nutzte er auch. Mit mehreren Einzelschüssen traf er die beiden stehenden Banditen. Bevor sie im Fallen das Feuer erwidern konnten, stellte er den Modus der Waffe auf Dauerfeuer um und streckte die beiden Männer mit zwei Salven nieder. Der Kugelhagel war absolut tödlich.

Währenddessen hatte auch der gefallene Bandit den Sturz überwunden und nach seiner Machete gegriffen. Er erhob sich und schlug mit der schweren Waffe nach Arthur. Der konnte erst im letzten Augenblick ausweichen. Jetzt wollte er auch diesen Gegner mit dem Sturmgewehr über den Haufen schießen, musste aber feststellen, dass das Magazin leergeschossen war. Nun war der Mann mit der Machete erheblich im Vorteil.

Arthur streckte jetzt den Lauf des Gewehres vor sich, wie einen Speer. Gespannt erwartete er den nächsten Angriff des Banditen. Der genoss nun die Übermacht, die ihm der scharfe Stahl bot. Mit einem Grinsen tänzelte er um Arthur herum. Arthur aber schien unbeeindruckt.

Bevor der Bandit zu einem wirkungsvollen Angriff mit seiner Machete kam, traf ihn etwas am Hinterkopf, und er brach zusammen. Einer der Flüchtlinge hatte sich ein Herz gefasst und war unbemerkt vom LKW gesprungen. Dann hatte er sich einen schweren Stein gegriffen und ihn mit beiden Händen und mit größter Wucht auf den Kopf des Banditen geschlagen. Das Brechen der Schädeldecke war deutlich zu hören.

Unter den Flüchtlingen auf dem LKW waren jetzt einzelne Freudenschreie über die Rettung zu hören. Auch Mariam und Fatima hatten sich inzwischen aus ihren Verstecken erhoben. Sie kletterten, wie die anderen von der Ladefläche. Dabei vermieden sie es, auf die toten Banditen zu schauen. Besonders der Anblick des Erschlagenen war schauerlich.

Arthur war sich bewusst, dass noch lange nicht alle Gefahr gebannt war. Er griff nach den Waffen der Toten und fragte in die Gruppe: „Wer kann damit umgehen?“ Einzelne Männer meldeten sich, auch Fatima ließ sich eine Machete geben.

„Tötet den Fahrer!“, rief einer der Flüchtlinge und rannte zur Fahrerkabine des Lasters. Doch dort war er nicht.

„Nein“, widersprach Arthur. „Wir brauchen ihn lebend. Er muss uns Informationen über diese Bande geben.“

In diesem Moment hörten sie, wie der Geländewagen gestartet wurde. Der LKW-Fahrer hatte sich ihn geschnappt und fuhr los. Ein Flüchtling gab ein paar Schüsse mit seinem Gewehr ab, doch offensichtlich traf er nicht. In einer Wolke aus Staub verschwand das Fahrzeug in Richtung Horizont.

„Auch ohne seine Informationen werden wir hier raus kommen“, erklärte Arthur laut. „Jetzt trennt uns nur noch Libyen vom Mittelmeer. Und auch Libyen wird uns nicht aufhalten können.“

46

In der unterirdischen Parkgarage der Hamburger Elbphilharmonie war um diese Zeit kaum Betrieb. Bis zum Beginn der Abendvorstellung war noch etwa zwei Stunden Zeit. Harald war von den Messehallen ins Hotel gefahren und hatte dort die vier Flaschen mit dem Nitroglycerin in eine Sporttasche umgeladen. Nun fuhr er mit der Tasche und einem leeren schwarzen Eimer langsam durch alle Parkdecks unter der Elbphilharmonie und hoffte, dass das Sicherheitspersonal über die Videoüberwachung nicht auf ihn aufmerksam würde.

Zunächst entdeckte er keine Stelle, die für die Platzierung des Nitroglycerins in Frage kam. Er brauchte einen Platz, der bis zum Konzertabend am 7. Juli 2017 unverdächtig bleiben musste. Ein Platz, wo er die Flüssigkeit ausschütten konnte, ohne dass sie sofort von Reinigungskräften entfernt werden würde.

Als er bis zum tiefsten Parkdeck gefahren war, zweifelte er daran, dass er seinen Plan umsetzen konnte. Die Ebene erschien ihm einsam und leer. Da hier zur Zeit keine Menschen waren, sah er hier auch nur wenig Engel und Dämonen. Wo es keine Menschenseelen gab, wurde auch nicht darum gekämpft.

Er wollte schon wieder zum nächsthöheren Parkdeck fahren, da fiel ihm eine Tür auf, die mit einem schwarz-gelben Absperrband versehen war. Offenbar gab es hier noch Baumaßnahmen, die über die Bauphase von 2007 bis 2017 hinaus gingen. Eigentlich hätte die Einweihung schon 2010 stattfinden sollen. Harald erinnerte sich an die Pressemeldungen, dass die Kosten für das Prestigeprojekt auf das mehr als 11-fache der ursprünglich veranschlagten Summe gestiegen waren.

Er parkte sein Auto wie zufällig vor der Baustellentür. Bevor er ausstieg, sah er sich unauffällig nach Überwachungskameras um. Er entdeckte im Rückspiegel keine, was aber natürlich nicht hieß, dass es hier keine gab. Er wusste, dass hier fast überall Kameras verbaut waren.

Die vier Plastikflaschen mit Nitroglycerin nahm er vom Beifahrersitz neben sich und stieg aus. Zwei der Flaschen steckte er in seine Jackentaschen, die beiden anderen behielt er in den Händen. So ging er zu der Tür, deren Absperrband den Durchgang verhindern sollte.

Das Absperrband verhinderte gar nichts. Harald drückte den Türgriff, die Tür ließ sich öffnen und er zwängte sich an der Absperrung vorbei. Dahinter war ein unfertiger Raum zu sehen, an dessen Ende sich eine weitere Tür befand. Der Raum war mit zurückgelassenem Werkzeug gefüllt. Offenbar diente er bisher als Abstellkammer der Handwerker, die mit ihren Arbeiten noch nicht fertig waren und wohl auch nie fertig werden würden.

In diesem Raum fand er auch etwas, das in den Kellerräumen fast aller Gebäude zu finden war: Wasserleitungen, die an der Decke entlangliefen. Und hier gab es zudem noch, in einer Ecke der Decke, Absperrventile.

Harald wollte hier keineswegs das Wasser abdrehen. Er brauchte diese Rädchen, um daran den schwarzen Eimer aufzuhängen. Aber vorher legte er das alte Handy, das als Zünder fungierte, hinein. Dann legte er eine Münze aufs Display und füllte das Nitroglycerin vorsichtig aus den vier Plastikflaschen in den Eimer. Nun war die Sprengvorrichtung fertig. Mit zitternden Fingern hängte er nun den Eimer an ein Absperrventil unter die Zimmerdecke. Falls jemand in den nächsten Tagen diesen Raum betrat, so musste er den Eindruck haben, dass der dort hängende Eimer das Wasser von einer undichten Stelle des Rohres auffangen sollte. Und die klare Flüssigkeit darin würde diesen Eindruck bestätigen. Das schwarze Handy in dem schwarzen Eimer wäre im Nitroglycerin nur schwer zu erkennen. Erfahrungsgemäß würde jeder, der nach dem Eimer sah, ihn dort hängen lassen, im Glauben, dass sich jemand anderes darum kümmerte. Solange es sich nicht um einen wirklichen Rohrbruch handelte, dauerte es meist mehrere Wochen, bis man die Beseitigung solcher Dinge in Angriff nahm.

Und bis dahin hätte Harald die Elbphilharmonie in Schutt und Asche gelegt.

Harald ging zurück zu seinem Auto und warf die leeren Flaschen auf den Boden vor den Beifahrersitz. Dabei kam es zu einem Knall, etwa wie der aus einer Faschingspistole. Die winzigen verbliebenen Tropfen des Nitroglycerins führten zu einer schwachen Detonation, die nur ein wenig das Plastik verschmorte.

Harald atmete tief durch. Nun parkte er seinen Wagen in der obersten Ebene. Dann würde er mit Sandrine noch das Konzert des NDR Elbphilharmonie Orchesters genießen. So wie es die meisten anderen Journalisten taten. Irgendwo tief in seinem Inneren meldete sich sein Gewissen, dass er weder Sandrine, noch sonst irgendjemanden der Gefahr hätte aussetzen dürfen, durch den Sprengsatz in der untersten Parkebene. Doch wie immer spürte er dann auch den Schmerz über sein hoffnungsloses Leben. Und dieser Schmerz hinderte ihn daran, alles wieder rückgängig zu machen.

47

Eric fühlte sich jeden Tag besser. Nur sein Blutdruck spielte hin und wieder verrückt. Das war auch einer der Gründe, warum die Ärzte ihn noch immer im Krankenhaus behalten wollten. Und sie gaben auch immer noch nicht auf, herausfinden zu wollen, warum Erics Körper diese besonderen Selbstheilungsfähigkeiten hatte. Aber das sagten sie ihm nicht.

Vera verbrachte so viel Zeit wie möglich bei ihm, musste aber doch immer wieder wegen dringender Termine zu ihrem Arbeitsplatz. Und so blieb Eric nichts weiter übrig, als zu versuchen, die Zeit im Krankenhaus so angenehm und sinnvoll wie möglich zu verbringen. Er machte sich daran, über Handy und Laptop weitere Bibeln für den Zeittransport zu organisieren, las viel, surfte im Internet, telefonierte und studierte die Bibel.

Durch Saul bekam die Botschaft der Bibel eine neue Dimension für ihn. Dass Saul ihm nichts über Phánuëls Zukunft erzählen wollte, war für ihn immer noch ärgerlich, aber er nahm sich vor, seinen Frieden darüber zu finden. Mit Gottes Hilfe würden sie ihrem Sohn gute Eltern sein können, egal was Saul ihnen sagte oder nicht.

Heute besuchte er Jafar. Auch der Malier bekam täglich Besuch. Meist waren es Glaubensgeschwister der Arnháton-Gemeinschaft. Für das Krankenhauspersonal erschien es wie Besuch, der durch die Nationalität verbunden war. Niemand ahnte, auf welcher spirituellen Ebene sie verbunden waren.

Jafar freute sich ehrlich über Erics Besuch. Der Malier spürte nun eine gewisse Verbundenheit mit Eric. Beide waren Opfer des selben Mannes. Für beide hätte die Messerstecherei auch tödlich ausgehen können. Bisher war Eric für Jafar nur das Mittel, um an Laura und ihren Sohn heranzukommen, aber jetzt nahm er ihn schon fast als so etwas wie einen Leidensgenossen wahr.

„Du siehst schon erstaunlich frisch und stark aus“, stellte Jafar überrascht fest.

„Seit meinem Aufenthalt in Mali kann mir kaum etwas anhaben“, antwortete Eric ausweichend. Nur den engsten Vertrauten erzählte er von seiner Begegnung mit dem Außerirdischen Nommo-Tuwa. Und Jafar gehörte eindeutig nicht dazu.

„Du hattest erwähnt, dass Du in Mali gelebt und gearbeitet hast“, bestätigte Jafar.

„Ja. Ich war als Sprachforscher unter den Dogon tätig. Und Bambara habe ich praktisch nebenbei gelernt, da ich die meiste Zeit in Bamako gelebt hatte. Dort musste ich wohnen, da der Norden Malis auf Dauer zu gefährlich für Europäer wurde. Die Islamisten machen leider diesen Teil Malis immer noch unsicher.“

„Das kann ich bestätigen“, erklärte Jafar. „Auch ich musste vor ihnen aus Mali fliehen. Sie betrachten jeden, der ihren Glauben nicht teilt, als Ungläubigen, den es zu bekämpfen gilt.“

„Du bist kein Moslem?“

„Nein, ich bin Christ. Auch wenn ich mich erst am Anfang meines Glaubenslebens befinde. Um so dankbarer bin ich, dass ihr hier in Deutschland wirkliche Religionsfreiheit habt. Es ist eine Schande, dass du in deinem eigenen Land von jemandem verletzt wurdest, der eigentlich hier Schutz sucht“, lenkte Jafar ab. Er wollte es Eric gegenüber keinesfalls dazu kommen lassen, dass er versehentlich seinen Arnháton-Glauben offenbarte.

„Der Täter hat vor und während seiner Flucht sicher viel mitgemacht. Ich versuche, mich in ihn herein zu versetzen. Wer weiß, was aus mir würde, wenn ich in einer ähnlichen Situation wäre?“, meinte Eric.

„Spürst du keinen Hass auf den Täter?“, hakte Jafar nach. Der Malier spürte innerlich enorme Wut. Nicht nur wegen der Wunden und Schmerzen. Durch den Angriff konnte Jafar nicht weiter seinen Plan verfolgen, mit Laura in Kontakt zu kommen und ihr das Kind zu entreißen.

„Sicher gibt es Momente, in denen ich dem Täter nichts Gutes wünsche, aber ich weigere mich, ihn zu hassen“, erklärte Eric.

„Er hat nicht nur dich und mich verletzt. Mit seiner Tat hat er das Sicherheitsgefühl aller Menschen in diesem Land erschüttert. Und er macht es den friedlichen Menschen, die hier Schutz suchen, noch schwerer, akzeptiert zu werden.“

Eric schüttelte den Kopf. „Auch dafür dürfen wir ihn nicht hassen. Jesus hat uns geboten, selbst unsere Feinde zu lieben.“

„Wie soll ich jemanden lieben, der mich mit einem Messer töten wollte? Ich bin nicht Jesus. Ich bin in dieses Land geflüchtet, weil ich in Mali um mein Leben fürchten musste. Ich wollte ihm auch noch helfen.

Und jetzt muss ich erfahren, dass ich hier offenbar nicht sicherer bin."

„Wenn du ihn nicht lieben kannst, dann versuche wenigstens, ihn nicht zu hassen. Denn mit dem Hass schadest du auch dir selbst. Niemand ist wirklich frei, wenn er zulässt, dass der Hass sein Leben bestimmt. Egal was du auch immer aus Hass tust, es wird dir keine Befriedigung verschaffen."

Jafar griff nach einer kleinen Wasserflasche, die auf dem Tisch neben seinem Bett stand. „Ich hoffe einfach, dass mir der Kerl irgendwann egal ist. Aber im Moment wäre es mir lieber, er würde ebenfalls mit einer Bauchwunde hier im Krankenhaus liegen."

Eric fiel ein Buch auf, das ebenfalls auf dem Tisch lag. Es war im Querformat angelegt. Auf dem Cover war ein ägyptischer Pharao zu sehen. Die Schrift war arabisch. Und durch das längliche Format wirkte das Buch fast wie ein Bündel Geldscheine. An irgendetwas erinnerte es Eric, aber er wusste noch nicht, an was.

„Ich versuche, mich in die Lage des Täters hinein zu versetzen. Viele Flüchtlinge haben ein Trauma erlitten. Wenn du auf deiner Flucht nichts Traumatisches erleben musstest, dann kannst du Gott danken."

Jafar bemerkte Erics Interesse für das querformatige Buch. Der abgebildete Pharao war Echnaton. Jetzt fiel ihm ein, welcher Fehler es war, es so offensichtlich liegen zu lassen, schließlich wollte er ja vortäuschen, ein Christ zu sein. Wie zufällig nahm er nun eine Zeitung aus der Ablage unter dem Tisch und blätterte kurz darin, um sie dann auf das Buch zu legen. „Jesus hat recht", meinte er dann, um von dem Buch abzulenken. „Ich werde versuchen, den Täter zu lieben."

„Ich werde gerne mit dir dafür beten", bot Eric an.

„Das ist wirklich nett von dir", entgegnete Jafar. Innerlich dankte er seinem Gott Aton, dass Eric keine weiteren Fragen zu dem Buch stellte, in dem alte Gebete zusammengestellt waren, die Echnaton zugeschrieben wurden, wie zum Beispiel dessen Sonnengesang.

Beide falteten ihre Hände und Eric betete für Jafars Seelenfrieden und auch für dessen körperliche Genesung. Danach unterhielten sie sich über ihre unterschiedlichen Erfahrungen mit den Menschen in Mali.

Nach etwa einer Stunde freundschaftlichen Erfahrungsaustauschs verabschiedete sich Eric, nachdem er Jafar seine Handynummer gegeben hatte, und ging wieder auf sein Zimmer. Jafar beneidete Eric ein wenig, dass er den Angriff offenbar sowohl psychisch als auch physisch so gut weggesteckt hatte. Eric brauchte keinen geklonten Gott, den man Lauras Händen entreißen musste. Eric hatte alles, was ein Mensch zum Glücklichsein haben musste. Einen festen Glauben, eine Familie, die er liebte, und ein unerschütterliches Gemüt. Für einen Moment war Jafar versucht, mehr über diesen christlichen Gott zu erfahren, aber dann schob er diesen Gedanken ganz weit weg.

48

Die Arnhátongemeinschaft wartete immer noch sehnsüchtig, dass der wiedergeborene Echnaton in ihre Mitte zurückkehrte. Auch wenn die Existenz des Jungen keinem Wunder zu verdanken war, sondern einer ausgeklügelten Klonmethode, so würde der Tag seiner Wiederkehr eine Zeitenwende für die Sekte bedeuten. Und Marera, der Hohepriesterin, war inzwischen jedes Mittel Recht, um ihn zurückzuholen, in die Gemeinschaft der wahren Gläubigen, wie sie es sah.

In Mali war Marera als Administratorin und Hohepriesterin für die geistlichen und organisatorischen Belange der Atongläubigen in Nordafrika zuständig gewesen. Seit das geklonte Echnatonbaby mit Laura nach Deutschland zurückgekehrt war, hatte die Arnhátongemeinschaft Marera dazu berufen, ihre Ämter in Mitteleuropa auszuführen. Marera schätzte die Religionsfreiheit in diesem Teil der Welt, doch sie sah die Kulturen Europas nur als überkommene Gesellschaftsmodelle, die spätestens dann abgelöst würden, wenn Echnaton das Erwachsenenalter erreicht hätte und alle Welt erkennen würde, dass er der Erlöser für eine Menschheit ist, die ohne ihn verloren wäre.

Um in wenigen Jahrzehnten als Heilsbringer wirken zu können, musste er zunächst zurück in die Gemeinschaft der Gläubigen kommen. Und dazu musste Marera wieder einmal gegen die eigenen moralischen Regeln verstoßen. Als Erwachsener würde Echnaton eine Welt ohne Mord und Verbrechen schaffen, aber jetzt durfte man auch vor diesen Verbrechen nicht zurückschrecken, um das Kind seiner Mutter zu entreißen.

Nachdem auch der Plan gescheitert war, über Jafar an Laura heranzukommen, war Marera wieder bereit, mehr auf Gewalt zu setzen. Aber auch Mord und Entführung mussten gut vorbereitet werden, damit keine Spuren zur Arnhátongemeinschaft führten. Also ließ Marera Laura weiterhin beschatten.

Heute wurde die Wohnung, in der Laura und Tom lebten, nicht nur von der Arnhátonsekte beobachtet. Auch ein sehniger alter Mann mit Glatze hatte sie seit einigen Minuten im Auge. Arthur Roth. Er hatte die Adresse, die ihm sein Freund Hagen per SMS genannt hatte, aufgesucht und betrachtete das Haus argwöhnisch. Er konnte den Gedanken nicht ganz abschütteln, dass vielleicht doch der Rat der Fürsten ihm hier eine Falle stellte. Doch er wusste, dass er dieses Wagnis eingehen musste, wenn er seine Enkeltochter jemals wiedersehen wollte. Also überquerte er die Straße und ging auf die Haustür zu. Immer noch suchte er nach Indizien, die auf einen Hinterhalt hindeuten könnten. Den Arnhátonanhänger, der am Ende der Straße in einem Auto saß, erkannte er nicht.

Als er das Klingelschild mit Lauras Nachnamen sah, bekam er feuchte Augen. Mit pochendem Herzen drückte er den Klingelknopf und wartete, was passierte. Es vergingen endlose Sekunden, dann erklang Lauras Stimme an der Sprechanlage: „Ja bitte. Wer ist da?“

„Hier ist Hawkeye. Erkennst du meine Stimme Laura?“ Arthur meldete sich mit dem Spitznamen, den Laura ihm schon vor Jahren gegeben hatte. Sie glaubte, er hätte zeitlebens als Detektiv gearbeitet und nannte ihn deshalb „Falkenauge“. Da nur Freunde diesen Spitznamen kannten, nutzte er ihn jetzt, um sie so von seiner Identität zu überzeugen.

„Hawkeye? Wirklich? ... Oh. Einen Augenblick, bitte!“ Laura war überrascht und verwirrt. Einen Moment später schaute sie aus dem Fenster und erkannte freudig ihren Großvater. In dem Übergangswohnheim, das er zurzeit bewohnte, hatte er sich den Kopf wieder kahl rasiert und seinen Bart gestutzt. Auch seine Kleidung war gewaschen. Er sah richtig adrett aus.

Laura drückte den Türöffner, und Arthur ging die Treppe hoch bis zu ihrer Wohnung im ersten Stock. Währenddessen setzte Laura Tom in dessen Kinderbettchen. Sie wollte sich jetzt ganz auf ihren Großvater konzentrieren. Arthur musste einen Augenblick warten, bis sich die

Wohnungstür öffnete. Als Laura endlich vor ihm stand, war er sprachlos vor Erleichterung.

„So eine Überraschung“, stieß Laura hervor. „Gott sei Dank.“ Beide schlossen sich in die Arme. Es fühlte sich an, als seien sie nie getrennt gewesen, als wäre es erst gestern, dass Arthur ihr erklärt hatte, er würde den Rest seines Lebens in einem Dogondorf verbringen.

Arthur kämpfte mit Tränen der Rührung. Mit aller Kraft bewahrte er seine Fassung und fragte nur: „Geht es dir gut?“

„Ja“, bestätigte Laura und führte ihn in die Wohnung. „Gewissermaßen geht es mir so gut wie noch nie.“

„Da fällt mir ein Stein vom Herzen. In unseren Briefen konnten wir ja nicht wirklich offen kommunizieren. Du weißt ja ... wegen der Arnhátonsekte.“ Laura fand Arthurs Geschichte, er würde wegen dieser Sekte verborgen bleiben wollen, immer sehr merkwürdig. Und vom Rat der Fürsten wusste sie nichts. Aber das war jetzt alles unwichtig. Ihr Großvater war wieder da. Damit hatte sie überhaupt nicht gerechnet.

„Und wie geht es dir?“, fragte Laura.

„Mir wurde praktisch ein neues Leben geschenkt. Ich glaube, ich kann auch sagen, dass es mir gut geht. Manche Sachen muss ich noch regeln, aber wenn mit dir alles in Ordnung ist, dann ist das das Wichtigste für mich.“

„Bei mir ist alles mehr als in Ordnung. Ich habe alles, was ich brauche. Ich habe diese schöne Wohnung, bin verliebt und habe auch ... einen Sohn, der mir viel Freude macht.“

Arthur war erstaunt, da sie in ihren Briefen davon nichts erwähnt hatte. „Du bist Mutter. Herzlichen Glückwunsch.“

„Du hattest ja gewünscht, dass wir in unseren Briefen nicht mehr als einfache Lebenszeichen schreiben. Wegen der Arnhátonsekte, wie du gesagt hattest. Ich hatte mich daran gehalten und dir nichts davon geschrieben.“

„Dann ist die Überraschung jetzt umso schöner für mich. Lebst du hier mit deinem Mann und deinem Sohn zusammen?“

Laura schmunzelte. „Das ist alles nicht so einfach. Der Mann, den ich liebe, ist nicht der Vater des Kindes. Und den Vater von Tom, so heißt mein Sohn, kenne ich nicht. Vermutlich hat die Arnhátonsekte mich als Leihmutter für ihren geklonten Erlöser benutzt. Aber, Gott sei Dank, hört man hier in Deutschland nichts von diesen Spinnern."

Mit diesen Nachrichten hatte Arthur nicht gerechnet. Das Sektenthema würde wohl nie vorbei sein, wenn Laura deren Kind ausgetragen hatte, dachte er. Und ob der Rat der Fürsten Laura womöglich auch noch im Visier hatte, blieb noch zu klären. Doch Arthur beschloss, sich die Wiedersehensfreude von diesen Umständen nicht verderben zu lassen.

„Wie alt ist denn der kleine Tom?", fragte er. „Ich möchte ihn unbedingt sehen."

„Er ist ein Jahr alt." Sie öffnete die Tür des Kinderzimmers. Tom saß in seinem Bettchen und spielte mit kleinen Stofftieren. Als er Arthur bemerkte, war er zunächst sichtlich verwundert, aber als er auch Laura erkannte, strahlte ein Lächeln über sein Gesicht. Die markanten Echnathon-Gesichtszüge gaben dem kleinen Jungen ein eigentümliches Aussehen. Arthur zwang sich zu einem Lächeln. In diesem Kind erkannte er so überhaupt gar nichts von seiner Enkeltochter. Wie auch, wenn es nur der Klon eines uralten Pharaos war.

Arthur ging nahe an das Bettchen heran. Tom betrachtete den alten Mann interessiert und schenkte auch ihm ein Lächeln.

„Tom ist ein ganz lieber Junge. Ich könnte mir keinen besseren Sohn wünschen", erklärte Laura.

Arthur konnte sich im Moment überhaupt nicht vorstellen, dass dieses Kleinkind mit dem ungewöhnlich langgezogenen Gesicht, dem seltsamen Kinn und der viel zu schmalen Nase, sein Enkelkind sein sollte. Doch er nahm sich vor, es auf irgendeine Weise ins Herz zu schließen, da Laura es ganz offensichtlich wirklich liebte.

„Er ist gesund?", fragte Arthur leise.

„Ja", bestätigte Laura. „Toms Kopfform ist zwar etwas außergewöhnlich, aber kein Hinweis auf irgendeine Krankheit. Das haben mir die Ärzte bestätigt. Er entwickelt sich ganz normal." Sie hob den Jungen aus seinem Bett und nahm ihn auf den Arm. „Auch wenn der Grund seiner Existenz alles andere als gewöhnlich ist, so ist er doch mein ganzes Glück." Einen Moment verharrte sie in Gedanken. „Auch wenn der Mann, den ich liebe, mir manchmal wie mein größtes Gottesgeschenk vorkommt."

Sie gingen hinüber ins Wohnzimmer. Dort nahm Arthur auf dem Sofa Platz. Laura übergab ihm Tom und sie stellte eine Wasserflasche, zwei Gläser und einen Plastikbecher auf den Tisch.

Arthur wusste zunächst nicht, wie er das Kind in den Armen halten sollte, doch er erkannte, dass der Junge recht unkompliziert war. Als Laura sich dazu setzte, nahm sie ihn wieder zu sich.

„Erzähl mir bitte, wie es dir in den zwei Jahren ergangen ist“, bat Arthur. Er war immer noch bewegt, dass er wieder in der Nähe seiner Enkeltochter sein konnte.

„Der plötzliche Abschied von dir in Mali und die Schwangerschaft, die ich kurz darauf bemerkte, das war anfangs fürchterlich schwer für mich. Zum Glück waren Eric und Vera Harder immer für mich da. Das hat mich davor bewahrt, seelisch in ein tiefes Loch zu fallen“, begann Laura und berichtete, wie sie mit den Harders nach Deutschland zurückgekommen war, wie sie Tom zur Welt brachte und wie sie endlich ein fast normales Leben führen konnte.

Arthur wunderte sich, dass sie bei ihrem Bericht nie von ihrer großen Liebe sprach. Also fragte er: „Und was ist mit dem Mann, den du liebst? Bisher hast du nur Andeutungen gemacht.“

Lauras Augen begannen zu glänzen. „Ich kenne ihn erst seit wenigen Wochen. Er kommt von sehr weit her“, umschrieb sie seine temporale Herkunft. „Aber er ist eigentlich Europäer. Und es gibt noch recht viel, was erledigt werden muss. Ich werde dir die Einzelheiten irgendwann einmal erzählen. Ich weiß nur eines ganz sicher: Ich liebe ihn, wie ich noch nie einen Mann geliebt habe, und er liebt mich weit über das hinaus, was durch Raum und Zeit möglich ist.“

Arthur verstand das, was sie über Raum und Zeit gesagt hatte, nur als Metapher, aber genau das hatte Laura beabsichtigt. So schnell wollte sie ihrem Großvater nichts von Sauls Zeitreisen erzählen.

„Gott wird einen Weg für Saul, Tom und mich finden“, schloss sie ihren Bericht. „Und für dich auch.“

„Ja“, bestätigte Arthur. „Sogar ich durfte erleben, dass Gott Menschen befreit. Und dass er mächtiger ist als der Teufel. Auf meiner Reise von Mali bis hierher habe ich Dinge erlebt, die sogar ich mir nicht im Entferntesten vorstellen konnte.“

„Du machst mich neugierig“, erklärte Laura.

„Meist waren es keine schönen Dinge.“

„Das tut mir leid für dich. Aber wenn du dadurch zu Gott gefunden hast, dann musste es wohl so sein.“

„Leider bin ich mir immer noch nicht sicher, ob ich wirklich zu Gott gefunden habe. Es gibt immer noch so viel, was ich nicht verstehe.“

„Erzähl mir, was du erlebt hast. Vielleicht verstehst du dann besser, was Gott dir damit sagen will.“

Arthur berichtete in groben Zügen von seiner Zeit in den Dogondörfern, von der Schleppermafia in Agadez und Dirkou. Grausame Details ließ er weg. Er erzählte auch kurz von Mariams Exorzismus und dass er sich jetzt sicher war, dass es den Teufel als das personifizierte Böse gab, aber auch dass es über allem einen liebenden Gott gibt.

Natürlich verschwieg er ihr die Menschen, die er auf dem Weg nach Deutschland getötet hatte. Und auch von den Grausamkeiten, die sie in Libyen erleben mussten, sprach er nicht. Wie sie dort vom Militär aufgegriffen und in Flüchtlingslagern wie Vieh gehalten wurden. Und dass sie auch dort erst wegkamen, nachdem er zwei weitere Männer umgebracht hatte. Nein, Laura durfte das alles niemals erfahren. Erst recht nicht, nachdem sie ein fremdes Kind zur Welt bringen musste. Die Welt war schon grausam genug.

Fast zwei Stunden verbrachten sie so. Sie erzählten sich vieles, aber nicht alles. Laura zeigte ihm Fotos von Saul. Sie freute sich, ihren Großvater wieder in der Nähe zu haben, und doch spürten sie, dass sie die Vergangenheit nicht einfach fortsetzen konnten. Arthur erwähnte auch, dass er sich jetzt Jérôme Dumont nennen musste. Als Grund dafür gab er natürlich die Arnhátonsekte an.

Er bemerkte, dass Laura immer öfter auf ihre Armbanduhr sah. „Erwartest du noch jemanden?“, fragte er.

Laura nickte. „Ja. Saul wird gleich kommen.“

„Dann werde ich wohl besser gehen.“

„Das musst du nicht. Saul wird sich sicher freuen, dich kennenzulernen.“

„Ich muss noch einiges auf den Behörden erledigen“, schob Arthur vor.

„Wir können uns morgen Nachmittag sehen, allerdings ist dann auch noch Phánuël, der Sohn von Harders bei mir. Und abends könntest du mit zu Eric und Vera, wenn du möchtest“, schlug Laura vor.

Arthur lächelte. „Ja, das ist sicher eine gute Idee. Sie werden sicher einige Fragen an mich haben, wenn sie mich sehen. Früher oder später werde ich mich diesen Fragen stellen müssen."

„Abgemacht. Kommst du um 15:00 Uhr zu mir? Etwa um 19:00 Uhr werden wir bei Harders zu Abend essen. Das wird sicher schön."

Sie brachte Arthur an die Wohnungstür. Zum Abschied gab es noch eine liebevolle Umarmung, dann ging Arthur die Treppe hinunter. Dort begegnete er Saul. Arthur überlegte einen Moment, ob er ihm sagen solle, dass er ihm die Haut abzöge, wenn er Laura nicht glücklich mache, aber er tat so, als kenne er ihn nicht und grüßte nur kurz mit ‚Guten Tag'.

Als er aus dem Haus trat, murmelte er ein kurzes Gebet: „Großer Gott, bitte mach, dass ich keinen weiteren Menschen töten muss."

49

Arthurs Freund Hagen hatte die Auswertung seiner Sicherheitsanalyse derart geschönt, dass die deutschen Sicherheitskräfte gefährlich unvorbereitet auf die Gegendemonstrationen im Vorfeld des G20-Gipfels waren. Als seine Vorgesetzten erkannten, dass man erheblich nachsteuern musste, wurden alle von ihm erstellten Berichte der letzten Monate einer Neubewertung unterzogen. Dabei bekam er täglich mehr Kritik zu spüren. Dass die, als Machtdemonstration gedachte, Großveranstaltung schon vor Beginn zu einem Imagedesaster zu werden drohte, war völlig inakzeptabel. Man entband Hagen von allen Funktionen bezüglich des G20-Gipfels und versetzte ihn an einen völlig unwichtigen Archivplatz.

Die erste Amtshandlung von Hagens Nachfolger bei den Sicherheitsorganisatoren des G20-Gipfels war es, unliebsame Berichterstatter vom Veranstaltungsort fernzuhalten. 32 Journalisten wurde die Akkreditierung entzogen. Darunter auch die von Harald Adler.

Hagen musste sich täglich für neue Entscheidungen der letzten Monate rechtfertigen. Er begann, sich zu fragen, wann der Rat der Fürsten dahinter kommen würde, dass Arthur Roth noch lebte und inzwischen als Jérôme Dumont in Deutschland war. Von seinem neuen Arbeitsplatz aus hätte er zwar noch in den Dateien des Rates recherchieren können, aber das wäre jetzt wesentlich riskanter als früher. Er konnte nicht abschätzen, wie weit er inzwischen überwacht wurde.

Hagen ließ der Gedanke nicht los, dass sein Widerstand gegen den G20-Gipfel Arthurs Leben, und vielleicht auch das von Laura, in Gefahr brachte. Im EDV-System des Rates würde er vielleicht die Antwort bekommen. Aber möglicherweise führte er seine Vorgesetzten gerade dadurch erst auf Arthurs Spur. Bisher konnte er als gehobener Mitarbeiter des Rates relativ unbeobachtet Daten abrufen oder ändern. Jetzt musste er damit rechnen, dass alle seine Aktivitäten beobachtet wurden.

Sollte er Arthur und Laura einfach ihrem Schicksal überlassen, falls der Rat inzwischen bemerkt hatte, dass Arthur auf dem Weg zu Laura war? Könnte er damit leben, dass durch seine Sabotage des G20-Gipfels sein Freund Arthur und dessen Enkeltochter zu Tode kämen?

Er war sich sicher, dass er sich das ewig vorwerfen würde. Also suchte er in der Datenbank des Rates der Fürsten nach dem Dossier über Laura Roth und wurde auch fündig. Wie erwartet, fanden sich dort lückenlose Bewegungsprofile von ihr, Protokolle sämtlicher Online-Aktivitäten, Auflistungen ihrer Freunde und Bekannten und alles Erdenkliche mehr. Eine Sammlung von fast allen relevanten Unterlagen ihres Lebens. Seit sie aus Mali zurückgekehrt war, führte sie, so wie es hier dargestellt wurde, ein unauffälliges Leben, zumindest bis vor wenigen Wochen. Dann tauchte eine Person auf, deren DNA, die von den Handyscannern erfasst wurde, nicht zuzuordnen war. Eine Person, die in keiner Datenbank des Rates der Fürsten weltweit zu finden war. Gewisserweise eine Unperson. Und Laura hatte engen Kontakt mit diesem Mann. Die Häufigkeit des Kontakts wies auf eine enge Freundschaft oder ein Liebesverhältnis hin, so stand es in dem Dossier.

Hagen erkannte, dass diese Person nicht Arthur sein konnte. Der war erst seit wenigen Tagen in Deutschland. Dass der mysteriöse Mann Saul, ein Reisender aus der Zukunft war, wusste weder Hagen noch der Rat der Fürsten. Jedoch stand in dem Dossier auch, dass in den nächsten Tagen eine Überwachung Lauras beginnen sollte. Und der dazu beauftragte Agent war Hector Alvarez, ein Mann, der seit zwanzig Jahren als Killer für den Rat arbeitete. Dass man gerade ihn als Überwacher einsetzte, verhieß nichts Gutes. Wenn die Entscheidungsträger zum Entschluss kamen, dass man Laura und den Unbekannten liquidieren müsse, dann würde dieser Hector dies mit Freuden schnell, gründlich und grausam ausführen.

Das einzig positive, das Hagen in Lauras Dossier finden konnte, war die Tatsache, dass in den letzten zwei Jahren Arthurs Name nicht ein einziges Mal erwähnt wurde. Das war ein eindeutiges Indiz, dass man ihn noch immer für tot hielt.

Hagen schlug mit der Faust auf den Tisch. Die neuen Informationen machten die Situation nicht einfacher. Arthur war zwar nicht enttarnt, aber dessen Enkeltochter war in Lebensgefahr. Und nur er konnte die beiden warnen. Aber wie?

Er wusste, dass er nur auf ganz altmodische analoge Weise ihnen eine Nachricht zukommen lassen konnte. Ein Stück Papier, beschriftet mit einem Stift. Das konnte der Rat der Fürsten nicht nachverfolgen. Er musste es nur unauffällig Arthur oder Laura zukommen lassen.

„Ich werde auch dafür einen Weg finden“, dachte er. „Hector wird Laura nicht umbringen. Nicht wenn Arthur weiß, dass er sie beschützen muss.“

50

Die Nachricht, dass Harald die Akkreditierung entzogen wurde, erreichte ihn, als er sich in seinem Hamburger Hotel auf seinem Zimmer befand. Die Sicherheitsbehörden hatten den Verlag informiert, und seine Kollegen kontaktierten Harald über dessen Handy. Harald war überrascht und entsetzt. „Wieso gerade ich? Bist du sicher, dass das keine Verwechslung ist?“ Insgeheim befürchtete er, dass man von seinen Anschlagsvorbereitungen Wind bekommen hatte und er jeden Augenblick verhaftet würde.

„Man hat uns keine konkreten Gründe genannt“, berichtete der Chefredakteur am Telefon. „Außer dir haben noch 31 weitere Journalisten ihre Akkreditierung verloren. Allen wurde nur allgemein Sicherheitsbedenken als Begründung genannt. Scheinbar will da jemand in letzter Minute irgendein Zeichen setzen. Ich verstehe das auch nicht, warum gerade du nicht von dem Gipfel berichten darfst. Hast du vielleicht bei der Pressekonferenz gestern die falschen Fragen gestellt?"

„Kann ich mir nicht vorstellen", log Harald. Natürlich kam ihm jetzt in den Sinn, dass seine unliebsamen Fragen auf wenig Gegenliebe gestoßen waren. Aber dass er deshalb von der Berichterstattung ausgeschlossen wurde, konnte er sich nicht vorstellen. Andererseits war der Ausschluss der anderen Journalisten ein Indiz, dass es wohl nichts mit seinen Plänen zu tun hatte, die Elbphilharmonie in die Luft zu sprengen.

„Wie soll ich dann arbeiten, wenn ich nicht einmal in die Nähe der Veranstaltungsorte darf?", fragte Harald.

„Sandrine hat ja noch immer ihre Akkreditierung für den Gipfel. Und wir werden an deiner Stelle David Seider schicken. Wir haben schon eine Eilanfrage losgeschickt. Wenn die schnell genug durchkommt, dann kann er dich vertreten. Du kommst am besten zurück nach Frankfurt und wertest die Berichte von David und Sandrine aus."

„Ich werde also in der zweiten Reihe stehen", resümierte Harald.

„Nimm das nicht persönlich. Du kennst das doch. Da lässt irgendjemand die Muskeln spielen und es trifft immer die Falschen."

„Ja. Es trifft immer die Falschen", bestätigte Harald. Aber in seinem Inneren ging es ihm natürlich nicht um die politische Berichterstattung. Wenn er jetzt keinen Zugang zum Konferenzbereich und zur Elbphilharmonie hatte, dann würde er auch nicht vor Ort sein können um das zerstörte Gebäude mit eigenen Augen sehen zu können, nachdem er den Auslösemechanismus gedrückt hatte. Durch den Verlust seiner Zugangserlaubnis brächte man ihn um einen wesentlichen Teil seiner Befriedigung.

„Könnt ihr nicht Einspruch dagegen einlegen?", bat er fast flehentlich.

„Das haben wir schon. Aber der Gipfel startet schon bald. So schnell wird kein Gericht die Entscheidung kippen."

„Und ich kann nicht wenigstens hier in Hamburg bleiben, um Sandrine zu unterstützen?"

„Nein, wir brauchen dich hier in Frankfurt. Helfer hat Sandrine genug. Du bist zu wertvoll, um als Laufbursche zu dienen."

Harald wusste, dass der Chefredakteur in diesem Punkt nicht mit sich reden ließ. Er musste jetzt zurück zum Verlagshaus.

Als das Telefongespräch beendet war, versuchte Harald sich klar zu machen, dass die Entscheidung der Sicherheitsbehörden nicht Wesentliches an seinem Plan änderte. Ausgelöst wurde die Detonation nach wie vor mit seinem Handy. Und wo er sich zu dem Zeitpunkt befand, war letztendlich egal. Er hätte das verheerende Klingeln auch von einem anderen Kontinent aus auslösen können. Sein Zeichen des Widerstands würde er setzen, ob er selbst darüber berichtete oder nicht. Er hatte alles in der Tiefgarage vorbereitet. Welch ein unglaubliches Glück, dass der Entzug der Akkreditierung erst so spät kam, sonst hätte er alles abblasen müssen.

Während er seine Koffer packte, berichtete der Chefredakteur Sandrine von der neuen Situation. Danach versuchte Sandrine Harald kollegialen Trost zu spenden, doch der war wie versteinert.

„Es gibt Wichtigeres im Leben als dieser Gipfel", meinte er nur.

„Du wirst eine neue Chance für eine ebenso wichtige Reportage bekommen", sprach sie ihm Mut zu.

„Vielleicht wird es ja der wichtigste Bericht deines Lebens", orakelte Harald.

„In einem Jahr erinnert sich niemand mehr an die G20 in Hamburg", widersprach sie.

„Wer weiß. Es kann viel passieren."

„Alle Berichte werden irgendwie doch durch deine Hände gehen. Du bist nicht weg vom Fenster. Du bist halt nur nicht hier."

„Wir wären ein gutes Team."

„Wir sind ein gutes Team. Beim nächsten Ereignis, über das wir berichten."

Sandrine gab ihm zum Abschied einen flüchtigen Kuss. Harald zeigte keine Regung. Er hasste die ganze Welt, nur nicht Sandrine, die war ihm im Moment einfach nur egal.

Auf der Autobahn, auf dem Weg nach Frankfurt stellte er sich beim Fahren vor, wie die Journalisten aus aller Welt über die zerstörte Elbphilharmonie berichten würden. Bilder, die den Anschlägen in New York glichen, tanzten vor seinem geistigen Auge. Er würde am 07. Juli, während die Spitzenpolitiker Beethovens 9. Symphonie lauschten, das Gebäude zum Einsturz bringen und damit die Welt aus den Angeln heben.

Er fühlte sich mächtig. Und trotzdem fühlte er sich immer noch aus der Welt gefallen. Durch seine Anschlagsziele hatte er ein Ziel in seinem Leben. Und das Attentat machte für ihn auch einen ungeheuren Sinn. Und trotzdem fühlte er sich nicht einmal ein kleines bisschen glücklich.

„Glücklich werde ich niemals sein", murmelte er vor sich hin. „An keinem verdammten Tag in meinem Leben."

Über die Autobahn schwirrten wieder Engel und Dämonen, wie jeden Tag in Haralds Leben. Wie in jeder Stunde. Wie in jedem Augenblick.

Fēi litt unsäglich unter Haralds selbstzerstörerischer Wut auf die ganze Welt. Sie spielte mit dem Gedanken, ihren Platz als dessen Schutzengel jemand anderem zu überlassen. Dass sie so nah miterleben musste, wie Harald sich und andere ins Unglück stürzte, war zu schmerzhaft.

„Du musst Abstand zu Harald halten", riet Tiān. „Harald ist ein Mensch. Und Menschen machen manchmal so etwas."

„Harald ist nicht einfach ein Mensch wie jeder andere", widersprach Fēi. „Wenn er nicht die Fähigkeit hätte, Engel und Dämonen zu sehen, dann würde er gar nicht auf den Gedanken kommen, einen Anschlag zu begehen."

„Letztendlich hat seine verschmähte Liebe zu Sandrine ihn dazu gebracht."

„Er ist schon seit Jahren eine gequälte Seele. Niemand sollte so leiden müssen." Ihre Augen wurden feucht. „Und ich kann es auch nicht mehr ertragen. Du weißt, wie schwer es ist, Abstand zu halten, wenn wir doch alle Emotionen mit unseren Schutzbefohlenen teilen."

„Aber wir sehen das große Ganze. Wir kennen Gottes Plan. Harald will das nicht sehen. Aber du kannst es."

„Um so schmerzhafter ist es, zu sehen, wie Harald sich Gottes Plan verweigert. Und was hast du gemacht, als es Gottes Plan war, dass Laura sterben sollte?", fragte Fēi vorwurfsvoll.

„Ich hatte sie gerettet. Du hast recht. Ich weiß, wie du dich fühlst. Manchmal ist es unerträglich, den Menschen so nah zu sein und doch nicht wirklich helfen zu können."

„Du hast es gewagt, Laura zu helfen."

„Aber es war riskant. Mir hatten harte Strafen gedroht. Dass ich nur milde bestraft wurde, ist ein echter Segen."

„Aber für Laura hast du es riskiert."

„Und für Harald würdest du sicher auch einiges riskieren", mutmaßte Tiān.

„Ja." Fēi nickte.

„Weil du ihn liebst?"

Fēi nickte wieder. „Ja. Es ist wohl Liebe."

„Er wird diese Liebe nicht erwidern können. Das weißt du. Er wird nicht einmal erfahren, dass du existierst", gab Tiān zu bedenken, doch er wusste, dass seine Ratschläge ihr nicht helfen würden. Egal ob in der Menschenwelt oder in der Engelswelt: Liebe bleibt die stärkste Macht, gegen die jedes Wort und jede Regel unterliegt.

„Ich kann den Mann, den ich liebe, doch nicht in sein Unglück laufen lassen."

„Du kannst ihn nicht aufhalten. Du kannst ihm nur Zeichen senden, die ihm neue Hoffnung schenken. Wenn er sie erkennt, dann kann sich noch alles zum Guten wenden."

„Ich sende ihm ständig Zeichen. Lieder im Radio. Menschen wie die Harders, die ihm begegnen. Und vieles andere mehr. Aber wie soll er diese Zeichen sehen, wenn er immer Dämonen sieht?"

„Diese Visionen kann nicht einmal ein Engel abstellen. Wie willst du ihm da helfen?"

„Ich weiß es nicht. Und das macht mich zusätzlich wütend. Ich fühle mich so unendlich hilflos."

Tiān wusste keine tröstenden Worte mehr. Er meinte nur: „Gib die Hoffnung nicht auf." Freundschaftlich strich er über ihre Flügel. „Und gib die Liebe niemals auf."

51

Endlich wurde Eric aus dem Krankenhaus entlassen. Seine Heilung war derart rasch vorangeschritten, dass die Ärzte keine fachlichen Einwände aufbringen konnten, um ihn weiterhin dortzubehalten. Alle Nachuntersuchungen konnten in Zukunft ambulant erledigt werden.

Vera holte ihn ab und sie begrüßte ihn schon im Krankenhaus mit einer derart leidenschaftlichen Umarmung, die ihn unzweifelbar spüren ließ, dass sie seine Nähe in den letzten Tagen schrecklich vermisst hatte. Ihr Kuss wollte gar nicht mehr enden und ihre Umarmung fühlte sich an, als wolle sie ihn nie wieder loslassen.

Er genoss es, Veras eindeutige Signale erleben zu dürfen, dass sie ihn ebenso sehr brauchte, wie er sie. Ihre Nähe, ihre Hände, die seinen Nacken umspielten, der Duft ihrer Haut weckten auch in ihm den Wunsch, ihren Begierden freien Lauf zu lassen. Für einen Moment überlegte er, ob sie wirklich mit der Erfüllung ihrer Sehnsüchte bis zur Ankunft in ihrem Haus warten sollten, oder sie hier im Krankenhaus nach einer Möglichkeit suchen könnten, sich zu lieben. Auch Vera hatte diese Gedanken, aber sie entschlossen sich beide, mit ihrer Lust zu warten, bis sie zuhause waren.

Auf dem Weg zum Ausgang des Krankenhauses begegneten sie einem jungen Paar, das sich zur Begrüßung umarmte, als hätte es sich seit Ewigkeiten nicht mehr gesehen. Vera hätte beim Anblick der Liebenden Eric am liebsten in das nächste Zimmer geschoben, um über ihn herzufallen.

Doch sie und Eric beherrschten sich und verließen das Krankenhaus. Auf der Heimfahrt fuhr sie den Wagen und immer wieder griff sie mit ihrer rechten Hand nach ihm. Die Vorfreude, jetzt wieder innige Stunden miteinander verbringen zu können, machte es schwer, sich auf den Straßenverkehr zu konzentrieren, doch sie konnte einfach ihre Hand nicht von Eric lassen. Sie musste in jedem Augenblick spüren, dass er jetzt wirklich neben ihr saß. Mit jeder Minute spürte sie mehr, wie sehr er ihr in den letzten Tagen gefehlt hatte. Sie hatte dieses Gefühl verdrängt, da das für die Bewältigung des Alltags notwendig gewesen war. Aber jetzt durfte sie sich darauf freuen, den liebevollsten Ehemann, den sie sich vorstellen konnte, gleich ganz und gar für sich zu haben.

Vera hatte Phánuël für die nächsten Stunden bei Saul untergebracht, der sich mit ihm bei Laura traf. In den nächsten Tagen würden sie sich wieder ganz dem Zeittransport der Bibeln widmen, doch heute hatte ihr Hunger auf Eric absolute Priorität für sie.

Als sie am Haus ankamen, kümmerten sie sich gar nicht erst um das Gepäck im Kofferraum. Schnellen Schrittes eilten sie zur Tür, Eric schloss mit zittrigen Fingern auf. Sie schoben sich in die Diele und ließen die Tür zufallen, um sich stürmisch in die Arme zu nehmen und sich durch wilde Küsse zu beweisen, dass sie niemals genug voneinander bekommen würden.

Erics Hände wanderten über Veras Körper, als wollten sie jede noch so kleine Veränderung der letzten Tage ertasten. Doch alles, was er spürte, war dass Vera noch anziehender, noch begehrenswerter und noch lebendiger war als jemals zuvor. Ihre Küsse zeigten unbändige Lust auf ihn. Ihre Hände gaben ihm das Gefühl, zu schweben und jede ihrer Bewegungen signalisierte nur, dass sie ihn näher und immer näher bei sich haben wollte.

Sie stürmten die Treppe hinauf, Vera stolperte, was dazu führte, dass sie einem Moment auf den Stufen verbrachten, um sich dort wieder leidenschaftlich zu küssen. Die Stufen waren hart und das Schlafzimmer wenige Meter weiter lockte mit einem weichen Bett. Vera löste sich aus Erics Umarmung, damit sie endlich an den Platz kommen konnten, der für Liebende geschaffen ist wie kein anderer.

Noch im Gehen zog Vera ihr Shirt aus und machte den Gürtel ihrer Hose auf. Eric öffnete ebenfalls die Knöpfe seines Hemdes. Als sie beide vor dem Bett standen, zogen sie sich gegenseitig ihre Kleider aus. Irgendwo erklang das Geräusch von eingerissenen Textilien, aber das war jetzt völlig egal. Beide wollten nur die nackte Haut des anderen spüren. Beide wollten nur in der Umarmung des anderen versinken und sich gegenseitig die Liebe und die Lust schenken, die sie zum Leben brauchten.

Vera lag auf dem Rücken auf dem Bett und zog Eric auf sich. Wie sehr hatte sie es vermisst, ihn auf sich zu spüren. Sein Gewicht gab ihr das Gefühl von absoluter Sicherheit. Seine Hände, die ihren Kopf hielten, fühlten sich gleichzeitig zärtlich und zupackend an. Sie wollte ihn jetzt nur lieben. Lieben, küssen, sich ihm hingeben und über ihn herfallen. Sie würde niemals von ihm genug bekommen. Und er niemals von ihr.

Ihr Hunger aufeinander war unermesslich. Wilde Phasen und ruhige Minuten wechselten sich ab. Immer begleitet von zärtlichen Berührungen, die jeder von ihnen aufsog, wie die Luft zum Atmen.

Hätten sie mit Laura und Saul nicht vereinbart, dass sie zusammen zu Abend aßen, wären sie wohl an diesem Tag überhaupt nicht aus dem Bett gekommen. Doch das alltägliche Leben musste weitergehen. Und bei aller unendlichen Liebe füreinander hatten sie doch auch Sehnsucht nach Phánuël. Als Familie waren sie eine Einheit, die nichts und niemand zerstören konnte. Phánuël war ihr Sonnenschein, das Kind ihrer Liebe, ihr Gottesgeschenk. Er machte ihr Leben komplett.

Um 19:00 Uhr würden Saul und Laura mit Tom und Phánuël zum Essen kommen. Und Laura hatte angekündigt, dass auch ihr Großvater dabei sein würde. Das war eine Überraschung aus heiterem Himmel für Eric und Vera.

„War Arthur nicht der Meinung, er müsste sich für den Rest seines Lebens vor der Arnháton-Sekte verstecken?“, fragte Vera, während sie Schweinelendchen zum Abendessen vorbereitete.

„Ja. Das war seine offizielle Erklärung“, bestätigte Eric, der Vera in der Küche half.

„Aber du hältst diese Erklärung für vorgeschoben?“

„Ja. Ich hatte dir doch anvertraut, dass Arthur mal unter dem Einfluss einer schmerzstillenden Pflanze erzählt hatte, es gäbe da eine Geheimgesellschaft, die hinter ihm her wäre.“

„Sie soll wohl Fürstenrat oder so heißen. Arthur hatte da wohl irgendwelchen Blödsinn phantasiert, hast du gemeint.“

„Ja. Am nächsten Tag hatte er sich korrigiert und als alleinigen Grund die Arnháton-Sekte genannt. Das erschien mir damals auch plausibel.“

„Und jetzt bist du nicht mehr davon überzeugt?“

Erics Gesicht verriet, dass er nicht mehr an diese Darstellung glaubte. „Irgendwie war seine Geschichte von den Geheimgesellschaften in sich derart stimmig, dass alles zusammengepasst hat.“

„Du meinst, wenn er unter schmerzstillenden Drogen stand, hätte er sich das nicht so ausdenken können.“

„Ja. Und das, was er da erzählt hat, war ja praktisch so etwas wie die zeitgenössische Darstellung der vier apokalyptischen Reiter.“

„Und das hältst du jetzt für plausibler?“

„Durch Saul haben wir erfahren, dass Gog und Magog keine biblischen Metaphern sind, sondern Tatsachen, die in unserer Zeit beginnen. Warum sollten die vier apokalyptischen Reiter nicht auch mehr sein als Metaphern?“

„Es war schon seltsam, dass die Arnháton-Sekte angeblich nur für Arthur eine Gefahr sein sollte. Und dann auch noch so sehr, dass er sich den Rest seines Lebens verstecken wollte.“

„Ich frage mich nur, warum er jetzt plötzlich keinen Grund mehr sieht, sich zu verstecken."

„Vielleicht, weil die Sekte sich nie wieder bei uns gerührt hat. Nicht einmal wegen des geklonten Echnathons, den Laura geboren hat."

Eric küsste Vera auf die Stirn. „Das wäre eine Erklärung. Ich bin gespannt, was er uns heute Abend berichtet, wenn wir alle zusammen am Tisch sitzen."

52

Arthur dachte mit Wehmut an die Zeit zurück, als Laura noch ein Kind oder ein Teenager war, und er ihre volle Aufmerksamkeit hatte, wenn er mit ihr spielte oder ihr bei schulischen Angelegenheiten half. Jetzt war er bei ihr zu Besuch und fühlte sich auch eher als Gast, denn als ihr Großvater. Alles war fremd und er musste Lauras Aufmerksamkeit mit Tom, Phánuël und sogar noch mit Saul teilen. In der gesamten Zeit, die er Laura heute sehen konnte, war sie ständig damit beschäftigt, die Kinder zu hüten oder mit Saul Liebkosungen auszutauschen.

„Laura ist erwachsen", machte er sich immer wieder still bewusst. „Ich sollte froh sein, dass sie ein derart selbständiges Leben führt."

Laura erzählte ihrem Großvater wesentlich weniger über Saul, als Arthur lieb war. Der alte Mann war es aus seiner Zeit, als er für den Rat der Fürsten arbeitete, gewohnt, dass er jedes noch so kleine Detail über einen Menschen erfahren konnte. Dass Laura ihm jetzt, über Sauls Lebenslauf und die Zukunftspläne der beiden, nur Andeutungen machte, gefiel Arthur ganz und gar nicht. Er hätte sich gewünscht, Laura wäre noch das ungebundene Mädchen mit den großen beruflichen Zukunftsplänen, das er aus der Vergangenheit kannte.

Um 18:30 Uhr verließen alle fünf Lauras Wohnung, um zu den Harders zu fahren. Laura sah beim Verlassen des Hauses noch einmal in ihren Briefkasten und entdeckte den Brief, den Hagen persönlich dort eingeworfen hatte. Es stand kein Absender dort drauf und als Adresse war nur „Jérôme Dumont c/o Laura Roth" zu lesen, keine Straße, kein Ort.

„Wer wusste denn, dass du heute bei mir bist?“, fragte sie verdutzt und gab den Brief an Arthur weiter.

Arthur hoffte, dass es nichts mit dem Rat der Fürsten zu tun hätte, doch er wusste, dass jede andere Erklärung ausgeschlossen war. Da nur sein Freund Hagen seinen neuen Namen kannte, war er sich recht sicher, dass der Brief von ihm kam. Er öffnete ihn und sah sofort auf die Unterschrift. Erleichtert registrierte er Hagens Namen.

„Ein Freund hat mir geschrieben. Jemand, der mir schon oft geholfen hat“, erklärte Arthur. „Auch für meine Reise von Mali bis hierher war er unentbehrlich.“

„Kennt er nicht deine Adresse im Obdachlosenheim?“, hakte Laura nach.

„Nein. Ich kam nicht dazu, sie ihm zu nennen“, schwindelte Arthur wieder. Dass er keine Möglichkeit hatte, Hagen zu erreichen, sondern immer nur von ihm kontaktiert wurde, konnte er wieder einmal nicht sagen.

„Und woher weiß dieser Hagen, wo ich wohne, wie ich heiße und dass er dich über mich erreicht?“

Arthur las den Brief und sah dann seine Enkeltochter nur flehend an. In diesem Moment wusste er nichts, was er ihr antworten sollte.

Laura war merklich verärgert über diese Überraschung. „Mein Leben ist gerade beinahe wieder in Ordnung. Ich mag es gar nicht, wenn es Leute gibt, die Dinge über mich wissen, die sonst niemand weiß. Und von deiner neuen Identität als Jérôme Dumont wusste ich bis gestern überhaupt nichts. Aber dein Freund, der nicht einmal seinen Namen auf seine Briefe schreibt, kennt meinen Namen und meine Adresse. Das klingt alles nicht sonderlich beruhigend.“

„Das hat alles seine Gründe“, versuchte Arthur zu beschwichtigen.

„Erzähl mir jetzt nichts von der Arnháton-Sekte. Die Scheiße hat in Mali stattgefunden. Wir sind hier in Deutschland. Das was du sagst, passt alles nicht zusammen.“ Laura redete sich in Rage. Ihre Stimme war jetzt so laut, dass Passanten sie hätten hören können. Glücklicherweise waren keine Fußgänger in der Nähe.

„Lass uns nochmal zurück in die Wohnung gehen“, bat Arthur. „Dann erkläre ich es dir.“

„Ach. Auf einmal willst du es mir erklären. Worauf musstest du denn warten? Dass dein komischer Freund mir was in den Briefkasten wirft?“, fragte Laura spöttisch.

„Auf den richtigen Zeitpunkt. Und der ist genau jetzt.“

Laura bat Saul, mit den Kindern auf einen nahegelegenen Spielplatz zu gehen. Arthur kehrte mit Laura zurück in deren Wohnung. Eigentlich wollte Arthur seiner Enkeltochter niemals vom Rat der Fürsten erzählen, damit sie ein möglichst normales Leben führen konnte. Aber jetzt erschien es ihm, dass es nichts mehr zu verlieren gab. Hagen hatte ihm geschrieben, dass Laura im Visier des Rates der Fürsten war. Auch wenn man bisher nicht auf Arthur aufmerksam geworden war, so musste man damit rechnen, dass Hector Alvarez, der Mann der zur Observation Lauras abgestellt wurde, Arthur erkennen würde. Und dann würde es lebensgefährlich für alle. Deshalb musste Arthur sich ab sofort doch wieder von Laura fernhalten. Er war eine Gefahr für alle, auf die es der Rat der Fürsten abgesehen hatte.

Die tragischen Umstände konnte Arthur nicht mit einer weiteren Lüge unter den Tisch kehren. Aus diesem Grund berichtete er ihr nun, dass er für eine mächtige Geheimorganisation gearbeitet hatte. Dass er ein Killer war, verschwieg er und blieb bei seiner Detektiv-Tarnung. Er erwähnte auch, dass der Rat der Fürsten für den Flugzeugabsturz verantwortlich war und dass er selbst untertauchen musste, da er sich gegen die Organisation gestellt hatte. Im Grunde genommen berichtete er das Gleiche, das er vor zwei Jahren auch Eric gesagt hatte.

„Eric wusste von den wahren Gründen deines Untertauchens?“, stellte Laura empört fest.

„Am nächsten Tag hatte ich ihm gegenüber alles widerrufen und die Arnháton-Sekte vorgeschoben. Er musste glauben, ich hätte im Drogenwahn Unsinn erzählt.“

„Und ich soll jetzt diesen Unsinn glauben und du tauchst wieder unter.“

„Ich erzähle dir das jetzt, damit ich dich nicht wieder anlüge. Eric hatte damals einen Zusammenhang erkannt, den ich selbst nicht wusste.“

„Einen Zusammenhang?“

„Ja. Er sah in den vier globalen Geheimgesellschaften die vier apokalyptischen Reiter, die in der Bibel erwähnt werden. Und nachdem ich zu der Erkenntnis gekommen bin, dass es den Gott der Bibel wohl doch gibt, halte ich Erics Einschätzung für sehr wahrscheinlich."

„Dann ist dieser Rat der Fürsten wirklich sehr gefährlich?"

„Ja. Aber nur für mich. Wenn niemand mehr dich mit mir in Verbindung bringt, dann ist die größte Gefahr gebannt."

„Aber die geheimen Überwacher haben eine unbekannte Person in meiner Nähe festgestellt. Und dieser Unbekannte ist wohl Saul."

„Ja. Warum auch immer. Er ist für die Datenbanken ein völlig unbeschriebenes Blatt."

„In wenigen Tagen wird er wieder verschwunden sein", orakelte Laura.

„Warum? Wie soll das gehen?"

„So, wie er gekommen ist. Dein Freund hat doch geschrieben: Auf einmal war er da."

„Du meinst, er wird einfach so weg sein?"

„Ja. Da musst du mir jetzt einfach vertrauen. In ein paar Tagen wird der Rat der Fürsten feststellen, es gibt keinen Unbekannten mehr in meiner Nähe."

Arthur verstand, dass es keinen Sinn machte, Laura nach mehr Informationen zu drängen. Sie war so wie er. Sie war ja auch seine Enkeltochter.

Laura sah Arthur in die Augen. „Das ist jetzt wohl wieder einmal der Augenblick eines Abschieds."

Arthur nickte. „Wenn ich bleibe, wird man mich enttarnen und du wärst dann an vorderster Front dieses geheimen Krieges."

„Wir bleiben in Kontakt, wie bisher?", fragte Laura hoffnungsvoll.

„Nein." Arthur kämpfte mit den Tränen. „Du musst dein eigenes Leben leben. Ich bin nur noch eine Gefahr für dich. Mit Gottes Hilfe steht dir eine wunderbare Zukunft bevor, trotz Sekten und Geheimgesellschaften."

„Und was steht dir bevor?"

„Als Jérôme Dumont kann ich ein unauffälliges Leben leben. Wichtig ist nur, dass ich dich nicht in Gefahr bringe."

Im Gegensatz zum Abschied in Mali, vor zwei Jahren, weinte Laura diesmal nicht. Dafür flossen aber Arthurs Tränen, denn er wusste, diesmal würde es für immer sein.

Wenig später war Arthur auf dem Weg zum Obdachlosenheim und Laura saß mit Saul und den Jungs im Auto.

„Nicht nur du hast Unfassbares zu berichten“, meinte sie während der Fahrt. „Die Apokalyptischen Reiter. Sie sind schon unterwegs.“

53

Harald hatte sich betrunken. Stark betrunken. Mehr als ihm guttat. Ganz bewusst mehr als ihm guttat. Seine Seele schrie nach Erlösung, doch er wusste selbst nicht, wie diese Erlösung aussehen sollte. Er hatte in den letzten Wochen allen Sinn seiner Existenz in den Anschlag auf den G20-Gipfel gesetzt, und jetzt wurde er dazu verdammt, hunderte Kilometer davon entfernt zu sein, wenn er bald per Handy die Detonation auslösen würde. Der Zorn, dass man ihn so einfach beiseiteschieben konnte, machte ihn rasend.

Es war später Abend und er lag in seiner Wohnung auf seinem Bett. Das ganze Zimmer roch nach Erbrochenem. Er vertrug zwar ein gewisses Maß an Alkohol, aber die Flasche Wodka, die er in den letzten Stunden geleert hatte, wirkte weder erleichternd, noch betäubend. Auch auf seine Dämonenvisionen hatte der Schnaps keine positive Wirkung. Ihm wurde einfach nur schlecht, so dass er es von seinem Bett, wo er sich einen Film mit viel nackter Haut angesehen hatte, bis zur Toilette nicht rechtzeitig schaffte. Der Inhalt seines Magens kam ihm blitzartig die Kehle herauf und er erbrach die übelriechende Brühe auf den Schlafzimmerboden, noch bevor er den Raum verlassen hatte. Vom Alkoholrausch schwankend, rutschte er auf dem Erbrochenen aus und schlug schmerzhaft auf den Fliesenboden auf. Irgendetwas knackste in seinem linken Handgelenk, doch das nahm er nur nebenbei wahr. Auf dem kalten Boden liegend hatte er noch minutenlang gewürgt, da sein Körper den Alkohol loswerden wollte. Irgendwann war er zurück aufs Bett gekrochen, wo er immer wieder neue Brechanfälle bekam. Alles um ihn drehte sich. Trotz des Erbrechens wurde ihm nicht besser. Und sein Magen krampfte sich zusammen, als wolle er sich auf links drehen. Die Dämonen um ihn herum schienen ihn auszulachen. Und die Engel kämpften und kämpften, ohne dass Harald jemals erkennen konnte, warum und für wen.

Er wünschte sich, er würde sterben. Er fühlte sich elend und verloren. Der Alkohol betäubte nicht, er nahm ihm nur das letzte bisschen Würde. Jetzt lag er auf seinem Bett, stinkend und mit Schleim und Galle im Gesicht. Völlig erschöpft vom Erbrechen. Regungslos. Nur ein jämmerliches Stöhnen kam nunmehr aus seiner Kehle.

„Großer Gott, lass mich sterben“, flüsterte er. Er rechnete eigentlich nicht damit, dass es wirklich einen Gott gab, der Gebete hörte, aber in diesem Augenblick konnte er sich vor Schwäche nicht einmal rühren. Und selbst diese wenigen Gebetsworte kosteten ihn unendlich viel Kraft. „Lass mich sterben, damit dieser Schmerz aufhört.“

Er starb nicht. Der Alkoholschwindel hörte nicht auf. Und er fühlte sich auch kein Stück besser. Aber irgendetwas schien ihm über sein Gesicht zu streichen. Er schloss seine Augen, so als ob jemand ihm sanft die Lider zudrückte.

„Lass deine Augen geschlossen“, flüsterte eine weibliche Stimme, ganz leise, fast unhörbar. Er gehorchte, auch deshalb, da er sich sogar zu schwach fühlte, um seine Augen offen zu halten. Zwar wunderte er sich, wieso er jetzt diese Stimme hörte, aber er sagte sich, dass er sich es wohl nur wegen des Alkohols einbildete.

Mit geschlossenen Augen hörte er sich atmen. Sein ganzer Körper war verspannt und tat weh. Sein Mund schmeckte nach Galle. Nichts auf der Welt erschien ihm im Moment sinnloser als sein eigenes Leben.

Doch mit einem Mal spürte er die Anwesenheit von jemandem im Zimmer. Er wollte seine Augen wieder öffnen, doch er hatte noch immer die Stimme im Ohr, die ihm das verbot. Er hätte nicht sagen können, was er da spürte, doch es tat ihm gut, sich nicht alleine zu fühlen. Er war sich sicher, dass da nichts Bedrohliches bei ihm war. In der Stimme, die zu ihm gesprochen hatte, war Liebe. Unendlich viel Liebe.

Er spürte die fremde Person ganz nah bei sich. Er war sich sicher, dass es eine Frau sein musste, schließlich hatte er eine weibliche Stimme gehört. Er spürte sie so nahe, dass es sich anfühlte, als würde sie bei ihm liegen. Oder auf ihm. Aber er spürte kein Gewicht auf sich. Das irritierte ihn, aber er ließ seine Augen geschlossen.

Die Nähe der Fremden tat ihm gut. Sein ganzer Körper entspannte sich. Es war, als würde er ihre Haut spüren und doch irgendwie nicht. Er wollte seine Hände heben, um nach ihr zu tasten, doch sie waren bleischwer und ließen sich nicht bewegen. Dafür spürte er ihre Hände, die sein Gesicht streichelten. Eine Zärtlichkeit, die er seit Jahren nicht mehr gespürt hatte. Liebevolle Berührungen, die ihm das Gefühl gaben, dass es sich zu leben lohnte.

Wieder versuchte er, seine Hände zu heben. Doch auch jetzt blieben sie auf der klebrigen Bettdecke. Dennoch hatte er den Eindruck, dass seine Hände den Körper der Frau berührten, dass er seine Arme um sie legte, dass er außerhalb seines eigenen Körpers eng umschlungen mit diesem fremden Wesen schwebte.

Er genoss ihre Wärme, er fühlte ihre Haut, ihre Haare. Ihre Lippen, die sich auf seine legten. Er spürte ihren Kuss, der von einer Zärtlichkeit war, wie er sie noch nie gespürt hatte. Er fragte sich, ob er sich dieses Erlebnis nur einbildete, ob er durch den übermäßigen Alkohol nun Halluzinationen hatte. Noch einmal versuchte er, die Augen zu öffnen, aber es wollte nicht gelingen. Er ließ sie einfach geschlossen und dachte, so würde ihm der Anblick von kämpfenden Dämonen erspart bleiben und auch die Enttäuschung, dass alles, was er gerade fühlte, nur Einbildung sei.

Die Nähe und Geborgenheit, die er fühlte, war so vollkommen, so tief und rein, dass er in seinem umnebelten Geist glaubte, dass in der Schnapsflasche, die er geleert hatte, womöglich noch ein weiteres Rauschmittel war. Wenn dies nur ein Traum war, so wollte er nie wieder aufwachen.

Er spürte, wie die Frau auf ihm lag. Er nahm ihr Gewicht wahr und doch fühlte sich alles schwerelos an. Sie ergriff seine Hände. Es war, als würde alle Energie des Universums von ihren Händen in seine überfließen. Alles an ihr war schöner, reiner, liebevoller, als er es jemals zuvor erlebt hatte. Alles fühlte sich überirdisch und himmlisch an.

Dann glaubte er auf einmal zu fallen. In Panik schrie er. Dabei atmete er so heftig, dass er Reste von Erbrochenem einatmete und für einen Augenblick keine Luft mehr bekam. Er hustete und rang nach Luft. Er glaubte zu ersticken, doch dann stellte sich wieder normale Atmung ein. Mit offenen Augen lag er auf seinem Bett und nahm alle Kraft zusammen, um den Kopf zu heben. Er sah sich um, doch musste feststellen, dass er nach wie vor alleine in seinem Schlafzimmer war. Alleine mit seinem Erbrochenem und dem Gestank.

Fēi hatte es nicht mehr ertragen, Harald derart leiden zu sehen. Als er den Wodka geleert und sich erbrochen hatte, kam sie zu dem Entschluss, dass sie ihn fühlen lassen musste, dass es noch Liebe auf dieser Welt gab, auf die er hoffen durfte. Ihre Liebe. Auch wenn es Engeln verboten war, sich zu verlieben, und sie schon gar nicht diese Liebe mit Menschen teilen durften, so wollte sie Harald doch so nahe sein, dass er zumindest ahnen konnte, dass es sie gab. Sie hatte den festgelegten Abstand, den sie eigentlich als Engel wahren musste, aufgegeben und sich ihm körperlich genähert. Sie hatte sogar ihre Nähe noch weiter vertieft, dass sie ihrer beiden Seelen hatte schweben lassen, dass sie sich fernab der Schwere und des Gestanks dieser Welt hatten vereinen können. Sie wollte ihm alles geben, was sein geschundenes Herz brauchte, um die Wut und den Hass zu besiegen, der ihn an dieser Welt verzweifeln ließ.

Sie wusste, dass diese Überschreitung ihrer Kompetenz schlimme Folgen für sie haben würde. Doch sie wollte in diesem Moment nicht darüber nachdenken. Vielleicht könnte sie Harald ja durch ihre Liebestat davor bewahren, sich und diesen Planeten ins Verderben zu stürzen. Vielleicht aber hatte sie es ja auch getan, weil sie sich sonst in den nächsten tausend Jahren selbst vorgeworfen hätte, es unterlassen zu haben.

Sie liebte Harald, auch wenn es nirgendwo vorgesehen war, dass ein Engel und ein Mensch ein Paar werden sollten. Sie liebte ihn, entgegen allen Regeln und Plänen. Und das Mindeste, was sie tun konnte, war, dass sie Harald einen Hauch von dieser Liebe spüren ließ.

54

Laura kam mit Saul und den Jungs fast eine Stunde später bei Vera und Eric an als verabredet. Nach dem unerwarteten Abschied von ihrem Großvater musste sie sich erst einmal tränenreich bei Saul ausweinen. Dabei nannte sie ihm einige Fakten über die Arnháton-Sekte und auch die Informationen, die sie ganz neu von Arthur über den Rat der Fürsten erhalten hatte. Saul konnte das, was Laura ihm erzählte, überhaupt nicht einordnen. Er nahm sie nur in seine Arme und tröstete sie. Vorher informierten sie Vera per Handy über die Verzögerung.

Als sie bei den Harders ankamen, war Laura deutlich anzusehen, dass sie um ihre Fassung kämpfte. Vera nahm Phánuël auf den Arm und erkannte die Situation: „Du siehst traurig aus. Arthur ist nicht bei euch. Hat es damit zu tun?"

„Ja. Ich werd´s euch beim Essen erzählen", antwortete Laura. „Gestern habe ich mich noch gefreut, dass er wieder da ist. Jetzt ist alles irgendwie schlimmer als vorher."

„Ich hoffe, euch hat es trotzdem nicht den Appetit verschlagen. Eric hat eine Sauce gezaubert, die unwiderstehlich ist."

„Danke. Es riecht wirklich gut."

Der Tisch war schon gedeckt, und Eric brachte einige Köstlichkeiten, die warmgehalten wurden, aus der Küche. Vera, die das meiste zubereitet hatte, setzte Phánuël in seinen Kindersitz. Tom blieb zum Essen auf Lauras Schoß. Sie hatte das Bedürfnis, ihn ganz dicht bei sich zu behalten, so als wolle sie ihn nicht ebenso wie ihren Großvater verlieren. Saul saß dabei und hoffte, bald mehr Informationen über die seltsamen Andeutungen zu bekommen, die Laura gemacht hatte.

Als alles bereit war, sprach Eric ein Tischgebet und sie begannen zu essen. Gespannt warteten Eric und Vera darauf, dass Laura berichtete, was ihr auf dem Herzen lag und warum Arthur nicht bei ihnen war.

„Jetzt werde ich ihn endgültig nie wieder sehen", begann Laura und berichtete alles, was Arthur ihr gesagt hatte. Zwischendurch stellte Saul einige Zwischenfragen, um einigermaßen zu verstehen, was es mit Arthur, der Arnháton-Sekte und dem Rat der Fürsten auf sich hatte.

„Scheinbar bin ich im Visier dieser seltsamen Geheimgesellschaft, und Saul ist es irgendwie auch", beendete sie ihren Bericht.

„Dann hat es doch gestimmt, was Arthur mir in Mali über den Rat der Fürsten erzählt hat", kombinierte Eric.

„Ja", bestätigte Laura. „Und er hält inzwischen auch deine Einschätzung für richtig, dass der Rat der Fürsten einer der vier apokalyptischen Reiter ist."

Eric erschauderte: „Das wäre in jeder Hinsicht fatal für die Menschen dieser Generation."

Jetzt mischte sich auch Saul in das Gespräch ein: „Eure Generation wird die erste sein, die die Zeichen der Endzeit erkennen wird. Auch wenn es anfangs nur wenige Menschen sind, die wirklich glauben wollen, was sie in der Bibel lesen und was sie sehen."

Vera hakte bei Saul nach: „Du weißt, was aus dieser Welt wird. Hat Eric recht? Ist der Rat der Fürsten der biblische, weiße Reiter?"

Alle Augen waren nun auf Saul gerichtet. „Ndré, der auch diese Jahre miterlebt hat, hat uns berichtet, dass es Seuchen und große Kriege geben wird. Und dass die Menschen im Laufe dieser Kriege erkennen werden, dass die Konflikte durch die Gier von vier großen Organisationen ausgelöst wurden. Alle vier schmücken sich mit Reiterwappen. Jedes gleicht einem der vier apokalyptischen Reiter."

„Der Rat der Fürsten ist der weiße Reiter. Da gibt es keinen Zweifel", resümierte Eric.

„Aber warum hat Arthur das denn verheimlicht? Wäre es für Laura denn nicht besser gewesen, wenn sie es die ganze Zeit gewusst hätte?" Vera war noch nicht überzeugt.

„Mein Großvater wollte mich schützen", entgegnete Laura. „Diese Organisation scheint extrem mächtig zu sein. Am besten lebt man, wenn man so unauffällig wie möglich bleibt. Man kann sich nicht wirklich vor ihr schützen. Es hätte mir nichts genützt, wenn ich es vorher gewusst hätte."

„Aber warum hat er es dir gerade jetzt gesagt?"

„Er hat gespürt, dass inzwischen nichts von dem, was er bisher gesagt hat, zusammen passt. Er wollte wohl wenigstens zum Abschied die Wahrheit sagen."

„Eine beängstigende Wahrheit", stellte Vera fest.

„Aber es ist nicht wirklich überraschend", meinte Eric. „Jesus hat es schon zu seinen Jüngern gesagt, als sie ihn nach der Endzeit fragten." Er holte seine Bibel aus dem Wohnzimmer und las aus dem Markusevangelium vor: „Wenn ihr von Kriegen hört und von Kriegsnachrichten, lasst euch nicht erschrecken. Das muss so geschehen. Es ist aber noch nicht das Weltende. Denn ein Volk wird gegen das andere in den Krieg ziehen und ein Staat gegen den anderen. Und Erdbeben und Hungersnöte wird es an vielen Orten geben."

Saul nickte. „Erst in eurer Zeit konnte von Kriegen praktisch ohne

Zeitverzögerung berichtet werden. Die Nachrichten gehen um die ganze Welt und verbreiten so auch die Konflikte, die die Auslöser für die Kriege waren. In Vielvölkerstaaten werden die einzelnen Völker von Großmächten zu Stellvertreterkriegen aufgewiegelt. Das alles kommt in eurer Zeit besonders zum Tragen. Ndré hat uns berichtet, dass der Krieg, der zum großen Aufstieg Gogs führt, seine Wurzeln in eurer Zeit hatte.“

Eric fragte gespannt: „Ja. Wie ist es denn überhaupt dazu gekommen, dass in eurer Zeit fast die ganze Welt auf diese künstliche Intelligenz namens Gog hört?“

„Ich kann nur das berichten, was ich von Ndré weiß. Gog hat alle Geschichtsschreibung, die vor seinem Regime lag, löschen lassen. Und selbst wenn es offizielle Quellen gäbe, würde Gog nur das als historisch gelten lassen, was seiner Herrschaft nutzt.“

„Und was hat dir Ndré über den Aufstieg Gogs erzählt?“

„In eurer Zeit verursachen die vier Organisationen der apokalyptischen Reiter wirtschaftliche und soziale Ungerechtigkeit, Krieg, Hunger, Tod und Pandemien“, erklärte Saul.

„Seuchen, die sich über die ganze Welt ausbreiten, gibt es ja nicht“, wandt Eric ein. „Ich kann mir auch nicht vorstellen, dass sie bei dem heutigen Stand der Medizin sich über den gesamten Globus ausbreiten könnten.“

„In wenigen Jahren wird es die erste wirkliche Pandemie geben“, widersprach Saul. „Und in einer globalisierten Welt wird sie sich so gut ausbreiten können wie noch nie in der Geschichte der Menschheit. Aber zurück zu den vier Reitern. Um maximalen Profit zu generieren, lassen sie Kriege ausbrechen und nutzen die daraus entstandenen Fluchtwellen, um bestehende soziale Strukturen zu zerstören. Sie erhoffen sich, so möglichst heterogene Gesellschaften zu formen, die nur der maßlose Konsum eint. Viele der Kriege werden als Religionskriege angesehen werden, auch wenn die eigentlichen Beweggründe das Machtstreben der Vier Reiter sind. Irgendwann eskalieren diese Konflikte derart, dass zu den Pandemien ein neuer Weltkrieg kommt, der alle Nationen ins Chaos stürzt.

Dieser Krieg wird die Menschheit an den Rand der völligen Vernichtung bringen. Wenn die wenigen Menschen, die diese Katastrophen überlebt haben, dahinter kommen, welche habgierige Bande für die

Weltkriege verantwortlich ist, wird ihr Vertrauen in menschliche Führungspersönlichkeiten grundlegend erschüttert sein."

„Für einen ungläubigen Menschen ist die Geschichte der Menschheit die Geschichte von Kriegen", philosophierte Eric.

„Ja. Für den Rest der Menschheit, die einen vernichtenden Weltkrieg und unfassbare Not erleben wird, wird es undenkbar sein, sich wieder einem fehlerhaften Menschen unterzuordnen. Diese zukünftige Generation wird Menschen als selbstsüchtig und irrational erleben. Aber künstliche Intelligenz, die das Leben erleichtern soll und es dabei fast beherrscht, wird sie als wohltuend und rational erleben. Nach dem großen Krieg werden die Menschen auf diesem Planeten sich darauf einigen, dass man die Führung der Menschheit in die Hände der künstlichen Intelligenz legt, die einst als Suchmaschine angefangen hat. Eine Maschine, die keinen Neid kennt, keine Wut und Selbstsucht und auch keine Religion, würde sich auch in keinen neuen Krieg verwickeln lassen, war die Hoffnung dieser überlebenden Menschen."

„Und? Hat sich diese Hoffnung erfüllt?", fragte Vera skeptisch.

„Unter Gog gab es nie wieder Krieg. Außer dem unterschwelligen Krieg gegen Andersdenkende. Es gab auch nie wieder religiöse Auseinandersetzungen, da Gog jede Art von Religion verboten hat. Der Menschheit hat Gog den Glauben an etwas Göttliches als die Wurzel allen Übels verkauft. Und fast jeder glaubt diese Lüge."

„Weil Gog für Frieden und Ordnung sorgt", stellte Vera fest.

„Ja. Und weil er die Menschen von sich abhängig gemacht hat. Durch das elektronische Element, das jeder Neugeborene implantiert bekommt, ist Gog jederzeit erreichbar. Er beantwortet jede Frage. Er nimmt den Menschen jede Entscheidung ab. Er hat sich unentbehrlich gemacht. Schon die Zahl 666 ist ein Symbol dieser Verdummung der Menschheit."

„Wieso das?", fragte Eric. „Ich hatte die Zahl nie als ein Symbol der Verdummung gesehen."

„Weil Gog das dezimale Zahlensystem abgeschafft hat und durch ein System ersetzt hat, das aus der Zahl Null besteht und den Zahlen Eins bis Sechs."

„Also keine Zahlen Sieben, Acht oder Neun", fasste Vera zusammen.

„Ja. Es hieß, das dezimale Zahlensystem würde die Menschen unnötig fordern. Und es sei ein Symbol der irrationalen Herrschaft des menschlichen Ungeistes."

Laura nickte verstehend. „Dann ist in diesem septenären Zahlensystem, das aus den Zahlen Null bis Sechs besteht, die Zahl 666 die höchste, die sich aus drei Ziffern erstellen lässt."

„Richtig. Deshalb hat sich Gog diese Zahl zur Anrufung erwählt."

„Die höchste Zahl für das höchste irdische Wesen", brachte Vera es auf den Punkt.

„Aber könnten wir das alles nicht aufhalten, wenn wir die Menschen in dieser Zeit vor der Entwicklung der künstlichen Intelligenz, die zu Gog führt, warnen?", schlug Laura vor.

„Nein", wiegelte Saul ab. „Eric hat schon die entsprechende Aussage von Jesus im 13. Kapitel des Markusevangeliums zitiert. ‚Wenn ihr von Kriegen hört und von Kriegsnachrichten, lasst euch nicht erschrecken. Das muss so geschehen'. Außerdem ist Gogs Machtübernahme nur die Konsequenz von dem, was die vier apokalyptischen Reiter in Gang setzen."

Laura gab nicht auf. „Irgendetwas müssen wir doch tun können. Wir wissen, was in der Zukunft geschehen wird. Verpflichtet uns das nicht zum Handeln?"

„Ebenfalls im 13. Kapitel des Markusevangeliums sagt Jesus, dass zuerst allen Völkern das Evangelium von der Vergebung der Sünden verkündet werden muss. Das ist nach wie vor die Aufgabe, die ihr in diesem Weltgeschehen habt. Verkündet den Menschen die Botschaft, dass nicht Gesetze die Menschen frei machen, denn es wird immer Gesetzeslücken geben, sondern die Annahme von Jesu Opfertod und die Liebe, die den anderen höher achtet als sich selbst."

Jetzt meldete sich Eric wieder zu Wort: „Aber das machen wir doch schon fast immer."

Saul nickte. „Ja. Und das ist auch gut so. Selbst durch den Transport der Bibeln in meine Zeit tragt ihr dazu bei, dass dort das Evangelium verkündet wird."

„Doch allein durch den Glauben werden die Menschen nicht besser und man verhindert keine Kriege", wandte Vera ein.

„Aber man verhindert, dass die Menschheit zu einer unkritischen

Konsummasse verkommt. Gott hat den Menschen als ein kreatives, leidenschaftliches Wesen geschaffen, nicht als einen willenlosen Konsumenten, wie ihn Gog sich wünscht."

Eric fasste Veras Hand. „Und wenn wir Gott im Gebet nach seinem Willen fragen, wird er uns auch seinen Auftrag zeigen."

55

Hector Alvarez liebte seinen Beruf. Im Gegensatz zu Arthur, der ebenso als Killer für den Rat der Fürsten gearbeitet hatte, bereitete es Hector ein ungemeines Vergnügen, Menschen zu ermorden. Er genoss es, darüber entscheiden zu können, wann und wie ein Mensch starb. Es war die Macht, die ihn reizte. Die Macht, einem Menschen das zu nehmen, an dem er am meisten hing: das eigene Leben. Dabei erregte es ihn extrem, wenn er in die flehenden Augen seiner Opfer sah, wenn sie erkannten, dass ihr Leben in seiner Hand war. In diesen Momenten war er der Mittelpunkt ihres Lebens und ihres Sterbens. In diesen Momenten gehörte ihm all ihre Aufmerksamkeit. Und diese Momente zögerte er mit höchstem Genuss heraus.

Er bedauerte es sehr, dass er, genauso wie die anderen Killer des Rates der Fürsten, die meiste Zeit damit verbringen musste, die potentiellen Opfer zu beobachten und auszuspionieren. Die Morde am Ende einer Beschattungsaktion waren ihm viel zu selten.

Den ganzen Tag lang hatte er Laura beobachtet. Zwölf Stunden lang. Jetzt wurde er abgelöst und ein jüngerer Kollege übernahm die Nachtschicht. Laura war mit ihrem Sohn und Saul noch immer bei den Harders. Seine Ermittlungen ergaben, dass sie wohl nach der Geburt ihres vaterlosen Kindes in einen religiösen Wahn verfallen war und den Harders jetzt half, Unmengen von Bibeln zu kaufen. Und dieser unbekannte Mann in ihrer Nähe war so urplötzlich erschienen, dass der Rat der Fürsten ihn beauftragt hatte, Laura und ihn zu beschatten.

Während des ganzen Tages hatte sich Hector ausgemalt, wie er Laura und diesen Saul umbringen würde, wenn seine Vorgesetzten ihm den Befehl dazu gaben. Laura würde er auf jeden Fall vorher vergewaltigen, so nahm er es sich vor. Er würde ihre Angst und ihre Schmerzen genießen. Ihr zeigen, dass er der Herr über ihren Körper und ihre Gefühle ist. Der Herr über ihr Leben und ihren Tod.

Saul würde er nicht vergewaltigen. Nicht deshalb, weil Saul ein Mann war. Nein, Hector nahm sich alles, was ihm Lust bereitete: Frauen, Mädchen, Männer, Jungs, Kinder. Saul war für Hector einfach zu groß und zu wenig mager. Das mochte er nicht. Er würde Saul einfach ausbluten und ihn in seinen letzten Minuten zusehen lassen, wie er dessen geliebte Laura brutal vergewaltigte.

Hector fuhr in seinem Auto in Richtung Stadtrand und bekam bei seinen Gedanken an die mögliche Hinrichtung der beiden eine Erektion. Er wusste, dass er keinen vorzeitigen Mord begehen durfte. Das wäre gegen die Regeln des Rates und könnte ihn seinen geliebten Job kosten. Aber er wusste, wie er sich kurzfristig eine kleine Befriedigung verschaffen konnte.

Am Rand von Babelsgrund befand sich ein abgelegener Parkplatz. Hier warteten immer einige Strichjungs auf Freier. Stricher, die für Geld seine brutalen Phantasien ertrugen. Und hier war auch ein Funkloch, so dass der Rat der Fürsten seine Vorlieben nicht mitbekam, zumindest nicht offiziell. Unter vorgehaltener Hand wusste jeder Mitarbeiter, der mit Hector zu tun hatte, dass dessen Sexualität so überhaupt nichts mit Liebe zu tun hatte. Seine Kollegen mieden den Kontakt mit ihm, was ihm aber gleichgültig war. Solange er durch seine Auftragsmorde und für Geld auf Parkplätzen seinen Spaß hatte, brauchte er keine weiteren kollegialen oder freundschaftlichen Beziehungen.

Als er auf dem Parkplatz ankam, war es schon 23:00 Uhr. Auf der Fläche gab es nur eine Laterne, unter der sich vier junge Männer aufhielten. Der jüngste war 17, der älteste 22 Jahre alt. Sie reichten einen Joint herum, an dem jeder abwechselnd zog. Der 22-jährige erkannte Hectors Auto und verzog sich in die Dunkelheit. Er hatte schon Erfahrung mit den brutalen Neigungen Hectors gemacht und verzichtete auf weitere Begegnungen mit ihm. Ein weiterer Strichjunge kannte Hector zwar auch, doch er brauchte jeden Kunden und dessen Geld. Hector parkte in einer dunklen Ecke und stieg aus. Auf dem Weg zu den verbliebenen drei hatte er noch immer eine Erektion.

Arthur wusste, dass Hector eine Vorliebe für diesen Stricherparkplatz hatte. Er wollte nie Kontakt mit seinem perversen Kollegen haben, aber die Gerüchte über Hectors Neigungen gingen auch an Arthur nicht vorbei. Und jetzt stand er am Rand des Parkplatzes und betrachtete aus einer kleinen Bewaldung heraus, wie Hector sich über einen der Stricher, der auf der Kühlerhaube seines Autos lag, hermachte. Im Dunkeln war kaum etwas zu sehen. Nur das Jammern des Jungen war zu hören. Offenbar hatte sich Hector noch ein paar schmerzhafte Extras ausgedacht.

Arthur griff in die Tasche seiner Jacke und fasste nach einem Cuttermesser, wie es in jedem Baumarkt zu bekommen ist. Ein einfacher Plastikgriff, in dem eine dünne Metallklinge herauszuschieben ist. Ein Werkzeug, das ideal konstruiert ist, etwa um Pakete auszupacken. Und um Menschen ins Jenseits zu befördern.

Arthur wusste, dass er durch einen weiteren Mord den Rat der Fürsten nicht würde aufhalten können. Aber unter allen Killern, die es in Mitteleuropa gab, war Hector der Brutalste. Egal warum der Rat inzwischen ein Auge auf Laura geworfen hatte, Arthur musste unbedingt verhindern, dass Hector dabei im Spiel war. Und das konnte Arthur nur, indem er diesen Perversen aus der Welt schaffte.

Er löste sich aus seinem Versteck und ging an vereinzelten Autos entlang. Manche waren leer, in manchen waren Männer, die sich von Strichjungs bedienen ließen. Niemand nahm Notiz von ihm. In der Dunkelheit konnte Arthur sich völlig unbemerkt seinem abartigen Kollegen nähern. Jetzt konnte er auch Einzelheiten der Szene erkennen. Hector hatte den Jungen in eine äußerst schmerzhafte Position gedreht. Dessen Wehlaute klangen jetzt fast panisch. Hector erregte das nur um so mehr.

Arthur schob die Klinge noch ein weiteres Stück aus dem Griff, trat von hinten an den keuchenden Hector heran und schnitt mit dem Messer in dessen Kehle. Ein langer, tiefer Schnitt über die gesamte Breite. Mit einem gurgelnden Geräusch wandte sich Hector von dem Jungen ab und setzte taumelnd an, in seine Jacke, nach seiner Pistole zu greifen. Arthur nutzte die fehlende Standfestigkeit seines Gegners, um ihn mit einem einfachen Judo-Trick zu Fall zu bringen. Als Hector am Boden lag, trat Arthur auf dessen rechte Hand, bevor er zur Waffe greifen konnte.

Jetzt erkannte Hector, dass er Arthur vor sich hatte und verstand, dass dieser Laura schützen wollte. Mit einem widerlichen Grinsen versuchte Hector eine letzte Beleidigung zu artikulieren, doch inzwischen hatte sich seine Lunge mit Blut gefüllt und er rang nur noch nach Luft. Noch einmal rief er sich seine Phantasie von der Ermordung Lauras vor Augen, dann starb er. Auf seinem Gesicht blieb noch immer ein irres Grinsen.

„Was ist mit meinem Geld?", hörte Arthur den Jungen hinter sich sagen.

Arthur sah sich um. Der Stricher schien nicht einmal überrascht zu sein, dass vor seinen Augen ein Kunde abgestochen wurde. „Was schuldet er dir?", fragte Arthur, während der Junge sich seine Hose anzog.

„300,- Euro", gab der Blonde an. Das war ein Vielfaches des ausgemachten Betrags.

Arthur fasste in Hectors Hosentasche und holte dessen Geldbörse hervor. Dort entnahm er die Summe und gab sie dem Jungen. Es waren noch weitere 600,- Euro in dem Portmonee, die gab er ihm auch. „Wenn die Polizei dich fragt, dann hast du keine Ahnung, wie ich aussehe. Verstanden?"

„Klar, Mann. Ich bin froh, dass der Dreckskerl verreckt ist, diese brutale Sau."

„Ich sehe, wir verstehen uns." Arthur lächelte. Der Junkie tat ihm leid. „Suche dir Hilfe und neue Freunde. Das ist kein Leben für dich."

Für einen Moment schienen Arthurs Worte anzukommen, doch dann kam die Antwort; „Und anderen Leuten die Kehle durchzuschneiden? Ist das ein Leben für dich?"

Ohne eine Antwort seinerseits verschwand Arthur wieder in der Dunkelheit. Er wusste, er würde nicht alle Killer aufhalten können, die der Rat der Fürsten auf Laura ansetzte. „Vielleicht sollte ich mich dem Rat stellen, damit sie Laura in Frieden lassen", überlegte er. „Aber eigentlich sind sie ja nicht hinter mir her, sondern hinter Lauras Freund. Wenn er tot ist, dann ist auch Laura wieder uninteressant für den Rat." Sollte er, um Lauras Leben zu schützen, ihren geliebten Freund ermorden?

„Ein letzter Mord", dachte Arthur. „Ein allerletzter Mord ... an Saul."

Mariam und Adama wunderten sich, dass im Land der Reformation kaum zu erkennen war, dass die Menschen an Jesus Christus glaubten. Natürlich wussten sie, dass die Hilfsbereitschaft der Menschen in Deutschland viel mit dem christlichen Menschenbild und der damit verbundenen Nächstenliebe zu tun hat. Doch war selten zu erkennen, ob sie bei den Mitarbeitern der Flüchtlingsunterkunft einen Atheisten, einen Christen oder einen Anhänger einer ganz anderen Religion vor sich hatten. Arthur hatte in den letzten Wochen oft versucht, ihnen deutlich zu machen, dass in diesem Land nicht jeder, der sich Christ nennt, auch eine Entscheidung für Jesus gefällt hat. Und auch dass es unter den Atheisten viele Leute gab, die menschenfreundlicher waren als mancher Christ. Trotz aller Informationen Arthurs, war es befremdlich für sie, dass im christlichen Abendland so wenig von der Freude über das Evangelium zu spüren war.

Am deutlichsten war der christliche Glaube unter den Einheimischen zu spüren, wenn die Freiwilligen der Christengemeinde Babelsgrund ihre Hilfe im Flüchtlingsheim anboten. Sie informierten darüber, dass Flüchtlinge in der Christengemeinde Deutschkurse machen konnten oder auch organisatorische Hilfe bekamen. Beides nahmen Mariam und Adama gerne an.

Arthur hatte ihnen beim letzten Telefonat mitgeteilt, dass er kurzfristig weiter nach Frankreich reisen würde und deshalb voraussichtlich keinen Kontakt mehr halten könne. Er hatte das damit erklärt, dass er seine Rentenansprüche ja in Frankreich anmelden müsse. Das klang plausibel und entsprach auch fast der Wahrheit. Arthur wollte wirklich dorthin reisen. Wegen seiner Rentenanträge, aber auch um alle Verbindungen zu Laura vor dem Rat der Fürsten zu verbergen. Zuvor wollte er noch den Mord an Saul hinter sich bringen.

Der erste Abend des Deutschkurses war für Mariam und Adama sowohl eine ermutigende Erfahrung als auch eine herbe Ernüchterung. Die Mitarbeiter der Christengemeinde Babelsgrund machten mit ihrer unkomplizierten und geduldigen Art den Unterricht zu einem motivierenden Erlebnis. Die Komplexität der deutschen Sprache ließ sie aber erst einmal daran zweifeln, ob sie annähernd beherrschbar wäre.

„Ihr hab die Sprachen eurer Ethnien gelernt und auch das kompliziert Französisch. Dann werdet ihr auch die deutsche Sprache lernen“, machten die Mitarbeiter ihnen Mut.

Eine weitere vielversprechende Möglichkeit, die deutsche Sprache zu verinnerlichen, war für die beiden Christen das Auswendiglernen und Singen von christlichen Liedern mit zeitgenössischen Texten. Auch die Christengemeinde Babelsgrund bot auf ihrer Webseite einige Lieder zum Gratis-Download an. Ein Liedermacher, der auch zur Gemeinde gehörte, stellte sie kostenlos zur Verfügung. Mariam und Adama machte diese Musik Mut und zudem erweiterte sie ihren deutschen Wortschatz. Oftmals sangen sie diese Lieder, wenn sie im Stadtpark unterwegs waren oder sich auf ihrem Zimmer befanden. Ihr Favorit war ein inspirierender Song mit dem Text:

„Weil ich mit Jesus lebe,
weiß ich, dass ich stärker bin
als jeder Feind auf meinem Wege.
Jesus ist mein Ziel, er gibt mir Sinn.
Weil ich Jesus vertraue,
kann ich ihn in allem spüren.
Weil ich stets auf Jesus baue,
werde ich niemals resignieren.“

Mariam und Adama waren dankbar, jetzt in Babelsgrund angekommen zu sein und in der Christengemeinde eine neue geistliche Heimat gefunden zu haben. Vieles in ihrem Leben war noch unsicher. Die Frage, ob sie irgendwann abgeschoben werden würden, war noch lange nicht geklärt. Und ob sie in Deutschland wirtschaftlich und kulturell Fuß fassen könnten, war auch nicht garantiert. Aber sie vertrauten darauf, dass Jesus Christus einen guten Plan mit ihnen hat.

„Weil ich stets auf Jesus baue, werde ich niemals resignieren“, sangen sie, so oft es ging, und meinten es auch von ganzem Herzen.

57

Harald rief sich immer wieder in Erinnerung, dass sein Leben weitergehen musste, auch wenn er in wenigen Tagen die Elbphilharmonie in Schutt und Asche gelegt haben würde. Er versuchte, seine Arbeit für die Zeitung so engagiert wie möglich zu erledigen. Dabei suchte er natürlich unauffällig immer wieder, ob es Nachrichten gab, dass im Untergeschoss der Elbphilharmonie ein Eimer mit Nitroglycerin gefunden wurde. Das hätte all seine Pläne zunichtegemacht. Und im ungünstigsten Fall wäre der Sprengstoff vorzeitig detoniert. Dann hätte es ausschließlich unschuldige Opfer gegeben und kein einziger Spitzenpolitiker hätte sein Leben gelassen. Doch es gab keine Nachrichten über einen Eimer mit Nitroglycerin, stellte Harald zufrieden fest.

An sein spirituelles Erlebnis mit Fēi dachte Harald nur selten zurück. Er glaubte, es sei nur eine Halluzination durch eine Alkoholvergiftung gewesen. Eine wunderschöne Halluzination, aber doch ein Trugbild, so wie seine Engels- und Dämonenvisionen. Nichts, was ihm im Alltag helfen würde. Nichts, was sein Leben ändern könnte.

Wenn Fēi an die Vereinigung ihrer Seele mit Haralds Seele dachte, wusste sie, dass es alles andere als eine Halluzination war. Es war ein unglaublich intensives Erlebnis, das sie noch Tage später fast körperlich fühlte. Noch immer genoss sie die Erinnerung, ihm näher gewesen zu sein, als sie gedurft hätte. Noch immer dachte sie mit Wonne daran, wie sich sein Körper angefühlt hatte. Und die Vereinigung ihrer Seelen war das Schönste, was sie an diesem Abend erlebt hatte. Und auch das, was ihr am meisten Ärger einbrachte.

Natürlich wurde sie zu einem vorgesetzten Engel zitiert. Es gab Strafen, die für solche Fälle vorgesehen waren. Zwar wurde ihr strafmildernd angerechnet, dass Harald die Begegnung mit ihr nur als einen einfachen Traum wahrgenommen hatte, aber ihr wurde deutlich erklärt, dass ihr bei einem weiteren Fehltritt etliche Vorteile des Engeldaseins entzogen würden.

Fēi erschienen die angekündigten Strafen nebensächlich. Sie bereute nicht einen Moment ihres Zusammenseins mit Harald. Sie bedauerte nur, dass Harald diese Begegnung als Traum abgetan hatte. Eigentlich wollte sie mit ihrer Liebestat seine Sicht auf die Welt ändern, wollte ihm zeigen, dass es jemanden gab, der ihn liebte. Und letztlich wollte sie, dass er seinen Plan aufgab, zum Terroristen zu werden.

War nun alles umsonst? Würde sie die nächsten Tage und Monate nur damit verbringen, dass sie als Schutzengel dafür sorgte, dass er sich nicht den Kopf anstieß oder Kaffee auf seine Hose schüttete? Das war es doch nicht, was Harald brauchte.

Als Harald nach einem langen Arbeitstag wieder nach Hause kam, war die Nacht bereits hereingebrochen. Er betrat seine Wohnung, schaltete das Flurlicht an und schloss die Wohnungstür hinter sich. Gerade als er seine Jacke an die Garderobe gehängt hatte, ging plötzlich das Licht aus und er stand völlig im Dunkeln. Er war überrascht, glaubte aber an einen technischen Defekt, eine herausgesprungene Sicherung oder ähnliches. Dass Fēi dies verursacht hatte, wusste er natürlich nicht.

Auf einmal spürte er, dass jemand direkt vor ihm stand. Er wollte wieder den Lichtschalter betätigen, doch er konnte nicht. Die Person bei ihm nahm ihn in ihre Arme. Jetzt erinnerte er sich an sein Erlebnis am Tag zuvor. An die Frau, die ihn hatte fliegen lassen. Deren Nähe er gespürt hatte, wie noch niemals zuvor. Und auch jetzt fühlte er, dass es wieder diese Frau war, die ihn in ihren Armen hielt. Es war anders als beim letzten Mal, aber es war wieder überwältigend.

Fēi hielt Harald einfach nur in ihren Armen. Wieder war es ein Regelverstoß, doch sie hoffte, auch diesmal glimpflich bei ihren Vorgesetzten davon zu kommen. Immerhin ließ sie seine Seele nicht fliegen und es kam auch nicht zu einer Vereinigung ihrer Seelen. Sie hielt ihn einfach nur in ihren Armen. Harald konnte sich nicht bewegen. Er spürte nur eine Geborgenheit, die alles überstieg, was er sich in diesen Tagen vorstellen konnte. Und damit kamen auch die weiteren Erinnerungen an ihr letztes körperliches Beisammensein. Er verstand, dass das kein Traum gewesen war. Und damit bekam es eine völlig neue Bedeutung. Er wünschte sich, dieser Zustand würde niemals enden. Aber dann löste sich sein Gegenüber und das Licht ging wieder an.

Beinahe versagten seine Knie. Er stützte sich an die Wand und sah sich um. Wieder war er alleine. Aber mit Tränen in den Augen wurde ihm klar, wer ihn in seinen Armen gehalten hatte. Diesmal verstand er: „Es waren die Arme eines Engels!“

58

Am nächsten Abend wollte Saul einige Vorbereitungen an der Zeitmaschine vornehmen. Außerdem hatten sie eine neue Lieferung an Bibeln erhalten, die sie auch dorthin schaffen wollten, um sie mit dem Transportwasser zu tränken.

„Ich kann das gerne zusammen mit dir erledigen“, schlug Eric vor.

„Laura und ich können das auch alleine machen“, meinte Saul. „Vor einigen Tagen hatten wir schon eine erste Charge dort hingebracht, ohne dass irgend ein Fremder davon etwas mitbekommen hatte.“

„Aber ich werde Tom mitnehmen“, ergänzte Laura. „Ich möchte, dass er in seinem Leben einmal eine Zeitmaschine gesehen hat, auch wenn er sich später nicht mehr daran erinnern wird.“

„Ich weiß nicht. Du solltest Tom besser nicht in diese Sache involvieren“, erwiderte Saul. „Es ist eine wirklich unsichere Gegend. Ein nächtlicher Besuch dort ist immer eine Gefahr. Ich glaube auch nicht, dass ein kleines Kind wirklich Interesse daran hat.“

Laura schien nicht überzeugt. „Wer kann von sich schon sagen, dass er eine echte Zeitmaschine gesehen hat? Bei der ersten Mondlandung, hatten die Eltern damals auch ihre Kinder vor den Fernseher gesetzt, obwohl bei der Live-Übertragung kaum etwas zu sehen war, außer verwackelten Schwarz-Weiß-Bildern.“

„Vielleicht sollten wir auch Phánuël mitnehmen“, schlug jetzt auch Vera vor. „Er ist zwar ein größeres Wunder als diese Zeitmaschine, aber wer weiß, ob sich so eine Gelegenheit jemals wieder ergibt. Was meinst du, Eric?“

Eric überlegte. „Wir werden ihn nicht vor jeder Gefahr schützen können, die ihm in seinem Leben droht. Und vielleicht erinnert er sich ja doch einmal daran. Von mir aus, ist das okay.“

„Naja. Wenn sich die Eltern da so einig sind, dann stelle ich meine Bedenken zurück“, erklärte Saul.

Diesmal passten die zu transportierenden Bibeln in den Kofferraum von Erics Auto. Zusammen mit Tom und Phánuël waren sie zwar sechs Personen, aber für diesen Abend wollten sie die Vorschriften für die maximale Anzahl der Insassen ignorieren. Es war 23:30 Uhr, als sie losfuhren. Die beiden Jungs schliefen auf den Armen ihrer Mütter auf dem

Rücksitz. Eric fuhr den Wagen und Saul saß neben ihm. Der Himmel war bedeckt, so dass keine Sterne zu sehen waren. Die Straßenlaternen tauchten die Stadt in kaltes Licht.

Als sie das Ruinengelände am Stadtrand Frankfurts erreichten und aus dem Fahrzeug stiegen, redeten sie nur noch im Flüsterton. Eric und Saul holten die Bibeln aus dem Kofferraum. Vera ging mit einer Taschenlampe und Phánuël auf dem Arm voran. Laura folgte mit Tom. Eric und Saul kamen mit den Bibeln hinterher.

Wieder war weit und breit kein Mensch zu sehen. Auch in diesem abgelegenen Bereich war ein Funkloch und deshalb hatten sie keinen Handyempfang. Für die Gruppe war das irrelevant, für den Rat der Fürsten, der Laura überwachen wollte, stellte es jedoch ein Problem dar. Zudem hatte die Polizei gerade erst die Leiche von Hector Alvarez entdeckt und noch keine Spur zum Tathergang. Spontan konnte man keinen Ersatz für die Observation Lauras organisieren, was bewirkte, dass Lauras Exkursion zur Zeitmaschine für den Rat der Fürsten unentdeckt blieb.

Im Raum mit dem Zeit-Kubus angekommen, weckten sie die Jungs. Die rieben sich nur verschlafen die Augen und kuschelten sich wieder an ihre Mütter.

„Ich hatte euch ja gesagt, dass sie noch viel zu klein sind, um sich für eine Maschine aus Stahl und Kabeln zu interessieren“, lästerte Saul.

„Lass den Jungs ein bisschen Zeit, um munter zu werden.“ Laura küsste ihren Sohn wach.

Saul sah sich mehrere Anzeigen auf der Außenseite des Würfels an. Sie waren an den äußeren Wulst angebracht und bestanden aus analogen Skalen, ähnlich wie bei einem Barometer. Sie zeigten verschiedene Parameter im Inneren der Zeitmaschine an.

„Das Wasser in der Transportkapsel hat Currentiv-Spezifika verloren. Das ist nach einigen Tagen Deaktivierung nicht unüblich. Es muss neu aufbereitet werden“, stellte Saul fest. „Wir werden den Osmosemodus in den nächsten 20 Stunden beibehalten müssen. Nur so erhält das Wasser seine Eigenschaften, um damit durch die Zeit reisen zu können.“

Die Energie für diese Vorbereitungen und für die Zeitreisen nahm die Maschine aus einem Aggregat, das sich während der Zeitsprünge mit der kinetischen Energie des Urknall-Echos auflud. Das Prinzip dieser

Energiegewinnung basiert darauf, dass im Universum niemals Energie verloren geht und jede Bewegung zur Energiegewinnung genutzt werden kann, auch die Bewegung durch die Zeit.

Saul hantierte an einigen Hebeln und Stellrädern, bis er alles für den Osmosemodus eingestellt hatte. Dann erklärte er: „Wir können jetzt die neuen Bibeln in das Wasser legen.“

Phánuël war inzwischen völlig wach und bestaunte die neue Umgebung. Vera behielt ihn immer noch auf ihrem Arm, während Eric die Bibeln auf die Brüstung brachte. Saul war schon dort und öffnete den Einstieg am Zeit-Kubus.

Tom schien das Geschehen überhaupt nicht zu interessieren. Mit geschlossenen Augen genoss er die Wärme seiner Mutter. Laura versuchte seine Aufmerksamkeit auf die Zeitmaschine zu lenken und ging ganz nah an das stählerne Gerät heran. „Schau mal, Tom, wie groß ist diese Maschine. Damit kann Saul durch die Zeit reisen.“

Doch Tom wollte einfach nur weiterschlafen. Er rieb seine Nase an Lauras Shirt und inhalierte ihren Geruch. Große Maschinen konnten damit bei dem Jungen nicht konkurrieren.

Saul beobachtete Laura und Tom von der Metallbrüstung aus. Er fand es rührend, wie Laura versuchte, ihren Sohn für etwas zu begeistern, das nun einmal überhaupt keine Ähnlichkeit mit einem Spielzeug hatte.

„Vielleicht solltet ihr mit den Jungs hier herauf kommen“, schlug Saul vor. „Sie können mir die Bibeln reichen, damit ich sie unter Wasser staple.“

„Gute Idee“, würdigte Laura den Vorschlag und machte sich mit ihrem Sohn auf den Weg zur Metalltreppe. Vera und Eric folgten mit Phánuël. Währendessen entledigte sich Saul seiner Kleider, um wieder in den Tank zu steigen. Unter Wasser begutachtete er die Bibeln, die sie vor einigen Tagen dort deponiert hatten. Eric und Vera sahen dabei zum ersten Mal, wie Saul unter Wasser atmete. Sie hatten zwar von dem Zeitreisenden schon erzählt bekommen, dass das Wasser diese besonderen Eigenschaften hat, aber trotzdem wirkte die Szene surreal auf sie.

Eric gab Phánuël eine Bibel in die Hand, damit er sie Saul geben solle, wenn dieser wieder auftauchte. Aber der Junge warf sie einfach in das Wasser und hatte dabei offenbar großen Spaß. Tom, der auch eine

Bibel bekam, beäugte Phánuël Verhalten und machte es ihm nach.

„Nein, ihr Spaßvögel“, mahnte Laura. „Ihr sollt warten, bis Saul wieder an der Wasseroberfläche ist und ihm dann die Bücher geben.“

„Zumindest sind die Jungs jetzt nicht mehr müde“, kommentierte Eric und verteilte weitere Bibeln an die Kinder.

„Bitte warten, bis Saul auftaucht“, wies Vera ihren Sohn an, doch der warf sein Buch wieder gleich ins Wasser. Und auch Tom warf seins gleich hinterher.

Saul bemerkte unter Wasser, dass die Bibeln jetzt offenbar von den Jungs geworfen wurden, und sammelte sie einfach Stück für Stück vom Tankboden auf.

„Okay. Scheinbar kommt Saul damit zurecht“, meinte Laura. „Aber die Jungs sollen trotzdem die Bibeln etwas langsamer und mit mehr Würde ins Wasser legen.“ Dabei machte Laura es mit einem Exemplar vor. Behutsam legte sie eine Bibel auf die Wasseroberfläche und ließ sie versinken.

„So. Das macht ihr jetzt auch so“, erklärte sie den Jungs. „Wir geben euch die Bibeln und ihr legt sie ganz vorsichtig ins Wasser.“

Phánuël beherzigte nun Lauras Anweisung und machte es ihr nach. Eric hielt seinen Sohn fest an dessen Jacke, damit er auf keinen Fall in das Wasser fiel. Tom warf seine Bibeln immer noch ungelenk in die Öffnung der Zeitmaschine und Laura machte es ihrem Sohn ein weiteres Mal vor, wie sie sich das Versenken der Bibeln vorstellte. Dabei lockerte sie für einen kurzen Moment ihren Griff um Tom. Genau in diesem Augenblick lehnte sich der Junge nach vorne, um dem sinkenden Buch nachzuschauen, und verlor das Gleichgewicht.

Fast geräuschlos fiel Tom durch die Öffnung und versank sofort in dem schwach erleuchteten Wasser. Laura schrie auf und versuchte nach ihrem Sohn zu greifen, doch der war schon versunken. Sie beugte sich tiefer in den Einlass und rief Saul zu, dass er Tom heraufholen solle.

Doch Saul konnte Laura unter Wasser nicht hören. Und den Sturz hatte er auch nicht mitbekommen. Zwar war Tom beim Herabsinken an Sauls Rücken gestoßen, doch der hatte es für ein weiteres Buch gehalten, das ins Wasser geworfen wurde.

„Saul. Hol Tom aus dem Wasser. Schnell“, schrie Laura. Jede Sekunde, die verging, kam ihr unendlich lang vor. Auch Eric und Vera begleiteten das Geschehen mit Hoffen und Bangen, und erwarteten sehnsüchtig, dass Saul endlich mit dem Jungen auftauchen würde.

Doch in den nächsten Sekunden geschah nichts. Als Saul endlich bemerkte, dass hinter ihm keine weitere Bibel, sondern der Junge war, hatte Laura schon den Entschluss gefasst, selbst in den Tank zu springen, um ihren Sohn herauf zu holen. Kopfüber stürzte sie sich in das Wasser. In dem engen Raum hatte sie Mühe, sich zu orientieren. Das wenige Licht wurde von Saul und den Büchern zum Teil verdeckt. Als sie erkannte, dass Saul ihren Sohn schon gepackt hatte, wollten sie alle zur Öffnung, waren sich aber gegenseitig im Weg.

Für einen Moment überkam Laura die Panik, dass sie und ihr Sohn ersticken könnten und sie entriss Tom Sauls Armen. Aber dann sah sie in das Gesicht ihres Sohnes und erkannte, dass er offenbar in dem Wasser atmete. Keine Angst oder Atemnot war in seinem Blick zu sehen. Scheinbar brauchte der Junge keinerlei Training, um seine Lungen an das Zeitwasser zu gewöhnen. Er lachte seine Mutter an und schien ihr beruhigend über das Haar zu streichen.

Jetzt versuchte auch Laura, einen Atemzug unter Wasser zu machen. Im ersten Moment fühlte es sich an, als würde Beton in ihre Lungen gegossen und wieder wollte die Panik sie an die Wasseroberfläche treiben. Doch als der erste Sauerstoffaustausch begann und Tom sie immer noch anstrahlte, kam das Vertrauen in das besondere Wasser wieder zurück. Sie sah in Toms Augen und atmete tief ein. Es funktionierte. Auch Laura konnte beinahe problemlos diese Flüssigkeit inhalieren.

Eric und Vera kamen unterdessen oben bei der Öffnung vor Spannung fast um. Sie wussten zwar, dass das besondere Wasser nach einem langen Training atembar war, doch darauf wollten sie nicht uneingeschränkt vertrauen.

„Wo bleiben die bloß. Das dauert viel zu lange“, stöhnte Vera.

„Großer Gott. Mach, dass da nichts Schlimmes passiert“, kam Erics Stoßgebet.

Phánuël verstand zwar nicht, was da seine Eltern so in Sorge geraten ließ, doch er erkannte, dass es wohl mit dem Wasser zu tun hatte. Ohne dass es jemand bemerkte, berührte er die Wasseroberfläche und ließ einen feinen Strahl nach oben tanzen, der sich in einem weiten Bogen um die Zeitmaschine zu einem großen, schwebenden Ring entwickelte. Der

Junge wollte so das Wasser aus dem Transportraum entfernen. Als Eric erkannte, dass Phánuël das Wasser formte und entweichen ließ, wollte er den Jungen ermahnen, doch in diesem Moment erschienen Laura und Tom in der Öffnung.

„Gott sei Dank. Seid ihr okay?“, fragte Vera und nahm ihr Tom ab.

Laura hustete zunächst das Wasser aus ihren Lungen und zog sich aus der Maschine. Eric half ihr mit einer Hand, in der anderen hielt er immer noch Phánuël.

Jetzt bemerkte auch Vera, dass Phánuël das Wasser aus der Maschine in einem Kreisring um die Gruppe schweben ließ. „Phánuël, bitte lass das Wasser wieder in die Maschine fließen. Es ist keine Gefahr. Laura und Tom geht es gut“, bat sie den Jungen.

Phánuël sah seine Mutter fragend an und verlor dabei für einen winzigen Augenblick den Kontakt zum schwebenden Wasser. Von der Schwerkraft eingeholt platschte der flüssige Ring rings um die Zeitmaschine auf den Boden. Zu diesem Wasser stand Phánuël nicht mehr in Berührung und so würde er es auch nicht mehr zurückführen können.

„Wir sind okay“, bestätigte Laura, die jetzt wieder in der Lage war, zu sprechen. „Wir konnten sogar unter Wasser atmen, so wie Saul.“ Zitternd vor Aufregung und wegen des kalten Wassers kniete sie auf der Metallbrüstung und hielt Tom in ihren Armen. Vera nahm eines der Badetücher, die sie vorsorglich mitgebracht hatten, und legte es über Lauras Rücken.

Saul war kurz nach Laura aus dem Tank gestiegen und kniete jetzt neben ihr. Mitfühlend fragte er: „Seid ihr wirklich wohlauf?“

Laura nickte. Noch immer hatte sie den Moment vor Augen, als Tom ihr unter Wasser zugelächelt hatte. Es war ein Moment der grenzenlosen Zuversicht.

„Ich liebe Dich. Und Tom auch“, flüsterte Saul ihr zu. „Euch darf nichts geschehen.“

Laura gab Saul einen flüchtigen Kuss. „Uns geht es gut. Ich liebe dich.“

Saul erwiderte den Kuss. „Ich werde noch die restlichen Bibeln in dem Tank verteilen, damit wir so schnell wie möglich wieder nach Hause können.“

Während Saul wieder in die Zeitmaschine tauchte, zog Laura ihre nasse Kleidung aus. Da nur Saul Ersatz dabei hatte, hüllte sie sich zunächst in weitere Badetücher.

„Ihr konntet unter Wasser atmen?“, fragte Eric jetzt nach. „Saul hatte bisher berichtet, dass ein langes Training dafür notwendig ist.“

„Ja“, bestätigte Laura. „Es war seltsam. Tom hatte dort unten ganz selbstverständlich geatmet. Und bei mir hat es auch funktioniert.“

„Uns ist das Herz stehen geblieben, als ihr so lange da unten wart. Gott sei Dank, dass euch nichts passiert ist.“

„Ja. Gott sei Dank. Er hat uns sicher einen Schutzengel geschickt.“

Laura ahnte nicht, wie recht sie mit ihrem Gedanken an den Schutzengel hatte.

Sauls Einsatz in dem Tank war schnell beendet, und nachdem er wieder trockene Kleidung angezogen hatte, kontrollierte er noch einmal die Anzeigen auf der Außenseite des Würfels.

„Seltsam“, murmelte er, während der Rest der Gruppe schon abmarschbereit war. Laura hatte außer den Badetüchern noch Erics Jacke übergezogen.

„Stimmt was nicht?“, fragte Eric.

„Die Currentiv-Spezifika haben sich verändert“, erklärte Saul.

„Und was bedeutet das?“

„Die Werte sind jetzt schon im grünen Bereich. So schnell kann das Osmoseaggregat das Wasser gar nicht aufbereitet haben.“

„Ist die Anzeige vielleicht defekt?“

„Das glaube ich nicht. Auch die anderen Werte passen zum Currentiv-Stand.“

„Gibt es eine andere Erklärung dafür?“

Saul sah Eric an und wusste, dass sein Freund den gleichen Gedanken hatte, wie er.

Saul sagte, was alle dachten: „Phánuël hatte Kontakt zu dem Wasser gehabt. Durch ihn hat es wieder die notwendigen Eigenschaften. Er hat es aufbereitet.“

59

Die Ärzte wollten Jafar auch am nächsten Tag noch nicht aus dem Krankenhaus entlassen. Die Heilung seiner Wunden ging nur sehr zögerlich voran. So verbrachte er seine Tage auf seinem Zimmer und freute sich über jeden Besuch, den er von seinen Glaubensgeschwistern der Arnháton-Gemeinschaft bekam. Bei diesen Begegnungen ließ er sich auch stets über den aktuellen Stand der Bemühungen um die Rückführung des wiedergeborenen Echnaton informieren. Da die geplante Entführung im Verborgenen stattfinden sollte, wollte man auch ihn nicht allzu viel darüber wissen lassen. Er bekam nur die vage Andeutung, dass Laura die Entführung ihres Kindes nicht überleben würde.

Dieser Gedanke erschreckte Jafar. Er wunderte sich über sich selbst, dass es ihm derart nahe ging, wenn es Lauras Leben kostete, um an den kleinen Echnaton heranzukommen. Ihm war Laura nicht egal, schließlich war es bis vor kurzem auch sein Auftrag, ein Liebesverhältnis mit ihr anzufangen. Und sie war Toms Mutter, auch wenn sie nur die Frau war, die das geklonte Kind ausgetragen hatte.

Jafar hätte es sich gewünscht, dass man einen friedlicheren Weg fände, um zum Ziel zu kommen. Ideal wäre es gewesen, wenn man Laura zum Glauben an Aton hätte bekehren können. Aber die Arnháton-Gemeinschaft war nicht auf Mission ausgerichtet. Sie musste im Untergrund agieren, bis ihr Hohepriester zum erwachsenen Mann herangereift war. Dann würde man unter seiner Leitung die Welt missionieren. Jetzt war Laura nur ein störendes Element im Plan der Arnháton-Führung. Ein Element, das vernichtet werden musste.

Das Gespräch mit Eric hatte Jafar mehr beeindruckt, als er es sich selbst zugestehen wollte. Erics Bereitschaft, dem Mann, der sie beide so schwer verletzt hatte, zu vergeben, stand im direkten Gegensatz zu den Mordplänen seiner eigenen Leute. Als Kind und Jugendlicher hatte Jafar die Friedfertigkeit des historischen Echnaton geliebt und er war zur Überzeugung gelangt, das genau das es war, was der Welt fehlte. Und jetzt sollte Laura sterben, weil er nicht seinen Auftrag ausführen konnte, mit ihr eine Liebschaft anzufangen. Jafar wollte einfach nicht glauben, dass der Gott Aton wollte, dass die Mutter des kleinen Echnaton sterben sollte.

Jafar wusste, dass er niemanden des Führungskreises seiner Gemeinschaft würde überzeugen können. Er hätte jetzt gerne Laura einfach anonym gewarnt, aber er hatte nicht einmal eine Telefonnummer von ihr. Durch die Recherchen der Sekte hatte er zwar ihre Adresse, aber eine schriftliche Botschaft käme sicher zu spät.

In der Schublade des beweglichen Tisches neben seinem Krankenbett lag der Zettel mit Erics Handynummer. Sollte er einfach Eric anrufen und ihm von den Mord- und Entführungsplänen berichten? Würde er so Laura retten können? Welche Folgen würde das für die Arnháton-Gemeinschaft haben? Und welche Folgen hätte das für ihn selbst?

Sein Verstand sagte ihm, dass es nicht seine Schuld war, wenn Marera den Auftrag zum Mord an Laura gab. Er war nicht einmal ein wirklicher Mitwisser, man hatte ihm nur Andeutungen gemacht. Wenn er jetzt nicht handelte, dann gäbe es niemanden, der ihm vorwerfen könnte, an einem Mord beteiligt zu sein. Er würde sein Leben leben, als hätte es Laura niemals gegeben.

Aber sein Gewissen sendete eine ganz andere Botschaft. Wenn der Glaube an Aton nicht einmal die Mutter Echnatons verschonte, dann liegt keine wirkliche Liebe in diesem Glauben. Ganz anders als es der christliche Glaube lehrt, der sogar von Feindesliebe spricht. Wenn die Regentschaft Echnatons damit beginnt, dass seine eigene Mutter sterben muss, dann läge eine Schuld auf allem, was da noch kommt. Das wäre auf keinen Fall im Sinne des Gottes Aton.

Jafar griff nach seinem Mobiltelefon und wählte Erics Nummer. Doch statt des Freizeichens kam die Meldung, dass Erics Handy zur Zeit nicht erreichbar war. Durch die dramatischen Ereignisse in der Nacht hatte er vergessen, es an das Ladegerät anzuschließen. Jetzt am Vormittag lag es am Ladegerät auf Erics Schreibtisch. Und die Harders waren mit Phánuël beim Kinderarzt. Aber das wusste Jafar natürlich nicht.

Enttäuscht legte Jafar sein Handy beiseite. Ihn verließ der Mut, es erneut zu probieren. Lauras Leben lag nun in der Hand Mareras. Und die wollte Lauras Tod.

Nach den Ereignissen bei der Zeitmaschine hatten die Harders Laura, Tom und Saul zu Lauras Wohnung gebracht und waren dann gleich zum eigenen Zuhause gefahren. Es war schon fast 03:00 Uhr morgens, als alle endlich zum Schlafen kamen. Nach wenigen Stunden Schlaf saßen Laura, Tom und Saul dann wieder beim Frühstück. Danach machten sie Einkäufe und verbrachten den frühen Nachmittag im Schlossgarten von Babelsgrund.

Etwa um 14:00 Uhr kamen sie nach Hause. Dass sie bereits erwartet wurden, ahnten sie nicht. Tom legten sie zum verspäteten Mittagsschlaf in sein Bett. Dann ging Laura ins Bad, um eine Ladung Wäsche zu waschen. Saul wollte aus dem Schlafzimmer weitere Kleidungsstücke für die Waschmaschine holen, da hörte Laura aus dem Schlafzimmer einen dumpfen Schlag.

„Alles okay?“, fragte sie, aber es kam keine Antwort. Verwirrt legte sie den Waschmittelbecher, den sie in die Maschine geben wollte, zurück und ging aus dem Badezimmer, um nachzusehen, was das Geräusch verursacht hatte. Bereits vom Flur aus sah sie Saul am Boden liegen, dahinter stand ein Mann mit einer Eisenstange. Dass es ein Mitglied der Arnháton-Sekte war, wusste sie in diesem Moment nicht.

Im Schlafzimmer hatte sie für Notfälle einen Baseballschläger deponiert, aber das nutzte ihr in diesem Moment nichts. Sie schaute in Toms Zimmer, ob der Junge noch da war. Erleichtert stellte sie fest, dass er friedlich in seinem Bett schlummerte. Hastig nahm sie ihn aus dem Bett. Jetzt zählte nur für sie, ihr Kind zu retten. Und wenn sie aus dem Haus wäre, würde sie sofort die Polizei alarmieren, die dann auch Saul helfen würde. Doch als sie mit Tom die Wohnungstür erreichte, stand da ein zweiter Mann.

Siegessicher sah er Laura an und machte eine Handbewegung, dass sie ihm Tom geben solle. Doch ohne jedes Zögern stieß sie ihm mit ihrem Knie in seine Genitalien. Das hatte er nicht erwartet und krümmte sich vor Schmerz. Laura trat einen Schritt zurück und setzte zu einem weiteren Tritt an. Diesmal trat sie mit ihrem Fuß erneut in die empfindlichste Stelle des Mannes. Der sank jetzt vor Schmerzen auf den Boden und war zunächst außer Gefecht gesetzt. Tom war inzwischen wach und begann zu weinen.

Jetzt hatte der andere Mann Laura erreicht und setzte ihr eine Pistole an den Hinterkopf. „Gib uns das Kind“, befahl er. Die Mündung der Waffe drückte er brutal in ihr Genick.

„Nein“, sagte Laura laut und bestimmt. Freiwillig würde sie Tom nie aus den Armen geben.

„Du stirbst, wenn Du uns den Jungen nicht gibst“, erklärte er. Dass er nur deshalb noch nicht abgedrückt hatte, weil er die Anweisung hatte, Laura nicht vor ihrem Kind zu erschießen, verschwieg er natürlich.

„Du musst mich töten, wenn du an Tom willst“, gab sie entschlossen zur Antwort.

„Gib mir den Jungen“, befahl der Mann erneut und versuchte, um Toms Hüfte zu greifen, um ihn an sich zu reißen. Laura entzog sich diesem Versuch, indem sie sich drehte. Dabei stieß sie eine große Tonvase um, in der sich Schnittblumen befanden. Mit einem lauten Scheppern zersprang die Vase in einen Scherbenhaufen. Das Wasser schwappte über den gekachelten Boden.

Laura rang mit dem Mann um den kleinen Tom. Mit eisernem Griff behielt sie ihr Kind in den Armen. Jetzt gab ihr der Arnháton-Jünger mit der Pistole einen Schlag gegen ihren Kopf. Sie taumelte einen Moment, verlor auf den nassen Kacheln ihr Gleichgewicht und schlug schmerzhaft auf den harten Boden. Immer noch versuchte sie, Tom in den Armen zu behalten, doch der Sturz hatte ihr für einen Augenblick alle Kraft geraubt. Das nutzte der Täter aus, kniete sich auf Lauras Unterleib und riss ihr den Jungen aus den Armen.

Mit Tom im linken Arm und der Pistole in der rechten Hand kniete der Entführer auf Laura und verlagerte sein Gewicht, damit die junge Frau ihn noch schmerzhafter spürte.

Er richtete die Pistole auf Lauras Gesicht und fragte: „Was ist mit den zwei Männern geschehen, die schon einmal versucht haben, dir den Jungen abzunehmen?“

Für Laura war der damalige Versuch nur ein blutiger Traum gewesen, und sie verstand deshalb die Frage nicht. Unter ihrem rechten Oberschenkel spürte sie jetzt, wie die scharfe Kante einer großen Scherbe der Tonvase in ihr Fleisch schnitt. Sie griff nach der Scherbe, ohne dass der Mann das wahrnahm.

„So wie du!“, gab Laura scheinbar ohne jeden Bezug zur Frage zur Antwort.

„Was meinst du damit?“, fragte der Mann verwirrt.

„Sie sind tot“, erklärte Laura und umfasste die Tonscherbe mit festem Griff. „Tot, so wie du jetzt!“ Mit diesen Worten stieß sie mit der rechten Hand die scharfe Kante der Scherbe blitzschnell in den Hals des Entführers. Mit der linken Hand schob sie die Pistole zur Seite. Eine Blutfontäne schoss aus der verletzten Halsschlagader und färbte Lauras Oberkörper tiefrot. Der Mann ließ Tom los und lockerte auch seine kniende Position auf Laura, so dass sie sich herauswinden konnte. Sie drückte den Attentäter nach hinten, so dass er auf den Rücken fiel und auch die Pistole fallen ließ. Nun konnte sie wieder Tom an sich nehmen.

Der andere Mann hatte sich inzwischen etwas erholt und setzte an, aufzustehen. Laura hob die Pistole auf und richtete sie auf den Mann, der immer noch seine Hände auf seine schmerzenden Genitalien hielt.

„Wer seid ihr? Warum wollt ihr mein Kind entführen?“, fragte sie den Mann, der sich anschickte, auf sie zu zugehen.

„Der Junge ist nicht dein Kind. Du hast es nur ausgetragen. Es ist Echnaton. Du hast kein Recht, es dein Kind zu nennen“, antwortete der Mann und ging weiter schwankend auf sie zu.

„Bleib stehen“, befahl Laura, doch der Mann ignorierte ihre Anweisung.

„Bleib stehen, sonst muss ich schießen“, wiederholte Laura. Der Mann kam immer näher.

„Stehenbleiben!“, schrie sie jetzt aus voller Kehle.

Der Arnháton-Jünger streckte seine Hände aus, um nach Tom zu fassen. Laura schloss die Augen und drückte auf den Abzug der Pistole. Der Schuss traf den Entführer in die Stirn, riss ihn von den Beinen und verteilte weiteres Blut über die Kacheln des Bodens.

Jetzt humpelte Laura mit Tom ins Schlafzimmer. Die Wunde durch die Tonscherbe in ihrem rechten Oberschenkel blutete stark, doch durch den Schock hatte sie noch keine Schmerzen.

Saul lag vor dem Bett auf dem Boden. Er atmete gleichmäßig und hatte nur eine dicke Beule am Kopf, zum Glück aber keine Wunde. Die Eindringlinge hatten ihn mit der Eisenstange nur bewusstlos geschlagen. Laura war erst einmal erleichtert. Vorsichtig strich sie über sein Gesicht, dabei erwachte er.

„Verdammt. Was ist passiert?“, fragte Saul.

„Zwei Männer von der Arnháton-Sekte haben versucht, Tom zu entführen. Man hat dich niedergeschlagen. Ich habe gegen sie gekämpft, jetzt sind sie tot. Ich werde die Polizei anrufen."

„Dann muss ich so schnell wie möglich verschwinden", erklärte Saul. „Ich habe keinen Ausweis und dürfte in dieser Zeit nicht einmal existieren. Wenn die Polizei auf mich aufmerksam wird, ist mein Auftrag gefährdet."

„Aber ich will nicht, dass du jetzt gehst. Gerade jetzt brauche ich dich."

„Wie soll ich dir eine Hilfe sein? Man hat mich schon außer Gefecht gesetzt, bevor ich die Eindringlinge überhaupt gesehen hatte."

Laura zog Saul an sich und küsste ihn. „Ich brauche dich, weil ich dich liebe. Egal was jetzt kommt, wir werden es zusammen durchstehen. Und wir werden deinen Auftrag zum Erfolg bringen."

„Ich habe keine Ahnung, wie uns das gelingen soll."

Laura legte Tom in Sauls Arme und holte ihr Handy hervor. „Ich rufe jetzt Eric und Vera an. Gemeinsam finden wir eine Lösung."

60

Harald konnte nicht schlafen. Immer wieder schwelgte er in den Erinnerungen an den Moment, als er die Umarmung des Engels gespürt hatte. Ein Gefühl, das ihm für einen Moment die Zuversicht gegeben hatte, dass dieses Leben aus mehr bestand, als den Kämpfen von Engeln und Dämonen beizuwohnen und über misslungene Weltpolitik zu berichten. Aber inzwischen war seine Gewissheit, dass er die körperliche Nähe eines Engels gespürt hatte, der großen Leere gewichen, die er seit Wochen in sich spürte. Das kurze Aufblitzen von so etwas wie Hoffnung war dem Zweifel gewichen, dass er dieses Gefühl des Geliebtseins nie wieder erleben könne.

Er wechselte ins Wohnzimmer und schaltete den Fernseher ein, wo in einer Sondersendung über die Demonstrationen unmittelbar vor dem G20-Gipfel berichtet wurde. Am nächsten Tag wollten sich die Spitzenpolitiker treffen. Nach einigen friedlichen Protestaktionen mit mehreren tausend Teilnehmern, hatte es vor wenigen Stunden eine Großdemonstration unter dem Namen „Welcome to Hell" gegeben, die zwar zunächst friedlich begann, aber dann völlig eskalierte. Es gab sowohl auf Seiten der Polizei als auch bei den Randalierern Verletzte. Die Demonstration wurde zwar daraufhin vom Veranstalter abgebrochen, doch wenig später randalierten im Schanzenviertel erneut autonome Chaoten. Bilder von Barrikaden und brennenden Autos gingen durch die Medien. Um 03.30 Uhr berichtete ein Sprecher der Hamburger Polizei noch immer von Bränden und einer nicht mehr beherrschbaren Lage.

Harald betrachtete diese Fernsehberichte fast teilnahmslos. Diese Gewaltexzesse waren sinnlos. Sie änderten nichts, da war er sich sicher. Aber wenn er in nicht einmal zwei Tagen die Elbphilharmonie zum Einsturz bringen würde, dann hätte die Weltgemeinschaft allen Grund, etwas zu ändern. Dann würde die nächste Generation der Regierenden aufwachen und die Welt gerechter machen, dachte er sich.

Mit jedem neuen Bericht über die chaotischen Zustände in Hamburg, verblasste seine Erinnerung an Fēis Umarmung ein wenig mehr und sein Zorn auf die Spitzenpolitiker wurde weiter angefacht. Fēi spürte wie immer seine Wut und seine Trauer. Sie hatte gehofft, dass ihre Liebestaten ein Umdenken in Harald anstoßen könne, doch durch die erschreckenden Bildern, die über die Mattscheibe gesendet wurden, kam Haralds Seele nicht zur Ruhe.

„Du musst Abstand zu Haralds Situation behalten“, riet ihr Tiān. „Auch wenn du seine Gefühle miterlebst.“ Dabei zweifelte Tiān selbst an seinen eigenen Worten. Gerade hatte er Lauras Ängste hautnah miterlebt und war wieder versucht gewesen, selbst einzugreifen.

„Gefühle sind das, was die Menschen zu wirklichen Menschen macht“, sinnierte Fēi. „Aber Harald fehlen im Moment Glaube, Liebe und Hoffnung. Das, was ihm noch an Gefühlen übrig bleibt, vergiftet sein ganzes Leben. Ich weiß, dass mir Haralds Schicksal gleichgültig sein müsste, dass ich nur ein Engel bin, der seine Pflicht zu erledigen hat. Aber wenn wir das gleiche empfinden, was die Menschen empfinden, dann müssen wir doch auch Einfluss nehmen dürfen.“

„Das dürfen wir eben nicht. Wir haben nur unsere Aufträge. Die Entscheidungen treffen andere. Das sind die Regeln.“

„Die Regeln, die du und ich schon gebrochen haben.“

„Und es ist Gnade, dass wir noch hier stehen. Es gab schon Engel, deren Existenz ausgelöscht wurde, weil sie sich nicht an die Regeln gehalten haben."

Fēi wirkte verzweifelt. „Angesichts der schmerzhaften Gefühle, die Harald quälen, erscheint mir manchmal die Auslöschung meiner Existenz als wenig abschreckend."

„Es wird einen Ausweg geben", versuchte Tiān seine Engelskollegin zu trösten. „Es gibt immer einen Ausweg."

Doch die wohlgemeinten Worte überzeugten Fēi nicht. Resigniert meinte sie: „Wenn Harald die Welt ins Chaos stürzt, dann wird es keinen Ausweg mehr geben."

61

Laura erreichte Eric nicht über dessen Festnetznummer, da meldete sich nur der Anrufbeantworter. Ebenso erfolglos probierte sie es auf seinem Mobiltelefon. Mit Tom in ihren Armen ging sie nervös in ihrem Wohnzimmer auf und ab. Der Junge konnte nach der Aufregung nicht wieder einschlafen und vergrub sich in die Nähe seiner Mutter. Die Wunde an ihrem Oberschenkel hatte sie mit festen Mullbinden abgebunden. Den Schmerz ignorierte sie. Saul fühlte sich in dieser Situation so hilflos wie selten in seinem Leben. Wäre er jetzt in seiner Zeit, dann würde er sich mit seinen Glaubensgeschwistern beraten. Aber jetzt war er mit Laura alleine, im Flur lagen zwei Leichen und ihre Freunde waren nicht erreichbar.

„Wir könnten die Leichen mit der Zeitmaschine wegschaffen", schlug Saul vor. „Ohne Opfer könnte man dir auch keine Tat nachweisen."

Laura winkte ab: „Nein. Irgendwann würde die Spur zu mir führen. Und es ist hier mehr als genug Blut geflossen, um nachweisen zu können, dass hier jemand ums Leben gekommen ist."

„Willst du dich der Polizei stellen?"

„Wie soll ich beweisen, dass ich zweimal in Notwehr gehandelt habe? Wenn man mich nur einmal wegen Totschlags verurteilt, dann nimmt man mir Tom weg. Das ist keine Option."

„Aber in eurer Zeit gibt es doch in Mitteleuropa ein gerechtes Rechtssystem“, gab Saul zu bedenken.

„Ja. Vielleicht das Beste der Welt. Doch ob dieses System mich freisprechen würde, ist fraglich. Ich hätte mich wehren müssen, ohne dass jemand stirbt. Jetzt sind die Männer tot. Und das wird man mir zur Last legen. Außerdem muss ich damit rechnen, dass die Sekte immer wieder versuchen wird, Tom zu entführen. Und selbst wenn das Problem mit der Arnháton-Sekte gelöst wäre, kommt noch dazu, dass es den Rat der Fürsten gibt, der uns im Visier hat.“

„Gott wird dir einen Ausweg zeigen.“

Lauras Mine erhellte sich. „Ich glaube, er hat mir soeben einen Ausweg gezeigt.“ Sie lächelte und ihre Augen glänzten vor Zuversicht, dass auch Saul wieder Hoffnung schöpfte.

„Ein Ausweg?“, fragte Saul gespannt.

„Ja. Ein Weg, wie wir all das hinter uns lassen können. Wie wir keine Angst mehr vor der Arnháton-Sekte oder dem Rat der Fürsten haben müssen.“

Saul ahnte, was Laura dachte. „Du meinst die Zeitmaschine?“

„Ja. Tom und ich, wir reisen einfach mit dir in deine Zeit. Dann kann uns hier niemand mehr nachstellen.“

„Aber ich habe dir doch erklärt, dass es ein wochenlanges Training braucht, um nicht bei der Reise irreparable Schäden zu nehmen.“

„Tom und ich können in dem Zeitwasser atmen. Das haben wir heute Nacht festgestellt. Und du hast doch gesagt, dass das die wichtigste Sache bei der Zeitreise ist. Unsere Körper sind scheinbar perfekt für den Transport in dem Zeit-Kubus geeignet.“

„Aber das Risiko ist zu groß. Ich habe schon zu viele Fehlschläge erlebt, bei denen die Reisenden gestorben sind.“

„Tom und ich sind in größerer Gefahr, wenn wir hierbleiben. Außerdem können du und ich nur zusammenbleiben, wenn ich mit dir komme. Ich bin mir sicher, dass die Zeitmaschine der Weg ist, den Gott für uns vorgesehen hat.“

Saul konnte sich nicht mit Lauras Plan anfreunden. „In meiner Zeit wird der Magog euch nach dem Leben trachten. Ihr werdet dort nicht wirklich sicherer sein.“

„Aber wir werden zusammen sein. Und ich kann im Gegensatz zu vielen Menschen deiner Zeit lesen und schreiben. Vielleicht soll es ja meine gottgegebene Lebensaufgabe sein, damit den Menschen der Endzeit zu dienen."

Saul war deutlich anzumerken, dass er enorme Bedenken bei Lauras Vorhaben hatte. Laura schlang ihre Arme um seinen Kopf und flüsterte ihm ins Ohr: „Alles wird gut. Ich würde Tom niemals die Zeitreise machen lassen, wenn ich mir nicht sicher wäre, dass das Gottes Plan ist."

Saul war immer noch nicht wohl dabei. „Wir sollten Eric und Vera fragen, was sie davon halten. Möglicherweise sehen sie ja einen anderen Ausweg."

„Auf jeden Fall müssen wir schnell handeln. Wenn jemand den Schuss gehört hat, ist die Polizei schneller hier, als es uns recht sein kann."

Sie beschlossen, sofort zu den Harders zu fahren. Als sie in Lauras Auto stiegen, blickten sie sich erst noch sorgsam um, ob sie beobachtet wurden. „Eine Welt ohne die Arnháton-Sekte und ohne den Rat der Fürsten, das wäre schön." Und wieder küsste sie Saul. „Eine Welt, in der ich dich immer bei mir habe."

Der Einzige, von dem die kleine Gruppe beobachtet wurde, war Arthur. Er hatte ein Motorrad gestohlen und betrachtete aus einiger Entfernung, wie das Auto losfuhr. Er verspürte einen stetig wachsenden Hass gegenüber Saul. „Wenn es Saul nicht gäbe, wäre Laura noch immer völlig unwichtig für den Rat der Fürsten", dachte er. Als Laura Saul geküsst hatte, fletschte Arthur unbewusst die Zähne. Er wollte jetzt den Mann, der seine Enkeltochter gefährdete, töten. Einfach nur töten, damit Laura wieder eine völlig unauffällige Frau sein konnte, wie es Millionen andere in Europa gab.

In größtmöglichem Abstand folgte er Laura mit dem Motorrad. Er ahnte schon, dass sie zu den Harders wollten, aber er konnte sich noch nicht erklären warum. Arthur fuhr ohne Sturzhelm. Dieses Utensil war bei dem gestohlenen Zweirad nicht dabei.

Er wusste noch nicht, wie er Saul töten sollte, aber es musste geschehen, ohne dass Laura mitbekam, dass er der Täter war. Niemals dürfte Laura erfahren, dass er den Mann den sie liebte, ermorden wollte, auch wenn es nach seiner Ansicht zu ihrem Schutz sei. Er stellte sich vor, wie

Laura trauern würde, wenn sie erfuhr, dass ihr geliebter Saul nicht mehr lebte, doch in Arthurs Augen war es das kleinere Übel.

„Wenn ich Pech habe, weicht Laura ihrem Saul keinen Moment von der Seite“, dachte Arthur. „Vielleicht meint dieser Saul auch, er müsse Laura beschützen und ist deshalb ständig bei ihr. Dabei ist sie ja nur wegen ihm in Gefahr.“

Als das Auto bei den Harders ankam, stieg zunächst Saul aus und sah sich aufmerksam um. Er entdeckte nichts Ungewöhnliches, auch nicht Arthur, der einen großen Abstand gehalten hatte. Dann stieg auch Laura aus und alle drei gingen durch den Vorgarten zur Haustür.

Laura klingelte. Die Zeit, bis sich im Haus etwas regte, kam ihnen endlos vor. Dann erschien Eric in der Haustür: „Was ist denn los?“, fragte er. „Gab es Nachwirkungen von dem Wasser in der Zeitmaschine? Kommt rein.“

„Nein. Aber es gab Nachwirkungen von der Arnháton-Sekte“, erklärte Laura. „Wir haben versucht, dich anzurufen, aber scheinbar ist dein Handy ausgeschaltet und auf deiner Festnetznummer geht nur der Anrufbeantworter an.“

„Kann schon sein“, bestätigte Eric. „Was ist denn passiert?“ Als Vera Lauras Stimme hörte, kam auch sie dazu. Alle setzten sich nun ins Wohnzimmer. Dort berichtete Laura von den jüngsten Ereignissen. Eric und Vera waren schockiert. Als Laura dann erwähnte, dass sie die Reise mit der Zeitmaschine als einzigen Ausweg sah, waren die Harders genauso überrascht, wie es Saul gewesen war.

„Ist das nicht ein extrem hohes Risiko?“, fragte Vera nach.

„Das habe ich ihr auch gesagt“, pflichtete Saul bei.

Laura widersprach. „Tom und ich konnten unter Wasser atmen. Das ist das wichtigste Indiz, dass wir für diesen Transport geeignet sind. Und wenn wir nicht mehr in dieser Zeit vorhanden sind, wird uns auch niemand mehr nachstellen können.“

„Es muss doch auch noch etwas anderes geben als diese lebensgefährliche Flucht“, meinte Eric.

„Ohne Saul ist das hier nicht mehr meine Welt“, erklärte Laura. „Ich liebe ihn. Wir gehören zusammen. Und ich vertraue Gott, dass das der beste Weg ist.“

Jetzt meldete sich Tom, der sichtlich unausgeschlafen war. In Lauras Armen begann er, sich unleidlich zu winden und zu jammern. „Er vermisst seinen Plüschhund. Wir haben ihn im Auto vergessen", stellte Laura fest.

„Ich werde ihn holen", bot Saul an. Während Laura mit den Harders weiter über das Für und Wider einer Zeitreise sprach, ging er mit Lauras Autoschlüssel nach draußen. In Gedanken war er immer noch bei seinen Vorbehalten gegenüber Lauras mutigem Plan, mit ihm zu reisen. So bemerkte er auch nicht Arthur, der keine dreißig Meter von ihm entfernt stand. Das Motorrad hatte Arthur in einiger Entfernung abgestellt und seitdem das Haus der Harders beobachtet. Sauls Gang zu Lauras Auto war nun der ideale Moment für den Mord an dem Zeitreisenden.

Arthur griff wieder nach dem Cuttermesser in seiner Tasche. Das Blut des toten Hector klebte noch am Griff. Es war zwar getrocknet, trotzdem fühlte es sich glitschig an. Arthur nahm sich vor, Saul nicht in dem Auto die Kehle durchzuschneiden, auch wenn das unauffälliger war. Er wollte Lauras Wagen nicht unnötig mit Blut verschmutzen. Wenn Saul zum Vorgartentor zurückging, sollte es geschehen, so war Arthurs Plan.

Doch in diesem Moment kam ein weiteres Auto angefahren und setzte an, hinter Lauras Wagen zu parken. Arthur war einen Moment unsicher, ob er es ignorieren sollte. Eine solche Möglichkeit, Saul zu eliminieren, würde es nie wieder geben, dachte er. Doch die Insassen des parkenden Fahrzeugs wären Zeugen. Er müsste sie auch töten, um unerkannt zu bleiben.

Statt auf Saul zuzugehen, wechselte Arthur die Straßenseite. Er beschloss, seinen Plan zu verschieben. In der jetzigen Situation würde es zu viele Opfer geben. Die Gefahr, dass er sich dadurch vor Laura als Killer offenbarte, war ihm zu groß.

Saul holte den Plüschhund aus dem Auto und ging wieder zurück zu den anderen. Tom strahlte über das ganze Gesicht, als er sein Stofftier bekam.

„Laura lässt sich nicht von ihrem Plan abbringen", stellte Eric fest.

Saul setzte sich zu ihr auf das Sofa und erklärte: „Ich habe ihr alle Risiken, die ich sehe, deutlich gemacht, aber ich werde sie nicht abhalten, wenn sie das als Gottes Weg ansieht."

„Ich bewundere deinen Mut, Laura", begann Vera. „Aber du hast auch die Verantwortung für deinen Sohn. Er könnte sterben, wenn du dich irrst."

Laura nickte. „Gerade deshalb werde ich mit Saul in die Zukunft reisen. Hier in der Gegenwart sind die Arnháton-Sekte und der Rat der Fürsten hinter uns her."

„Aber Saul hat berichtet, dass das Leben in der Endzeit für Christen noch gefährlicher ist."

Laura stand mit Tom auf dem Arm vom Sofa auf. „Ich bin mir einfach sicher, dass das unser Weg ist. Ich wähle das unbekannte Glück, statt des bekannten Unglücks. Manchmal braucht man einfach Mut, um unbekannte Wege zu gehen."

Angesichts der Entschlossenheit Lauras gaben ihre Freunde ihre Bedenken auf. „Dann sollten wir jetzt so schnell wie möglich zur Zeitmaschine fahren", entschied Saul. Die anderen stimmten zu. Da man kein Gepäck auf die Reise mitnehmen konnte, gab es praktisch nichts mehr vorzubereiten. Wieder fuhren sie zu sechst mit Erics Wagen zum Zeit-Kubus. Es begann zu regnen. Unbemerkt folgte Arthur.

62

Harald betrachtete sein Handy. Auf dem Display hatte er die Telefonnummer aufgerufen, mit der er das Nitroglycerin zur Detonation bringen könnte. Er saß zuhause vor den Fernseher und hatte einen Nachrichtensender eingeschaltet. Der übertrug live das Geschehen in der Elbphilharmonie. Als Splitscreen hatten die Fernsehmacher sowohl die Minuten vor dem Konzert, als auch die chaotischen Ereignisse bei den Gegendemonstrationen auf den Bildschirm gebracht. Der Nachrichtensender versuchte, seinen Zuschauern eine ausgewogene Darstellung zu bieten.

In dieser Situation fühlte sich sein Smartphone an wie eine Waffe. Eine mächtige Waffe. Eine Waffe, mit der er viele Menschen töten würde. Aber in diesem Moment fragte er sich, ob seine Feinde, die er vernichten wollte, wirklich die Menschen in Hamburg sind. Eigentlich waren es ja die Engel und Dämonen, die ihn in jeder Minute seines Lebens umschwirrten. Wenn er sie nicht mehr vor Augen hätte, dann würde er vielleicht wieder ein normales Leben führen können.

Doch die Hoffnung auf ein normales Leben hatte er längst aufgegeben. Diese Visionen waren ein Teil seines Lebens, der ihn nie wieder loslassen würde, so hatte er sich abgefunden. Ein giftiger Teil seines Lebens, der ihm jeden Tag mehr Energie raubte. Eines Tages würde er ihm den letzten Tropfen Lebensenergie kosten, aber vorher würde er die Elbphilharmonie zum Einsturz bringen. Und dann würde ein neues Zeitalter für die Menschheit hereinbrechen.

Während er so in Gedanken versunken war, bemerkte er eine deutliche Unruhe in der Schar der Dämonen, die ihn umgaben. Da, wo es in den letzten Stunden nur leichte Scharmützel zwischen den Engeln Gottes und den Mächten der Finsternis gab, begannen jetzt wieder harte Kämpfe. Mit brutaler Gewalt bekämpften sich jetzt die überirdischen Wesen um ihn herum, so dass er nun kaum noch etwas von der irdischen Welt wahrnehmen konnte. Es war, als ob die Wesen eine finale Schlacht austragen wollten. Eine Schlacht, wie er sie noch nie gesehen hatte.

„Aber warum sollte eine solche Schlacht in meinem Wohnzimmer stattfinden?“, fragte er sich.

Es schien, als würden die übernatürlichen Mächte sich gegenseitig zerreißen, als hätten sie alle Zurückhaltung verloren und müssten in seiner Gegenwart alles aufbieten, was irgendwie möglich war. Anfangs konnte er seinen Blick nicht von dem Grauen, das eine neue Dimension erreicht hatte, lösen. Doch dann schloss er die Augen. Die Bilder wollte er nicht mehr in seinen Kopf lassen. Die Welt der Menschen und das, was die Medien davon berichteten, war schon entsetzlich genug. Der Horror, den er zudem aus der überirdischen Welt erleben musste, war unerträglich.

Er lag mit geschlossenen Augen auf seinem Sofa und versuchte, sich an das Glücksgefühl zu erinnern, das er in den Armen des Engels hatte. Doch die Bilder der brutalen Dämonenkämpfe überlagerten seine Erinnerungen. Es waren nur noch Spuren der unendlichen Seligkeit, die er aufrufen konnte. Er öffnete für einen Moment die Augen und schloss sie wieder sofort. Wie in einem tobenden Sandsturm hatte er nichts mehr von seinem Wohnzimmer erkennen können. Der gesamte Raum war mit kämpfenden Wesen gefüllt. Ein chaotisches, brutales Durcheinander. Und er war mittendrin.

Minutenlang lag er so da. Immer wieder blinzelte er, doch es schien sich nichts zu ändern. Auf einmal war es ruhig um ihn. Erstaunlich ruhig. So ruhig, wie er es schon lange nicht mehr erlebt hatte. Misstrauisch öffnete er die Augen vollends und stellte fest, dass er keine Dämonen mehr sah. Hatten die Engel gesiegt? Schemenhaft schwebten einige Engel um ihn herum und entfernten sich. Wenige Minuten später sah es so aus, als wäre er allein. Sollte er Hoffnung haben dürfen, dass er in Zukunft von dem Grauen verschont bliebe?

Wieder sah Harald Engel, die für ihn gekämpft hatten, aber niemals seinen Schutzengel. Fēi, die immer hinter ihm bleiben musste, hatte dafür gesorgt, dass mit einem Großaufgebot von Engeln die Dämonen um Harald vertrieben wurden. Aber das würde nicht lange so bleiben. Früher oder später würden die Dämonen zurückkommen und dann begännen die Kämpfe von vorne.

Fēi wollte Harald einen Augenblick des Friedens verschaffen und wünschte sich, dass er dadurch genug Hoffnung schöpfen würde, um seine Anschlagspläne zu verwerfen. Und für einen Augenblick kam Haralds Seele auch zur Ruhe, aber schon wenige Minuten später erschienen wieder die ersten Dämonen und begannen neue Kämpfe. Haralds Zuversicht versank im Meer der Trauer und des Zorns. Er hätte am liebsten die ganze Welt in die Luft gesprengt.

Aber wenn in der Elbphilharmonie die Ode an die Freude aus der 9. Sinfonie von Ludwig van Beethoven gespielt wurde, würde er wenigstens die Führer der G20 ins Jenseits befördern.

63

Als Eric, Vera und die anderen an dem verlassenen Gelände ankamen, unter dem sich der Zeit-Kubus befand, erschien ihnen das Gelände fremd. Zum ersten Mal waren sie tagsüber dort. Bisher hatten sie die Dunkelheit bevorzugt, um nicht beobachtet zu werden. Doch jetzt war keine Zeit für solche Vorsichtsmaßnahmen. Mit klopfendem Herzen eilte Laura zum Eingang in die unterirdischen Räume. Tom, der in ihrem Arm lag, spürte die Aufregung seiner Mutter. Er presste sein Gesicht an ihre Schulter und seine kleinen Händchen krallten sich in ihre Bluse. Ihre Begleiter folgten ihr.

Arthur, der stets in Sichtweite war, wunderte sich über die Abgelegenheit dieses Ortes, doch er lächelte bei dem Gedanken, dass dieses Gelände bestens geeignet war, um Saul unbemerkt zu ermorden. Er musste nur noch eine Möglichkeit finden, dass auch Laura und ihre Freunde nichts davon mitbekamen.

Als Laura und die anderen vor dem Kubus standen, machte sich Saul gleich daran, alle Einstellungen an der Maschine für eine sofortige Zeitreise vorzunehmen. Er öffnete eine Klappe und drehte an den Einstellrädern, die sich dahinter befanden, bis er die Rückreiseparameter eingerichtet hatte. Dann musste er noch mehrere Hebel an anderen Stellen der Außenseite des Würfels betätigen.

„Die Menge des Wassers im Inneren ist im grünen Bereich“, erklärte er. „Wir hätten Wasser entnehmen müssen, um Platz für Laura und Tom zu schaffen, aber dadurch, dass Phánuël gestern Wasser nach außen gebracht hatte, stimmt die Wassermenge jetzt annähernd.“

„Können wir unsere Kleidung während der Zeitreise anbehalten?“, fragte Laura.

„Nicht alles“, erklärte Saul. „Zu viel Kleidung kann dazu führen, dass es beim Quantenaustausch elektromagnetische Irritationen auf der Hautoberfläche gibt. Deshalb sollten wir uns auf die Unterwäsche beschränken. Auch deinen Wundverband wirst du abnehmen müssen. Sollte deine Wunde noch bluten, beeinflusst das aber nicht die Zeitreiseeigenschaften des Wassers.“

Eric und Vera war zwar seit der Fahrt zur Zeitmaschine bewusst, dass nun der Zeitpunkt des Abschieds unaufhaltsam nahte, aber erst jetzt wurde ihnen klar, wie endgültig dieser Moment war. Wortlos standen sie neben Laura und sahen zu, wie Saul die letzten Handgriffe machte.

„Ihr könnt schon mal zum Einstieg gehen“, wies Saul die Freunde an.

Die Schritte bis zur Luke nahm Laura wie in Zeitlupe wahr. Sie war einerseits völlig ruhig, andererseits hatte sie das Gefühl, dass irgendetwas fehlte. Sie wusste zunächst nicht, was jetzt fehlen sollte. Im Grunde genommen war sie sich absolut sicher, dass die beabsichtigte Zeitreise genau das war, was Gott für sie vorgesehen hatte. Und dass sie Tom mitnehmen sollte, stand für sie auch fest, schließlich konnte sie ihn dadurch dem Zugriff der Arnháton-Sekte entziehen. Und trotzdem gab es noch etwas Wichtiges, was zu tun war, dachte sie sich.

„Was sollte eine junge Frau, die den Willen Gottes erkannt hatte, jetzt tun?“, fragte sie sich, während Eric die Klappe des Einstiegs öffnete und zum Wasser im Inneren sah.

„Natürlich“, flüsterte Laura, als ihr bewusst wurde, was noch fehlte. „Ich werde mich taufen lassen! Und zwar jetzt und hier.“

Während Saul ebenfalls die Metalltreppe herauf kam, sagte sie aufgeregt: „Ich bin noch nicht getauft. Ich möchte mich noch taufen lassen. Unbedingt. Vielleicht ist das dann ja das Letzte, was ich in meinem Leben mache, wenn doch etwas schiefgeht bei der Reise. Ich habe erkannt, was der Plan Gottes für mich ist. Gott schenkt mir ein neues Leben. Und das möchte ich mit meiner Taufe beginnen.“

Mit fast flehendem Blick sah sie Saul an und fragte: „Kannst du mich jetzt im Wasser der Zeitmaschine taufen?“ Und nach einer kleinen Pause fügte sie noch hinzu: „Und auch Tom segnen?“

Saul war überrascht. Er hatte sich in den letzten Minuten ganz auf die technischen Aspekte der Zeitreisevorbereitungen konzentriert. Dass Laura jetzt ihre Taufe wünschte, hatte er nicht erwartet. Und auf die Idee, die Zeitmaschine dafür zu nutzen, wäre er niemals gekommen.

„Na..., natürlich“, stammelte er. „Aber sollten wir das nicht lieber von einem Pastor machen lassen, wenn wir in der Zukunft angekommen sind?“

„Nein“, widersprach Laura. „Ich möchte es jetzt machen. Vor der Zeitreise. Damit ich als neuer Mensch in der neuen Zeit ankomme. Eric hat mir mal gesagt, dass jeder Christ einen anderen Christen taufen darf. Selbst in der katholischen Kirche gibt es für bestimmte Fälle die Nottaufe.“

„In Apostelgeschichte 22,16 steht: Was zögerst du jetzt? Steh auf, lass dich taufen“, bestätigte Eric.

„Ich habe noch niemals einen Menschen getauft", gab Saul zu bedenken.

„Aber du bist ein Christ, der sein Leben für seine Glaubensgeschwister wagt. Und du bist der Mann, den ich liebe. Wir werden zusammen durch die Zeit reisen. Dann solltest du es auch sein, der mich tauft. Es gibt dafür keinen besseren Zeitpunkt, keinen besseren Ort und keinen besseren Mann, der dies tun könnte. Du wirst mir, mit Gottes Hilfe, ein neues Leben schenken, in jeder Hinsicht. Daran darfst du nicht zweifeln."

Saul bekam feuchte Augen, als er die tiefe Wahrheit ihrer Worte erkannte. „Wir werden auf den Bibeln stehen, wenn ich dich nach deinem Glauben frage."

„Die Bibel ist unser Fundament", bekräftigte Laura Sauls Worte. „Einen festeren Halt könnten wir nicht haben." Dann wandte sie sich zu Eric und Vera. „Ihr werdet meine Zeugen sein."

„Von Herzen gerne", versicherte Vera und Eric umarmte Laura voller Freude.

Saul legte seine Kleidung ab und tauchte in Shorts in den Kubus. Dort stapelte er die am Boden liegenden Bibeln so, dass er und Laura darauf würden stehen können, um mit den Köpfen über dem Wasser die Taufworte zu sprechen. Vorher wollten sie den kleinen Tom segnen.

Wenig später stieg Laura in Unterwäsche mit Tom ebenfalls in die Öffnung der Zeitmaschine. Der Junge war nackt und wirkte äußerst interessiert an dem Geschehen. Er spürte, wie wichtig seiner Mutter das Ereignis war.

Der runde Zugang war gerade groß genug, dass Laura mit Tom ganz nah bei Saul im Zeitwasser stehen konnte. Saul und Laura legten jeweils eine Hand sanft an den Kopf des Kindes. Dann sprach Saul ein frei formuliertes Gebet, in dem er Gott vertrauensvoll bat, das Kind zu segnen und ihm bei allen Herausforderungen seines Lebens beizustehen. In seinen Worten klang so viel Hoffnung und Zuversicht mit, dass die Wahrhaftigkeit des göttlichen Segens förmlich spürbar war.

„Amen", bekräftigten alle Anwesenden Sauls Gebet am Ende.

Dann sahen Saul und Laura aus der Öffnung hinauf zu Vera und Eric. Jetzt war der ultimative Moment des Abschieds gekommen. Gleich nach den Taufworten würde sich die Luke über den Zeitreisenden schließen und die Zeitmaschine würde sie viele Jahrzehnte in die Zukunft schicken.

„Danke für alles“, begann Saul. „Gott segne euch.“

Eric und Vera knieten nieder und gaben ihren Freunden zum Abschied die Hand. Vera versagte vor Rührung fast die Stimme. „Gott wird auf euch aufpassen. Aber fordert eure Schutzengel nicht zu sehr heraus.“

„Lebt wohl.“ Eric rang nach Worten. „Gott befohlen.“

Laura sah die Harders mit Dankbarkeit an. „Ihr wart immer da, wenn ich euch gebraucht habe. Ich werde Tom von euch erzählen, wenn er alt genug ist. Er soll wissen, dass ihr wahre Freunde seid.“

Dann traten Eric und Vera einen Schritt zurück. Das Taufritual begann. Saul legte seinen Arm um Laura und fragte sie feierlich: „Laura Roth, meine große Liebe. Glaubst du, dass Jesus Christus Gottes Sohn und dein Erlöser ist?“

Voller Liebe und Glaubensgewissheit antwortete sie: „Ja. Das glaube ich.“

Dann nahm Saul die Frau und das Kind in seine Arme und sprach. „So taufe ich dich im Namen des Vaters, des Sohnes und des Heiligen Geistes. Amen. Das Alte ist vergangen – und alles wird neu werden.“

Bei diesen Worten tauchten die drei tief in das Zeitwasser und Eric schloss die Luke. Automatisch begann die Maschine nun, den Transport durch die Zeit einzuleiten.

Blaues Licht erstrahlte an einzelnen Elementen der Außenseite der würfelförmigen Maschine. Leises Brummen war zu hören, das immer lauter wurde. Das Licht, das aus den Spalten der Zeitmaschine drang, wurde immer heller und nach wenigen Minuten, die Eric und Vera wie eine Ewigkeit vorkamen, ebbte die Aktivität des Würfels unvermittelt ab. Die Maschine kam zur Ruhe. Der Transport war abgeschlossen.

„Alles Gute in eurem neuen Leben“, flüsterte Vera.

Eric öffnete die Einstiegsluke und sah prüfend in das aufgewirbelte Wasser. Saul, Laura und Tom waren nicht mehr dort. „Sie sind weg“, stellte er fest. Der Kubus hatte sie durch die Zeit an ihr Ziel reisen lassen.

Nur wenige Meter entfernt von der Zeitmaschine stand Arthur. Er hatte das Geschehen, von der Tür zu diesem Raum aus, still beobachtet. Er war den Freunden bis hierher gefolgt und konnte vor wenigen Minuten die Kindersegnung, die Taufe und den Anlauf der Zeitmaschine mitansehen. Schnell hatte er begriffen, dass sich hier etwas ganz Besonderes abspielte. Deshalb beschloss er, nicht in Erscheinung zu treten.

Jetzt bemerkte Eric den alten Mann und ging, die Metalltreppe herab, auf ihn zu. „Laura und die anderen sind nun in Sicherheit“, fasste Eric die Situation kurz zusammen.

„Gott sei Dank“, antwortete Arthur. „Dann gibt es für mich nichts mehr zu tun.“ Er war müde. Müde von einem Leben, das das Leben anderer ausgelöscht hatte. Müde von einem Leben, das er jetzt gerne in Gottes Hände gelegt hätte.

64

Harald saß noch immer vor seinem TV-Gerät. Der Nachrichtensender präsentierte weiterhin sowohl das Konzert in der Elbphilharmonie als auch parallel die außer Kontrolle geratenen Gegendemonstrationen. Sein Blick wechselte immer wieder von dem Bildschirm zu seinem Smartphone und zurück. Jetzt, während die Politiker gemeinsam der Musik lauschten, wäre der ideale Zeitpunkt, die Detonation des Nitroglycerins auszulösen. Doch ihn überkam eine ungewohnte Unschlüssigkeit. Wieder fragte er sich, ob es wirklich die gewissenlosen Weltpolitiker waren, gegen die er kämpfen wollte, oder eigentlich die Dämonen, deren Kämpfe er pausenlos mitansehen musste.

Bei seinen Überlegungen kamen ihm Veras Worte in den Sinn, als er ihr bei einem gemeinsamen Mittagessen von seinen Dämonenvisionen erzählte. Damals hatte sie die Bibel zitiert: „Denn wir haben nicht gegen Wesen aus Fleisch und Blut zu kämpfen, sondern mit Mächtigen und Gewaltigen, mit den Herren der Welt, die über diese Finsternis herrschen, mit den bösen Geistern unter dem Himmel.“

Damals kam er zu dem Schluss, dass es bei den Spitzenpolitikern deshalb so wenig Dämonenkämpfe gab, weil sie schon von den finsteren Mächten besiegt worden waren. Jetzt hätte er gerne Veras Meinung dazu gehört, ob sie das genauso sah. Dann wäre er sich wieder sicher, dass es die richtige Entscheidung war, die Elbphilharmonie in die Luft zu sprengen.

„Ich werde Vera anrufen", beschloss er. „Wenn sie mir keine andere Sichtweise nennen kann, dann werde ich keine Sekunde mehr zögern, die Detonation auszulösen."

Vorsichtig wischte er über das Display seines Smartphones, um Veras Handynummer aufzurufen. Er wählte die Nummer und wartete, dass sie abhob. Doch es erklang nichts als das Freizeichen. Harald beendete den Versuch.

„Soll dies nun das Zeichen sein, dass ich nichts auf Veras Meinung geben soll?", fragte er sich. „Soll ich jetzt den Auslöser drücken?"

Wieder rief er die Nummer auf das Display, deren Betätigung die Elbphilharmonie zum Einsturz bringen könnte.

„Noch ist genug Zeit, um zu Vera zu fahren und sie direkt zu fragen", dachte er. „Ich brauche ein Zeichen. Wenn sie nicht zuhause ist, dann soll es das Zeichen sein, dass ich die Politikerbande in die Luft sprenge."

Er steckte sein Handy in seine Jeans und eilte zu seinem Auto. In wenigen Minuten würde er vor Veras Haus sein. Aber Vera war noch immer bei der Zeitmaschine. Ihr Smartphone hatte sie zuhause gelassen. Dort lag es auf dem Küchentisch.

Es begann zu regnen. Im Autoradio hörte Harald Reportagen über das G20-Treffen. Dieser Gipfel kam ihm sinnlos vor. Die Gegendemonstrationen kamen ihm ebenfalls sinnlos vor. Sein ganzes Leben kam ihm sinnlos vor. Irgendwo tief in ihm hoffte er, dass Vera ihm eine Sichtweise schenken könnte, die Sinn in dieses Chaos brachte.

Während der Fahrt wählte er auf seinem Handy erneut Veras Telefonnummer. „Wenn Vera nicht daheim ist, drücke ich den Auslöser", sagte er laut vor sich hin. „Dann hat die Welt ihre Chance gehabt."

Der Regen wurde stärker, so dass Harald trotz der Scheibenwischer in manchen Momenten kaum die Straße sah. Die Wolkendecke verdunkelte den Himmel und ließ den Regensturz fast apokalyptisch erscheinen. Später wird dieser Juli 2017 als der Regenreichste seit 1993 in die Geschichte eingehen.

Als Harald beim Haus der Harders ankam, war der Regen zwar nicht mehr so heftig, aber immer noch dauerhaft. Er stieg aus und klingelte an der Haustür. Seine Jacke hatte keine Kapuze und er hatte auch keinen Schirm. Der warme Juli-Regen lief in seinen Kragen. Er nahm ihn nicht wahr. Entscheidend war für ihn, ob Vera jetzt da war oder nicht.

Und Vera war jetzt nicht da. Sie würde auch in den nächsten Minuten nicht kommen. Während Eric mit Phánuël auf dem Weg hierher war, fuhr Vera mit Arthur zu einer Stelle, wo er das gestohlene Motorrad verstecken konnte. Dann wollte sie Arthur mit nach Hause nehmen, um ihm zum Abschied persönliche Dinge von Laura weiterzugeben.

Harald holte wieder sein Handy hervor und ging, ohne dass es ihm bewusst war, um das Haus herum zum großen Garten. Dort standen auf dem Rasen Gartenstühle und Phánuëls Spielsachen. Ohne den Regen zu beachten, setzte sich Harald auf einen der Stühle und sah in den dunklen Himmel. Im Grau der Wolken verschmolzen seine Dämonenvisionen. Der dichte Regen sorgte dafür, dass er die Kämpfe kaum wahrnahm.

„Vera ist nicht da“, stellte er fest. „Das ist das Zeichen.“

Er sah auf sein Smartphone, dessen Display wegen des heftigen Regens schwer zu erkennen war. Er hatte Mühe, die Nummer des Anschlag-Telefons aufzurufen. Die Feuchtigkeit verhinderte eine exakte Handhabung.

In diesem Moment nahm er auf der Straße die Lichter eines Autos wahr. Wieder keimte in ihm die trügerische Hoffnung auf, Vera käme jetzt und könne ihm eine völlig neue Sichtweise vermitteln.

Es war Eric, der mit Phánuël vor dem Haus parkte. Er bemerkte sofort Haralds Wagen, der ebenfalls dort stand. An dessen Heckscheibe war ein Aufkleber mit dem Logo des „Frankfurt Global Newstime Magazine“ angebracht. Er sah sich um, entdeckte Harald aber nicht. Dann ging er ins Haus und wollte gerade Phánuël im Wohnzimmer neben einem Haufen Bauklötze auf den Boden setzen, da entdeckte er durch die große Glastür Harald, der im Garten saß, im strömenden Regen, mit dem Smartphone in der Hand.

Erstaunt öffnete Eric die Glastür und ging mit Phánuël auf dem Arm auf die überdachte Terrasse.

„Harald. Geht es dir gut?“, fragte Eric. Der durchnässte Harald starrte auf sein Handy und sah gar nicht gut aus.

„Komm doch ins Haus. Du wirst ja ganz nass“, bot Eric an.

Harald reagierte nicht. Er erschien geistig völlig abwesend. Noch einmal sprach er ihn an: „Komm doch her. Du kannst doch nicht die ganze Zeit im Regen bleiben.“

Doch Harald schien ihn nicht zu hören. Angesichts seiner erfolglosen Bemühungen setzte Eric Phánuël auf den Terrassenboden ab und ging durch den Regen auf Harald zu. Schnell war auch seine Kleidung durchnässt.

„Was ist denn los?“, fragte Eric erneut. „Ist etwas Schlimmes passiert?“

Jetzt hob Harald den Kopf und sah Eric an. „Nein. Noch nicht.“

Eric versuchte, den Regen zu ignorieren „Kann ich dir helfen?“

Harald überlegte, ob er Eric sein Problem erklären sollte. Aber das würde lange dauern. Zu lange, um dann noch die Elbphilharmonie rechtzeitig in die Luft zu sprengen.

Mit starrem Blick fragte Harald: „Ist Vera da? Ich muss sie etwas fragen.“

Eric schüttelte den Kopf. „Nein. Sie ist noch unterwegs. Aber sie wird bald kommen.“

Harald sah Eric an und sagte nur: „Vera ist nicht da.“ Dann hob er die Hand, in der er das Smartphone hielt.

In diesem Moment bemerkten er und Eric, dass sich etwas um sie herum bewegte. Harald blickte hinter Eric und erkannte, dass Phánuël auf sie zu gekrabbelt war. Nun saß der Junge auf dem regennassen Gras und dirigierte mit seinen kleinen Händchen den fallenden Regen.

Voller Staunen ließ sich Harald von dem faszinierenden Geschehen ablenken. Direkt hinter Phánuël baute sich eine etwa garagentorgroße Wand aus Regenwasser auf, die der Junge offenbar kontrollierte. Da der Regen derart dicht fiel, war es ihm möglich, seine besondere Fähigkeit zu nutzen, um ihn dreidimensional zu formen.

Die Regenwand bildete jetzt, ähnlich wie ein Relief aus Wasser, das ab, was Phánuël vor sich sah. Deutlich konnten Eric und Harald auf dieser Projektion sich selbst erkennen. Fasziniert starrten sie auf das übernatürliche Wassergebilde. Harald erkannte jetzt etwas, das offenbar direkt hinter ihm stand. Etwas, was er deshalb nie hatte sehen können.

Er sah in Phánuēls Wasserprojektion zum ersten Mal Fēi, seinen Schutzengel. Auch Eric konnte das in der Wasserwand sehen, aber sonst war Fēi natürlich unsichtbar.

Der Schutzengel hatte die Hände über Harald gehalten, als wolle er ihn segnen. Fēis Blick war voller Liebe und Mitgefühl. Sie hatte lange Haare und ein Kleid, das deutlich verriet, dass ihr Engelskörper weiblich war.

In diesem Augenblick hatte Harald völlig vergessen, dass er mit seinem Handy ein Desaster auslösen wollte. Er erkannte in Phánuēls Visualisierung den Engel, dessen Umarmung er schon zweimal spüren durfte. Und dieser Anblick erschien ihm jetzt unsagbar vertraut, obwohl er Fēi noch nie gesehen hatte.

Der Engel trat auf Harald zu und legte seine Hände von hinten auf seine Schultern. Er spürte deutlich ihre warmen Finger durch seine nasse Kleidung. Immer in Berührung mit Haralds Schultern und Nacken, bewegte sich Fēi jetzt um ihn herum, bis sie direkt vor ihm stand. Dabei wurde sie Stück für Stück für alle sichtbar, so als würde sie aus einem dunklen Schatten heraustreten. Den beiden Männern stockte der Atem.

Jetzt stand Fēi dicht vor Harald, ihre Arme um seinen Hals geschlungen und mit ihren Flügeln verdeckte sie Erics Blick auf das Geschehen. Ihr Gesicht näherte sich dem von Harald, so dass er ihren Atem spüren konnte. Sie war bei ihm, ganz körperlich und real. Sie küsste ihn und spürte dabei selbst eine Verbundenheit, die sie bisher nicht für möglich gehalten hatte.

Eric trat von dem Paar zurück und stellte sich hinter Phánuēl, der die Szene noch immer auf einer Wasserwand abbildete. „Das wird mir Vera niemals glauben“, dachte Eric und zückte sein Handy, um den Engel abzulichten, von dem, aus seiner Perspektive, nur die Flügel zu sehen waren.

„Tu es nicht“, flüsterte Fēi in Haralds Ohr. Der war von ihrer Umarmung derart überwältigt, dass er gar nicht mehr wusste, wovon der Engel sprach. Irgendetwas in seinem Hinterkopf sagte ihm, dass es mit Hamburg zu tun haben musste, aber seine gesamte Aufmerksamkeit galt im Moment nur dem Hier und Jetzt.

„Lass die Menschen in der Elbphilharmonie leben“, flüsterte Fēi weiter in Haralds Ohr und nahm ihm sein Smartphone ab, ohne dass er es merkte. „Ich werde für immer bei dir bleiben. Ich liebe dich."

Diese Worte brachten in Harald tief vergrabene Gefühle zum Vorschein und er sank mit Tränen in den Augen auf die Knie. Fēi ging mit ihm auf den nassen Boden und hielt ihn noch fester in ihren Armen.

„Ich werde für immer bei dir bleiben", wiederholte Fēi. „Egal wie hässlich das Leben auch manchmal sein mag. Wir werden es gemeinsam leben."

All der Hass, der Harald in den letzten Wochen beherrscht hatte, wich nun einer tiefen Zuversicht, dass er mit diesem Wesen an seiner Seite ein neues Leben beginnen könnte. Ein völlig neues Leben.

Phánuël bildete auf der Wasserwand hinter ihm immer noch das vor ihm liegende Geschehen ab. Eric empfand es inzwischen etwas indiskret, das engumschlungene Paar weiter zu beobachten, und wollte gerade mit seinem Sohn ins trockene Haus zurückkehren, da bewegte der Junge die Wasserwand auf Harald und Fēi zu. Sie überwand Phánuël und Eric, die dazwischen standen, so als ob ein Vorhang aus Stoffbändern über sie gleiten würde. Bei dem knienden Paar angekommen formte sich das Wasser zu einer Kuppel um, die Harald und Fēi nun vor den Blicken und dem Regen schützte.

Eric verstand so gut wie nichts von dem, was hier geschah, aber eines begriff er: Hier hatte sich ein Engel zu erkennen gegeben, und zwar aus Liebe.

65

Am Abend des folgenden Tages saßen Eric und Vera eng aneinander gekuschelt auf dem Sofa ihres Wohnzimmers. Phánuël war schon in seinem Bett und schlief. Sie genossen die Ruhe und den Frieden. Es kam ihnen beinahe surreal vor, dass sie im Moment keine großen und wichtigen Probleme lösen mussten. Natürlich brachte der Alltag weiterhin alltägliche Herausforderungen mit sich. Und natürlich war es eine ganz besondere Aufgabe, ein einzigartiges Kind wie Phánuël großzuziehen. Aber es war der erste Tag seit langem, der fast alltäglich war.

„Ich liebe Dich, mein Engel“, flüsterte Eric und streichelte Veras Haar. Sie beantwortete seine Liebeserklärung mit einem Kuss. Sie war unendlich dankbar, dass gerade Eric dieses aufregende Leben mit ihr teilte. Es gab niemand anderen auf der Welt, den sie gegen ihn hätte eintauschen wollen. Und Eric empfand es genauso mit ihr. Wenn er sie in den Armen hielt, hatte er das Gefühl, einen Engel in den Armen zu halten.

„Ich bin kein Engel“, widersprach Vera. „Fēi ist ein Engel. Ein Engel, der bald seine Flügel verlieren wird.“

Nachdem Vera am Vortag mit Arthur wiedergekommen war, hatten sie Fēi und Harald bei Eric und Phánuël im Haus vorgefunden. Schnell wurde Vera klar, dass die Engelsflügel kein Faschingskostüm waren. Fēi hatte ihnen erklärt, dass sie aus Liebe aus ihrem Engelsdasein in die Menschenwelt gewechselt war, um Harald vor einem großen Fehler zu bewahren. Um welchen Fehler es sich handelte, erwähnte sie nicht. Es fragte auch niemand nach.

Fēi wurde dann mit dem Kleinbus, den die Harders für den Bibeltransport gemietet hatten, zu Haralds Haus gebracht. Mit ihren Flügeln hätte sie nicht in dessen Familienauto gepasst. Auf dem Weg dorthin bot Arthur, der wieder sehr praktisch dachte, an, gefälschte Papiere für Fēi zu besorgen. Echte Papiere würde sie ohne Geburtsurkunde nicht bekommen und ohne Papiere hätte sie ein Leben in Ungewissheit verbringen müssen. Genauso wie er von Arthur Roth zu Jérôme Dumont geworden war, würde Fēi zu Kirsten Schweiger werden. Den Rat der Fürsten und die Mithilfe seines Freundes Hagen bei der Identitätsbeschaffung verschwieg er wie immer.

Fēi hatte mit ihrer unabgesprochenen Hilfe wieder die Regeln verletzt, die für Schutzengel galten. Ihre Strafe war es nun, dass sie ein Leben als Mensch verbringen musste. Die Begrenztheit des menschlichen Lebens, erschien ihren Vorgesetzten als Strafe genug.

Doch für Fēi war ein Leben an Haralds Seite und in erfüllter Liebe alles andere als Begrenztheit oder Strafe. Ein Leben in Liebe fühlt sich an wie ein Leben ohne Grenzen.

Die nächsten Wochen würden für Fēi trotz allem schmerzhaft werden. Ihre Flügel würden nach und nach verkümmern und sich von ihrem Rücken abtrennen. So lange würde sie auch nicht Haralds Haus verlassen können, um kein Aufsehen zu erregen. Dann endlich würde es auch für sie ein alltägliches Leben geben. Ein alltägliches Leben in Liebe.

Der Eimer mit Nitroglycerin würde noch fast zwei Jahre in der vergessenen Kammer hängen. Schon nach drei Monaten würde die hochexplosive Flüssigkeit verdunstet sein. Da der Raum an ein Entlüftungssystem angeschlossen war, bestand aber durch die Verdunstung keine Gefahr. Als ein Gebäudebetreuer den leeren Eimer dann endlich abnahm, wunderte er sich, dass dort ein Handy darin lag. Er verkaufte es an einen Freund.

Arthur blieb bei den Harders, bis er die Papiere für Fēi beschafft hatte, dann zog er, wie geplant, weiter nach Frankreich, um seinen Ruhestand zu genießen. Nach drei Tagen machte Vera eine Vermisstenmeldung für Laura, um keinen Verdacht zu erregen. Die Polizei entdeckte in Lauras Wohnung die Leichen der beiden Eindringlinge. Mehr konnten die Nachforschungen der Polizei erwartungsgemäß in den folgenden Monaten nicht ans Tageslicht befördern.

Eric und Vera sprachen in den nächsten Wochen viel über Laura, Tom und Saul. Sie fragten sich, ob die Zeitreise erfolgreich war und wie es ihnen nun in der Endzeit ging. Die entsprechenden Passagen in der Bibel lasen sie nun mit ganz anderen Augen. Sie waren einfach nur dankbar. Dankbar, dass sie keine Verfolgung durch Gog und Magog erleben mussten. Und dankbar, dass sie die Erfüllung von Gottes Wort miterleben durften. Dankbar für Glaube, Hoffnung und Liebe.

Als Laura mit Tom und Saul in der Endzeit ankam, war vieles ganz anders, als sie es erwartet hatte. Doch mit Saul an ihrer Seite gewöhnte sie sich schnell an das völlig neue Leben. Sie durfte vielen Menschen das Lesen und Schreiben beibringen. Sie durfte mit ihnen lernen, leben, lachen. Sie durfte ihren Glauben mit ihnen teilen.

Sie war in der Endzeit eine Geflüchtete und sie war froh, dass sie liebevoll in dieser neuen Gemeinschaft aufgenommen wurde. Aber am glücklichsten war sie an dem Tag, als sie und Saul heirateten.

Die Hochzeit fand auf dem Dorfplatz der versteckten Christensiedlung statt. Ein ganz besonderer Chor war an diesem Tag anwesend. Zusammen mit den vielen anderen Menschen, die sich hier wegen ihres christlichen Glaubens verstecken mussten, hätten sie nicht alle in die kleine Kirche gepasst.

Der Pastor der Gemeinde war einer der wenigen, der fast die gesamte Bibel auswendig kannte. Das war notwendig in dieser Zeit, in der der Gog fast alle Bibeln der Welt vernichtet hatte.

Der Pastor fragte Saul: „Saul, willst du Laura, als deine von Gott anvertraute Ehefrau lieben und ehren in guten und in bösen Tagen, bis dass der Tod euch scheidet, so antworte: Ja, mit Gottes Hilfe."

Saul sah Laura an und wusste mit völliger Sicherheit, dass es das Richtige war. Mit fester Stimme und voller Liebe sagte er: „Ja, mit Gottes Hilfe."

Ebenso fragte der Pastor auch Laura: „Laura, willst du Saul, als deinen von Gott anvertrauten Ehemann lieben und ehren in guten und in bösen Tagen, bis dass der Tod euch scheidet, so antworte: Ja, mit Gottes Hilfe."

Laura fühlte, dass es in diesem Moment nichts auf der Welt gab, was sie mehr wollte. Sie strahlte Saul an und sagte so, dass es alle Anwesenden hören konnten: „Ja, mit Gottes Hilfe."

„So erkläre ich euch zu Mann und Frau. Amen!", sprach der Pastor die Schlussformel.

In diesem Moment sang der Chor ein lautes „Halleluja!" Es war ein Engelschor. Und das nicht im metaphorischen Sinn, sondern aus wirklichen Engeln. Engel, die sonst zusammen mit den Menschen das letzte Gefecht kämpften.

„Halleluja!", sang der Chor immer wieder. Saul nahm Laura in seine Arme und küsste sie, als wäre es das erste Mal. Sie wussten, für sie wird es immer eine Zukunft geben.

Sie wussten: Nur der Liebe gehört die Zukunft!

Bereits erschienen:

DOGONBLUT

Der erste Band der Romanreihe: **Das Licht der kommenden Tage**
von Volker Wahl

ISBN: 978-3-7431-1217-9
300 Seiten

BoD – Books on Demand,
Norderstedt

Eric Harder arbeitet als Sprachforscher in Westafrika. Bei einem Einsatz in Timbuktu wird er Zeuge eines Raubes. Wenig später überlebt er in Bamako nur knapp einen Mordanschlag. Damit beginnt eine Kette von Ereignissen, die ihn zusammen mit der UN-Mitarbeiterin Vera Stratmann und dem mysteriösen Khaled quer durch Mali führt. Welche Rolle spielt die seltsame neue Sekte? Was hat Veras Kollege Nabil zu verbergen? Werden die Felsen von Bandiagara, im Gebiet des Dogon-Volkes, ihr Geheimnis preisgeben?

Bereits erschienen:

Der Himmel über der Hoffnung

Der zweite Band der Romanreihe: **Das Licht der kommenden Tage**
von Volker Wahl

ISBN: 978-3-7448-5236-4
300 Seiten

BoD – Books on Demand,
Norderstedt

Eric Harder und seine Frau Vera wollen endlich Gewissheit haben, was vor einem Jahr in Timbuktu geschehen ist. Doch was sie herausfinden, lässt böse Ahnungen aufkommen. Was passiert im Land der Dogon? Ist der mysteriöse Arnháton-Kult immer noch aktiv? Der alte Arthur Roth könnte helfen, aber ist er wirklich ein Freund?

Ein neues Abenteuer, das wieder an ungeahnte Horizonte führt und den Leser vom ersten Augenblick an fesselt.